二見文庫

愛をささやく夜明け

クリスティン・フィーハン／島村浩子＝訳

Dark Prince

by

Christine Feehan

本書はわたしにあざやかな想像力を持つように励ましてくれた母、ナンシー・キングに捧《ささ》げます。そしていまもこれからも、この世でも来世でも、わたしの真のソウルメイトである愛する夫、リチャードに。わたしが描く登場人物をみな愛し、早くつぎを読ませてと言ってくれる友人のキャシー・ファーズラフにも。

愛をささやく夜明け

登　場　人　物　紹　介

レイヴン・ホイットニー	テレパシー能力を持つアメリカ人女性
ミハイル・ダブリンスキー	闇の一族カルパチアンの君主
グレゴリ	ミハイルの友人。カルパチアン
ジャック	ミハイルの弟。カルパチアン
ノエル	ミハイルの妹。カルパチアン
ランド	ノエルのライフメイト。カルパチアン
エドガー・ハマー	神父
ミセス・ガルヴェンスタイン	レイヴンが宿泊する宿の女主人
ジェイコブ・エヴァンズ	ベルギー人旅行客
シェリー・エヴァンズ	ベルギー人旅行客。ジェイコブの妹
ハリー・サマーズ	アメリカ人旅行客
マーガレット・サマーズ	アメリカ人旅行客。ハリーの妻
ハンス・ロマノフ	村の住人
ハイジ・ロマノフ	助産婦。ハンスの妻
ルーディ	ハンスの息子
ユージーン・スロヴェンスキー	レイヴンと同じ宿の宿泊客
クルト・フォン・ハーレン	レイヴンと同じ宿の宿泊客
アンドレ	ヴァンパイア

1

もはや自分を欺《あざむ》くことはできない。果てしない疲れを感じつつゆっくりと、ミハイル・ダブリンスキーは革綴《と》じの初版本の表紙を閉じた。もうおしまいだ。これ以上耐えられない。愛する本も、この陰鬱《いんうつ》で激しい孤独感を忘れさせてはくれない。書斎の壁は四面のうち三面が床から天井までびっしりと本で埋めつくされている。それを彼は一冊残らず読み、何世紀ものあいだにかなりの数の本を暗記してきた。本からはもう心の安らぎは得られない。知的欲求は満たされるが、心が引き裂かれる。

夜明けが訪れても、眠りを欲しはしない。少なくとも回復のための癒《いや》しの眠りは。欲するのは、神の慈悲により永遠の休息がもたらされることだ。彼の種族は数が少なくなり、各地に散らばり、迫害され――絶滅しかけている。ミハイルは身体的にも精神的にもあらゆる手を、新しいテクノロジーのすべてを試してみた。人生を芸術と哲学で、学問と科学で満たした。彼はあらゆる薬草、あらゆる毒草を知っている。人間の武器について学び、自分自身が武器となった。そしていまだひとりである。

ミハイルは同胞の期待に応《こた》えられていない。指導者として、みずからが率いる者たちを助けようと懸命に方策を探ってきたが、絶望のなかで魂を捨て、ヴァンパイアと化してしまう男が多すぎる。種族が永らえるため、この暗闇《くらやみ》から脱けだすために必要な女がいない。存続の希望が断たれてしまっている。男たちは元来が捕食者だが、内なる闇が広がりつづけた結果、感情を失い、灰色の冷たい世界に呑《の》まれてしまう。誰もが、運命の伴侶《はんりょ》、彼らを永遠の光のなかへと連れだしてくれるライフメイトを必要としている。

深い悲しみがミハイルを襲った。彼は頭をもたげ、手負いの動物さながらの叫び声をあげた。これ以上ひとりでいることには耐えられない。

問題はひとりでいることではなくて、孤独感よ。人に囲まれていても孤独に感じることはある。そう思わない？

ミハイルは凍りついた。危険を嗅《か》ぎつけた猛獣のように、生気のない瞳だけが警戒の色を浮かべて動く。深く息を吸い、即座に心を閉ざすとあらゆる感覚をフルに回転させて侵入者の居場所を突きとめようとした。わたしはひとりだ。それは間違いない。わたしは最長老で、もっとも強力であり、もっとも才知に富んでいる。誰もわたしのセイフガードを破ることはできない。誰もわたしに気づかれずに近づくことはできない。ミハイルは好奇心に駆られ、いまの言葉を頭のなかで再生し、その声に耳を傾けた。若く知的な女の声だ。心を少しだけひらき、心的エネルギーの道筋を頼りに声の主の居場所を探す。たしかにそのとおりだな、と同意した。自分が彼女とのコンタクトを求め、息を詰めていることに気がついた。人間とのコンタクト。かまわないだろう。興味をそそられているのだから。

わたしはときどき山に出かけて、何日も、何週間もひとりで過ごすことがあるけれど、孤独には感じないわ。でも、パーティで百人もの人に囲まれていると、このうえなく孤独になるの。

ミハイルの腹部がかっと熱くなった。彼の頭を満たした声は柔らかく音楽的で、無垢《むく》なセクシーさがあった。何世紀も前から、ミハイルはなにも感じなくなっていた。何百年にもわたって、彼の体は女性を欲しなかった。いま彼女の声、人間の女性の声を聞いて、血がたぎるように熱くなったことに、彼は驚いた。なぜわたしと話ができるのか？

気分を害したなら、ごめんなさい。女が本心から言っているのは明らかで、ミハイルは彼女の謝罪の気持ちを感じとることができた。あなたの心の痛みがあまりに強くて、つらそうだったから、無視できなくて。話をしたいかもしれないと思ったの。死は不幸の解決策じゃない。わかっていると思うけれど。とにかく、あなたがいやなら話すのをやめるわ。

やめるな！　彼の抗議は服従されることに慣れた者の傲慢《ごうまん》な命令、指図だった。

脳裏に笑い声が響くより先に、ミハイルは女が笑うのを感じとった。柔らかく屈託がない、思わずつられそうになる笑い声。まわりの人を従わせることに慣れてるの？

そのとおりだ。ミハイルは女の笑いをどう受けとったらいいかわからなかった。強く好奇心をそそられた。感情。気持ち。そういったものがどっとこみあげてきて圧倒されそうになる。

あなた、ヨーロッパ人ね？　お金持ちで、とてもとても傲慢な。

からかわれて、気がつくと笑顔になっていた。彼は笑顔を浮かべたことがなかった。少なくとも六百年ほどのあいだは。すべて当てはまっている。麻薬中毒者に劣らぬ強い渇望を覚えながら、女がもう一度笑うのを待った。

彼女が笑うと、その声は柔らかく、楽しげで、ミハイルは肌を愛撫《あいぶ》されたように感じた。

わたしはアメリカ人。あなたとは水と油ってことね。

彼女の居場所がつかめた。けっして逃がしはしないぞ。適切な方法を用いれば、アメリカ女性もしつけることは可能だ。わざとゆっくりいいながら、返事を楽しみに待った。

本当に傲慢な人ね。ミハイルは彼女の笑い声が大いに気に入り、それをじっくり味わい、体に吸収した。女は眠気を感じ、あくびをしている。都合がいい。詳しく調べられるよう、彼女を眠らせるため、心にごく軽く働きかけた。

やめて！　反応はすばやかった。彼女は飛びのき、気分を害して疑念を抱いた。すぐさまマインドブロックを築いてその後ろに逃げこむ。その技量の高さにミハイルは驚かされた。この若さにしては、人間にしては、信じられないほどの力だ。しかし、彼女が人間であるのは間違いない。驚かさないよう気をつけながら、女のマインドブロックを検《あらた》めた。ミハイルの形のいい口もとにかすかな笑みが浮かんだ。なかなか強力だが、充分とはいえない。

超人的な強さを持つミハイルの筋肉質な体が陽炎《かげろう》のように揺らぎ、分解し、きらきらと輝く霧になったかと思うと、ドアの下をくぐって夜気のなかへと流れだした。そして霧が無数の滴となり、集まると、つながって大きな翼を持つ一羽の鳥となった。鳥は急降下したのちに旋回し、夜空を羽音もたてずに飛ぶ姿には猛禽《もうきん》の迫力があり、美しかった。

ミハイルは空を翔《かけ》る力を満喫した。体に風が勢いよく吹きつけ、夜の空気が語りかけ、秘密をささやき、獲物――人間のにおいを運んでくる。かすかに残る心的エネルギーの道筋を、彼はほんのわずかも過《あやま》たずにたどった。いとも簡単に。しかし、血は熱くたぎっている。生気と笑いに満ちた若き人間。わたしと心的な結びつきを持つ人間、深い思いやりと知性と力強さを持つ人間。死と破滅をもたらすのはあすでもいい。まずはこの好奇心を満たしたい。

そこは森の端、山の高木が見られなくなるあたりに建つ小さな宿だった。屋内は暗く、人間が眠るこの時間、廊下と一、二室にほのかな明かりがともっているだけだ。ミハイルは二階にある女の部屋のバルコニーに舞いおりると、身じろぎもせずに夜の景色の一部となった。彼女の寝室は明かりがともっており、なかなか寝つけないことを物語っていた。ミハイルの燃える黒い瞳が窓ガラスを通して彼女を見つけ、わがもののように見つめた。

彼女は華奢《きゃしゃ》で、ウエストのくびれた、曲線に富んだ体つきをしていた。背中に垂らされた豊かな漆黒の髪が、見る者の目を丸みのあるヒップへと惹《ひ》きつける。ミハイルは息を呑んだ。

このうえなく美しい女だ。肌はサテンさながらになめらかで、目の覚めるような青色の瞳は濃く長いまつげに縁《ふち》どられて信じられないほど大きい。彼はどんな細かな点も見逃さなかった。白いレースのネグリジェが、前に突きだした豊かなバストを包み、首筋とクリーム色の肩を露出させている。手足は小さい。こんな小さな体にあれほどの力が秘められているとは。彼女は窓際に立ち、髪をとかしながらぼんやりと外を眺めている。心ここにあらずといった表情で、ふっくらとして官能的な口が緊張したようすでこわばっている。ミハイルは彼女の内なる苦悩と、眠りたいのに眠れずにいることを感じとった。気がつくと、ブラシの動きを目で追っていた。女の動作は無垢でいてエロティックだ。鳥に姿を変えているミハイルの体が疼《うず》いた。彼は天をうやうやしく見あげ、感謝した。何世紀ものあいだ無感情に耐えてきた身にとって、感じる喜びははかりしれない。

女がブラシを動かすたび、誘うようにバストが持ちあがり、胸郭とウエストの細さが強調される。レースのネグリジェは体に張りつくようで、脚のつけ根の黒いV字が透けて見えた。柔らかな木の手すりに、鉤爪《かぎづめ》が食いこんで長い傷痕《きずあと》を作る。それでも、ミハイルは見つめつづけた。彼女は優雅で魅惑的だ。気がつくと、彼の熱い視線は柔らかな喉に、安定した脈を刻んでいる血管に吸い寄せられていた。わたしのもの。突然、そんな考えが浮かび、ミハイルはかぶりを振って忘れようとした。

青い瞳。青色。そのときになってようやく、自分に色が見えていることに気がついた。くっきりとあざやかな色。まったく身じろぎもできなくなった。ありえない。男は感情を失うのとほぼ同時に、灰色のモノトーンでしかものが見えなくなる。ありえない。男に感情と色覚を取りもどさせることができるのは、ライフメイトだけだ。カルパチアンの女が男の闇に光明をもたらす。運命の伴侶が。彼女の存在がなければ、男はゆっくりと獣性に呑まれ、ついには完全な闇へと落ちていく。ライフメイトを産んでくれるカルパチアンの女はもういない。いまだ残っている稀少《きしょう》な女たちは、男しか産むことができないようだ。見たところ、現状は絶望的だ。人間の女を転化させようとすれば、精神錯乱を起こしてしまう。それは実験済みだ。人間の女がわたしのライフメイトであるわけがない。

彼女が明かりを消し、ベッドに横たわるのをミハイルは見守った。自分の心のなかに小さな動きを感じ、彼女が探りを入れてきたのがわかった。**まだ起きてる？**女の問いかけはためらいがちだった。

最初、ミハイルは女とのコンタクトをこれほどまでに求めている事実が気に入らず、答えようとしなかった。自制を失うわけにはいかない。そんなことはするものか。誰にもわたしを支配することはできない。アメリカ人の小娘、身にそぐわない力を持つ小柄な女などには絶対に。

聞こえてるのはわかってるのよ。ごめんなさい、心にずかずかとはいりこんだりして。無神経だったわ。二度としないと約束する。でも、ひとつだけいっておくと、もう二度と力ず

くでわたしになにかをさせようとしないで。

自分が鳥に姿を変えていて、笑えないことをミハイルは喜んだ。彼女は力ずくという言葉の意味がまるでわかっていない。わたしは気分を害してなどいない。やさしく安心させるような口調でメッセージを送った。返事をせずにはいられなかった。抑えがたい衝動と言ってもいい。彼女の声が聞きたい。手で肌を撫《な》でるように、柔らかなささやき声で心を愛撫してほしい。

女は寝返りを打ち、枕《まくら》を整えなおしてから、頭痛がするかのようにこめかみを揉《も》んだ。片手が薄いシーツをぎゅっと握るのを見て、ミハイルは彼女のシルクのような温かな肌に直接触れたくなった。どうしてわたしを支配しようとしたの？　それは本人が意図したような、冷静な問いかけには聞こえなかった。どうやらなぜか彼女を傷つけ、がっかりさせてしまったらしい。まるで恋人を待ちわびるように落ち着かなげに、女が身動きした。

彼女がほかの男といるところを思い浮かべると、怒りがこみあげてきた。何百年ぶりかの鮮明で強烈な真の感情だった。わたしは支配するべく生まれてきたからだ。心がはずみ、喜びに満たされたが、同時に自分がかつてなく危険な状態にあることをミハイルはいやというほど自覚していた。力はつねに抑制を必要とする。感じることが少なければ、それだけ抑制するのが簡単になる。

わたしを支配しようとするのはやめて。彼女の声には言葉にされた以上のなにかが込められていた。自分にとってミハイルが脅威であることを知っているかのように。そして実際に彼は脅威だった。

人が人の性質を支配できるだろうか、小さき人《リトル・ワン》？

彼女がほほえむのが見えると、ミハイルのなかのうつろな部分が満たされ、心臓と肺がふくらんで、血が沸きたつように感じられた。どうしてわたしは小さいと思うの？　わたしは一軒の家なみに大きいんだから。

それを信じろというのか？

笑いは彼女の声、思考から消えたが、ミハイルの血のなかにはとどまっていた。疲れたわ。もう一度言うけど、さっきはごめんなさい。あなたとお話しできて楽しかった。

でも？　ミハイルはもっと話を続けさせようとした。

さようなら。きっぱりした口調だった。

ミハイルは手すりを離れ、森の上高くへと舞いあがった。いまのは別れのあいさつではない。そんなことは許さない。許せない。わたしが生き延びられるかどうかは彼女にかかっている。なにかが、というよりもある人物がわたしの興味を、生きたいという意思を刺激した。彼女は笑いというものが存在することを、人生とはただ生きるだけではないということを思いださせてくれた。

森の上空に舞いあがったミハイルは、何世紀かぶりに自然の景色に驚嘆した。風に揺れる枝は天蓋《てんがい》のようで、月光は木々の上に降りそそぎ、小川を銀色に染めている。なにもかもそれは美しかった。彼はかけがえのない贈りものを贈られた。なぜか人間の女性にそれが可能だった。彼女が人間であるのは間違いない。相手が同じ種族なら、すぐにそれとわかったはずだ。あの声だけでも、絶望しかけているほかの男たちに同じ効果を与えられるだろうか？

自宅に戻ったミハイルは、長いあいだ忘れていたそわそわと落ち着かないほどの活力を感じて、部屋のなかを行ったり来たりした。この手で触れたら、体を重ねたら、彼女の柔らかそうな肌はどんなふうに感じられるだろう。どんな味わいがするだろう。彼女のシルクのような豊かな髪が自分の熱い体に触れるところを、喉が無防備に差しだされるところを想像すると興奮した。思いがけず体が硬くなる。青二才のころに感じた生半可な肉体的誘惑とは異なる、荒々しく容赦のない激しい疼き。想像がエロティックな方向へと向かったことに衝撃を受け、ミハイルは自分をきびしく律した。真の情熱を感じるわけにはいかない。自分が所有欲の強い男で、極度に嫉妬《しっと》心が強く、過保護であることに気づいてショックを受けた。このような情熱を人間と分かち合うわけにはいかない。あまりに危険すぎる。

相手は自由な女性で、寿命の限られた者にしては強い力を持っている。ことあるごとにわたしに抵抗するだろう。わたしは人間ではない。われわれは生まれる前から動物的な本能が体に刻みこまれた種族だ。あまり近づかずに、知識のレベルで好奇心を満たすだけにしておいたほうが賢明だ。ドア、窓のひとつひとつに注意深く鍵《かぎ》をかけ、あらゆる進入路に絶対に破れないセイフガードをかけてから、ミハイルは自分の寝室へとおりていった。この部屋はさらに守りが堅くなっている。彼が死を迎えるとすれば、それはみずから選択をした場合だ。ミハイルはベッドに横になった。いまは地中深く、癒しの土のなかに身を横たえる必要はない。人間の作りだした快適な家具を使えばいい。彼は目を閉じ、呼吸を遅くした。

体がいうことを聞かなかった。彼女のエロティックで誘惑的な姿を想像してしまう。白いレースの下にはなにも着けずにベッドに横たわり、恋人を迎えるために両手を広げている彼女。ミハイルは低い声で悪態をついた。自分ではなく、ほかの男、人間の男が彼女の体を奪うところが目に浮かぶ。強烈な怒りに体が震えた。

サテンのような肌、シルクのような髪。ミハイルの手が動いた。意図を持ってきわめて正確に、頭のなかにひとつの映像を組み立てる。爪先のくだらないペディキュアも含めて、非常に細かなところまで気を配った。力強い手で彼女の細い足首をつかみ、肌の感触を確かめる。期待感から息が喉でつかえ、体がこわばった。手のひらをふくらはぎに滑らせ、じらすようにマッサージしながら、さらに膝へ腿へと這《は》わせていく。

彼女の体が燃えるように熱くなって目が覚めた瞬間が、ミハイルには正確にわかった。警戒と恐怖がものすごい勢いでぶつかってきた。彼女にこちらの力を見せつけるためにわざと、手のひらを腿の内側に滑らせ、愛撫した。

やめて！　彼女の体は、ミハイルを、彼に触れられ、奪われることを求めて疼いていた。激しい鼓動が聞こえ、彼女の心が必死にあらがおうとするのが感じられた。

ほかにもこんなふうにきみに触れた男がいたか？　危険と官能に満ちたくぐもった声で彼女の耳にささやいた。

やめてと言ってるのよ！　心のなかで、彼女のまつげに宝石のような涙がきらめいた。わたしはあなたの力になりたかっただけ。悪かったって言ったでしょう。

ミハイルは手をさらに上へと動かさずにいられず、大切な場所を守っている熱いシルクのような手触りの小さなカールを見つけた。所有欲に満ちた手つきでその三角地帯をおおい、熱い潤みに指を入れる。答えるんだ、リトル・ワン。まだそちらに行って、きみに刻印を押し、きみをわたしのものにする時間はある。柔らかな口調で警告した。さあ、答えろ。

どうしてこんなことをするの？

わたしにはむかうな。渇望から、激しさを帯びたハスキーな声になった。彼の指が彼女のいちばん感じやすい箇所を見つけた。きみに対しては、けたはずれにやさしく接しているんだぞ。

答えはノーだと、わかっているくせに。打ちひしがれた声で、彼女はささやいた。

彼の体をナイフで切り裂くように暴れまわっていた悪魔をようやく静めることができ、ミハイルは目を閉じた。おやすみ、リトル・ワン。今夜は誰もきみを傷つけたりしない。コンタクトを切ると、ミハイルの体は硬く、重くなり、そして汗でびっしょりと濡《ぬ》れていた。全身が燃えるように熱くなって渇望に呑みこまれ、まるで頭蓋骨に空気ドリルを当てられているような感じがした。肌を、神経の端々を炎が舐《な》める。飢えて危険な獣《けもの》が解き放たれた。彼女に荒々しい態度をとってしまった。彼女が予想に違《たが》わぬ強さを備えてくれているといいのだが。

自己嫌悪を閉めだすために目をつぶった。そんなものを感じたところで意味はないと、もう何世紀も前に学んでいる。それに今回は自己嫌悪と闘いたくなかった。いま感じているのは、単なる強い性的な誘惑ではない。もっと違うものだ。なにか原始的なもの。わたしの内奥のなにかが彼女の内奥のなにかを呼んでいる。彼女はわたしの野性を渇望し、わたしは彼女の笑いと深い思いやりを渇望しているのかもしれない。だが、そんなことはどうでもいいではないか？　どちらにも逃げ道はない。

ミハイルは目を閉じて呼吸を止める前に彼女の心にやさしく触れた。先ほどのマインドタッチのせいで、彼女はまだ体を掻《か》きたてられたまま、静かに泣いている。傷つき、混乱し、頭痛に苦しんでいる。考えも理由もなしに、ミハイルはたくましい腕で彼女を包みこみ、シルクのような髪を撫でて、温《ぬく》もりと安らぎを送った。怖がらせてすまなかった、リトル・ワン。わたしが悪かった。さあ、安らかにおやすみ。彼女のこめかみにささやき、唇を額にやさしく、心にそっと触れさせた。

彼女の心にはその特別な能力を使って、心が病んでねじけた者を追跡してきたかのような痕跡が残っていた。癒すべき傷が生々しくぱっくりと口を開けている。彼女は先ほどの心的な闘いのせいで疲れきり、ミハイルにあらがうことができなかった。ミハイルは彼女と一緒に、ゆっくりと規則正しく呼吸をし、彼女がリラックスしてうとうとしはじめるまで鼓動を重ねた。ささやき声で呪文を唱え、眠りにいざなうと、彼女のまつげが震えながら閉じられた。ふたりは一緒に眠りに落ちた。しかし、彼女は彼女の部屋で、ミハイルは自分の寝室で。

幾重もの厚い眠りの層を貫いて、ドアを激しく叩《たた》く音が聞こえてきた。レイヴン・ホイットニーは、まぶたが開こうとするのをはばみ、体を重くしている濃い霧と闘った。警戒心が呼び起こされる。まるで薬物を盛られたみたいだ。目をこらし、ベッドサイドテーブルの上の小さな目覚まし時計を見る。午後七時。一日寝通してしまったのだ。流砂のなかを歩いているかのように感じつつ、のろのろと半身を起こした。ドアを激しく叩く音がまた始まった。

その音はレイヴンの頭のなかでこだまし、こめかみが割れそうになった。「なに?」心臓が胸に激しく打ちつけていたが、穏やかな声を出すように努めた。困ったことになった。急いで荷物をまとめて逃げなければ。それがいかにくだらないことかは自分でもわかっている。わたしは連続殺人犯四人《ひと》の思考をたどることによって、彼らを追いつめることができたのだから。でも、この男はわたしとは比べものにならない強い力を持っている。正直言って、自分以外にも心的能力を有する人間がいることに興味をそそられていた。自分と同じような人間には、これまで一度も会ったことがない。彼から学びたいという気持ちもあったが、みずからの持つ力を軽く扱う彼はあまりに危険すぎる。本当の安全を確保するには、彼とのあいだに距離を置く必要が、ひょっとしたら海の向こうに逃げる必要があるかもしれない。

「レイヴン、大丈夫かい？」男性の声はひどく心配そうだった。

ジェイコブ。ジェイコブ・エヴァンスと妹のシェリーには昨夜、彼らが列車を降りてすぐ宿に来たときに食堂で会った。ふたりは八名ほどの団体旅行の参加者だった。レイヴンは疲れていたので、なにを話したかはよく憶えていない。

彼女がカルパチア山脈に来たのは、先日まで邪悪な連続殺人犯の歪んだ心を追うというつらい仕事をしていたため、ひとりになって疲れを癒したかったからだ。団体旅行客とは交わりたくなかったが、ジェイコブとシェリーが話しかけてきた。ふたりのことは、いまのいままですっかり忘れていた。「わたしなら大丈夫よ、ジェイコブ。ちょっとインフルエンザにやられたみたいなの」大丈夫とはほど遠い気分だったが、彼を安心させようとして言った。震える手で髪をかきあげた。「ものすごく疲れていて。ここには休息のために来たの」

「夕食を一緒に食べられないかい？」ジェイコブが哀れっぽい声を出したので、レイヴンはいらだちを覚えた。いまはどんな要求もされたくないし、いちばん避けたいのは、人が何人もいる食堂に行くことだ。

「悪いけど、またの機会にでも」礼儀を考えている暇などなかった。わたしったら、どうして昨夜のような過ちを犯してしまったのだろう？　いつもはとても慎重にあらゆる接触を避け、けっして他人《ひと》に触れず、けっして近づかないのに。

ただ、あの見知らぬ人物はあまりに大きな苦悩を、あまりに強い孤独感を発していた。彼にテレパシー能力があることも、わたしよりもずっと激しい孤立感に苛《さいな》まれていることもすぐにわかった。あまりに苦しくて、命を絶とうかと考えていることも。孤立がどういうものか、わたしはよく知っている。他人《ひと》と違うとどういう気持ちになるか。黙ってはいられなかった。できることなら、彼を助けたかった。レイヴンはこめかみを揉んで、激しい頭痛をやわらげようとした。テレパシーを使ったあとはいつも頭痛に苦しめられる。

ベッドから出ると、ゆっくりバスルームへと向かった。あの男《ひと》は、身体的接触もせずにわたしを支配しつつあった。そう考えるとぞっとした。それほどの力を持った人がいるわけがない。勢いのいい湯に打たれて頭のなかのもやを晴らそうと、シャワーを全開にした。

ここには悪臭を放つ邪悪なものを心から払うために、清らかで健全な自分に戻るために来た。心的な特殊能力を使うと体力を消耗するので、いまは肉体的にも疲れきっている。彼女は顎を突きだした。この新たな対戦相手に怯《おび》えたりはしない。わたしは自分をコントロールし、律することができる。それに、今回は立ち去ることもできる。罪のない人々の命が危険にさらされているわけではないのだから。

挑戦的な気分で色あせたジーンズとクロッシェ編みのセーターを着た。彼は古風なタイプで、アメリカ風の服装に眉をひそめそうな気がしたからだ。手当たりしだいに手早く、服と化粧品をくたびれたスーツケースに突っこんだ。

列車の時刻表を見て意気消沈した。あとふつかは列車が来ない。愛想を振りまいて誰かの車に乗せてもらうことはできる。でも、それでは長時間、車という狭い空間に閉じこめられることになる。もうひとつの選択肢と比べてましという程度だ。

おもしろがるような、あざけるような男性の低い笑い声が聞こえた。わたしから逃げるつもりだな、リトル・ワン。

レイヴンは心臓が早鐘を打ちはじめ、よろよろとベッドに腰をおろした。彼の声は黒いベルベットに似て、それ自体が武器のようだった。いい気にならないで、自信家さん。わたしは観光客なのよ。だから観光するの。彼の指が軽く顔に触れても、強いて慌てないように努めた。この男《ひと》はどうしてこんなことができるの？　これ以上ないほど軽い愛撫なのに、爪先までしびれるようだ。

それで、どこを観光するつもりだ？　彼は気だるげに伸びをした。ぐっすり眠ったおかげで体は新たな活力がみなぎり、感情が戻ってきた心は生き生きとしている。彼女とやり合うのは楽しい。

あなたとあなたの奇妙なゲームから離れた場所。ハンガリーなんていいかもしれないわ。

前からブタペストを訪ねてみたかったの。

嘘《うそ》をつくな。アメリカへ帰ろうと考えているくせに。チェスはやるか？

妙なことを訊《き》かれて、レイヴンは目をしばたたいた。チェス？　おうむ返しに訊いた。

男性がおもしろがっているような口調で話すとひどく癪《しゃく》にさわることがある。チェスだ。

ええ。あなたは？

もちろんやる。わたしと勝負しないか？

いま？　レイヴンは豊かな髪を三つ編みに編みはじめていた。彼の声には人の心を操る魅惑的なところがある。それはレイヴンの心の琴線を刺激し、恐怖を覚えさせた。

まずは食事をとらなければならない。きみも空腹だろう。頭痛がしているようだな。階下《した》におりて夕食をすませるんだ。今夜十一時に会おう。

冗談じゃないわ。あなたと会うなんて。

怖いんだな。それは明らかな挑発だった。

彼女がばかにしたように笑うと、彼の体は炎に包まれた。ときどきばかげたことはするけれど、わたしはばかじゃないわ。

わたしに名前を教えるんだ。それは命令で、レイヴンは言われたとおりにしたくなった。

彼になにも読まれないよう、無理やり頭を空にした。矢で貫かれたような頭痛に襲われ、
胃がきゅっと収縮して苦しくなる。この人はわたしを無理やり従わせることしか思いつかな

いらしい。

わたしのほうが強いとわかっているのに、どうしてあらがう？　きみは傷つき、疲労困憊《こんぱい》し、それでも結局、勝つのはわたしだ。こういうコミュニケーションはきみにとって負担だろう。わたしはきみにもっと違ったレベルの服従を強いることもできる。

ふつうに頼めば、わたしが答えるはずのことを、どうして無理やり言わせようとするの？

レイヴンには彼が当惑しているのが感じとれた。すまない、リトル・ワン。わたしはいちばん手のかからない方法でものごとを思いどおりにするのに慣れているんだ。

そのためにはごくふつうの礼儀も犠牲にするの？

そのほうが得策な場合もある。

レイヴンは枕をこぶしで打った。その傲慢さをどうにかしたほうがいいわね。力があるからといって、それをひけらかす必要はないのよ。

きみは忘れている。ほとんどの人間は心的な強要には気がつかない。

だからといって自由な意志を奪っていいことにはならないでしょ。どのみち、あなたがするのは強要じゃない。命令して、服従させるのよ。そのほうがたちが悪いわ。なぜなら、人を骨抜きにしてしまうから。こっちのほうが真実に近いんじゃない？

わたしを非難するのか。今度は彼の思念に棘《とげ》が感じられた。まるでこれ以上は男性的にあざわらいつづけるのがむずかしくなってきたかのように。

わたしに無理強いしようとするのはやめて。

今度は彼の声から脅しが、明らかに危険な響きが聞きとれた。無理強いしい、しようとはしないとも。わたしはきみにかならず服従を強いることができるからな。

あなたはなんでも自分の思いどおりにしたがる甘やかされた子供そっくり。不満を訴えているおなかに枕を押し当てて、レイヴンは立ちあがった。階下《した》に行って食事をしてくるわ。頭がずきずきしてきたの。あなたもバケツに水をくんで頭を冷やしたら。嘘をついたわけではなかった。彼のレベルに合わせて闘おうとしたせいで、体の調子が悪くなってきた。彼に止められるのではないかと不安に思いながら、そろそろとドアに向かった。人に囲まれているほうが安心できるだろう。

どうか名前を教えてくれないか、リトル・ワン。彼が重々しく礼儀正しい口調で言った。

レイヴンの顔に思わず笑みが浮かんだ。レイヴン。レイヴン・ホイットニーよ。

それではレイヴン・ホイットニー、食事をしてゆっくり休むんだ。十一時に会ってチェスをしよう。

コンタクトが唐突に切れ、レイヴンはゆっくりと息を吐いた。取り残されたような気分ではなく、安堵《あんど》を感じるべきなのはよくわかっている。彼の魅惑的な声にも、男性的な笑いにも、わたしとの会話そのものにも性的な誘いが感じられた。わたしの体は彼と同じ孤独感に疼いている。自分の体が、彼に触れられたときのように生気に溢《あふ》れることがあるとは思いもしなかった。あれほど燃えあがり、求め、切望することがあるとは。彼は心に触れてきただけだったのに。彼の誘惑は肉体的なものにとどまらない。なにとは正確に言い当てられない、深く原始的なところがある。彼はわたしの魂の内に触れた。わたしは彼の渇望、彼の闇、消えることのない強烈な孤独感を感じた。わたしも渇望している。これほどの孤独感を、ほかの人に触れるのが、近づきすぎるのがこんなにも怖いことを理解してくれる人を。わたしは彼の声、古風な優雅さ、男性的でばかげた傲慢さが好きだ。彼の知識、能力を身につけたい。

震える手でドアを開け、廊下の空気を吸いこんだ。体がふたたび思いどおりに、軽くなめらかに動くようになった。階段を駆けおり、食堂へと足を踏みいれた。

昨夜よりも多くのテーブルが埋まっている。ふだんレイヴンは望まぬ感情から自分を守らなくてもすむように、できるだけ公共の場所を避けるようにしている。深呼吸をしてから、奥へと進んだ。

ジェイコブが歓迎の笑みを浮かべて顔をあげ、レイヴンが同じテーブルにつくのを待つかのように立ちあがった。レイヴンも彼にほほえみ返したが、自分がどのように見られているか——無垢でセクシーな高嶺《たかね》の花——には気づいていなかった。ジェイコブたちのテーブルまで歩いていき、シェリーにあいさつすると、やはりアメリカ人のマーガレットとハリーのサマーズ夫妻に紹介された。顔に警戒の色が出ないようにした。先日、逮捕にかかわった殺人犯の取り調べが行なわれているあいだ、レイヴンの写真は新聞各紙、そしてテレビでもたびたび紹介された。気がつかれたくない。あの犯人の悪夢のように歪んだ邪悪な心をふたたび思いだすのはいやだ。夕食の席であんなおぞましい話はしたくない。

「さあ、座って」ジェイコブが背もたれの高い椅子を礼儀正しく引いてくれた。

肌が触れ合わぬように気をつけながら、レイヴンは腰をおろした。これほど多くの人がそばにいると、地獄のようだ。子供のころは、つぎつぎと激しくぶつかってくる周囲の人々の感情に押しつぶされそうになった。自分を守る方法、盾《シールド》を張ることを学ぶまでは気が変になりそうだった。心の痛みや悲しみが強すぎなければ、あるいは体がほかの人と触れ合ったりしなければ、シールドを張るという手は有効だ。あるいはひどく邪悪で病んだ心の持ち主がそばにいなければ。

いま、周囲で会話が弾み、誰もが楽しい時を過ごしているように見えるこの瞬間、レイヴンの体には過負荷の典型的な症状が現われていた。頭にいくつものガラスの破片が突き刺さってくるように感じられ、胃がむかむかする。食事はひと口も喉を通りそうにない。

ミハイルは夜気を深く吸いこみ、小さな村を歩きながら、自分に必要なものを捜し求めた。女ではない。ほかの女の肉体に触れることは耐えられない。彼は体が掻きたてられていて、いまの性的に非常に昂《たかぶ》った状態では相手に危険を及ぼすかもしれないし、ヴァンパイアに変異する可能性が高すぎる。自制を失ってしまうかもしれない。だから、相手は男でなければならない。彼はくつろいだようすで人々のあいだを歩きつつ、知り合いとあいさつを交わした。ミハイルはこの土地で非常に尊敬されている。

引き締まった体つきのたくましい若者の後ろに、さりげなく立った。若者は健康なにおいがし、血管は生命力ではち切れんばかりになっている。短く軽い会話を交わしたのち、ミハイルは低い声で呪文を唱え、若者の肩に親しげに腕をまわした。奥まった暗がりにはいってから、黒髪の頭をさげて渇きを充分に潤した。自制を失わないよう注意した。この若者のことは気に入っているし、家族もよく知っている。間違いがあってはならない。

頭をあげた瞬間、彼女の苦悩の第一波がミハイルを襲った。レイヴン。無意識のうちにコンタクトを求め、心にそっと触れて、彼女がまだ自分と一緒にいることを確認した。機敏さが増した彼は、やるべきことを手早く終え、若者を催眠状態から解放すると、ずっと会話を続けていたように思いこませた。にこやかに笑って打ち解けたようすで握手をし、少しめまいを感じている若者をしっかりと立たせた。

ミハイルは心をひらき、レイヴンと自分をつなぐ糸に気持ちを集中した。この力を使うのはひさしぶりだった——だから錆《さ》びついていた——が、彼はまだ自分が求めるものを〝見る〟ことができた。レイヴンはふた組の男女とテーブルについている。表面的には美しく、落ち着いて見える。しかし、あくまでも表面的には、だ。ミハイルは彼女の混乱、なかなかおさまらない頭痛、いきなり立ちあがって、みなから遠く離れた場所へ行きたいという欲求を感じることができた。輝くサファイアを思わせる瞳はなにかに取り憑《つ》かれたようで、白い顔には影が差している。緊張。彼女の強さには驚かされるばかりだ。思念はほんのわずかも漏れだすことがなく、テレパシー能力がある者でも、ミハイル以外は誰ひとりとして、彼女の苦悩に気づかなかっただろう。

彼女のとなりの男が身を乗りだしたかと思うと、生々しい欲望を顔に浮かべてレイヴンの目をのぞきこんだ。「散歩に行こうよ、レイヴン」男はそう提案して、テーブルに置いていた手を彼女の膝のすぐ上へと動かした。

たちまちレイヴンの頭痛が激しくなり、頭骨《とうこつ》が割れそうに、目の奥がナイフで突き刺されたように痛くなった。彼女はジェイコブの手が届かないところまで脚を乱暴に引いた。ミハイルのなかで悪魔が解き放たれ、怒り狂った。これほどの怒りを感じるのは初めてだ。それはどっと押し寄せてきて彼を呑みこんだ。あんなふうに、自覚も思いやりもなく、平然と彼女を苦しめられるやつがいるとは。彼女があんなにも無防備で傷つきやすい状態にあるときに触れるとは。ずうずうしくも体に手を置くとは。ミハイルは冷たい夜気に怒りをあおられながら、大空を翔た。

レイヴンは彼の激しい怒りを感じとった。食堂の空気が重くなり、外では風が起きて激しく渦巻いた。木の枝が外壁に打ちつけ、窓が不気味にがたがたと鳴る。ウェイターのなかには十字を切り、突然星が見えなくなった外の闇を恐怖の表情でのぞいた者もいた。まるで全員がそろって息を詰めたかのように、ふいに奇妙な静寂が訪れた。

ジェイコブがあえいだかと思うと、首を絞める力強い手を振りほどこうとするかのように両手で喉をつかんだ。顔が最初は赤く、つぎにまだらになり、目が飛びだしそうになった。シェリーが悲鳴をあげた。若いウェイターがひとり、窒息しそうになっているジェイコブのところへ駆けつけた。客は席を立ち、なにごとかと首を伸ばして見ようとした。

レイヴンは無理やり落ち着きを取りもどした。ミハイルの感情のあまりの昂りかたに、彼女も知らぬ顔ではいられなくなった。**彼を放して。**返ってきたのは沈黙だった。ウェイターがハイムリック法(気道に詰まった異物を排出させる応急処置法)を必死に試しているにもかかわらず、ジェイコブは唇が蒼《あお》くなり、白目を剥《む》いて膝から床に崩れ落ちた。**どうかお願い、お願いよ。彼を放して。わたしに免じて。**

ジェイコブが急に息を吸いこんだかと思うと、苦しげに嘔吐《おうと》するような音をたてはじめた。妹とマーガレット・サマーズが目に涙を浮かべて彼の横にしゃがみこんだ。レイヴンもとっさにジェイコブに駆け寄ろうとした。

その男にさわるな！ それは彼女の心に働きかけようとするところなどまるでない、純然たる命令で、力ずくで従わされるよりも恐ろしかった。

食堂にいるあらゆる人の感情がレイヴンに押し寄せてきた。ジェイコブの痛みと恐怖。シェリーの不安、宿の女主人の戦慄《せんりつ》、アメリカ人観光客のショック。すでに弱っていたレイヴンは打ちのめされ、押しつぶされそうになった。しかし、針を頭に刺されるような苦痛は、すべてを焼きつくすような彼の怒りが原因だった。吐き気と激しい腹痛に襲われ、レイヴンは体をほとんどふたつ折りにして化粧室を必死の表情で見た。いま誰かに触れられたら、誰かが助けようとして駆け寄ってきたら、わたしは頭がおかしくなってしまうかもしれない。

「レイヴン」その声は温かく官能的で、まるで愛撫のようだった。嵐《あらし》の目の静けさ。黒いベルベットのように柔らかく、美しく、癒される。

ミハイルが足を踏みいれた瞬間、不思議な静寂が食堂に落ちた。彼からは非常な傲慢さ、周囲を服従させずにおかない雰囲気が感じられる。黒髪、長身で筋肉質の体をしているが、一瞬のうちに人目を惹きつけるのは、エネルギーと闇と、千もの秘密に満ちて燃えるように見えるその瞳だった。彼の瞳には声と同じく、人を魅了し、無力にする力がある。ミハイルは断固とした足取りで歩き、ウェイターたちは彼のために慌てて道を空けた。

「ミハイル、あなたに来ていただけるとはうれしいばかりだわ」宿の女主人が驚きに息を呑んだ。

ミハイルはふくよかな体つきの女主人をちらりと見た。「わたしはレイヴンに会いに来たんです。今夜会う約束をしていて」彼が低く尊大な声でいうと、口答えしようとする者はひとりもいなかった。「チェスの試合を申しこまれたんです」

宿の女主人はにっこり笑ってうなずいた。「どうぞ楽しい時間を過ごしてくださいな」

レイヴンは両手で胃のあたりを押さえながらふらついた。ミハイルが近づいてくるのを見て、サファイア色の瞳が顔の大半を占めるほど大きくみはられた。彼女が動けずにいるうちに、彼が目の前に来て手を差しのべた。

やめて。彼に触れられるのが怖くて、レイヴンは目をつぶった。すでに過負荷がかかった状態なのだから。彼が発する強烈な感情には耐えられそうにない。

ミハイルはかまわずに彼女の体に腕をまわし、たくましい胸に抱きあげた。御影石《みかげ》のように硬い表情でくるりと向きを変えると、レイヴンを食堂から連れだした。ふたりの背後でささやき声のざわめきが起きた。

レイヴンは感覚が圧倒されるのを予期して緊張したが、ミハイルは心を閉ざしていて、彼女に感じられたのは彼の腕のとてつもない力強さだけだった。彼は戸外へとレイヴンを連れだし、彼女の体重などものともせずによどみのない足取りで歩いていく。

「息をするんだ、リトル・ワン。楽になるから」温かな声にはどこかおもしろがっているような響きがあった。

はむかう気力もなく、レイヴンは言われたとおりにした。この人里離れた未開の地へは自分を癒す目的で来たのに、ますますぼろぼろになってしまった。慎重に目を開け、長いまつげの下から彼を見あげた。

エスプレッソを思わせる濃い色の髪がうなじのあたりできつく結ばれている。顔は天使のようでも悪魔のようでもあり、たくましさと力強さを感じさせ、官能的な口もとにはどことなく残忍さが感じられる。活力のある目は黒曜石に似て、黒魔術をかけられそうだ。

レイヴンには彼の思考が読めなかった。情動を感じることも、心の声を聞くこともできない。こんなことは過去に経験がなかった。「わたしをおろして。どこかの海賊じゃあるまいし。こんなふうに抱きかかえられていると、間抜けな気分になるわ」彼は大股に森の奥深くへと進んでいく。木の枝が揺れ、茂みがかさこそと音をたてる。レイヴンの鼓動がどうしようもなく激しくなった。体をこわばらせ、彼の肩を押したが、無駄な抵抗だった。

彼は所有欲に満ちた目つきでレイヴンの顔を眺めたが、歩度は緩めず、返事もしなかった。彼女の抵抗に気づいてすらいないように見えるところが屈辱的だ。

レイヴンはかすかなため息をついて、彼の肩に頭をあずけた。「あなたはわたしを誘拐したの？　それとも救出してくれたの？」

力の強そうな白く輝く歯が剝きだされ、捕食者の笑み、男性的な喜びを感じている表情が顔に浮かんだ。「おそらくどちらとも言える」

「どこへ連れていくつもり？」肉体的にも精神的にも争いたくなくて、レイヴンは額を押さえた。

「わたしの家だ。きみはわたしと約束がある。わたしの名はミハイル・ダブリンスキー」

レイヴンはこめかみを揉んだ。「今夜はやめておいたほうがいいかもしれないわ。わたしは気分が……」自分たちのまわりを行ったり来たりしている影が目に留まり、口をつぐんだ。心臓が止まりかけた。周囲を見まわすと、第二の影、続いて第三の影が見えた。彼の肩をぎゅっとつかむ。「下におろしてちょうだい、ダブリンスキー」

「ミハイルだ」彼は歩度を緩めもせずに訂正した。「狼《おおかみ》が見える？」広い肩を無頓着《むとんちゃく》にすくめた。「落ち着くんだ、リトル・ワン。襲ってはこないから。ここはわたしの住処《すみか》であると同時に、彼らの住処でもある。われわれのあいだには了解ができていて平和に暮らしているんだ」

どういうわけか、レイヴンは彼を信じる気になった。「あなたはわたしに危害を加える？」訊かずにいられなくて、そっと訊いた。

考えこむような、千もの秘密をたたえ、所有欲に満ちた目つきで、ミハイルの黒い瞳がもう一度レイヴンの顔を見た。「わたしはきみが考えているような意味で女性に危害を加える男ではない。だが、われわれの関係は緊張することもあるだろう。きみはわたしに反抗するのが好きだからな」彼はできるかぎり正直に答えた。

ミハイルの目つきを見ていると、レイヴンは彼の所有物であるかのような気分になった。

「あなたはジェイコブに危害を加えるべきじゃなかった。彼、もう少しで死んでいたかもしれなかったわ」

「あの男をかばうのはやめろ。きみに免じて生かしてやったが、あいつを殺すのは簡単だった」楽しくさえあったはずだ。あの人間がしたようにわたしの女に触れ、彼女を苦しめる権利は何者にもない。苦しめている自覚がなかったからといって、罪が赦される理由にはならない。

「本気で言っているわけじゃないでしょう。ジェイコブは無害だわ。彼はわたしに惹かれていたのよ」レイヴンはやさしく説明しようとした。

「わたしの前であいつの名前を口にするな。あの男はきみの体に手を置いた」ふたりを囲む狼の群れに劣らず野性に満ちた森の真ん中で、ミハイルは唐突に足を止めた。レイヴンを抱いて何キロも歩いてきたのに、息すら乱れていない。彼女を見おろす黒い瞳は無情だった。

「あいつはきみをひどく苦しめた」

ミハイルが顔を近づけてきたので、レイヴンは息を呑んだ。彼の口はほんの数センチしか離れておらず、熱い息が肌で感じられた。「この件についてはわたしに逆らうな、レイヴン。あの男を生かしておく理由はない」

レイヴンはミハイルの無慈悲なきびしい表情をじっと見た。「本気で言ってるのね？」彼の言葉を聞いて、自分の体が熱くなったことを意識したくなかった。ジェイコブにはたしかに苦しめられた。苦しみのあまり、息ができなくなるほどに。それはほかの人には知られなかったのに、なぜかミハイルにだけは見抜かれた。

「とことん本気だ」ミハイルはふたたび足早に歩きだした。

レイヴンは黙りこくり、謎を解こうとした。わたしは〝悪〟についてはよく知っている。連続殺人犯の堕落した心という悪を追い、深く理解してきた。この男《ひと》は人を殺すことを軽い口調で口にするけれど、でも内面に悪は感じられない。ミハイル・ダブリンスキーといると、わたしは危険だ。とてつもなく。この男《ひと》の持つ力には際限がなく、その強さゆえに傲慢で、わたしのことを自分のものと考えている。

「ミハイル？」レイヴンの細い体が震えだした。「わたし、帰りたいんだけど」

黒い瞳がふたたび彼女の顔をさっと眺め、青い瞳に影が、不安の色が差しているのを見てとった。レイヴンは心臓がどきどきと打ち、華奢な体が彼の腕のなかで震えた。「帰るというのはどこへだ？ 死へか？ ひとりきりの生活へか？ きみにはあそこにいる人間となんら共通点がない。わたしとはあらゆる点で共通している。帰ることがきみにとって問題解決になるとは思えない。彼らはきみから魂を少しずつ奪っていく。わたしのもとにいたほうがずっと安全だ」

レイヴンはミハイルの厚い胸板をぐいと押したが、気がつくと彼の温かな肌から手が離せなくなっていた。ミハイルは腕に力を込めただけだった。冷たい瞳が愉快げな温かみを帯びる。「わたしにあらがっても無駄だぞ、リトル・ワン」

「わたしを帰して、ミハイル」自制のきいた声になるように努めた。レイヴンは自分が本心を語っているのかどうか確信が持てなかった。彼はわたしのことをよく知っている。わたしがどんな気持ちでいるか、特別な力に恵まれたがためにどれだけの犠牲を払っているかを知っている。ふたりのあいだの引き合う力はとても強く、彼女はなかなかしっかりと頭を働かせることができなかった。

ミハイルの家は広壮な石の塊で、暗く威嚇するようにそびえたっていた。彼のシャツを握っている手にぎゅっと力がこもった。そのいかにも不安そうなしぐさに、彼女自身は気づいていなかった。「わたしといれば、きみは安全だ、レイヴン。わたしは誰にも、何者にもきみを傷つけさせない」

ミハイルが重い鉄の門を押し開け、階段をのぼると、レイヴンの喉もとが緊張したようすで上下した。「あなた以外にはということでしょう」

ミハイルは彼女のシルクのような髪に顎を軽くこすらせ、体の芯《しん》に強く突きあげてくるものを感じた。「わが家へようこそ」とそっと言い、まるで炉端の明かりか陽光のように、その言葉で彼女を包みこもうとした。残念そうに非常にゆっくりと、レイヴンを敷居の前におろす。

彼女の横から手を伸ばしてドアを開け、あとずさった。「みずから進んでわたしの家にはいるか?」彼は儀式張って尋ねた。燃えるような視線がレイヴンの顔に注がれ、全身を眺め、柔らかな唇を見つめてから大きな青い瞳へと戻った。

彼女が怯えているのは簡単に読みとれた。とらわれの身となった野生動物が彼を信じたいと思いながらも信じられず、必死に逃げ、追いつめられ、それでもまだ命つきるまで戦おうとしているかのようだ。レイヴンが戸枠に指先で触れた。「いやだと言ったら、あなたはわたしを宿に連れて帰ってくれる？」

とても危険だとわかっている人と、わたしはどうして一緒にいたいと思うのだろう？　レイヴンは不思議に思った。この人は〝無理強い〟はしていない。それがわからないほど、わたしの能力は低くない。とても孤独で、高慢に見えるけれど、わたしを見る目は渇望に燃えている。彼はレイヴンの問いに答えず、彼女を説き伏せようともせず、ただ無言で待っていた。

レイヴンは自分の負けを悟ってため息をついた。思考や感情の砲撃にさらされることなく、ただ一緒に座って話をしたり、体を触れ合わせることすらできる相手を、彼女はこれまでひとりも知らなかった。それだけでも、いささか誘惑を感じる。

敷居をまたごうとすると、ミハイルが彼女の腕をつかんだ。「〝みずから進んで〟と言うんだ」

「みずから進んで」まつげを伏せ、レイヴンは彼の家に足を踏みいれた。ミハイルの彫りの深い顔に荒々しい喜びの表情が浮かんだのを、彼女は見逃した。

2

あともどりできぬことを示すように、重い扉が大きな音をたてて背後で閉まった。レイヴンはぶるっと身震いして、神経質に両腕をさすった。ミハイルがケープをひらりと体にかけ、森を思わせる男っぽい香りと温もりで彼女を包んだ。彼は大理石の床を歩いていくと、書斎の扉を大きく開けはなった。数分後には暖炉に火が燃えさかっていて、ミハイルは火の近くの椅子を指し示した。背もたれの高い、詰めものがたっぷりされたアンティークの椅子だったが、不思議とくたびれていない。

レイヴンは畏敬《いけい》の念に打たれて、その部屋を見まわした。大きな部屋で、美しい硬木の床はモザイク模様になっている。壁の三面が床から天井まで届く書棚になっており、ぎっしり本が詰まっていて、ほとんどが革綴じで、どれもとても古そうだ。座り心地がよさそうな椅子。そのあいだに配された小さなテーブルは完璧《かんぺき》な状態に保たれたアンティーク。チェスの盤は大理石でできていて、駒《こま》には独特の彫刻が施されている。

「これを飲むんだ」

クリスタルのグラスを手にミハイルがすぐ横に現われたので、レイヴンはびっくりして跳びあがりそうになった。「わたし、アルコールは飲まないの」

ミハイルがにやりと笑うと、彼女の心臓が早鐘を打ちはじめた。嗅覚《きゅうかく》の鋭い彼は、レイヴンの胸の高鳴りをすでににおいから嗅ぎとっていた。「これはアルコールじゃない。頭痛を鎮めるための薬草から作った飲みものだ」

レイヴンの頭のなかで警報が鳴りはじめた。こんなところに来るなんてわたしはどうかしている。こんなの、まるで野生の虎《とら》とひとつの部屋にはいってくつろごうとするようなものじゃない。この男《ひと》がわたしになにをしようと、誰も助けに来てはくれないのよ。もし薬を盛られたら……レイヴンはきっぱりと首を横に振った。「いいえ、結構よ」

「レイヴン」ミハイルの声は低くやさしく、催眠術のような響きがあった。「わたしに従うんだ」

気がつくと、レイヴンはグラスを手にしていた。命令にはむかおうとしたが、鋭い痛みが頭に走ったので悲鳴をあげた。

ミハイルはすぐ横でそびえたつように彼女を見おろしている。華奢なグラスを持つレイヴンの手に手を重ねた。「どうしてこんなささいなことでわたしにはむかう？」

嗚咽《おえつ》がこみあげてきて、レイヴンの喉が燃えるように熱くなった。「どうしてわたしに無理強いするの？」

ミハイルは彼女の喉に手をまわし、顎をあげさせた。「なぜなら、きみは苦しんでいて、わたしはその苦しみをやわらげたいからだ」

レイヴンの瞳が驚きに見ひらかれた。これはそんなに単純なこと？　わたしが苦しんでいるから、彼はそれをやわらげたいというだけ？　この男《ひと》は本当にそこまで父性が強いのだろうか。それとも自分の意志を人に押しつけるのが楽しいのだろうか？　「飲みたくないというのがわたしの選択なの。みずから進んでというのは自分で選ぶということでしょ」

「きみの目には苦痛の色が見えるし、体は苦痛を感じている。わたしにはきみを助けることができるとわかっている。それなのに、なにかを証明したいがために自分を苦しめつづけるきみをほうっておくのは理にかなったことだろうか？」ミハイルが当惑しきっているのが、声から感じられた。「レイヴン、きみに危害を加えたいと思ったら、わたしには薬を盛る必要などない。きみを助けさせてくれ」彼の親指が羽のように軽く官能的にレイヴンの肌を撫でる。首の血管を、華奢な顎の線を、ふっくらとした下唇をたどる。

レイヴンは目を閉じ、ミハイルがグラスを口に当て、ほろ苦い液体を喉に流しこむのにまかせた。あたかも彼の手に命をあずけているような気分だった。ミハイルの触れかたは強烈な所有欲に満ちていた。

「力を抜くんだ、リトル・ワン」彼がそっといった。「きみについて話してくれ。きみはどうしてわたしの心の声を聞くことができるんだ？」力強い指がレイヴンのこめかみを心地よいリズムで揉みはじめた。

「物心ついたときからできたのよ。小さいころは、ほかのみんなもできるものと思っていた。でも、他人《ひと》の心の奥が、秘密がわかるというのは怖いことだった。一日じゅう、いろんなことが聞こえたり、感じられたりするんですもの」レイヴンはこれまで誰にも自分の人生や子供時代について語ったことがなかった。赤の他人に対してはとりわけ。けれど、ミハイルは赤の他人に感じられなかった。ミハイルは彼女の一部、失われた魂の一片のように感じられ、彼に語ることは重要に思えた。「父には奇人のように、悪魔の子のように見られていたし、母でさえ、わたしを少し恐れていたわ。そのうち、わたしは人に触れてはならないこと、人混みにはいってはいけないことを学んだ。ひとりでいるほうが、誰とも交わらずにいるほうが賢明だった。正気を保つにはそうするしかなかったのよ」

彼女の頭上で、猛獣が威嚇するように、ミハイルが輝く歯を剥きだした。彼はレイヴンの父親としばしふたりきりになり、本物の悪魔がどういうものか教えてやりたいと思った。自分がレイヴンの言葉にそこまで強烈な怒りを掻きたてられるということが、おもしろくもあり、驚きでもあった。彼はずっとこの世に存在していたのに、それほど昔からレイヴンがひとりぼっちで苦悩と孤独に耐えていたということに怒りを覚えた。

ミハイルの手はレイヴンのうなじへと滑りおり、力強く、うっとりするような手つきでマッサージを続けていた。「数年前に何家族も、幼い子供も含めてつぎつぎ殺している男がいたの。当時わたしは高校時代の友人の家で暮らしていたんだけど、ある日、仕事から戻ったら、友人一家全員が殺されていた。家にはいっていったとき、わたしは犯人の邪悪な気配を感じて、彼の思考を読むことができた。おぞましい光景が頭のなかを駆けめぐって、吐き気に襲われたけど、わたしは犯人の居所を突きとめ、最後には警察を犯人へと導くことができた」

ミハイルは彼女の太い三つ編みに手を滑らせ、結び目を見つけるとそれをほどき、何時間も前に浴びたシャワーのせいでまだ湿っているたっぷりとしたシルクのような髪を梳《す》いた。

「これまでに何度、そういうことをしたんだ?」レイヴンはすべてを語っていない。恐怖と苦悩の詳細について。彼女が犯人を追いつめるのを見守り、その能力に衝撃を受け、魅了されながらも嫌悪を覚えた人々がどういう顔をしたか。ミハイルは彼女の本当の気質を知るために心にはいりこみ、記憶を読んでそうした詳細を知った。

「四度。四人の殺人犯を追跡したの。四人目のとき、わたしは心がこなごなになってしまった。四人目の犯人はあまりに病んでいて、あまりに邪悪だった。わたしはまるで自分自身が汚れたかのような、自分の頭から二度と彼を追い払うことができないかのような気分になった。ここへ来たのは、平安を見つけたかったから。ああいうことはもう二度としないと心に決めたの」

レイヴンの頭の上で、ミハイルは気持ちを静めるために一瞬目をつぶった。彼女が自分を汚れたと感じるとは。彼はレイヴンの心と魂をのぞき、秘密をひとつ残らず知ることができた。彼女は明るく、思いやり深く、勇気があってやさしい。幼いころに彼女が経験したことは、けっしてあってはならないことだった。心を安らがせる落ち着いた声で話せるようになるまで、彼は待った。「テレパシーで交信すると、いまみたいな頭痛に襲われるのか?」レイヴンが深刻な面持ちで頭を縦に振ると、ミハイルは言葉を継いだ。「それなのに、わたしが無防備に苦悩をさらけだしていたとき、自分が犠牲を払うことになると知りながら、手を差しのべてくれたのか」

どう説明すればいいか、レイヴンにはわからなかった。ミハイルは手負いの動物さながらに苦痛を発散していて、彼女は気がつくと涙をはらはらと流していた。彼の寂しさはレイヴンの寂しさと同じだった。孤立感は彼女の孤立感と同じ。それに、彼が苦痛に、みずからの存在に終止符を打とうとしているのが感じとれた。そんなことを見過ごすわけにはいかなかった。たとえ、自分がどんな犠牲を払うことになろうとも。

ミハイルはレイヴンの惜しみのなさに驚き、衝撃を受けてゆっくりと息を吐いた。どうして手を差しのべたか、言葉にするのを躊躇《ちゆうちよ》しているが、他人《ひと》のために行動するのが彼女の性分なのだ。彼はレイヴンの香りを吸いこんで彼女を自分の体に取りこみ、彼女が自分の家にいる光景、感覚を、手のなかのシルクのような髪、指先に触れる柔らかな肌の感触を楽しんだ。暖炉の炎がレイヴンの髪を青く輝かせている。激しく、差し迫った欲求が湧《わ》きおこり、はやる気持ちが痛いほどであるにもかかわらず、ミハイルはそれを感じられる喜びにひたった。

小さなテーブルを挟んでレイヴンの向かいに腰をおろし、魅惑的な体の線を所有欲に満ちた目でゆっくりと眺める。「なぜ男の服を着ている」

レイヴンは柔らかく音楽的な笑い声をあげ、いたずらっぽく目を輝かせた。「こうすれば、あなたがいらだつとわかっていたから」

ミハイルは頭をのけぞらせて笑った。心からの、信じられないほど心地よい笑いだった。彼のなかに幸福感と、わくわくするような愛情が生まれた。それがどんなものか、すっかり忘れてしまっていたが、彼のなかに生まれた感情は鋭く、はっきりとしていて、体に甘い疼きをもたらした。

「わたしをいらだたせる必要があるのか？」

頭痛が完全に治まっていることに気づき、レイヴンは片方の眉をつりあげた。「とても簡単なんですもの」とからかった。

ミハイルは身を乗りだした。「失礼なことを。それを言うなら、とても危険、だろう」

「うーん、それもあるかもしれないわね」レイヴンは顔にかかっていた髪に手をくぐらせ、かきあげた。それは無邪気なしぐさだったが、信じられないほどセクシーで、ミハイルの目は彼女のこのうえなく美しい顔だち、豊かな胸、なめらかな喉の線に吸い寄せられた。

「さて、あなたはどれだけチェスが上手なの？」彼女が生意気な口調で訊いた。

一時間後、ミハイルは椅子にゆったりと背中をあずけ、チェス盤を見つめるレイヴンの顔を眺めていた。彼女はミハイルの変わった戦法の狙《ねら》いを突きとめようと、眉をひそめて集中している。彼が罠《わな》にかけようとしているのは察知できているが、どこが罠かがわからないのだ。くつろいだようすで手のひらのつけ根に顎をのせ、つぎの手を焦ってはいない。レイヴンは忍耐力があり、なかなかの腕前の持ち主で、ミハイルは自信過剰であるがために、二度ほど窮地に追いこまれた。

突然、レイヴンの目が大きく見ひらかれ、柔らかな口にゆっくりと笑みが広がった。「あなたってずる賢い悪魔ね、ミハイル。でも、その狡猾《こうかつ》さのせいで、ちょっと困ったことになったかもしれないわよ」

ミハイルは厚いまぶたをなかば閉じて彼女を見た。暖炉の火に照らされて、歯が白く輝く。「これは前に話したかな、ミス・ホイットニー。前回、わたしをチェスで負かした無礼者は、地下牢にほうりこまれて三十年間、苦しみつづけたんだ」

「それだと、当時あなたは二歳ぐらいだった計算になるわね」目はチェス盤に注いだまま、レイヴンがからかった。

ミハイルははっと息を呑んだ。レイヴンといると居心地がいいので、ありのままの自分が受けいれられた気になっていた。どうやらわたしはテレパシー能力を持った人間だと思われているらしい。ミハイルは駒を動かすために気だるげにチェス盤に手をのばし、レイヴンの目に気づきの色が浮かぶのを見た。「これでチェックメイトじゃないかな」柔らかな口調で言った。

「狼に囲まれて森のなかを歩ける人は悪賢くて当然よね」レイヴンは笑顔で彼を見あげた。「すばらしいゲームだったわ、ミハイル。本当に楽しかった」彼女は椅子のクッションにもたれた。「あなたは動物と話ができるの?」好奇心をそそられたようすで尋ねた。

ミハイルは彼女が自分の家にいることが、炎が彼女の髪をところどころ青く輝かせるさまが、顔に美しい影が差すさまが気に入っていた。すでにその光景をすみずみまで記憶にとどめたので、目を閉じても、繊細な高い頬骨、小さな鼻、官能的な口もとがありありと思い浮かぶはずだった。「できる」彼女に嘘はつきたくなかったため、正直に答えた。

「本当なら、ジェイコブを殺していた?」

レイヴンのまつげは美しく、ミハイルの目をとらえて放さなかった。「ものを尋ねるときは慎重になったほうがいいぞ、リトル・ワン」彼は警告した。

レイヴンは体の下に脚を折りこみ、ミハイルをじっと見つめた。「ねえ、ミハイル、あなたは特別な能力を使うことがすっかり自然になっていて、それが正しいか間違っているか立ち止まって考えてみることがないんじゃないかしら」

「あの男にはきみに触れる権利などなかった。あいつはきみを苦しめていた」

「でも、本人に自覚はなかったわ。あなただってわたしに触れる権利はなかったけれど、かまわなかったでしょ」レイヴンは理にかなった指摘をした。

ミハイルの瞳が冷たく光った。「わたしにはれっきとした権利がある。きみはわたしのものだ」柔らかな声にかすかな警告の響きを込めて、穏やかに言った。「もっと重要なのは、レイヴン、わたしはきみを苦しめなかったという点だ」

レイヴンは喉の途中で息が止まった。舌先でちらりと唇を湿した。「ミハイル」言葉を注意深く選びつつ、ためらいがちに言う。「わたしはわたしのものよ。わたしはひとりの人間で、あなたの所有物じゃないわ。どのみち、わたしが住んでいるのはアメリカよ。もうすぐ向こうに戻る予定だし、つぎの列車でブダペストに出ようと考えているの」

ミハイルの顔に浮かんだ笑みは、ハンターの笑み、捕食動物の笑みを思わせた。暖炉の火が一瞬、赤く燃えあがり、夜の闇にひそむ狼さながらに瞳が光った。彼は無言でまばたきもせずに、ただじっと彼女を見つめている。

身を守ろうとするように、レイヴンの手が震えながら喉を押さえた。「もう夜も更けたわ。そろそろ帰らないと」彼女の耳に自身の激しい鼓動が聞こえた。わたしはこの男《ひと》になにを求めていたのだろう？　今夜は最高にすてきな、そして恐ろしい夜だったということ、彼にもう一度会いたいということしかわからない。ミハイルは身じろぎもせず、そのまったく微動だにしないところが怖かった。息をひそめて、レイヴンは待った。不安のあまり息ができなくなりそうで、細い体に震えが走る。帰ってもいいと言われるかもしれないという屈折した不安。ここに無理やり引き留められるのではないかという不安。肺まで深く息を吸いこんだ。「ミハイル、わたしにはあなたがなにを求めているのかわからない」自分がなにを求めているのかも。

力強さと優雅さが組み合わさった物腰で、ミハイルが立ちあがった。彼が手を差しだすと、先に影がレイヴンに触れた。ミハイルの力強さは尋常ではないが、その手はやさしく彼女を立ちあがらせた。彼は腕に手を滑らせて肩を軽くつかみ、親指で首の脈打つ血管の上を撫でた。ミハイルと並ぶと、レイヴンはとても小さく、とても無防備で頼りなく感じられた。「わたしから離れようとするな。われわれにはおたがいが必要だ」ミハイルが顔を近づけ、唇を彼女のまつげに軽く触れさせると、レイヴンの肌は炎にちろちろと舐められたかのように熱くなった。「きみは生きるとはどういうことか、わたしに思いださせてくれる」陶然とするような声で、彼はささやいた。彼の唇がレイヴンの口の端に触れると、電流のように熱いものが彼女の体を駆け抜けた。

レイヴンは影が差したミハイルの顎に手を伸ばし、筋肉質の厚い胸板にもういっぽうの手を置いて、ふたりのあいだに距離を置こうとした。「聞いて、ミハイル」声が魅惑的にかすれた。「わたしたちはふたりとも孤独を、孤立するということがどういうものかを知っている。これほどあなたと近づけるなんて、あなたと肉体的に触れ合って、それでいて望まぬ重荷を背負いこまずにすむなんて、想像もしなかった。でも、こんなことはしちゃいけないわ」

暗い炎を宿したミハイルの瞳に、愉快げな色が、やさしい表情がちらりと浮かんだ。レイヴンのうなじに彼の指が絡められる。「いや、いけなくなどない」黒いベルベットのような声は誘惑そのもの、笑みは官能的としかいいようがない。

レイヴンは爪先まで彼の力を感じた。体が骨抜きになってとろけ、疼いている。あまりに密着しているので、まるで彼の一部になったかのような、彼に囲まれ、包まれているような気分になる。「わたしは寂しいからという理由で、よく知らない男《ひと》と寝たりしないの」

ミハイルが愉快そうに低い声でそっと笑った。「きみはそんなふうに考えているのか？寂しさゆえにわたしと寝ると？」彼の手がふたたびレイヴンの喉もとに置かれ、撫で、彼女の血を熱くした。「きみがわたしと愛を交わすのはこのためだ。この！」ミハイルの唇が彼女の唇にしっかりと重ねられた。

白く燃えあがるような熱さ。青い稲妻。地が揺れ動く。ミハイルはその男性的な体にレイヴンの細い体を抱き寄せ、彼の攻撃的な体が、有無を言わせぬ唇が彼女を感覚しか存在しない世界へとさらっていく。

荒れ狂う感情の嵐のなかで錨《いかり》を頼るように、レイヴンはミハイルにしがみつくことしかできなかった。彼が喉の奥のほうで動物的な、野性的な、発情した狼のような低いうなり声をあげた。彼の口がレイヴンの柔らかく無防備な喉もとへ、サテンを思わせる肌の下で血管が激しく脈打っているところへと移動する。

ミハイルの腕に力が込められ、彼のものだと言わんばかりに、自信に満ち、けっして振り払えない力強さで、レイヴンを彼の体に釘《くぎ》づけにした。レイヴンは欲望に燃えあがり、彼の腕のなかで熱いシルクのように、とろけるように彼のなすがままになった。落ち着かなげにミハイルに体をこすらせると、胸が疼き、バストの先端がエロティックに薄いセーターを押しあげた。

クロッシェ編みを通してミハイルの親指が先端をかすめた。情熱の波がつぎつぎと押し寄せて、レイヴンは膝から力が抜け、ミハイルの硬くたくましい腕で支えてもらわなければ、立っていられなくなった。彼の口がふたたび動き、炎のような舌が彼女の脈打つ血管の上を舐めた。

つぎの瞬間、このうえなく激しい情熱と焼けつくような痛みを覚え、レイヴンの体は欲望にきゅっと縮み、彼を求め、切望した。首筋に当てられたミハイルの口があまりに強烈な悦《よろこ》びと痛みを同時に掻きたてたので、レイヴンはどこまでが自分で、どこからが彼かわからなくなった。ミハイルの親指が彼女の頭をのけぞらせ、喉もとをあらわにしたかと思うと、肌に唇が吸いつき、まるで貪《むさぼ》るように、彼女を飲み干そうとしているかのように、喉が上下した。レイヴンはひりひりとした熱さを感じたが、彼女自身の渇望も満たされた。

ミハイルが母国語でなにかささやき、顔をわずかにあげてレイヴンから唇を離した。彼女は生温かい液体が喉もとから胸へと流れるのを感じた。それを追って、ミハイルがクリーム色の胸のふくらみに舌を這わせる。レイヴンの細いウエストをつかんだ彼は、自分の肉体が解き放たれる瞬間を求めて荒れ狂っていることに突然、気づいた。彼女にわたしのライフメイトとしての刻印を押さなければ。体が燃えるように激しく要求している。

レイヴンは倒れまいとしてミハイルのシャツをつかんだ。彼は二カ国語で雄弁に低く悪態をつき、自分にいらだちながら、レイヴンを守るように抱いた。

「ごめんなさい、ミハイル」レイヴンは自分の弱さに嫌悪を、怯えを抱いた。周囲がぐるぐるまわって見える。目の焦点が合わない。首がずきずきと疼き、燃えるように熱い。

ミハイルは顔を寄せ、レイヴンにそっとキスをした。「いや、リトル・ワン、わたしが性急すぎた」本能が、彼のなかのけだものと齢何百年《よわい》にもなる男が、彼女を奪え、自分のものにしろとさかんに急《せ》きたてたが、彼はレイヴンにみずから進んで彼のものになってほしかった。

「なんだか変な気分。めまいがするの」

内なるけだものが彼女に刻印を押したいと、彼女の甘みを味わいたいと渇望したせいで、ミハイルはわずかに自制を失ってしまった。火がついた体が解き放たれることを強く求めている。しかし、自制心が捕食動物的な本能と闘い、そして勝った。深呼吸をして、彼はレイヴンを暖炉の横の椅子へと運んだ。彼女にはきちんと求愛期間を設けられる資格がある。結ばれる前にわたしをよく知り、愛情ではなくとも愛着を感じられるように。人間。寿命の限られた者。これは間違っている。危険だ。彼女を椅子にそっとおろしたとき、ミハイルは何者かが侵入したという最初の警告を感じとった。

くるりと体の向きを変えると、端整な顔が険しい威嚇の表情を帯びた。それまで彼の体はレイヴンを守るような姿勢をとっていたが、たちまち力と威圧感がみなぎった。「ここから動くな」低い声で命令すると、彼は目にも留まらぬ速さで書斎の外に出て扉を閉め、玄関のほうを向いた。声には出さずに見張り番に呼びかける。

表で一匹の狼が遠吠えをし、二匹目、三匹目がそれに応えて、ついには遠吠えの合唱となった。遠吠えがやむと、ミハイルは花崗《かこう》岩でできた仮面のように硬い冷酷な顔つきをして待った。館《やかた》の外をかすみが、霧が、濃くなりながら森を進んでくる。

ミハイルが片手をあげると玄関の扉がひらいた。霧とかすみがするするとはいって来てそこここにたまりを作り、玄関に濃くたちこめた。そのなかから人の姿がゆらゆらと現われ、しだいにはっきりとした。「今夜なぜわたしの邪魔をしに来た?」黒い瞳に危険な輝きを宿し、ミハイルが低い声で訊いた。

ひとりの男が前に歩みでた。彼の手は妻の手としっかり握り合わされている。妻は顔色が悪く、やつれていて、身重なのは一目瞭然《りょうぜん》だった。「相談したいことがあるんだ、ミハイル。

それと新たな知らせを持ってきた」

書斎ではレイヴンが恐怖に襲われていた。感情が洪水さながらに押し寄せてきて、夢うつつのようなぼんやりした状態から、彼女を目覚めさせた。誰かがナイフのように鋭い痛みを感じ、ひどく取り乱して泣いている。レイヴンはよろよろと立ちあがり、椅子の背につかまった。さまざまな映像が脳裏に流れこんでくる。胸に大きな杭《くい》を突き刺された蒼白い肌の若い女性。首が胴体から斬《き》り離され、口にはなにか気持ちの悪いものが詰められている。儀式としての象徴的な殺人。これだけでは終わらないという警告。この平和な土地に連続殺人犯がいる。

レイヴンは吐き気に襲われ、そんなことをしても頭にさまざまな映像が流れこんでくるのを止められるわけでもないのに、両手で耳をふさいだ。一瞬、息ができなくなり、したくもなくなった。とにかくこれを終わらせたい。必死にあたりを見まわし、強烈な感情の波が押し寄せてくるのとは反対の方向に扉を見つけた。脚に力がはいらず、見当識が狂い、めまいがする。おぼつかない足取りで書斎から出た。新鮮な空気が吸いたい。新たな来訪者の脳裏に浮かぶ、死と恐怖の鮮烈なイメージから遠ざかりたい。

恐怖と怒りは生きもの、相手をずたずたに引き裂いて復讐《ふくしゅう》してやろうと待ちかまえている手負いの動物だ。人はどうしてこんなにも醜いのだろう？　どうしてこんなにも暴力的なのだろう？　レイヴンにはわからなかったし、もはや答えを欲しいとも思わなかった。長い廊下を数歩歩いたところで、前に人影がぬっと現われた。ミハイルよりも少し若く、少し細身で、輝く瞳、栗色《くり》のウェーブがかかった髪をしている。彼は威嚇するような嘲笑《ちようしよう》の表情を浮かべてレイヴンに手を伸ばした。

目に見えない力がその男の胸を正面から打ち、後ろ向きに壁へと突き飛ばした。ミハイルが黒い邪悪な影のように前に立ちはだかった。レイヴンよりもずっと長身の彼は背後に彼女を隠した。今回、彼が発したかすれたうなり声は、戦いを挑む獣《けもの》の咆哮《ほうこう》だった。

レイヴンはミハイルのただならぬ怒りを、悲しみを含んだ怒りを感じることができた。そのあまりの強烈さに空気そのものが震えている。彼女はミハイルの腕に触れ、太い手首をつかんだが、半分までしか指がまわらない。彼のなかで逆巻いている暴力的衝動を抑えるにはほとんど無力だ。まるで生きもののような緊張が彼の体を駆け抜けるのがレイヴンにはわかった。

そろって息を呑む音が聞こえた。気がつくと、彼女は一団の注目の的になっていた。女性がひとりと男性が四人。まるでひどい犯罪行為を目の当たりにしたかのように、ミハイルの手首にまわされた彼女の指に全員の目が注がれている。彼はレイヴンの手を振り払おうとはしなかった。それどころか、背中で押して彼女を壁へと後ずさりさせ、壁と自分の体で守るように彼女を完全におおい隠した。

「彼女はわたしの庇護《ひご》のもとにある」それはきっぱりとした宣言だった。はむかえるものならはむかってみろという挑戦。すぐさま容赦ない報復をしてみせるという約束。「あなたの庇護のもとにあるのはわたしたちもよ、ミハイル」女性がなだめようとしてそっと言った。

レイヴンはふらふらした。壁がなかったら、倒れていただろう。押し寄せる怒りと悲しみの波動のせいで、叫びだしたくなった。短く、糸のように細い不満の声が漏れた。たちまちミハイルが振り返り、さっと腕をまわして彼女を抱いた。「思考と感情にガードをかけろ」一団に向かっていらだたしげに言った。「彼女はとても敏感なんだ。わたしは彼女を宿まで送ってくる。この不穏な知らせについては帰ってから話し合おう」

レイヴンはほかの人々をしっかりと見る間もなく、ミハイルに導かれてすばやく前を通りすぎ、車庫に駐《と》めてあった小さな車に乗せられた。ミハイルの肩に頭をあずけ、疲れた顔でほほえんだ。「あなたにこの車は似合わない気がするわ、ミハイル。あなたは女性に対してとても古くさい考えを持っているから、前世はきっと〝領主さま〟だったはずよ」

ミハイルはすばやく彼女を一瞥《いちべつ》した。蒼白い顔を眺めたのち、豊かな長い髪のあいだからのぞく首筋の刻印に視線が留まった。正直、刻印を押すつもりはなかった。しかしいま、レイヴンには彼のものであることを示す印が刻まれている。「今夜はわたしがきみを眠りに導びこう」断言的な口調でいった。

「さっきの人たちは誰？」ミハイルが訊かれたくないのはわかっていたので、あえて訊いた。

彼女はめまいがするほど疲れていた。頭を揉み、生まれて初めて、特殊な力などなければよかったのにと思った。おそらくミハイルはわたしを簡単に気を失うタイプの女と思っただろう。

短い沈黙が流れた。ミハイルは大きくため息をついた。「あれはわたしの身内だ」

彼が真実を語っているのは確かだったが、すべてではない。「どうしてあんなひどいことをする人がいるの？」レイヴンは彼の顔を見あげた。「身内の人たちは、あなたがこの殺人犯を追いつめて、犯行をやめさせることを期待しているの？」ひりひりするような痛みが、彼を思う心の痛み、心配が声ににじんだ。ミハイルの悲しみは激しく、暴力を求める気持ちと罪悪感によってさらに強烈さを増している。

彼はレイヴンの問いかけについて考えをめぐらした。つまり、彼女はわたしの仲間が殺されたことを知っているのだ。おそらく、誰かの脳裏から詳細を読みとったのだろう。そしてわたしを心配し、心を痛めている。非難はしていない。ただ心配しているだけだ。ミハイルは体の緊張が緩み、胃のあたりが温かくなるのを感じた。「このごたごたにはできるだけきみを近づけないようにする」これまでわたしを、わたしの心の状態や健康を心配する者などひとりもいなかった。わたしのことを思いやったりする者などひとりもいなかった。ミハイルのなかでなにかがやわらぎ、落ち着いた。彼の心の奥深く、彼が必要としている場所に、レイヴンはいつの間にかはいりこんでいた。

「わたしたち、何日か会わないほうがいいかもしれないわ。わたし、こんなに疲れたのは生まれて初めて」彼女はミハイルが体面を傷つけられずにすむ逃げ道を作ろうとした。自分の手に視線を落とし、自分自身にも逃げ道を作りたいと思った。これまで、誰かをこれほど身近に感じたことはない。まるで昔からの知り合いのように居心地よく感じたことは。それでいながら、この男《ひと》に支配されるような気がして怖い。「それに、あなたの身内はアメリカ人があなたといるのがうれしそうじゃないもの。わたしたちが一緒にいると……危険が大きすぎる気がするわ」レイヴンは残念そうに締めくくった。

「わたしと別れようとするな、レイヴン」車が宿の前に着いた。「わたしは自分のものを手放すつもりはないし、きみは間違いなくわたしのものだ」それは警告であると同時に懇願でもあった。やさしい言葉をかけている時間はミハイルにはなかった。かけたかった――レイヴンはそうした言葉をかけられる資格がある――が、ほかの者たちが待っているし、彼は重い責任を担っている。

レイヴンが彼の顎に手を伸ばし、やさしくさすった。「あなたはなんでも自分の思いどおりにすることに慣れてるのね」彼女の声からは笑みが感じられた。「わたしはひとりで眠れるわ、ミハイル。何年もそうしてきたんだから」

「きみは安らかに、何者にも邪魔されることなくぐっすり眠る必要がある。今夜きみが〝見た〟ものは、わたしが力を貸さなければきみを苦しめつづけるだろう」ミハイルは親指で彼女の下唇に触れた。「きみが望めば、記憶を消すこともできる」

レイヴンには彼がそうしたいと思っていることが、それが最善だと思っていることがわかった。彼女に決断をゆだねるのは、ミハイルにとっては困難にちがいない。「いいえ、大丈夫よ、ミハイル」レイヴンは静かに答えた。「いい記憶もいやな記憶もすべてとどめておくことにするわ」ミハイルの顎にキスをし、ドアのほうへと腰を滑らせた。「わたしは磁器の人形じゃないのよ。なにかいけないものを見たからといって壊れたりしないわ。前にも連続殺人犯を追ったことがあるんだから」悲しげな目で彼にほほえんだ。

ミハイルがけっして振りほどけない力を込めて彼女の手首をつかんだ。「そして、きみはもう少しで押しつぶされそうになった。今回はけっしてそんな目にあわせない」

レイヴンはまつげを伏せて表情を隠した。「それはあなたが決めることじゃないわ」この男《ひと》が身内に請われて特殊能力を利用し、異常で邪悪な殺人犯を追跡するなら、わたしは彼ひとりに重荷を負わせたりしない。どうしてそんなことができるだろう?

「きみはわたしに対する恐れが足りないな」ミハイルがうなるように言った。

レイヴンはもう一度彼にほほえみ、手首を引っぱって放してくれるように促した。「なにごとにおいてもわたしを無理やり従わせようとしたら、ふたりの関係にはなんの価値もなくなってしまう、それはわかってるでしょう」

ミハイルは心臓がもう一拍鼓動を打つあいだだけ彼女をとらえたまま、その黒く危険な所有欲に満ちた瞳でレイヴンの繊細な顔を見た。彼女はとても意志が強い。わたしを恐れてはいるが、目をまっすぐに見て立ち向かってくる。凶悪犯を追跡することで精神の安定を失いかけても、くり返し挑んだ。ミハイルはまだ彼女の心のなかにひそんでいた。彼を助けようというレイヴンの決意が読みとれた。彼とその信じられないほどの力を恐れながらも、おぞましい殺人犯に彼をひとりで立ち向かわせたりするものかと思っている。ミハイルは彼女を自分の安全なねぐらに連れていき、閉じこめたくなった。うやうやしいといってもいい手つきで、レイヴンの頬をそっと撫でた。「行け、わたしの気が変わる前に」唐突に彼女の手を放し、命じた。

レイヴンはめまいをこらえて、ゆっくりと彼から遠ざかった。体が鉛のように重く、少しでも動くのがむずかしいことを知られたくなかったので、まっすぐ歩くよう気をつけた。顔をあげ、頭のなかは断固として空っぽにしておくように努めた。

ミハイルは彼女が宿にはいるのを見守った。レイヴンが手をあげたかと思うとこめかみとうなじを揉むのが見えた。血を吸われたせいでまだめまいを感じているのだ。あれは自分勝手で、恥ずべき行為だった。しかし、わたしはどうしても自分を抑えられなかった。いまレイヴンがその代償を払っている。感情の砲撃――彼のものも含めて――を受けたせいで、頭痛に襲われている。われわれはみな、もっと注意深く自分の心にガードをかける必要がある。

ミハイルは車から降りて長身を伸ばし、暗がりへとはいった。彼がひとりであるのは間違いない。かすみに形を変えると、霧が濃く立ちこめたなかではまったく目につかず、しっかりとは閉ざされていないレイヴンの部屋の窓の下まで簡単に忍び寄ることができた。彼が見守っていると、レイヴンはベッドにぐったりと腰をおろした。顔色が悪く、取り憑かれたような目をしている。豊かな長い髪を後ろに払うと、そこが疼くかのようにミハイルの刻印に触れた。靴を蹴《け》り脱ぐのに数分かかり、それだけでひと仕事のようだった。

彼女が服を着たままうつ伏せに寝ころがるまで、彼は待った。**眠れ。**強い口調で命じれば、彼女はおとなしく従うものと思った。

ミハイル。眠そうでかすかに愉快げな、彼の名前を呼ぶ柔らかな声が脳裏にこだました。**なんとなく、あなたは自分の思いどおりにしなければいられないだろうって気がしたわ。**レイヴンはあらがわず、口もとに笑みを浮かべ、進んで彼に勝ちを譲った。

ミハイルは服を脱がしてから、彼女のほっそりした体を上掛けの下に横たえた。非力な人間の暗殺者は言うに及ばず、彼の種族で最強の者でさえ侵入できないよう、強力な呪文を唱えて、ドアにセイフガードをかけた。窓をしっかりと閉ざし、侵入路となりそうな箇所すべてに同様のセイフガードをかける。このうえなく軽く、唇を彼女の額に押し当て、首に残る自分の刻印にそっと触れてから、部屋をあとにした。

彼が館に戻ると、ほかの者たちは沈黙した。セレステがおなかの子供を守るように手を置き、ためらいがちにほほえんだ。「彼女は大丈夫?」

セレステの気遣いを不思議にありがたく思いながら、ミハイルはぶっきらぼうにうなずいた。誰も尋ねはしないが、彼の行動はまったく彼らしくなかった。ミハイルは単刀直入に言った。「ノエルはどうして暗殺者に対して無防備な状態でいたのか」

カルパチアンたちはたがいに顔を見合わせた。身の安全を守るために細心の注意を怠ると、ミハイルから叩きこまれているが、年を経るうちに忘れ、うっかりするのはありがちなことだ。

「ノエルは二カ月前に赤ん坊を産んだばかりで、始終とても疲れていたわ」セレステは今回の不注意を弁護しようとした。

「だがランドは？　あの男はどこにいた？　どうして疲労した妻が眠るあいだ、無防備な状態で放置した？」ミハイルが危険をはらんだ低い声で訊いた。

以前に似たような立場に立たされたことのあるバイロンが、落ち着かなげに身動きした。「ランドがどういうやつかはわかっているはずだ。いつも女を追いかけている。子供をセレステにあずけて狩りに出た」

「そしてノエルに適切なセイフガードをかけることを忘れたのか」ミハイルの声からは嫌悪感が滴りそうだった。「ランドはどこにいる？」

セレステのライフメイト、エリックが陰鬱な声で答えた。「ランドは気が変になってしまった。彼を静めるには、われわれ全員の力を合わせなければならなかった。しかしいまは眠っている。子供はランドとともに地中深くもぐっている。土の癒しが功を奏するだろう」

「ノエルを失ったのは大きな痛手だ」ミハイルは深い悲しみを押しやった。いまは悲しんでいるときではない。「エリック、ランドを抑えておけるか？」

「あなたが彼と話すべきだと思う」エリックは正直に答えた。「ランドは罪悪感のせいでおかしくなっている。もう少しでわれわれに襲いかかってくるところだった」

「ヴラッド、エレノアはどこだ？　身重の彼女は危険にさらされている。彼女とセレステを、われわれは守らなければならない」ミハイルはいった。「わが一族の女はひとりたりと、そして子供も絶対に、失うわけにいかない」

「エレノアは月満ちるまでに日がなさすぎる。長距離を移動させるのは心配だったんだ」ヴラッドは深くため息をついた。「いまはしっかりとセイフガードがかけられている。しかし、いまふたたび戦いが始まったようだな」

チェス盤のそばの小さなテーブルを、ミハイルは指で叩いた。「この十年で初めて、わが一族の女が三人も子供を産むということに意味があるのかもしれない。われわれの子供は数が少なく、生まれる間隔が空いている。暗殺者がどうかしてわれわれの女たちが身重であることを知ったら、わが一族がふたたび数を増やし、勢力を増しつつあると恐れるだろう」

そこにいる男たちのなかでいちばん屈強な男を一瞥した。「ジャック、おまえにはライフメイトがいないから行動を制限されることがない」彼の声にはかすかな愛情が、以前は感じることも示すこともできなかった愛情がにじんでいた。ジャックは彼の弟だ。「バイロンもだ。ふたりで残りの者全員に知らせろ。目立たぬように気をつけ、糧を得るのは完全に身を隠せるときだけに限るように。地中深くで眠り、かならずもっとも強力なセイフガードをかけるのだ。われわれはわが一族の女たちから目を離さず、彼女たちの身を守らなければならない。とりわけ、身ごもっている女たちを。どんな形でも、人間の注意を惹かないようにしろ」

「いつまで、ミハイル？」セレステの目は暗く、顔は涙に濡れていた。「いつまでそんな生活を続けなければならないの？」

「わたしが暗殺者を見つけ、彼らに罰をくだすまでだ」彼の声には荒々しく残忍な響きがあった。「おまえたちはみな、人間となじみすぎて軟弱になってしまっている。みずからの命を救う天賦の力を忘れている」彼は語気荒く叱責《しっせき》した。「わたしの女は人間だが、彼女のほうがおまえたちに気がつくのが早かった。ガードのかかっていなかった感情を受けとめ、おまえたちの思考から暗殺者の存在を知った。それについて、言い訳の余地はないぞ」

「どうしてそんなことがありうるんだ？」エリックが勇気を出して訊いた。「人間にそんな力はない」

「彼女はとても強いテレパシー能力を持っているんだ。今後、ここにたびたび来ることになる。わが一族の女と同様に、彼女もわれわれの庇護の対象となる」

ほかの者はとまどい、混乱した顔で目を見交わした。言い伝えによれば、一族のなかでも最強の者だけが人間をカルパチアンに転化できるという。転化はリスクが大きいので、いまはまったく行なわれていない。何世紀も昔、一族に独身の女がいなくなり、男が希望を失ったときには試みられた。しかし、もはやあえて試そうとする者はいない。大半の者が、それは男が魂を失わないようにするためにでっちあげられた作り話にすぎないと信じている。ミハイルはなにを考えているのか読めない、何者にもなだめられない統治者で、何世紀にもわたって、彼の判断に疑問が投げかけられたことはなかった。彼はさまざまな議論を解決し、彼らの種族を守ってきた。寿命の限られた者にも、永遠の命を持つ者にも危険な存在、ヴァンパイアとなることを選んだ者を狩ってきた。

その彼が人間の女などと言いだした。その場にいるカルパチアンたちは衝撃を受け、それが表情に出た。彼らはみずからの命よりもミハイルの女の命を優先させる義務を負う。ミハイルが彼女を自分の庇護のもとに置くと言ったら、それは本気だ。彼は本気でないことはけっして口にしない。そしてもし彼女に危害が加えられたら、死をもって罪を贖《あがな》わせるだろう。ミハイルは敵に対して、残忍で情け容赦がない。

彼はノエルの死に重い責任を感じていた。ランドが女に弱いことは知っていたからだ。ふたりの和合《ユニオン》にミハイルは反対したが、禁じはしなかった。本当は禁じるべきだったのに。ランドはノエルの真のライフメイトではなかった。真のライフメイトならば、惹かれ合う気持ちが強いために浮気をする気になどならない。ミハイルの妹、若く生き生きとしたノエルはもう二度と戻ってこない。彼女は頑固で、魂が求めるからではなく、ハンサムだからという理由でランドを欲した。ふたりは嘘をついたが、ミハイルには嘘だとわかっていた。ランドがくり返しほかの女たちと過ごすことで感情を取りもどそうとし、ノエルが憎しみに満ちた危険な女となったのは、突きつめればミハイルの責任だった。ノエルは即死だったにちがいない。さもなければ、たとえ深い眠りに就いているあいだでも、ミハイルにはわかったはずだ。ランドに一族の女のひとりをあずけたのは間違いだった。ふたりはそのうち真のライフメイトを見つけるだろうと、ミハイルは考えていた。しかしノエルは険悪さを増し、ランドは相手かまわず関係を持つ癖がひどくなっただけだった。ベッドをともにする女たちに、ランドがなんらかの感情を持つのは不可能だった。それでも彼は、手綱の締めかたがきついノエルを罰するかのように、ほかの女たちとの関係を続けた。

ミハイルは一瞬、目を閉じ、ノエルが殺されたという現実が押し寄せてくるのにまかせた。喪失感は耐えがたく、悲しみは強烈で手に負えず、氷のように冷たい憤怒《ふんぬ》と断固たる決意がそこに加わった。ミハイルは頭を垂れた。血のように赤い涙が三筋、頬をはらはらと伝い落ちる。わたしの妹、いちばん若いカルパチアンの女。責任はわたしにある。

まるで体にそっと腕がまわされたかのように、ミハイルは頭のなかに温もりと安らぎを感じた。ミハイル？　そっちに行ったほうがいい？　レイヴンの声は眠たげでかすれ、心配そうだった。

ミハイルは衝撃を受けた。彼が使った呪文は、これまで人間に対して使ったことがあるどんな呪文よりもずっと強力だった。それなのに、彼の悲しみはレイヴンの眠りを貫いた。ミハイルは同胞の顔を見まわした。誰ひとり、いまの心的コンタクトに気づいていない。つまり、レイヴンはほんのわずかも過たずに直接、彼と交信できるということだ。これだけの技術をわざわざ身につけようとする者は、ミハイルの仲間にはほとんどいない。人間が自分たちに波長を合わせられるわけがないとうぬぼれているからだ。

ミハイル？ レイヴンの声が先ほどよりも強くなり、警戒の響きを帯びた。**これからそちらに行くわ。**

眠れ、リトル・ワン。わたしは大丈夫だから。彼は請け合い、声の調子で呪文をさらに強力にした。

無理しないでね、ミハイル。レイヴンは彼の力に屈してそっとささやいた。

ミハイルは指令を待っている者たちに注意を向けた。「ランドにあすわたしのところへ来るように言え。子供をあの男と一緒にいさせるわけにはいかない。ディアドレが二十年ほど前にまたひとり子供を失った。子供は彼女にあずける。ティエンがふたりを注意深く守るだろう。敵が、わたしの女が持っているのと同じ力を持っているのかどうかがわかるまでは、誰もメンタルリンクを使ってはならない」

みなの顔に驚愕《きょうがく》の表情が広がった。それほど高度な力と自制を持った人間がいるとは誰も考えたことがなかったからだ。「ミハイル、彼女が敵でないのは確かか？　彼女はわれわれの脅威となるかもしれない」セレステにぎゅっと腕をつかまれ、警告されたが、エリックはあえて意見を言ってみた。

ミハイルの黒い瞳がわずかにすがめられた。「わたしが慢心して注意を怠ったとでも思っているのか？　わたしが彼女の心にはいっておきながら、脅威に気づかない間抜けだとでも？　警告しておく。わたしは指導者の地位をおりる用意はあるが、彼女の庇護をやめるつもりはない。もし彼女に危害を加えようと思う者がいたら、わたしを相手にすることになると心得ておけ。指導者の地位をつぎに譲ってほしいか？　わたしはもう自分の義務と責任にいや気が差している」

「ミハイル！」バイロンが鋭い抗議の声をあげた。

怯えた子供のように、みなが驚き慌てて否定の言葉を口にした。ジャックだけは腰を片方、壁にもたせて無言で立ち、からかうような謎めいた微笑を浮かべて兄を見ていたが、ミハイルは黙殺した。

「もうすぐ日が昇る。全員、地中にもぐれ。使えるかぎり、あらゆるセイフガードをかけるように。目覚めたら、侵入者がいなかったか、周囲を点検するのを忘れるな。ほんの小さなことも見逃すな。われわれはコミュニケーションを密にして、たがいを見守らなければならない」

「ミハイル、生まれて最初の一年はとても重要で、わたしたちの子供の多くは生き残れないわ」セレステが夫の手のなかで神経質そうに指をくねらせた。「また子供を失った場合、ディアドレは耐えられるかしら」

ミハイルはやさしくほほえんだ。「ディアドレは誰よりもよく子供を守るだろうし、ティエンはほかの者の倍は注意深く行動するはずだ。ティエンは以前からディアドレを身ごもらせようとしてきたが、ディアドレが拒んでいた。こうすれば、彼女が子供を腕に抱けることだけは確かだ」

「そして彼女はまた子供を産みたくなる」セレステが怒った口調で言った。

「われわれの種族が永らえるには、子供を作らなければならない。わたしがどんなに子供を産みたいと思っても、そういう奇跡を起こせるのは女性だけだ」

「何人もの子供を失うと、胸を引き裂かれるものなのよ、ミハイル」セレステが指摘した。

「それはわたしたち全員に言えることだ、セレステ」ミハイルの口調には有無を言わせぬものがあり、誰も反論したり、疑問を差し挟んだりしなかった。彼の権威は絶対で、怒りと悲しみは限界を超えていた。今回のことは、ランドがノエルという若く美しい生気に溢れた女性を守れなかったというだけではない。彼女の命が失われたのは、ランドとノエルがサディスティックなゲームをしていたせいだ。ノエルの死については、ミハイルにもランドと同等の責任がある。ミハイルのランドを嫌悪する気持ちは、彼自身にも向けられた。

3

レイヴンは幾層もの濃い霧に包まれてゆっくりと目覚めた。なんとなく、目を覚ましてはいけないとわかっていた。それでも目覚めずにいられなかった。重いまぶたを開け、窓のほうを向いた。陽光がさんさんと降りそそいでいる。半身を起こしてベッドの上に座ると、上掛けが滑り落ち、剝きだしの肌があらわになった。

「ミハイル」声に出してささやいた。「あなた、勝手にしすぎもいいところよ」思わず、そうせずにはいられないかのように、彼にコンタクトを求めた。ミハイルが眠っているのを感じとり、すぐさまコンタクトを求めるのをやめた。ほんの少し触れただけで充分。彼は無事だ。

彼女は生まれ変わったように感じ、幸福感すら覚えていた。わたしは人と話し、触れることもできる。ちょっぴり、飢えた虎の背中に乗っているような気分になろうと関係ない。他人《ひと》といてくつろげるのは幸せだ。ミハイルは重い責任を担っている。そして重要人物であるということ以外、どういう人なのかはわからない。いまだに自分を一種の奇形のように感じているわたしと違って、彼は自分の特殊な能力を気持ちよく受けいれている。わたしも彼のようになりたい。他人がどう考えるかなど気にせず、自信を持てるようになりたい。

ルーマニア人がどんな生活をしているのかレイヴンはよく知らなかった。田舎の住民は貧しく、迷信深い。でも、親しみやすい人たちだ。ミハイルは彼らとは違う。カルパチアンと呼ばれる人々について、レイヴンは聞いたことがあった。ジプシーとは異なり、教養が高く、経済的に豊かで、みずからの選択によって山奥で暮らしているとか。ミハイルはカルパチアンの指導者なのだろうか？ だからあんなに傲慢で超然としているのだろうか？

体が消耗して重く感じたが、シャワーの湯がそれを心地よく洗い流してくれた。ジーンズにタートルネックのシャツ、それからセーターを着こんだ。日が出ていても山間部は寒いし、きょうはこれから付近を歩いてまわるつもりだった。一瞬、首がずきずきと疼いて焼けるような感じを覚えた。シャツの首をめくってみると、奇妙なあざができていた。ティーンエイジャーのキスマークに似ているが、もっとはっきりしている。

ミハイルにそれをつけられたときのことを思いだし、レイヴンは顔を赤らめた。すぐれた能力をさまざま持ち合わせているうえに、性的魅力にまで恵まれているなんて。わたしは彼から学ぶべきことがたくさんある。あの男《ひと》は、やむことのない感情の砲撃に対して、ずっとシールドを張っていられる。そんなことができたら、奇跡だ——人がおおぜいいる部屋の真ん中で、自分の感情以外、なにも感じずにいられたら。

ハイキングシューズを履いた。この土地で殺人事件が起きるなんて！　村人は瀆神《とくしん》行為に怯えているにちがいない。部屋から出るときに、レイヴンは空気の不思議な動きを感じた。なにか目に見えない抵抗がかかったような。またミハイルだろうか？　彼がわたしを閉じこめておこうとしているのだろうか？　違う。彼にそういうことができるとしたら、錠が開かなかったはずだ。彼は誰も侵入しないよう、わたしを守ってくれていたという可能性のほうが高い。無情でおぞましい殺人に深い悲しみと怒りを覚え、胸を引き裂かれていても、ミハイルはわたしが眠りに就くのを助けてくれた。彼がわざわざ時間を割いて守り、助けてくれたことを考えると、レイヴンは自分が大事にされていると感じた。

時刻は午後の三時——昼食の時間はとっくに過ぎているが、夕食にはまだ早すぎる時間——で、彼女は空腹だった。厨房《ちゅうぼう》に行くと、宿の女主人が親切にも野外で食べられるピクニック・バスケットを用意してくれた。殺人事件が起きたことは一度たりとも話にのぼらなかった。それどころか、女主人はそんな事件にまるで気がついていないように見えた。レイヴンもその話題を持ちだす気にはなれなかった。不思議だ。女主人はとても親しみやすく、愛想がいい——ミハイルのことも、昔からの友人でとても高く評価しているという口調で話した——のに、レイヴンは殺人事件と、それがミハイルにとってどういう意味を持つかをひと言も話すことができなかった。

外に出ると、バックパックを背負った。あたりから殺人事件に対する恐怖は感じられない。

宿にも、通りにも、過度に動揺している人はひとりもいなかった。勘違いだったはずはない。彼女が受けとったイメージは鮮烈で、悲しみは激しく、はっきりとした実感があった。殺人そのもののイメージがとても詳細にわたっていて、とうてい空想によって呼び起こせるようなものではなかった。

「ミス・ホイットニー！　ミス・ホイットニーだったわよね」何メートルか離れた場所から、女性の声が呼びかけてきた。

マーガレット・サマーズが心配そうな表情でレイヴンのほうに急いで歩いてきた。マーガレット・サマーズは白髪で、折れそうな体に実用本位の飾り気のない服を着た六十代後半の女性だ。「やれやれ、ずいぶん顔色が悪いわね。みんな、あなたのことを心配していたのよ。あなたを抱きかかえていったあの若い男《ひと》、ひどく威圧感があったから」

レイヴンは柔らかな声で笑った。「たしかに威圧感がありますよね。彼は昔からの友人で、わたしの体調をやたらと心配するんです。信じてください、ミセス・サマーズ、彼はとてもよくわたしの面倒を見てくれます。実はきちんとした実業家で。誰でも結構ですから、村の人に訊いてみてください」

「あなた、病気なの？」マーガレットが案じるように訊きながら身を寄せてきたので、レイヴンは危険を感じた。

「快復中なんです」それが本当であるように願いながら、きっぱりした口調で答えた。

「あなたの顔、前に見たことがあるわ！」マーガレットが興奮した声になった。「一カ月かそこら前、サンディエゴの殺人鬼をつかまえるのに警察に協力した非凡な女性。あれはあなたでしょ。よりにもよってこんなところで、なにをしているわけ？」

レイヴンは手のひらのつけ根で額をこすった。「ああいう仕事はとても疲れるんです、ミセス・サマーズ。ときどき調子が悪くなることがあって。このあいだは追跡が長引いたので、どこか遠くへ出かける必要があったんです。どこか人里離れて美しいところ、歴史のあるところに。わたしに気づいて、一種の奇形を見るみたいに指差す人のいない場所に。カルパチア山脈は美しいところです。ハイキングもできるし、じっと座っていてもいいし、風に吹かれながら病んだ人間の記憶をすべて振り払うこともできる」

「ああ、かわいそうに」マーガレットがレイヴンを案じて手を差しのべた。

レイヴンは慌てて横に一歩遠ざかった。「ごめんなさい。異常者を追跡したあとは、人と触れ合うのが負担になるんです。どうかわかってください」

マーガレットはうなずいた。「もちろん、わかりますとも。でも、お友達の若い男《ひと》は、あなたに触れることをなんとも思っていないみたいね」

レイヴンはほほえんだ。「彼は威張るのが好きで、なんでも大げさにする才能があるんです。でも、わたしには本当にやさしくしてくれます。しばらく前からの友人なんです。その、ミハイルはよく旅行をするので」嘘がすらすらと口を衝《つ》いて出て、そんな自分に嫌悪を覚えた。「わたし、誰にも素性を知られたくないんです、ミセス・サマーズ。有名になるのはいやですし、いまはひとりになりたいもので。どうかわたしが何者か、誰にも話さないでください」

「もちろん話しませんよ、あなた。でも、ひとりでふらふら歩きまわって安全かしら？　このあたりは危険な野生動物が出るのよ」

「遠出をするときはミハイルがつきそってくれますし、夜は森にはいったりしませんから」

「あら」マーガレットが少し安心した顔になった。「彼がミハイル・ダブリンスキーなの？　みんなが彼の話をするわね」

「さっきも言いましたけど、彼は過保護なところがあるんです。実はミセス・ガルヴェンスタインのお料理が好きで」笑いながら打ち明け、ピクニック・バスケットを持ちあげた。「そろそろ行ったほうがよさそうです。さもないと時間に遅れてしまいますので」

　マーガレットが脇《わき》にどいた。「気をつけてね、あなた」

　レイヴンは親しげに手を振り、のんびりした足取りで森へ、登山道へと通じる小径《こみち》を歩きだした。どうしてわたしは嘘をつかなければならないと思ったのだろう？　ひとりでいるのは好きだし、自己弁護の必要など一度も感じたことがないのに。どういうわけか、ミハイルの生活について他人《ひと》と、とりわけマーガレット・サマーズとは話したくないと思った。マーガレットはミハイルに興味を持ちすぎている気がする。彼女が言ったことが問題なのではなく、目と声に表れているのだ。レイヴンは背中にマーガレット・サマーズの視線を感じた。小径が急に曲がり、彼女の姿が木々に呑みこまれるまで、マーガレットは好奇心に満ちた目でずっと見つめていた。

レイヴンは悲しげに首を振った。わたしったらひどく隠棲《いんせい》的になっている。誰とも——わたしの身を案じてくれる心やさしい老婦人とさえ、近づきになりたくないと思うほど。

「レイヴン！　待ってくれ！」

ひとりになることを邪魔されて、レイヴンは目をつむった。ジェイコブが追いついてきたときには、どうにか笑顔を張りつけていた。「ジェイコブ、きのうの夜はひどいむせかただったけど、なんともなかったみたいでよかったわ。ウェイターがハイムリック法を知っていて運がよかったわね」

ジェイコブは顔をしかめた。「ぼくは肉を喉に詰まらせたわけじゃない」まるでテーブルマナーの悪さをレイヴンに責められたかのように、言い訳がましい口調で言った。「みんなそう思っているみたいだが、違ったんだ」

「そうなの？　ウェイターの対応からして……」レイヴンは最後まで言わなかった。

「まあ、きみは原因がわかるまであの場にいなかったからな」ジェイコブは眉をひそめ、すねた口調でレイヴンを責めた。「きみはあの……ネアンデルタール人に抱きかかえられていなくなってしまった」

「ジェイコブ」レイヴンはやさしく言った。「あなたはわたしのことを知らないでしょ。わたしについても、わたしの生活についてもなんにも。もしかしたらあの男《ひと》はわたしの夫だったかもしれないじゃない。わたし、きのうの夜はひどく具合が悪かったの。あの場に残らなくて申し訳なかったけど、あなたが大丈夫だということがはっきりしたら、食堂で吐くのはまずいと思って」

「あの男とどうやって知り合ったんだ？」ジェイコブは妬《ねた》ましげに訊いた。「村人の話じゃ、あいつはこのあたりでいちばんの有力者だそうじゃないか。石油の採掘権を独占していて、金持ちだとか。かなりの実業家で、ばりばり仕事をしていると聞いたぞ。そんな男とどこで知り合いになったんだ？」

彼がぐっと体を寄せてきたので、レイヴンは突然、自分たちがふたりきりで、まったく人目につかない場所にいることを強く意識させられた。ジェイコブの少年ぽいハンサムな顔は歪み、わがままでこらえ性のなさそうな表情を浮かべている。レイヴンはほかのことも感じとった――この人はやましい想像をして一種の病的な興奮を覚えている。彼のよこしまな空想のなかで、自分が大きな位置を占めていることをレイヴンは知っていた。ジェイコブは、新しいおもちゃが欲しくなったら、どんなものでも手にはいると思っている金持ちの息子だ。

レイヴンの頭にかすかな声が響いた。**レイヴン？　身の危険を感じているな。**深く眠っていたミハイルが、幾層もの眠気を越えて必死に目覚めようとしている。

レイヴンは不安になった。彼女のなかで、ミハイルはいまだ謎に満ちた存在だ。彼女を守りたいと思っていることはわかっているものの、彼がなにをするかは予測がつかない。彼女自身のためにも、ミハイルのためにも、ジェイコブのためにも、あなたとはかかわりたくないとジェイコブに伝えなければ。**これは自分で片づけられるわ。**ミハイルを安心させるためにメッセージを送った。「ジェイコブ」辛抱強く言った。「もう帰って。宿へ戻ってちょうだい。わたしはすごまれて言いなりになるような女じゃないの。あなたがしているのはいやがらせ《ハラスメント》だし、わたしはいつでも地元警察に苦情を訴えるわよ」ミハイルが身構えているのを感じつつ、息を詰めた。

「わかったよ、レイヴン、いちばん高く買ってくれる相手に自分を売ればいいだろ！　金持ちの亭主を見つけられるよう、がんばれよ！　あいつはきみをもてあそんで捨てるだろう。ああいう男がするのはそういうことさ！」ジェイコブはさらに下品な言葉をいくつか吐いてから、地面に足を叩きつけるようにして立ち去った。

レイヴンはありがたく感じつつ、ゆっくり息を吐いた。**ほらね。**無理やり思考に笑いを込めた。**小柄な女ひとりでも、問題を片づけられたでしょ？**

木立の反対側、レイヴンの見えないところから突然、ジェイコブの恐怖に駆られた悲鳴が聞こえたかと思うと、か細い泣き声に変わった。興奮した熊の咆哮に混じり、ジェイコブの二度目の悲鳴が響いた。レイヴンがいるのとは反対に向かって、なにか重いものが下生えを駆け抜けていった。

ミハイルが低く愉快そうな、男性的な笑い声をあげるのが感じられた。とってもおもしろいわ、ミハイル。ジェイコブは恐怖を発散しているものの、苦痛は覚えていない。あなたのユーモアのセンスは問題ありね。

わたしは眠る必要があるんだ。面倒に巻きこまれないようにしてくれ。

ひと晩じゅう起きていたりしなければ、昼間寝とおす必要はないかもしれないわよ。戒めるように言った。仕事はどうやって片づけているの？

コンピューターで。

コンピューターを使っているミハイルの姿を想像すると、思わず笑ってしまった。彼に車やコンピューターは似合わない。もう一度眠ってちょうだい、大きな赤ちゃん。ありがたいことに、わたしは充分、自分で問題に対処できるから。大きくて雄々しい男性に守ってもらわなくてもね。

わたしが起きるまで、きみには宿に戻って安全にしていてもらいたい。命令するような響きはほんのわずかしか聞きとれなかった。ミハイルはわたしに対する態度をやわらげようとしている。気がつくと、レイヴンは彼の努力にほほえんでいた。

そうするつもりはないから、我慢することを憶えたほうがいいわよ。

アメリカの女性は扱いにくいな。

頭にミハイルの柔らかな笑い声が響くのを聞きながら、レイヴンは山道をのぼりつづけた。自然の静けさが心にしみてくる。鳥がやさしい声で鳴き交わしていた。木々のあいだを風がささやくように吹き抜ける。草地にはありとあらゆる色の花が顔を空に向けて咲いている。

ひとりになって心の平安を見いだした彼女は、さらに高いところまでのぼった。こんもりした森と草地を見おろす場所にごつごつした大岩を見つけ、腰をおろした。宿の女主人がバスケットに詰めてくれた料理を食べると横になり、周囲の自然を満喫した。

ミハイルは目が覚め、感覚で周囲の状況を探りはじめた。彼は地中浅く、何者にも邪魔されずに横たわっている。ねぐらに近づいた人間はひとりもいない。日没まであと一時間もない。彼は湿気が多く、冷えきった地下壕《ごう》へと地中から飛びだした。カルパチアンには必要ないが、体を清浄に保つ人間の習慣にならい、シャワーを浴びるあいだも、レイヴンとの心的なコンタクトを求めた。山中でまどろみながら、彼女は無防備な状態でいて、あたりには闇が迫りつつあった。ミハイルは顔をしかめた。彼女には身を守る手段を講ずるという考えがない。体を揺さぶって注意してやりたいという衝動を感じたが、それよりも彼女を抱き締め、自分の腕のなかで永久に危険から守ってやりたいという気持ちのほうが強かった。

日の暮れかけた戸外に出ると、彼らの種族の速度で山道をのぼった。陽光が冷えた体を温め、生気を感じさせる。極度に敏感な目は特製の黒いサングラスで守られているが、それでもいまにも無数の針に突き刺されそうなかすかな不安を覚えた。レイヴンが眠っている大岩に近づいたとき、別の男のにおいが漂ってきた。

ランドか。ミハイルは歯を剝きだした。太陽が稜線《りょうせん》の下に沈んで斜面に暗い影が差し、森は陰気でひそやかな空気に包まれた。ミハイルは両腕を横に突きだし、力と筋肉がみごとに連動したなめらかな動きでひらけた場所に歩みでた。その姿は脅威そのもの、音をたてずに忍び寄り、死をもたらす悪魔さながらだった。

ランドは彼に背を向けて岩の上の女に近づこうとしているところだった。空気に力がみなぎったのを感じて、くるりと振り返った。ハンサムな顔が深い悲しみにこわばり、醜くなっている。「ミハイル――」声がひび割れ、ランドは目を落とした。「あなたがけっして赦してくれないのはわかっている。あなたはぼくがノエルにとって真のライフメイトではないことを知っていた。彼女は別れることを許してくれなかった。もしぼくが彼女を捨てたら、ほかの相手を見つけようとしたら、命を絶つと脅した。ぼくは臆病《おくびょう》者よろしく、彼女のもとにとどまった」

「おまえはどうしてわたしの女のようすをうかがっていた?」ミハイルは憤怒が昂ずるあまり、血の渇きが体内で生きもののようにとぐろを巻きはじめていた。ランドの言い訳は真実かもしれないが、ミハイルに吐き気をもよおさせた。ノエルが陽光のなかに足を踏みだすといって脅したなら、その件はミハイルに知らされるべきだった。彼なら、ノエルの自殺的な行動を止めるだけの力があった。ランドはミハイルが君主《プリンス》、指導者であることをよく心得ている。ランドと血を分かち合った経験はなくとも、ミハイルには彼がノエルとの病んだ関係に、彼女を支配し、夢中にさせていることに歪んだ喜びを覚えていた事実を読みとることができた。

ふたりの背後でレイヴンが目を覚まして上半身を起こし、習慣から髪を払った。眠たげでセクシーで、さながら恋人を待つ妖婦《セイレン》のようだった。ランドが振り返って彼女の顔を見つめたが、その表情にはどこかずる賢く、陰険なところがあった。レイヴンは、黙っていろというミハイルからの警告、ランドの深い悲嘆、ミハイルに対する嫉妬と嫌悪、ふたりのあいだのぴんと張りつめた緊張を感じとった。

「バイロンとジャックから、彼女はあなたの庇護のもとにあると聞いた。ぼくは眠れなくて、彼女がセイフガードをかけずにひとりでいることを知った。なにかせずにいられなかった。さもなければ、ノエルのあとを追ってしまいそうで」彼の声には、赦しは無理でも理解はしてほしいという懇願がにじんでいたが、レイヴンにはランドの言葉が本気には思えなかった。彼の悲しみ自体は本物だったので、どうしてかわからなかった。ミハイルから敬意を払われたくてしかたがないのに、それは無理だとわかっているからだろうか。

「それなら、わたしはおまえに借りができたな」ミハイルは自制を失わぬよう、堅苦しい口調で言った。彼の子供を産んだばかりのノエルを無防備な状態で置き去りにし、ほかの女のにおいで彼女をわざと苦しめようとしたランドが疎ましかった。

レイヴンはその大きな青い瞳に深い思いやりの色を浮かべ、細く小柄な体を大岩に滑らせて下におりた。「さぞやつらかったでしょう」距離を保つように気をつけながら、そっとささやいた。この男《ひと》は殺人事件の被害者の夫だ。彼の罪悪感と悲嘆がレイヴンの体にのしかかってきて責め苛んだが、彼女が心配したのはミハイルのほうだった。ランドはどこかおかしい。内面がねじけている。邪悪ではないけれど、正常とは言いきれない。

「ありがとう」ランドは言葉短く答えた。「ぼくの子供を返してくれ、ミハイル」

「おまえには土の癒しが必要だ」ミハイルは穏やかに拒絶した。彼の決意は固く、意志は揺るがなかった。無力で貴重な赤ん坊を、このような精神状態の男に渡すつもりはない。

ミハイルの言葉の冷酷な響きに、レイヴンは胃がよじれて締めつけられ、痛みが胸まで走った。ミハイルの命令の意味は部分的にしか理解できない。妻を殺され、悲嘆に暮れているこの男性は、ミハイルの言葉を絶対的な法として受けいれ、子供を奪われようとしている。レイヴンは彼の深い苦悩をわがことのように感じながらも、ミハイルの判断に賛成せずにいられなかった。

「お願いだ、ミハイル。ぼくはノエルを愛していた」たちまち、レイヴンはランドが子供を返してほしくて懇願しているのではないと悟った。

激しい怒りからミハイルの顔が険しくなり、口が冷酷に引き結ばれ、目に赤い輝きが宿った。「わたしの前で愛の話をするのはよせ。地中にもぐって自分を癒せ。暗殺者はわたしが見つけて妹の仇を取る。わたしはもうけっして情にほだされたりしない。わたしが懇願に負けなかったら、ノエルはまだ生きていたはずだ」

「ぼくは眠れないし、狩るのはぼくの権利だ」対等な扱いと敬意を求めながらも、それは与えられないと知っている子供のように、ランドはすねて突っかかるような口調で言った。

いらだちと威嚇の表情がミハイルの陰鬱な顔をちらっとよぎった。「それなら、わたしがまじないをかけて、おまえの心と体が必要としている癒しを与えてやろう」彼の声は柔らかく、抑揚のないままだった。黒い瞳が憤りに燃えていなかったら、彼はランドをやさしく思いやっているものとレイヴンは勘違いしたことだろう。「われわれはおまえを失うわけにいかないのだ、ランド」ミハイルの声がベルベットのように柔らかくなり、聞く者をつりこみ、命じた。ランド、おまえは眠くなる。エリックのところに行き、セイフガードをかけられる。おまえ自身にとっても、ほかの者にとっても脅威でなくなるまで、おまえはそこにとどまるのだ。

ミハイルの声が持つ絶対的な力、彼が当たり前のことのように行使している力に、レイヴンは衝撃を受け、動揺した。彼の声を聞いただけで催眠術にかかったようになってしまう。子供を保護するという重大な決断に関してさえ、彼の権威に疑問を投げかける者はいない。自分の感情に混乱して、レイヴンは唇を噛《か》んだ。赤ん坊に関するミハイルの判断は正しい。

ランドにはどこかおかしいところがある。けれど、大の大人がミハイルの言いつけに従う――従うしかない――ということが、彼女は怖かった。ここまで強い力は、誤った使いかたをされる可能性があるし、使う本人を簡単に破滅させられる。

ランドが立ち去ると、ふたりは夜の闇が迫るなか、立ったまま見つめ合った。レイヴンは、ミハイルの不満が重くのしかかってくるのを感じ、挑戦的に顎を突きだした。ミハイルが信じられないほどすばやく足音も立てずに近づいてきて、絞め殺そうとするかのように首に手をまわした。「こういう無茶なことは二度とするな」

レイヴンは彼を見あげて目をしばたたいた。「わたしをおどかそうとするのはやめてちょうだい、ミハイル。そんなことをしても無駄よ。自分の行動や行き先について、わたしは誰の指図も受けないわ」

ミハイルの手が彼女の手首へと滑り落ち、華奢な骨が砕けそうになるほどきつく握り締めた。「きみの命を危険にさらすようなばかなまねをしたら、絶対に赦さないからな。わたしは身内の女をすでにひとり亡くしているんだ。けっしてきみを失わないぞ」

妹、と彼は言っていた。レイヴンの心のなかで自衛本能と同情が闘った。葛藤《かっとう》の大きな原因は、ミハイルが彼女の安全をひどく心配していることだった。「ミハイル、わたしを箱に入れて、棚にあげておくわけにはいかないのよ」できるかぎりやさしい口調で言った。

「きみの身の安全については議論を受けつけない。きみはきょう、力ずくできみを奪うことを考えている男とふたりきりになった。野生動物に襲われていた可能性もあったし、きみがわたしの庇護のもとにあるとわかっていなければ、いまの状態のランドなら、きみに危害を加えていたかもしれない」

「どれも実際には起きなかったでしょ、ミハイル」レイヴンはそっと、なだめるように彼の顎に手を置き、やさしく撫でた。「わたしのことを追加しなくても、あなたは心配しなければならない問題や、責任をすでに充分抱えているわ。わたしはあなたの力になれる。わたしにその力があるのはわかってるでしょ」

ミハイルがぐいと手首を引っぱったので、レイヴンはバランスを崩して彼のたくましい胸に倒れかかった。「きみといると頭がおかしくなりそうだ、レイヴン」彼の腕がまわされたかと思うと、レイヴンの柔らかな細い体がひしと抱き締められた。ミハイルの声が低くなり、ゆったりとした愛撫さながら、魅惑的な黒魔術さながらの響きを帯びた。「わたしが守りたいのはきみだけなのに、きみは言うことを聞かない。自立を求める。ほかの者はみな、わたしの力を頼るのに、きみはわたしの力になりたい、わたしの責務を担いたいと言う」彼はレイヴンの唇に唇を重ねた。

彼女の足もとで地面が奇妙にうねり、周囲の空気に電気がみなぎった。炎が肌を舐め、血が熱くなる。頭のなかでさまざまな色が渦巻き、躍った。ミハイルのキスは荒々しく、独占欲に満ち、抵抗しようという考えを彼女から完全に奪った。レイヴンは口をひらき、彼が探るように入れてきた舌を、甘く熱い攻撃を受けいれた。

彼女の手がミハイルの広い肩にかけられ、首にまわされた。体は骨がなくなったかのように、熱いシルクのように彼のなすがままだ。ミハイルは彼女を柔らかな地面に押し倒したくなった。邪魔な服を引き裂き、彼のものだという二度と消えないしるしを刻みたい。彼女にはあまりに無垢な味わいがある。これまで誰ひとりとして、わたしの数えきれないほどの重荷を一緒に担おうなどとは言わなかった。この小柄で細身の人間の娘が現われるまで誰ひとりとして、わたしが払いつづけている犠牲について考えもしなかった。人間なのに。彼女にはわたしに立ち向かってくる勇気がある。わたしはそんな彼女に敬意を感じずにいられない。目を閉じ、レイヴンの体の感触を、自分がこんなにも強烈に彼女を欲しいと思える事実をじっくりと味わった。彼女が欲しくて、必要で、どうしてこんなふうに体に火がついたようになるのかはわからなかったが、彼女に焦がれてぎゅっと抱き締めた。体は欲望に荒れ狂っていたが、ミハイルは不承不承顔をあげた。「一緒にわたしの家に帰ろう、レイヴン」彼の声は性的な誘惑以外のなにものでもなかった。

レイヴンの柔らかな口もとにゆっくりと笑みが浮かんだ。「それは危なそうだわ。あなたは、母がわたしに気をつけるよう言っていたタイプの男性だもの」

きみはわたしのものだと言うように彼女の肩に腕をまわし、ミハイルはレイヴンをかたわらに引き寄せた。もう二度と彼女を放しはしない。彼が求める方向に歩くよう、ミハイルは体でレイヴンに指示した。親しげな沈黙の流れるなか、ふたりは歩いた。

「ジェイコブはわたしに危害を加えようとは思っていなかったわ」レイヴンが唐突に否定した。「それだったら、わたしにわかったはずだもの。彼に暴力的なところがあるのは確かよ。暴力的なことは、どんなときでもかならず感じとれるわ」ちらりといたずらっぽい笑みを浮かべた。「あなたの場合はそれがほとんど第二の皮膚のようになっているわね」

からかわれた仕返しに、ミハイルは彼女の太い三つ編みを引っぱった。「わたしの家に泊まってくれ。少なくとも、わたしたちがこの暗殺者を見つけて始末するまでは」

レイヴンは何歩か無言で歩いた。ミハイルはふたりがひとつのチームであるかのように、わたしたちと言った。それがうれしかった。「ねえ、ミハイル、きょうはすごく奇妙だったわ。宿でも、村でも、誰ひとり、殺人事件のことを知らないみたいなのよ」

ミハイルの長い指が彼女の華奢な頬骨をさっと撫でた。「そしてきみはなにも言わなかった」

レイヴンは長いまつげを伏せ、黙りなさいというような目で彼を見た。「もちろんよ。噂《うわさ》話《ばなし》は趣味じゃないもの」

「ノエルは無情で残酷な殺されかたをした。妹はランドのライフメイトで……」

「その言葉、前にも使ったわね。どういう意味なの？」

「妻とか夫のようなものだ」ミハイルは説明した。「ノエルはほんの二カ月前に子供を産んだばかりだった。妹はわたしが責任を持つべき存在だった。噂話の種にされるべきではない。殺人犯はわれわれの手で捜しだす」

「こんな小さな村に連続殺人犯が野放しになっているなら、村人は知る権利があるんじゃない?」

ミハイルは言葉を慎重に選んだ。「ルーマニア人は危険にさらされていない。それに、これはひとりの人間の仕業とは違う。暗殺者はわれわれ一族を一掃しようとしている。カルパチアンは絶滅しかかっている。われわれが死に絶えることを望む、憎しみに満ちた敵がいるんだ」

「どうして?」

ミハイルは肩をすくめた。「われわれが異なるからだ。ある種の才能、天賦の力を持っているから。人間は自分と異なるものを恐れる。それはきみもよく知っているだろう」

「ひょっとしたら、わたしのなかにもカルパチアンの血が薄まって流れてるのかもしれないわね」レイヴンは憧れがにじむ口調で言った。自分と同じ能力を持った祖先がいたとすればうれしかった。

ミハイルはレイヴンに深い同情を覚えた。これまで彼女の人生はひどく孤独だったにちがいない。彼女を掻き抱き、人生の不愉快な出来事から守ってやりたくなった。ミハイルの場合はみずから課した孤独だったが、レイヴンの場合はほかに選択肢のない孤独だった。

「この国は国民の多くが非常に貧しく、われわれが石油と鉱物の採掘権を持っていることが、懸念と嫉妬の原因になっている。同胞にとって、わたしは法だ。われわれの立場と生活が脅威にさらされたら、わたしが対処する。ノエルを危険な状況に置いてしまったのは、わたしの判断が間違っていたからだ。犯人を追い、裁くことがわたしの義務だ」

「当局《オーソリティ》に通報しなかったのはなぜ？」訊くことを注意深く選びながら、レイヴンはミハイルたちのことを理解しようと懸命に努めていた。

「カルパチアンにとってはわたしが唯一の権威《オーソリティ》だからだ。わたしが法なのだ」

「あなたひとりが？」

「狩りをする者たちはいる。というかおおぜいいる。しかし、わたしの命を受けてだ。すべての決断に、わたしはひとりで責任を負う」

「裁判官であり陪審員であり、死刑執行人でもあるわけ？」レイヴンはそう見当をつけ、息を詰めてミハイルの答えを待った。感覚は嘘をつかない。シールドを張るのがどんなに巧みでも、彼のなかに邪悪な面がわずかでもあれば、わたしは感じるはずだ。まったくぼろが出ないほど、巧みな人など存在しない。彼女の震える体を温めようと、ミハイルが腕をさすりはじめるまで、レイヴンは自分が立ち止まったことに気づかなかった。

「今度はわたしのことが恐ろしくなったんだな」ミハイルは傷ついたかのように、そっと不満そうな口ぶりで言った。実際、彼は傷ついていた。彼女に恐れを抱かせたくて、わざと恐怖心を刺激しておきながら、その目的が達成されると、少しもうれしくなかった。

彼の口調がレイヴンの心の琴線に触れた。「あなたを恐ろしいなんて思ってないわ、ミハイル」上を向いて、月明かりに照らされたミハイルの顔を観察しながら、やさしい口調で否定した。「あなたを心配して恐れているのよ。大きすぎる権力は腐敗につながる。重すぎる責任は破滅につながる。あなたは神だけがくだすべき、生かすか殺すかの決断をくだしているんですもの」

ミハイルはレイヴンのシルクのような肌を撫で、ふっくらとした下唇の輪郭をたどった。小さな顔のなかで大きな瞳がますます大きく見え、催眠作用のある彼の目に見つめられて感情があらわになっている。そこには心配と深い思いやり、愛情の芽生え、そして彼を芯まで揺さぶる甘い無垢さが浮かんでいた。彼女はわたしを案じている。案じている。

ミハイルはうめき声を漏らして、背中を向けた。レイヴンはわたしのような男になにを差しだそうとしているのかわかっていない。わたしはそれを拒絶できるほど強くなく、自分の身勝手さがたまらなくいやだ。

「ミハイル」彼女が腕に触れると、ミハイルの腕を炎が舐め、血がたぎった。わたしは糧を得ていないし、愛と情欲と血の渇きが重なると、爆発的でめくるめくような悦びを覚えるいっぽう、非常に危険でもある。しかし、頭のなかにはいって思考を読み、彼女のことを親密に知ったら、どうしても愛さずにいられない。レイヴンはわたしの闇を照らす光、わたしの半身だ。禁じられたことかもしれないし、おそらく自然の過ちだろうが、わたしは彼女を愛さずにいられない。

「あなたの力にならせて。この悲惨な事件を一緒に解決させて。わたしからあなたを切り離さないで」レイヴンが目に心配の色を浮かべ、手で触れてきただけで、清らかで誠実な声で語りかけてきただけで、ミハイルは自分のなかからこれまで知らなかった穏やかさが引きだされるのを感じた。

自分の体の切迫した欲求をいやというほど意識しながら、レイヴンを抱き寄せた。低く動物的なうなり声とともに彼女を抱きあげ、やさしく呪文をささやくと、出せるかぎりの速度で駆けた。

レイヴンは目をしばたたき、気がつくと暖炉の火が壁に影を投げかけているミハイルの館の暖かな書斎にいた。どうやってここまで来たのかわからない。歩いてきた記憶はないのに、ふたりは彼の家のなかにいる。ミハイルのシャツの前が開いていて、筋肉の発達した胸があらわになっていた。黒い瞳は彼女の顔に注がれ、捕食動物を思わせる油断のなさでじっと見つめている。彼女に対する欲望を、ミハイルはほんの少しも隠そうとしなかった。

「最後にもう一度、機会を与えよう、リトル・ワン」まるで喉を引き裂かれたかのように、彼の声が荒々しくかすれた。「きみが帰りたいと言えば、わたしはそれを許すだけの気概を見せよう。いまだ。いましかないぞ」

ふたりは部屋の両端に立っていて、空気が静止した。たとえ百歳まで生きたとしても、この瞬間のことはレイヴンの脳裏に刻みこまれて消えないだろう。これからミハイルとともに歩むか、彼を永遠の孤独に突き落とすか、彼女の決断をミハイルがじっと待っている。彼は尊大に顎を突きだし、体は威圧感を覚えるほど男性的で苛烈《かれつ》なほどたくましく、瞳は欲望に燃えている。

ミハイルはレイヴンからあらゆる分別を奪った。彼を孤独に追いこんだら、わたし自身も同じ運命をたどることにならないだろうか？　誰かがこの男《ひと》を愛さなければ、ほんの少しでも愛さなければならない。こんなにも孤独なまま、生きていけるわけがない。彼は待っている。強制も誘惑もせずに。目、欲求、この世における完全な孤立をもって訴えてくるだけ。ほかの人は彼のたくましさに頼り、特別な能力を行使してくれるよう求めるけれど、愛情を見せたり、たゆまぬ警戒に感謝したりすることはない。わたしなら、ほかの人には不可能な渇望を満たしてあげられる。それは本能的にわかる。この男《ひと》にはほかに女性はいない。彼はわたしを欲している。必要としている。わたしはこの男《ひと》を置いて去るわけにいかない。

「セーターを脱ぐんだ」ミハイルは柔らかな声で言った。もはや、彼にほかの道は残されていない。レイヴンの目に、かすかに震える唇に、彼は決心を読みとっていた。

レイヴンは青い瞳を見ひらき、一歩後ろにさがった。心の奥底では自分が純潔以上のものを捧げようとしていることを自覚しているかのようにとてもゆっくりと、不承不承と言ってもいい手つきでセーターを脱いだ。自分が彼に人生を捧げようとしていることを、彼女は知っていた。

「シャツも」

レイヴンの舌がサテンのような唇をちらりと舐めて湿した。それを見ると、ミハイルの体は荒々しく原始的な衝動に揺さぶられた。レイヴンがタートルネックのシャツを脱ぐのを見ながら、ズボンのボタンに手をかける。生地がぴんと張って窮屈で痛い。これ以上レイヴンを怖がらせたくなくて、人間の服の脱ぎかたに従うよう気をつけた。

暖炉の炎に照らされ、レイヴンの剝きだしになった肌が輝き、体の曲線が浮かびあがった。彼女は胸郭とウエストが細く、バストの豊かさが強調されている。ミハイルのなかの男性が鋭く息を呑み、欲望が暴れだした。内なるけだものが解き放たれることを求めてうなり声をあげる。

極度に感じやすくなった肌に生地がこすれるのが耐えられず、ミハイルはシャツを床に脱ぎ捨てた。喉の奥から荒々しく動物的な、激しく残忍な、彼女をわがものにしたいという声がこみあげてくる。外では風が湧き起こり、黒く不吉な雲が月をおおった。人間の衣服を脱ぎ捨てると筋肉が盛りあがり、彼の欲望に燃える体があらわになった。

レイヴンがレースのストラップを肩からはずし、ブラジャーを床に落とすと、ミハイルは喉が引き攣《つ》れた。彼女のバストは誘うように前に突きだし、乳首がエロティックに硬くなっている。

あとで説明が必要になるのもおかまいなしに、ミハイルは部屋の反対側へとひと跳びに移動した。古《いにしえ》からの本能が主導権を握っていた。レイヴンがはいている邪魔なジーンズを一気に引き裂き、脇に投げる。

あまりの猛々《たけだけ》しさに、レイヴンが悲鳴をあげ、青い瞳に恐怖の色が差した。ミハイルは両手を体に滑らせて彼女をなだめ、その感触をすみずみまで記憶に刻みこんだ。「わたしの渇望を恐れないでくれ、リトル・ワン」彼はそっとささやいた。「わたしはきみを傷つけたりしない。そんなことは絶対にできない」レイヴンの体は小さく、華奢で、肌は熱を帯びたシルクのようだった。三つ編みを解くと、ほどけた髪にたくましい体をふわりと撫でられ、ミハイルの下腹部に火矢に貫かれるような感覚が走った。体が硬くなり、荒れ狂う。ああ、彼女が欲しい。欲しくてたまらない。

鋼のような力強さでうなじをつかみ、親指で顔を仰向かせて、胸を彼のほうに突きださせた。片手で胸のふくらみをゆっくりとたどり、このあいだ首につけた刻印に一瞬、手を置いてそこを燃えるように熱く疼かせてから、ふたたびベルベットのように柔らかいバストを包みこんだ。肋骨《ろっこつ》を一本一本たどり、みずからの渇望を満たすとともにレイヴンの恐怖心をなだめる。平らな腹部と腰骨に手を滑らせ、脚のつけ根に生えたシルクのような三角形のカールの上で止めた。

レイヴンは前にも彼に触れられたことがあったが、今度は衝撃が千倍くらい強かった。彼の手によって我慢できないほどの欲望を、感覚だけの世界に溺《おぼ》れるような歓喜を搔きたてられた。ミハイルが低くうなるように母国語でなにか言い、暖炉の前に彼女を押し倒した。彼の体はひどく攻撃的で、つがう相手を無理やり服従させようとする野生動物のようにレイヴンを木の床に釘づけにした。この瞬間まで、ミハイルは自分がヴァンパイアに変異する可能性がいかに高まっているか自覚していなかった。感情と情熱、肉欲が、レイヴンと彼自身の両方にとって危険なほどに逆巻いている。

炎がミハイルの顔に悪魔を思わせる影を躍らせた。レイヴンにおおいかぶさるその姿は、とてつもなく大きく、無敵に見え、危険動物のようだった。「ミハイル」レイヴンは彼の名前をそっと呼び、手を伸ばして彼の歪んだ顔のしわに触れ、もう少しペースを落とさせようとした。

ミハイルは片手で彼女の両手首をつかみ、頭の上にあげさせた。「わたしを信じてくれ、リトル・ワン」それはかすれ声の命令でもあり、黒いベルベットを思わせる呪文でもあった。「わたしにはきみの信頼が必要なんだ。どうか信じてくれ」

レイヴンは異教の生け贄《にえ》のように、はるか昔の神への供物のように横たわり、とても無防備で怯えていた。ミハイルに熱く輝く目で眺められると、彼の視線が触れた場所はどこも肌に火がついたようになった。容赦なくたくましい体に組み敷かれながら、レイヴンは彼のけっして翻《ひるがえ》らない決意を感じ、内面の激しい葛藤を察知した。青い瞳がミハイルの顔に刻まれたしわの上をさまよう。とても官能的で、とても残酷なこともできる口。とても荒々しい欲望に燃える目。彼を止めるのは不可能だと知りながらも、レイヴンはミハイルの力を試そうとして体を動かした。彼とひとつになるのが怖い。自分自身がどうなるのか、どんなことが待ち受けているのかがわからないからだ。でも、ミハイルのことは信じていた。

柔らかな裸体が自分の下でくねる感触は、ますますミハイルを燃えあがらせただけだった。彼はうめくようにレイヴンの名を呼び、腿を上へと撫であげ、熱くなった芯を見つけた。「わたしを信じてくれ、レイヴン。きみの信頼が必要なんだ」指でベルベットのような彼女を探り、自分のものであると主張して熱く潤ませた。頭をさげて彼女の肌の質感を、においを味わう。

彼がバストに吸いつき、指をさらに深く差し入れると、レイヴンが柔らかな声をあげた。彼女の体に悦びのさざ波が広がる。ミハイルは下へと移動し、先ほど手でたどった路《みち》を舌でたどった。舌を動かすたび、彼の体が緊張し、心がひらき、檻《おり》のなかのけだものがますます激しく暴れだす。ライフメイト。わたしの。レイヴンの香りを深く吸いこみ、ミハイルは骨の髄まで彼女を取りこんだ。彼女の体に舌をゆっくりと滑らせ愛撫する。

レイヴンがふたたび、まだためらいがちに、身をくねらせたが、ミハイルが顔をあげ、あからさまな所有欲を目に宿して見つめると、動きを止めた。彼はレイヴンの膝を押しひらき、彼女をわざと無防備にさらけださせた。警告するように目を見つめてから、頭をさげて彼女を飲む。

心の奥底で、このような奔放な愛しかたをするにはレイヴンは無垢すぎるとわかっていた。しかし、ふたりの交わりからどんな悦びが得られるか、彼がどんな悦びを与えられるかを――催眠術にかかったようなおぼろげな印象ではなく――しっかりと彼女に教えようと、彼は固く決心していた。長すぎる年月、飢えと闇と完全なる孤独が何世紀も果てしなく続くか、ライフメイトが現われるのを待ちつづけたのだ。彼女がこれからずっと完全に自分のものとなることを、彼の全存在が強く求めているときに、やさしく思いやっている余裕はなかった。彼女の信頼がすべてであることをミハイルは知っていた。彼を信じることがレイヴンにとってセイフガードになる。

レイヴンが体を激しく震わせ、声をあげた。ミハイルは自分の体で彼女をおおい、彼女の肌の感触、体の柔らかさ、小ささをじっくりと楽しんだ。どんなに小さかろうと、あらゆる特徴が頭に刻みこまれ、彼はますます野蛮な悦びを感じた。

彼女の手首を放し、唇に、目にキスをする。「なんて美しいんだ、レイヴン。きみはわたしのもの、わたしだけのものだ」体を彼女に押しつける。筋肉質の信じられないほどたくましい体が、レイヴンへの欲望に震えている。

「ほかの男《ひと》なんてありえないわ、ミハイル」レイヴンはそっと答え、彼の肌を撫でてほてりを鎮めようとした。顔に刻まれた深い絶望のしわをなぞると、手のひらに触れる髪の感触に陶然とする。「あなたを、あなただけを信じてる」

ミハイルは彼女の細い腰を両手でつかんだ。「できるかぎりやさしくするから、リトル・ワン。目を閉じずに、わたしについてきてくれ」

レイヴンは熱く潤み、彼を迎える準備ができていた。しかし、硬くなったミハイルがなかにはいると、彼女を守る壁に出会った。レイヴンが息を呑み、体をこわばらせた。「ミハイル」彼女の声にはひどく怯えた響きがあった。

「ほんの一瞬だ、リトル・ワン。そのあとは、わたしがきみを至福の世界に連れていく」ミハイルは彼女が同意するのを待った。待ちながら、燃えるような苦悩に苛まれた。

レイヴンの輝く青い瞳が、えも言われぬ信頼の表情を浮かべて彼を見あげた。これまで何世紀ものあいだ、彼の種族にしろレイヴンの種族にしろ、いま彼女が見つめているような目で彼を見つめた者はひとりとしていなかった。ミハイルは腰を突き、きつく焼けつくように熱い彼女の鞘《さや》のなかに身を沈めた。レイヴンが小さくうめいたので唇を重ね、痛みを彼の舌でかき消した。いったん動きを止め、ふたりの鼓動が重なるのを、血管のなかで血が歌うのを、レイヴンの体が彼に大きさを合わせるのを感じた。

やさしく、そっとキスをし、自分のことを彼女に知ってもらいたいという気持ちから、できるかぎり心をひらいた。ミハイルの愛しかたは荒っぽく、執着心と保護欲が強かった。彼が愛を捧げることはめったにないが、レイヴンに対しては余すところなく捧げていた。彼女の表情豊かな顔を見つめ、反応を見ながら、最初はゆっくりと注意深く、ミハイルはふたたび動きだした。

肉体的な欲求が自己主張を始めた。炎が彼の肌を舐め、腹部で大声をあげている。筋肉が収縮したかと思うと弛緩《しかん》し、肌に汗がにじみでる。ミハイルはレイヴンをさらに抱き寄せて自分のものであることを主張し、彼女のなかに何度も何度も身を沈め、飽くことのない欲望を満たそうとした。

レイヴンの手が抗議するようにミハイルの胸へと動き、さまよった。彼は警告のうなり声を漏らしてレイヴンの左の乳房の上へと頭をさげた。柔らかなベルベットのような肌、燃えるように熱い鞘。彼の体は火がついたようになり、ただひとつ可能な方法で安らぎを求めてさらに激しく突きいった。ふたりはひとつ、レイヴンは彼の半身だった。レイヴンが自分をとりこにしている快感の波を恐れ、言葉にならない叫び声をあげてミハイルとのあいだに距離を置こうとした。内なる獣《けもの》が抗議し、ミハイルはいま一度うなり声をあげると、肩のくぼみにその力強い歯を立て、彼女を書斎の床に釘づけにした。

炎が大火となって荒れ狂う。雷鳴がとどろき、稲妻がつぎつぎと地を打って館を揺らした。ミハイルは天に向かって咆哮し、地の果てへとレイヴンをいざなった。苦痛とあいまった快感はやむことがなく、もっともっとと求めている。彼の精が放たれると、貪欲《どんよく》な性的渇望が刺激され、内なる獣《けもの》が限界まで掻きたてられた。

ミハイルの口がレイヴンの喉もとをたどり、彼をそそる丸い乳房の下でとくとくと打っている鼓動を見つけた。硬くなった乳首を舌でなぶってから、一度、二度と乳房の輪郭をたどる。それから彼は深く歯を突きたて、血の渇きを満たした。性的な熱に浮かされた体は飽くことを知らず、レイヴンをふたたび、熱くすばやく奪った。彼女の味わいは甘く清らかで、彼をとらえて放さない。ミハイルはさらに欲しくなり、硬さと大きさを増した体をますます激しく彼女のなかにうずめ、レイヴンを再度、なにもかもわからなくなるような高みへと押しあげた。

性的な渇望と飽くことのない欲望だけに衝き動かされている獣《けもの》はミハイルではない気がして、レイヴンは自分自身と闘った。彼に対する欲望は尽きることがなく、彼女の体はミハイルに応えた。彼の熱い唇が肌を責め苛み、クライマックスをいつ終わるともなく続かせる。レイヴンは不思議な幸福感に包まれ、セクシーな気だるさに襲われた。ミハイルが体を何度も激しく震わせるあいだ、彼の頭を抱いてその苛烈なまでの渇望にみずからを捧げた。

ミハイルが正気に返ったのは、レイヴンが彼を受けいれてくれたからだった。彼女は催眠状態にあるわけではない。自分を惜しみなく差しだしてくれているのは、わたしの荒れ狂う欲望を感じたから、わたしが彼女を傷つける前に、彼女を殺す前にやめると信頼してくれているからだ。

ミハイルは彼女の乳房に舌を滑らせて傷口を閉じた。黒い瞳に内なる獣性の光を宿したまま、口に彼女の味わいが残ったまま、頭をもたげた。自分にとことんいや気が差し、低く苦々しげに悪態をつく。彼女はわたしの庇護のもとにあるのに。これほど自分を、あるいは自分たち種族を嫌悪したことはない。レイヴンはみずからを惜しみなく与えてくれた。わたしは身勝手に奪った。獣性が強くなるあまり、ライフメイトとひとつになるエクスタシーに負けてしまった。

ぐったりとしているレイヴンの体に腕をまわし、抱き寄せた。「レイヴン、きみに死が訪れることはない」彼は自分に激しい憤りを覚えた。わたしはわざとこうしたのか？　心のなかの暗い片隅で、わたしはこうなることを望んでいたのか？　その答えはあとで探すことにしよう。いま、レイヴンは血を必要としている。いますぐ。

「わたしのもとにとどまってくれ、リトル・ワン。きみがいるから、わたしはこの世に残った。きみはわたしたちふたりのために力をつけなければならない。聞こえるか、レイヴン？　わたしを置いていかないでくれ。わたしはきみを幸せにできる。できるとわかっているんだ」

ミハイルは自分の胸をさっと切り裂いた。そこからどくどくと溢れだす暗赤色のサテンのような液体にレイヴンの口を押しつける。飲むんだ。いまはわたしの言うとおりにしてくれ。

彼の肉体からじかに飲ませるのはよくないとわかっていた。しかし、彼にはレイヴンを抱いている必要が、彼女の柔らかな口が肌に触れ、彼のエッセンスを、彼の血を、飢えた体に取りこむのを感じる必要があった。

レイヴンの飲みかたはためらいがちで、体はミハイルの滋養に富んだ液体を拒絶しようとした。彼女がむせ、顔をそむけようとする。ミハイルは無情に彼女の頭をつかみ、顔を自分のほうに向けさせた。「生きるんだ、リトル・ワン」**たっぷりと飲め。**

彼女は信じられないほど意志が強い。われわれ一族の者でさえ、従わせるのにこれほど苦労することはない。カルパチアンはわたしを信じ、従いたいと思っているから当然なのだが。レイヴンはわたしがなにを強いているか気づいていないものの、奥深くに存在する自衛本能がわたしの命令にあらがっている。かまうものか。最後にはわたしの意志が勝つ。いつもかならず勝つのだから。

ミハイルはレイヴンを寝室へと運んだ。甘い香りのする癒しのハーブを細かく砕き、ベッドのまわりと、じっと横たわる彼女の小さな体の上に散らす。彼はレイヴンを深い眠りに就かせた。あと一時間したら、もう一度血を飲ませよう。つかの間、レイヴンを見おろしてたたずみながら、ミハイルは泣きたくなった。彼女はあまりに美しい。稀少で貴重な宝ものだ。わたしのなかの獣《けもの》から守らなければならなかったのに、わたしは酷《ひど》い扱いをしてしまった。

カルパチアンは人間とは違う。われわれの交わりはきわめて野性的だ。レイヴンは若く、経験がなく、人間だ。それにもかかわらず、情熱のさなか、わたしは新たに知ったばかりの感情を抑制することができなかった。ミハイルは震える手で彼女の顔に触れ、そっと撫でると、体をかがめて柔らかな唇にキスをした。罵《のの》しりの言葉を吐き、くるりと背を向けて寝室をあとにした。最強のセイフガードがかけてある。彼女はあそこから出られないし、誰も、いかなるものもあの部屋には侵入できない。

表では、彼の魂に劣らず激しく、嵐が吹き荒れていた。三歩、助走をつけると、ミハイルは空に舞いあがり、村へと翔た。周囲で風が渦巻き、うなりをあげる。彼が目指した家は掘っ立て小屋と言ってもよかった。苦悩の表情を浮かべ、ミハイルは戸口に立った。エドガー・ハマーがなにも言わずに扉を開け、脇に寄って彼をなかに入れた。「ミハイル」彼の声はやさしかった。エドガー・ハマーは八十三歳。人生のほとんどを神に仕えて過ごしてきた。自分がミハイル・ダブリンスキーの数少ない真の友人のひとりと見なされていることをたいへんな栄誉と考えている。

存在感があり、力に満ちたミハイルが足を踏みいれると、その家は窮屈に感じられた。彼はいらついていて、ひどく不安で、落ち着かなげに行ったり来たりした。外では嵐がさらに激しさ、荒々しさを増している。

エドガーは椅子に腰をおろし、パイプに火をつけて待った。これまでは感情をまったく表わさない、落ち着き払ったミハイルしか見たことがなかった。いま目の前にいるのは危険な男、エドガーが過去にかいま見ることすらなかった男だ。

ミハイルは石造りの暖炉をこぶしで叩き、細かな網模様のひびを入れた。「今夜、女性をひとり殺しかけた」傷ついた目をして、荒々しい声で告白した。「神は目的があってわれわれを作られた、そうあなたは言った。しかし、わたしは人よりも獣《けもの》に近いんだ、エドガー。それに自分を騙《だま》しつづけられない。永遠の眠りを求めたいところだが、それさえわたしには許されない。暗殺者がわが一族をつけねらっている。安全が確認できるまでは、みなを置いていくわけにいかない。いまやわたしの女は、わたしだけではなく、わたしの敵からも危険にさらされることになった」

エドガーは静かにパイプの煙を吐いた。「〝わたしの女〟と言ったね。彼女を愛しているのかな？」

ミハイルはばかばかしいというように手を振った。「彼女はわたしのものだ」それは声明であり、判決だった。愛などという言葉がどうして使えるだろう？　そんな生ぬるい言葉では、わたしの気持ちは言い表わせない。彼女は純粋で善良で思いやり深い。わたしとはかけ離れている。

エドガーはうなずいた。「きみは彼女を愛している」

ミハイルは険しく顔をしかめた。「わたしは生理的に欲求する。渇望する。欲する。それがわたしの人生だ」まるでそう言えばそれが現実になるかのように、苦しげに言った。

「それなら、どうしてそれほど苦痛を覚えるんだ、ミハイル？　きみは彼女を欲した。生理的に欲求したかもしれない。おそらく彼女を奪ったのだろう。きみは渇望し、そして渇望を満たした。どうして苦痛を覚えることがある？」

「性的欲求を感じている相手から血を飲むのは間違った行為だ」

「きみはもう何世紀も性的な欲求を感じていないと言っていたな。ほんのわずかも感じることができないと」エドガーは穏やかな口調で思いださせた。

「彼女には感じるんだ」そう告白したミハイルの黒い瞳は苦悩に満ちていた。「一日じゅう、彼女を欲している。生理的にも欲求している。ああ、彼女を奪わずにいられない。体だけでなく、彼女の血も。わたしは彼女の味わいに病みつきになっている。彼女が、彼女のすべてが欲しくてたまらない。しかし、それは禁じられている」

「しかし、結局自分のものにしたのだろう？」

「おかげで彼女を殺しそうになった」

「しかし、殺さなかった。彼女はまだ生きている。きみが血を奪いすぎたのは、彼女が初めてではあるまい。ほかの相手のときも苦痛を覚えたかな？」

ミハイルは顔をそむけた。「あなたにはわからない。問題はそのときの状況、そのあとわたしがしたことだ。初めて彼女の声を聞いたときから、わたしはこうなることを恐れていた」

「前にはなかったことなら、どうして恐れたのだ？」

ミハイルは両手をこぶしに握り、うなだれた。「自分が彼女を欲し、失うことに耐えられなかったからだ。彼女にわたしを知ってほしかった。最悪を知ってほしかった。わたしのすべてを見てほしかった。わたしのそばを離れないよう、彼女を縛りつけたかった」

「その女性は人間なんだな」

「人間だ。特殊な能力を持っていて、わたしと心でつながることができる。深い思いやりを持ち、歩く姿も美しい。わたしは、こんなことはしてはならない、間違っていると自分に言い聞かせた。しかし、きっとこうするだろうとわかっていた」

「間違っていることをしそうだとわかっていながら、それでもきみはしたわけか。なにかもっともな理由があったにちがいない」

「わたしが身勝手だからだ。わたしの話を聞いていなかったのか？　わたし、わたし、わたし。なにもかもがわたしのためだ。わたしは自分がこの世にありつづけるための理由を見つけ、本来なら手に入れる権利のないものを奪い、いまだに、こうしてあなたと話しているいまも、彼女を手放すことはないと自覚している」

「自分の性《さが》を受けいれるんだ、ミハイル。ありのままの自分を受けいれなさい」

ミハイルは苦々しげに笑った。「あなたにとってはなにもかもが明々白々なわけだな。わたしも神の子だとあなたは言う。わたしには生まれた意味がある。みずからの性を受けいれろと。わたしの性は、自分に権利があると信じるものを奪い、わがものとし、守ることだ。必要なら、自分に縛りつける。彼女を手放すことはできない。絶対に。しかし、彼女はさながら風のように自由で気ままだ。風を閉じこめたら、死んでしまうのではないか？」

「それなら、閉じこめるな、ミハイル。彼女はきみのそばを離れないと信じなさい」

「どうやったら風を守れるだろう、エドガー？」

「きみはできないと言ったね、ミハイル。彼女を手放すことはできないと。手放すつもりがないとか、手放さないとかではなく。きみはできないと言った。そこには違いがある」

「わたしにとってはそうだ。でも、彼女にとっては？　わたしは彼女にどういう選択肢を与えているだろう？」

「わたしはずっときみを信じてきた。きみの善良さ、たくましさを。その若い婦人のほうもきみを必要としているということは大いにありうる。きみは自分たちに関する伝説や嘘をあまりにも長いこと聞かされてきたがために、くだらない話を信じはじめている。厳格な菜食主義者にとっては、肉を食べる人々がいとわしく思えることもある。しかし、虎は生きるために鹿を必要とする。植物には水が必要だ。われわれはみななにかを必要とする。きみは必要なものしかとっていない。ひざまずいて神の祝福を受けなさい。そしてきみの女のところに戻るのだ。きみの風を守る方法がきっと見つかるだろう」

ミハイルは言われたとおりにひざまずき、こうべを垂れ、老人と老人の言葉がもたらす平安に癒された。表で荒れ狂っていた嵐が、まるで怒りを発散しつくし、ようやく休むことができるとでもいうように突然に弱まった。

「ありがとう、神父」ミハイルはささやいた。

「きみの一族を守るためにしなければならないことをしなさい、ミハイル。神にとっては、きみたちも神の子なのだ」

4

ミハイルはレイヴンの細い体に腕をまわし、がっしりとした体に固く抱き締めた。彼女を守るように背中を丸める。レイヴンは深い眠りのなかにいて、その体は軽く、顔は蒼白かった。目の下には隈《くま》。ミハイルはそっとささやきかけた。「すまない、リトル・ワン。すまない、こんな目にあわせて。わたしはけだものだから、きっとまた同じことをする。しかし、きみを死なせはしない。そんなことはさせられない」

手首の血管をさっと切ると、ベッドの横に置いてあったグラスに暗赤色の液体を満たした。**聞くんだ、レイヴン。きみはこれを飲む必要がある。いますぐわたしに従ってくれ。**グラスをレイヴンの唇に押し当て、中身を少し喉に流しこんだ。彼の血は癒しの力が非常に強く、彼女の生を確実にする。

レイヴンは前回と同様、むせ、吐きそうになり、顔をそむけようとした。**いますぐわたしに従ってくれ。これを全部飲むんだ。**彼の命令は前回よりも強力だった。レイヴンはいやがり、体はグラスの中身を拒絶しようとして必死に抵抗したが、いつものように彼の意志の力が勝った。

ミハイル！　レイヴンの打ちひしがれた声が彼の脳裏に響いた。

きみは飲まなければならないんだ、レイヴン。わたしへの信頼を捨てないでくれ。

しぶしぶながら彼に従うと、レイヴンは体の力を抜いて眠りの深層へと戻っていった。

彼女の混乱した思考、不安の渦がちらりと感じられた。レイヴンは悪夢と闘っていると思っている。顔色はよくなった。ミハイルは満足して、彼女のとなりに横たわった。血の交換を、レイヴンは悪夢の一部としてしか記憶しないだろう。彼は肘をつき、レイヴンの顔をじっくりと観察した。長く濃いまつげ、傷ひとつない肌、高い頬骨。わたしが惹かれているのはレイヴンの美しさだけではない。彼女の内面、わたしの荒々しく野性的な本質を受けいれてくれる思いやりの深さと光だ。

こんな奇跡が起こるとは想像もしなかった。ためらうことなく陽光のなかへ歩みでようとしていたまさにそのとき、わたしのもとに天使がおりたった。ミハイルの口もとにゆっくりと笑みが広がった。わたしの天使は、命じたことをなにひとつやろうとしない。頼んだときのほうがずっと反応がいい。わたしは庇護している者がみな、自分に従うことをあまりに長いあいだ当然と思ってきた。レイヴンは人間であり、われわれとは異なる時間、異なる価値観で育てられたということを忘れないようにしなければ。カルパチアンの男は、女子供を守ることが自分たちの務めであると、生まれる前から刷りこまれている。女が少なくなり、この何世紀か女児が誕生していない状況では、いまいる女をひとり残らず守ることが不可欠だ。

レイヴンはカルパチアンではなく人間だ。わたしの世界の住人ではない。彼女に去られたら、わたしはふたたび色と感情を失う。どうしたら彼女に去ることを許す勇気を見つけられるだろう？　日の出までにやらなければならないことが山ほどある。しかし、このまま彼女のとなりに残って、わたしのもとを去らないように説得したい。わたしの気持ち、彼女がわたしにとってどういう意味を持っているか、彼女が去ったら、わたしは生きていけなくなるかもしれない、きっと生きていけなくなるということを伝えたい。

大きくため息をつき、いま一度体を起こした。彼自身が糧を得て、仕事に取りかからねばならない。ふたたび癒しのハーブを砕いて散らし、レイヴンをさらに深く眠らせた。館に一《いち》分《ぶ》の隙《すき》もなくセイフガードをかけると、森の生きものに命令をくだした。何者かが彼のねぐらに近づき、わずかでもレイヴンが危険にさらされたら、即座にわかるように。

ミハイルの呼びだしに応じて、ジャックとバイロンがノエルとランドの家を見おろす木の上にやってきた。ノエルの遺体は見つけられるとすぐ、彼らのやりかたで適切に燃やされた。

「ほかにはなにもさわらなかったんだな？」ミハイルは訊いた。

「動かしたのは遺体だけだ。服をはじめ、ふたりのものはすべて、われわれが見つけたときのままになっている」バイロンが請け合った。「ランドは家のなかに戻らなかった。敵がなんらかの罠をしかけているのは間違いなかったから。遺体はおとりとしてわざと残されていたのだと思う」

「ああ、それは間違いない。向こうは使えるかぎりの現代テクノロジーを使ってくるだろう——カメラやビデオなどの」ミハイルは深く考えこむような顔になった。「彼らは伝説をことごとく信じている。杭、にんにく、斬首《ざんしゅ》。きわめて単純で原始的だ」犯人に対する軽蔑《けいべつ》から、うなるような声になった。「われわれについてせっせと学んでから殺そうとする」

バイロンとジャックは落ち着かなげに視線を交わした。こういう気分のときのミハイルは非常に危険だ。活力のある目が憤怒に燃えてふたりの顔を見た。「おまえたちはここに残って見ていろ。わたしが面倒に巻きこまれたら、逃げるんだ。姿を見せるな」ミハイルはいったん口をつぐんだ。「問題が起きた場合は、ひとつわたしの願いを聞きいれてほしい」

彼は古風で堅苦しい話しかたになった。バイロンとジャックは彼のためなら、命も犠牲にする。一族の君主《プリンス》から頼みごとをされるというのは、めったにない栄誉だ。「わたしの女は深い眠りのなかにいる。わが家で休んでいて、非常に危険なセイフガードが何重にもかけてある。セイフガードをはずすにはひとつひとつ、細心の注意を払わなければならない。彼女は体を癒し、自分にシールドを張る方法を学ぶ必要がある。もし本人が望めば、おまえたちが彼女を守ってくれ」

バイロンが咳払いをした。「あなたは……その、彼女はわが種族なのだろうか？」彼は細心の注意を払いつつ、思い切って訊いた。ヴァンパイアが人間の女を転化させようと試みてきたことは誰もが知っている。カルパチアンのあいだでもその可能性について話し合われてきた。状況はそこまで切迫しているからだ。しかし、メリットよりもリスクのほうがずっと大きかった。過去に転化させられた女は精神に異常をきたし、幼い子供を殺し、とても救えなかった。カルパチアンは特殊能力を持って生まれ、厳格な規律を教えこまれる。掟《おきて》を破った数少ない者は、即座にきびしく罰せられる。彼らの種族はあらゆる形態の命に敬意を払う。とてつもない力を有しているだけに、そうあらねばならないのだ。

ミハイルはかぶりを振った。「だが、わたしの真のライフメイトであるのは間違いない。儀式は彼女にとって大きな負担となった。わたしが血を与えるしかなかった」彼の返事は短くぶっきらぼうで、尋問を続けるなら続けてみろ、命がけになるぞ、という警告を含んでいた。「彼女をわたしに縛りつけはしなかった。彼女は人間だから、そんなことをするのは間違っている」

「われわれはあなたの望むままにする」バイロンはそう言いながら、落ち着かなそうにジャックをちらりと見たが、ジャックのほうは心配しているというよりもおもしろがっているように見えた。

ミハイルは苦もなく形をなくし、樅《もみ》の木のどっしりとした枝をするすると這いおりた。地面に達すると、狼の形をとった。霧ではにおいは嗅げないし、いまは毛皮族の仲間の特殊な能力が必要だった。臭跡を見つけ、それを追う。結局のところ、彼は捕食者であり、明敏な知性は彼の狩猟能力をさらに高めた。

狼は地面に鼻を近づけて開豁地《かいかつ》を慎重に歩きまわり、家の近くの木を一本一本あらためていった。死のにおいを嗅ぎつけた。つんとくる腐敗臭が鼻をつく。一センチたりと残さず縦横に調べていき、ランド、エリック、そしてジャックのにおいを拾った。暗殺者がどこから家に近づいたかを突きとめた。犯人は四人。それぞれのにおいが頭に深く刻みこまれるまで、彼は嗅ぎつづけた。時間をかけて、身の毛もよだつ凄惨な出来事を解き明かしていく。

犯人はこっそりと、ときには遮蔽物《しゃへい》から遮蔽物へと這いながら家に近づいた。狼は彼らの臭跡をたどり、ときおり道をはずれては罠がしかけられていないか確認した。玄関の前で立ち止まり、警戒してぐるりとまわってからあとずさりした。突然、後ろ肢《あし》を土のなかにめりこませたかと思うと、ガラスを突き破ってなかに飛びこみ、窓から二メートル近く離れた場所に着地した。四人の暗殺者は陰惨な殺害現場に戻り、ミハイルらの種族を映像にとらえようとカメラを設置していた。暗殺者たちに根性があれば、あとに残って遺体が発見されるのを待っただろう。しかし彼らは残虐行為をやってのけたあとは臆病根性丸だしで逃げだした。

胆汁がこみあげてきた。狼は頭を振り、低くうなった。においの主のうち、三人はミハイルが知らない人間だが、四人目はとてもよく知っている人物だった。裏切り者。あの男はいくらもらってノエルを売り渡したのか？　狼はふたたび跳びあがり、ふたつ目の窓のガラスを突き破った。ビデオカメラには巨大な狼と割れたガラスが飛び散る不鮮明な動き、霧、そしてもう一度狼が映っているだけだろう。これほどすばやく形態変化《シェイプシフト》ができるのはミハイルとほかに数人のハンター、グレゴリ、エイダン、そしてジュリアンしかいない。

ミハイルは暗殺者の追跡を始めた。ひとりのにおいがほかの者から分かれ、深い森にはいっていき、高木が見えなくなるあたり、エドガー・ハマーの小屋とウェスシマー医師の診療所のすぐそばでふたたび森の外に出た。狼は森から出ず、残忍な赤い目でまばたきもせずに診療所の後ろの小さな家を見つめた。唐突にくるりと向きを変えると、暗殺者が二手に分かれた地点まで戻り、残りの三人の臭跡をたどった。レイヴンが宿泊している宿にまっすぐ行き着いた。

先ほどの木の上で、ミハイルはバイロンとジャックと合流した。「暗殺者のうち三人は宿の宿泊客だ。近づいたら、わたしにはそれとわかるだろう。あす、わたしの女につきそい、彼女の荷物を取りに行く。宿にいるあいだに、においの主が識別できるはずだ。ほかにかかわっている者がいるかどうかはわからない。わかるまでは、細心の注意を払う必要がある。ノエルたちの家にはビデオカメラが設置してあった。ドアを開けると作動するしくみだ。全員、あそこに近寄ってはならない」ミハイルはしばらく沈黙した。

「セレステはウェスシマー医師に診てもらっているのか?」ややあって低い声で尋ねた。

「セレステはハンス・ロマノフの妻に診てもらっているはずだ。ロマノフの妻はウェスシマー医師のところで働いていて、ほとんどの赤ん坊を取りあげている」ジャックが答えた。

「エレノアも？」ミハイルは訊いた。

ジャックは落ち着かなげに身動きした。「たしか」

「その女がノエルの出産を手伝ったのか？」

バイロンが咳払いをした。「ノエルはハイジ・ロマノフの助けを借りて自宅で出産し、ランドも立ち会った。ぼくは彼に呼ばれた。助産婦が帰ったあと、ノエルが多量に出血して、ランドは彼女に血を与えなければならなかった。ぼくはランドが狩りに出るあいだ、ノエルについていた。でも、ミセス・ロマノフはなにひとつ見ていない。そばには誰もいなかった。いたら、ぼくにわかったはずだ」

「ほかの三人をノエルのところへ手引きしたのはハンス・ロマノフだ。あの男の妻が関係しているかどうかはわからないが、カルパチアンが子供を産んでいることを誰かが暗殺者に知らせたのだ」ミハイルが低く抑揚のない声で告げた。目がぎらぎらと燃え、体が憤怒で震えている。手は握ったりひらいたりをくり返しているが、声は完璧に抑制されていた。「その女が関係しているかどうかを確かめなければならない」

「関係しているに決まっている」バイロンが吐き捨てるように言った。「すぐに行動しない理由は？」

「なぜなら、われわれはこうした邪悪な人間たちが言うような野蛮なけだものではないからだ。助産婦が裏切り者かどうか、確かめなければならない。裁きをくだすのはおまえの務めではないぞ、バイロン。命を奪いながら生きていくのは簡単なことではない」ミハイルは過去に自分が奪った数々の命の重みを何世紀にも渡って感じてきた。しかし、権力と責任が増すにつれ、だんだんと簡単に命を奪うことができるようになってきたのも事実だ。感情が薄れていくなか、魂を乗っとろうとする闇の狡猾なささやきに屈せずにいられたのは、ひとえに強い意志と善悪の分別があったおかげだ。

「ぼくたちはなにをすればいい?」ジャックが訊いた。

「エレノアもセレステも自宅にいては安全ではない。助産婦のところへ行くのもやめだ。セレステは湖の上のわたしの家へ連れていけ。エリックが古《いにしえ》の助産術を身につけられるだろう。これまではおろそかにしてきたが。あの家ならば守りが堅い。だが、エレノアにあそこまでの移動は無理だ」

「ぼくの家を使えばいい」バイロンが申しでた。「そうすれば助けが必要なときにぼくたちがそばにいる」エレノアはバイロンの妹で、彼はエレノアをずっと心から愛していた。感情はとうの昔に失ってしまったが、それがどんな感じがするものだったかは憶えている。

「それはリスクが大きい。おまえたちの関係が知れ、エレノアがヴァンパイアではないかと疑われたら、あるいはおまえがランドを助けているところが目撃されていたら……」ミハイルはその可能性が気に入らず、首を振った。「わたしの館をエレノアたちに使わせたほうがいいかもしれないな」

「だめだ！」即座に鋭い声で、ふたりがそろって抗議した。

「だめだ、ミハイル。われわれは兄さんを危険にさらすわけにいかない」ジャックが驚愕した声で言った。

「われわれのなかで誰よりも優先されるのは、女たちだ、ジャック」ミハイルは穏やかに指摘した。「彼女たちがいなくなれば、わが種族は死に絶える。われわれは人間とセックスはできても、子孫はもうけられない。わが種族にとって女性はなによりも貴重な存在だ。おまえたちはおのおの、いつかは和合し、子供を作らなければならない。しかし、かならず真のライフメイトを選ぶようにしろ。ライフメイトに出会ったときの徴候は知っているだろう。色彩、感情、相手への燃える思い。その絆《きずな》は強い。いっぽうが死ぬと、たいていはもういっぽうも死を選ぶ。選択肢は死かヴァンパイアになるかだからな。それは誰もが知っていることだ」

「でも、ランドは……」バイロンは最後まで言えなかった。

「ランドは待ちきれなかったんだ。ノエルはランドに夢中になったが、あのふたりは真のライフメイトではなかった。自分たちの病んだ関係から脱けだせずに、憎み合うようになっていた。ランドはノエルの死を乗り越えるだろう」ミハイルは声に嫌悪が表れぬように努めた。真のライフメイトは、ひとりでは長く生きられない。そのことと子供の死亡率の高さとがあいまって、ミハイルたちの種族は大きく数を減らしつつある。自分たちはつぎの世紀まで生き残れるかどうかわからない、そうミハイルは考えていた。どんなに努力しても、一族の男がヴァンパイアに変異せずにすむような希望が見つけられないのだ。

「ミハイル」ジャックは慎重に言葉を選んだ。「われわれの種族の秘事を知っているのは兄さんとグレゴリだけだ。グレゴリが孤絶した生活を選ぶのは、兄さんにもわかっているだろう。われら残りのカルパチアンに教えを施し、導き、成長を助けられるのは兄さんだけだ。われわれが生き延びるには、勢力を盛り返すには、兄さんがどうしても必要だ。兄さんの血はわれら種族にとって生命《いのち》だ」

「なぜそんなことをわたしに言う？」ミハイルは真実を聞かされるのがいやで、嚙みつくように言った。

ジャックとバイロンはゆっくりと不安げに視線を交わした。「兄さんが隠遁《いんとん》生活を続けているのが、しばらく前から気になっていたんだ」

「わたしの隠遁生活は避けがたいことだし、おまえたちには関係ないことだ」

「兄さんは完全な孤独を選んだ。みずから血族と呼ぶぼくらに対してさえ」ジャックは先を続けた。

「なにが言いたい？」ミハイルはいらだたしげに語気荒く言った。レイヴンと離れている時間が長くなって、耐えられなくなりつつあった。彼女に会いたい。抱き締めたい。心と心を触れ合わせたい。

「われわれは兄さんを失うわけにいかない。しかし、生きたいという気持ちをなくしたら、兄さんはいまよりも大きなリスクを冒すように、不注意になるだろう」ジャックはのろのろと答えた。

深く考えこむような色を浮かべていたミハイルの黒い瞳に温かな色がゆっくりと広がり、彫りの深い美しい顔のしわがやわらいだ。「この青二才め。わたしに気づかれずにどうやってわたしの監視をしていた？」

「ボス狼のつがいも兄さんのことを心配している」ジャックは打ち明けた。「ぼくは兄さんと血がつながっているから、彼らもぼくには話をしてくれることがあるんだ。兄さんがひとりで歩きまわるとき、狼の群れと走るとき、彼らは兄さんのことを見守っている。そして、兄さんからは喜びがまったく感じられないと言う」

ミハイルは低い声で笑った。「生意気な狼たちめ。安心しろ。わたしがどう感じていようが、ノエルはわが妹、わが民だった。ノエルを殺した人間に正義が行なわれるまで、わたしが君主としての務めを投げ出すようなことはない」

ジャックが咳払いをした。それまでの険しく無情な顔つきが生意気な笑みに変わった。「兄さんが隠しているその女は、兄さんが突然、夜の訪れとともに活動する気になったこととは無関係なんだろうな」

この厚かましい発言に対する仕返しとして、ミハイルのブーツの先が、ジャックをもう少しで木から落としそうになった。

バイロンは枝をぎゅっとつかんだ。「エレノアとヴラッドはぼくのところに泊まればいい。そうすれば、エレノアとまだ生まれぬ子供の両方を守れる」

ミハイルはうなずいた。気が進まぬ決定ではあったが、彼個人が身を危険にさらすようなことを言い張れば、ジャックたちは反論を続けるだろう。「もっと安全な解決策が見つかるまで、二、三日のあいだはそうするとしよう」

「細心の注意を払ってくれよ、ミハイル」ジャックが警告した。

「あすは深いところで眠れ」ミハイルは答えた。「やつらはわれわれを狩りだそうとしている」

バイロンがはっとして動きを止めた。「人間の女が一緒にいるなら、あなたはどうやって地中にもぐるんだ？」

「彼女を置いてはいかない」ミハイルの返事は断固としていた。

「地中深くにもぐればもぐるほど、ぼくたちは兄さんの身になにかあったときに声を聞くのがむずかしくなる」ジャックが静かに指摘した。

ミハイルはため息をついた。「おまえたちふたりはいかずのおば並みにうるさいな。わたしは間違いなく自分のねぐらを守れるから心配するな」彼の体が揺らめき、曲がり、フクロウの姿になった。大きな翼を広げ、空に舞いあがると、彼はレイヴンのもとへと向かった。

家に着くと、けがれなく、清らかなレイヴンの香りを深く吸いこみ、今夜明らかになった事実の醜さをぬぐい去った。書斎には彼女の香りとミハイル自身の香りが入り混じって漂っていた。混ざり合ったふたりの香りを深く吸いこみ、脱ぎ散らかされた衣服を拾った。彼女のなかにはいりたい。彼女に触れ、唇をしっかりと重ね、血を溶け合わせ、ふたりの宿命《さだめ》どおりに絆を永遠のものにする誓いの言葉を唱えたい。レイヴンが彼を受けいれ、喜びを与えてくれることを考えると、あまりの興奮に、ミハイルは肉体の切迫した欲求がいくらかおさまるまでしばらくじっとしていなければならなかった。

時間をかけてシャワーを浴び、自分の体から狼を、土埃《つちぼこり》と汚れを、裏切り者のにおいを洗い流した。カルパチアンはみな、人間の習慣を生活に取りいれるようにしている。キッチンの戸棚には食料、クロゼットには服。家にはランプ。必要はないものの、みなシャワーを浴び、大半はこの習慣が気に入っている。エスプレッソ色の髪をたらしたまま、ミハイルはレイヴンのところに戻った。彼女の姿を目にしたとたん、硬くなって攻撃的に突きだした自分に初めて誇りを感じた。

彼女は眠っており、髪がシルクのカーテンのように枕に広がっていた。毛布が滑り落ちて、胸をおおうのは長い髪だけになっている。エロティックな光景だった。レイヴンは彼を待って横たわり、眠りのなかにあってすら、彼を求めている。ミハイルは催眠状態を解く呪文をつぶやいた。

レイヴンは月明かりを浴びて輝き、肌は柔らかそうにピンク色を帯びている。彼女の脚に手を滑らせると、ミハイルの腹部に衝撃が走った。彼はヒップを撫で、きゅっと締まった細いウエストの線をたどった。レイヴンが目覚めかけ、もぞもぞと身動きした。ミハイルは彼女を守るように抱くと、頭に顎をのせた。

やりかたなどかまわずレイヴンを奪いたかったが、彼女に対してはできるかぎり誠実な態度をとる義理があった。レイヴンが深い眠りからゆっくりと目覚め、あたかも悪夢から逃れようとするようにミハイルのたくましい体にすり寄ってきた。真の和合の儀式における性的な熱狂のさなか、カルパチアンの男がなにを欲するか、人間にどうして理解できるだろう？何世紀にも渡って生きてきたが、ミハイルは恐怖を覚えたことがほとんどない。しかし、レイヴンの無垢な目を通して自分を見るのは、このうえなく恐ろしかった。

息遣いから、彼女が完全に目を覚ました瞬間がわかり、突然の体のこわばりかたから、彼女がどこに誰といるかに気づいたことがわかった。彼はレイヴンの純潔を乱暴に奪い、命をも奪いかけた。そんなことをどうして彼女が赦してくれるだろう？

レイヴンは目を閉じ、空想と事実を、幻想と現実を区別しようと必死になった。体が痛く、これまで意識もしなかった場所がずきずきする。以前とは異なり、感じやすさが増した気がした。彼女の体に押しつけられているミハイルの体は熱い大理石を思わせ、どっしりとしていながら攻撃的で、耐えられないほどセクシーだった。家がぎしぎし、みしみしと音をたてているのが、窓の外で枝が揺れている音がはっきりと聞こえる。ミハイルとのあいだに距離を置こうとして、レイヴンは彼の厚い胸を押した。

ミハイルは腕に力を込め、彼女の髪に顔をうずめた。「レイヴン、わたしの心に触れてくれたら、わたしがきみに対してどういう気持ちでいるかわかるはずだ」彼の声はかすれて頼りなげに響いた。

レイヴンの心臓がひっくり返った。

「わたしのもとを去らないでくれ、リトル・ワン。勇気を出して、ここにとどまってくれ。もしかしたら、わたしは怪物かもしれない。もう自分でも確信が持てないんだ、本当に。なんとしてもきみに一緒にいてほしいということ以外」

「あなたにはわたしの記憶を消すこともできたはずよ」ミハイルにというよりは自分自身に向かって、レイヴンは指摘した。彼は荒々しかったけれど、わたしは傷つけられたとは言えなかった。それどころか、まさに星のきらめくかなたまで連れていってもらった。

「それは考えた」不承不承ながら、ミハイルは告白した。「しかし、わたしときみのあいだでそういうことはしたくないんだ。きみが初めてであることにもっと気をつけなくて悪かったと思っている」

レイヴンは彼の声に痛みを聞きとり、それに応えて自分の体が痛むのを感じた。「あなたはわたしに悦びを感じさせてくれたわ」あれは悦びというよりもエクスタシーだった。炎の洗礼、魂の交換。彼は野性に満ち、激しく燃えさかる炎のなかでわたしを抱いてくれた。彼がまた欲しい。彼に触れられ、精力に溢れた体を感じたくてしかたがない。でも、この男《ひと》は危険だ。本当に、本当に危険。いまはそれがわかっている。この男《ひと》はほかの男性と違う。彼のなかには人よりも動物に近いなにかが棲《す》んでいる。

「ミハイル」レイヴンは彼の硬い胸板を押した。息がしたい、考えたい。ミハイルの熱い肌と体の昂りを感じることなく。

「やめるんだ！」ミハイルが鋭い声で命令した。「わたしを閉めだそうとしないでくれ」

「あなたが求めているような約束は、わたしにはとうてい考えられないものだわ……」レイヴンは唇を噛んだ。「わたしの家はここからずっと遠くにあるのよ」

「向こうで待っているのは悲しみだけじゃないか」ミハイルはたがいのために安易な逃げ道を拒否した。「きみはひとりでは生きていけない。それに、新たに凄惨な事件が起きて協力を求められた場合、頭ではもう自分の特殊能力を提供するまいと思っていても、実際はいやとは言えないことを心の底では自覚しているだろう。つぎなる被害者を救えるかもしれないときに、殺人犯を野放しにしておくようなまねは、きみにはできない」そうしていれば彼女が離れていくことがないかのように、彼はレイヴンのシルクのような髪に手をうずめた。「助けを求めてくる人間は、わたしほどきみのことを考えてくれないぞ」

「わたしたちの違いはどうなるの？　あなたは女性を、男性より劣っていて頭があまりよくない存在であるかのように扱うわ。残念ながら、あなたには異を唱える人間を無理やり従わせる力がある。わたしはあなたに反対することになると思うわ。しょっちゅう。わたしはわたし自身でなければいられないの」

彼はレイヴンのたっぷりした髪をうなじから持ちあげ、あらわになった肌に羽のように軽いキスをした。「わたしの女性に対する態度は、守らなければならないという気持ちの表れで、自分よりも低く見ているわけではない。反対したければ、好きなだけ反対すればいい。わたしはきみのすべてを愛しているんだ」

彼の親指がレイヴンの柔らかな胸のふくらみを撫で、彼女の血を熱くし、背筋に快感の震えを走らせた。また彼に荒々しく野性的になってほしい、わたしを必要としてほしい。そうレイヴンは思った。ミハイルはとても自制心が強い。その彼に自分は自制を失わせることができると知って、レイヴンはとてもみだらな気分になった。

ミハイルは、硬くなって彼を誘っている胸の先端に顔を寄せた。舌でそっと触れてから、ベルベットを思わせる頂にキスをし、熱く濡れた口に彼女を含んだ。レイヴンは柔らかなため息を漏らし、目を閉じた。体が生き生きとして、神経という神経が彼に触れられることを求めている。まるで骨がなくなってしまったかのように、自分の体がミハイルの熱い体に溶けこんでいくように感じられる。

こんなことは望んでいなかった。涙がこみあげてきて、喉が、目の奥が熱くなる。こんなことは望んでいなかったけれど、必要だった。「わたしを傷つけないで、ミハイル」レイヴンは筋肉の発達したミハイルの胸に顔を寄せてささやいた。それはふたりの将来を思っての懇願だった。ミハイルに肉体的に傷つけられることはないとわかっている。でも、ふたりがともに歩む人生はひどく波乱に富んだものになるだろう。

ミハイルは頭をもたげ、体重を移動させてレイヴンを自分の下に組み敷いた。彼女の小さくて壊れやすそうな顔をわがもののように眺める。ミハイルの手がレイヴンの顔を包み、親指で顎を、ふっくらとした下唇を撫でた。「わたしを怖がらないでくれ、レイヴン。わたしの気持ちの強さが、ふたりの絆の強さがわからないか？　きみのためなら、わたしは命を捨てる」彼女に嘘はつきたくなかったので、避けられない運命を認めた。「わたしたちを待っているのは安楽な将来ではないだろうが、問題はふたりで解決していこう」彼はレイヴンの平らなおなかを撫で、手をさらに下へと滑らせると漆黒のカールにうずめた。

レイヴンの手が彼の手を止めた。「わたしはどうしたの？」彼女は混乱していた。いままで気を失っていたのだろうか？　なにもかもがごちゃごちゃになっている。ミハイルに吐き気をもよおすような調合薬を飲まされたのは間違いない。わたしは眠った。そのあと悪夢を見た。悪夢には慣れているものの、この悪夢はおぞましかった。裸の胸に無理やりに顔を寄せられ、ぱっくりと開いた傷に口を押しつけられた。血が川のように流れだしていて、それを飲まされた。わたしはむせ、吐きそうになり、抵抗したものの、その悪夢の世界ではなぜかロを離すことができなかった。ミハイルを呼ぼうとした。そして上を見あげると、そこに彼がいて謎めいた黒い瞳でこちらを見おろしていた。わたしの頭を胸の傷に押しつけているのは彼の手だった。あの夢は、ここがドラキュラ伝説発祥の地で、ミハイルが謎めいて陰鬱な君主を思わせるからだろうか？

ミハイルの傷ひとつない胸に指先をそっと滑らせずにいられなかった。なにかがわたしの身に起きた。わたしは永久に変えられ、どういうわけかミハイルの一部となり、彼もわたしの一部となった気がする。

ミハイルの膝がレイヴンの脚をやさしく押し広げた。彼がまた彼女の上に体を持ちあげたので、その広い肩で視界がふさがれた。彼の大きさと力強さ、たくましさと美しさに、彼女は息を呑んだ。彼は初めてのときにそうするべきだったように、やさしく彼女のなかにはいってきた。

レイヴンはあえいだ。彼に満たされて広がる感覚、彼によって体が熱くとろける感覚には、いつまでたっても驚かされそうだ。最初のときが荒々しかったとすれば、今回の彼はこのうえなくやさしかった。

ミハイルはなみなみならぬ自制をきかせ、暴走しそうになるのをこらえた。レイヴンの唇、手の感触に頭がおかしくなりそうだ。レイヴンはとてもきつく、彼は熱いベルベットに包まれたように感じて、ますます燃えあがった。内なる獣《けもの》が解き放たれることを求めて暴れている。渇望が荒れ狂い、彼はより激しく、より速く、彼女のなかに身を沈め、ふたりの体が、心がひとつになった。快感の波につぎつぎと襲われて、彼女が背中に爪を立てた。レイヴンの欲望にさらに駆りたてられる。ミハイルは心をひらき、彼女の心を求めた。獣《けもの》が解き放たれるより先に、ミハイルは炎に屈した。勢いよく彼女のなかに突きいり、きつく、熱くつかまれるのを感じて、至福の低いうなり声をあげることを自分に許した。

つかの間、満たされて、レイヴンとつながったまま、彼女の細い体の上に横たわった。胸に涙が触れた。ゆっくりと頭をもたげてから、顔を寄せてレイヴンの涙を味わった。「どうして泣いている？」

「どうしたら、あなたのもとを去る勇気が持てるかしら？」彼女はそっとつらそうにつぶやいた。

ミハイルの目が険しく暗くなった。彼はレイヴンの上からおり、裸でいることをひどく居心地悪く感じている彼女を思いやって、毛布を体に巻きつけてやった。レイヴンは上半身を起こし、ミハイルがたまらなく好きな無垢さとセクシーさが不思議に入り混じったしぐさで豊かな髪をかきあげた。彼女の青い瞳は警戒の色を隠そうともしなかった。

「きみはわたしのもとを去ったりしない」意図したよりもずっときびしい言いかたになってしまったので、彼は穏やかな声を出すよう懸命に努めた。レイヴンは若く傷つきやすい。なによりもそれを忘れてはならない。別れがそれぞれにとってどのような代価をともなうか、わかっていないのだ。「これだけ強く惹かれ合っているのを知りながら、ただ立ち去るなどということがどうしてできる？」

「理由はわかっているでしょ。とぼけるのはやめて。わたしはいろいろ感じとれるのよ。なにもかもがわたしには奇異に思える。この国の法律は知らないけど、誰かが殺されたら、警察と報道機関に知らされるのがふつうだわ。こんなのは一例。あなたにはどんなことが平気でできるかって話はしないでおきましょう——まったく、ジェイコブを絞め殺しそうになるなんて。あなたはわたしの理解をはるかに超えているし、それはおたがいわかってるはずよ」レイヴンは毛布を肩まで引きあげた。「わたしはあなたが欲しい。あなたなしで生きることは考えられないくらいに。でも、ここではなにがどうなっているのかわからない」

ミハイルの手が、シルクに似た髪に指をくぐらせながら、悩ましく愛撫するように背中を下まで軽くたどった。彼に触れられると、レイヴンは体の内がとろけ、爪先に力がこもった。目を閉じ、膝に頭をのせる。わたしはこの男《ひと》にぜんぜんかなわない。

ミハイルがうなじに手を伸ばし、心地よい手つきで撫でた。「わたしたちはすでにおたがいから離れられなくなっている。それがわからないのか、レイヴン？」温かみとセクシーさが混じったハスキーな声で、彼はささやいた。自分がレイヴンの自衛本能をおびやかしているのはわかっている。注意深く言葉を選んだ。「わたしが何者か、わたしの内面はどうなっているか、きみは知っているはずだ。たとえ距離的に離れても、きみはわたしに触れられたくなる。唇を重ね、わたしがきみのなかにはいることを、きみの一部となることを求めるだろう」

そんなふうに言われただけで、レイヴンは血が熱くなり、体の奥深くが疼いた。見ず知らずの他人といってもいい相手をこんなにも求めてしまうことが恥ずかしく、顔をおおった。

「わたしは帰国するわ、ミハイル。わたし、あなたに夢中になりすぎて、自分でも信じられないことをしている」それは肉体的なことばかりではない。それだけならよかったのだが。彼の孤独や彼のすばらしさ、自分が率いている者を危険から守ろうとする驚くほど固い意志と闘志など感じたくなかった。でも、感じてしまう。彼の心、魂、思考を彼女は感じた。声に出すことなく、彼と会話し、彼の考えを知ることができる。この男《ひと》はわたしのなかにいる。

ミハイルの腕が肩にまわされ、身を縮めているレイヴンを抱き寄せた。わたしに安らぎを与えるため？　それとも束縛するため？　彼女は熱い涙を呑みこんだ。木々がざわめき、家がきしむ音がうるさいほどよく聞こえる。聞こえないように、両手で耳をふさいだ。「わたしはどうしてしまったの、ミハイル？　どうしてわたしはこんなふうに変わってしまったの？」

「きみはわたしの命、ライフメイト、これまで失われていた半身だ」彼の手がレイヴンの髪に戻り、このうえなくやさしい手つきで愛撫した。「われわれの種族では、和合は一生続く。わたしは土とともに生きる真のカルパチアンだ。われわれは特殊な力を授かっている」

レイヴンは頭をめぐらし、大きな青い瞳で彼を見た。「テレパシー能力ね。あなたの力はとても強い。わたしよりもずっと。それにすごく発達している。あなたができることには驚かされるばかりだわ」

「そうした特殊能力の代償は高いんだ、リトル・ワン。われわれはライフメイトを得なければならない、魂を分かち合わなければならないという宿命を背負っている。いったんライフメイトを得たら――その儀式は無垢な女性には非常に過酷なものになる場合があるんだが――たがいに離れて生きることができなくなる。われわれは子供が少ない。多くが一年目に死んでしまうし、生まれる大半が男だ。寿命が長いのは恵みでもあり、呪いでもある。幸せな者にとっては、人生が長いことは恵みだ。孤独で苦悶《くもん》している者にとっては呪いとなる。暗闇が、不毛の荒涼とした日々が延々と続くのだから」

ミハイルはレイヴンの顎を手で包むように押さえ、彼の飢えた黒い瞳から逃れられないように顔を仰向かせた。深く息を吸ってから吐きだした。「わたしたちがしたことはセックスではなかったんだ、レイヴン。愛を交わしたのでもない。きみがわれわれの仲間にならない範囲で可能なかぎり、本物に近いカルパチアンの和合の儀式だったんだ。きみがわたしのもとを去ったら……」彼は最後まで言い終えずに首を振った。わたしはレイヴンがけっして離れていかないようにする必要がある。言うべき言葉は彼の頭のなかにあった。内なる獣《けもの》がそれを言いたくて暴れまわっている。レイヴンはけっして逃げられない。しかし、人間である彼女にその言葉を言うことは、ミハイルにはできなかった。レイヴンの身になにが起きるか、見当もつかないからだ。

レイヴンの左胸が痛み、疼き、火がついたように熱くなった。見おろすと、ミハイルがつけた黒っぽい刻印が目にはいったので、指先で触れた。歯を立てられ、床に釘付けにされたときの感触、彼の力強さ、まるで動物のような警告のうなり声が思いだされた。ミハイルは彼女の体をあたかも自分の所有物のように奪った。野性的に、いささか乱暴に。けれど、彼女のなかのなにかがミハイルの猛烈な飢えと欲求に応えた。それに、彼はやさしさも見せて、自分の悦びよりもレイヴンの悦びを優先させてくれた。彼女の小ささ、華奢な体にとても気を遣ってくれた。やさしさと野性味の組み合わせにはあらがいがたい魅力があったし、ほかの男性にはミハイルのような触れかたはけっしてできないと、レイヴンにはわかっていた。わたしにはミハイルしかいない。

「あなたは人種が違うと言いたいの？」彼女は懸命に事情を把握しようとした。

「われわれは種が異なるのだと思う。われわれはきみたちとは違う。それをうまく隠しているが――隠さないわけにいかないから――しかし、人間には聞こえないものを聞くことができる。動物と会話ができ、おたがいの体と心だけでなく、思考をも分かち合うことができる。いいか、このことを知られてはならない相手に知られたら、われわれは破滅する。わたしの命は文字どおりきみの掌中に握られているんだ」さまざまな意味で。

レイヴンは彼が抑えこむより先に思考の反響をとらえた。「わたしがパニックを起こしたら、あなたはやめていた？」

ミハイルは恥じたようすで目を閉じた。「嘘をつきたいところだが、それはやめておこう。きみをなだめ、わたしを受けいれさせたと思う」

「無理強いしたということ？」

「違う！」それは猛烈に否定した。そこまでしようとは思っていなかった。絶対に。受けいれてくれるように、レイヴンを説得できたはずだという絶対の自信があった。

「あなたの特殊な力だけど」レイヴンは膝に顎をこすらせた。「あなたはわたしがこれまでに会ったどんな人よりも肉体的に強いわ。それに書斎で見せた跳躍――あなたはジャングルに住むネコ科の猛獣を思わせた――あれもあなたたちが授かった力の一部なの？」

「ああ」ミハイルはふたたびレイヴンの髪に指を絡め、ひとつかみ持ちあげると、顔をうずめて香りを吸いこんだ。わたしのにおいが残っている。これはずっと残りつづけるだろう。そう思うと、底なしに見える彼の瞳にちらりと満足げな色が浮かんだ。

「あなたはわたしを噛んだ」レイヴンはまず首に、続いて胸に触れた。彼女の腕のなかで情熱にわれを忘れた彼を思いだすと、甘く熱い疼きが全身に広がる。彼の体は欲望に荒れ狂い、心は抑えようのない真っ赤な激情に駆られて、口は飢えたように必死に彼女を攻めたてた。

どうしてわたしはさらに求めてしまうのだろう？　セックスに夢中になるあまり、ほとんど奴隷のようになってしまった女性の話を聞いたことがある。わたしの身に起きているのはそういうこと？ 彼女はミハイルを寄せつけまいとするように片手をあげた。「ミハイル、これじゃあんまり急よ。ほんの二、三日で恋に落ちて、数分で人生を決めるなんてことはわたしにはできないわ。わたしはあなたをよく知らない。あなたに、あなたという存在に、あなたが持つ力に、少し恐れを抱いてさえいる」

「きみはわたしを信頼していると言ったじゃないか」

「信頼しているわ。だからこそ、自分が無茶苦茶に思えるのよ。わからない？ わたしたちはあまりに違う。あなたは無茶苦茶なことをする。でも、わたしはあなたと一緒にいたい。あなたの笑い声を聞いたり、言い合いをしたりしたいと思う。あなたの笑顔を、目が明るく輝くのを、わたしを見たときにあなたが渇望と欲望を覚えるのを見たい。口もとがこわばって、あなたが残酷で無情な顔をしているとき、あなたの目から冷たさを、遠くを見るようなよそよそしい表情を消し去りたいと思う。ええ、わたしはあなたを信頼してるわ。でも、信頼する理由は見つからないの」

「顔色がひどく悪いな。気分はどうだ？」もう手遅れだ、われわれは引き返せないところまで来てしまった。そう彼女に教えたかったが、そんなことをすれば、無駄に抵抗と警戒心をあおるだけだとミハイルにはわかっていた。

「変なの。なんとなく胃がむかむかして、なにか食べたほうがいいような感じなんだけど、食べもののことを考えると気持ちが悪くなるの。あなた、薬草を調合したものをわたしに飲ませたでしょ？」

「数日は水とジュース、少しの果物だけで暮らすといい。肉は食べるな」

「わたしはベジタリアンなの」レイヴンはあたりを見まわした。「わたしの服はどこ？」

思いがけず、ミハイルが見るからに男性的なうぬぼれたような笑みを浮かべた。「わたしはわれを忘れるあまり、きみのジーンズを引き裂いてしまったんだ。今夜はここに泊まってくれ。あす新しい服を手に入れてくるから」

「もうすぐ朝よ」また彼と横になるのはいやで、レイヴンは指摘した。並んで横になったら、彼が欲しくてしかたがなくなってしまう。「それに、シャワーが浴びたいわ」ミハイルに反論する間を与えず、彼女は古風な上掛けをしっかり《セイフリー》と体に巻きつけてベッドから出た。

ミハイルは心のなかでにやりとした。安全《セイフ》だと思わせておけばいい。こちらにとってマイナスになることはなにもない。暗殺者が泊まっている宿にレイヴンを帰らせたりするものか。ミハイルは彼女が裸でシャワーを浴びている光景を思い浮かべないよう、宿の食堂にいたときのレイヴンの心の動きに気持ちを集中した。

あのとき、なにがあそこまで彼女を苦しめていたのか？　レイヴンはいまにも吐きそうで、ひどい頭痛に襲われていた。彼女はわたしの怒りに触れたせいでああなったと考えているが、わたしが怒りを覚えたのは彼女が苦しんでいたからだ。あの間抜けな人間が穢れた手でレイヴンに触れる前から、それを感じた。

どうしても我慢できずに、ミハイルはレイヴンの心に触れた。思ったとおり、彼女は涙を流し、混乱していた。レイヴンの体はミハイルの血が流れはじめたせいで変化し、いまも変化しつづけている。言い伝えでは、転化には人間とカルパチアンが三たび血を交換することが必要だという。レイヴンにグラスから飲ませた血は数にはいらない。わたしは彼女を転化させ、精神に異常をきたしたヴァンパイアに変えてしまうようなリスクはけっして冒すまいと思っていた。ところが、つい危険な一線を越えてしまった。もう一度、血を交換したら、彼女の転化は決定的になる。

レイヴンには真実のみを語ったが、彼女は現実をまるで理解していない。これからは宿のあらゆる部屋からささやき声が聞こえ、階下の食堂に蜂が一匹、迷いこんでもわかるようになるだろう。日がまぶしく、肌は簡単に火傷《やけど》を負う。動物たちはみずからの秘密を彼女に打ち明ける。

そして、ほとんどの食べものに吐き気をもよおすようになる。しかしなにより、わたしのそばから離れられなくなる。わたしの心に触れ、体を感じ、わたしと燃えあがらなければいられなくなる。すでに彼女はそれを感じとっていて、抵抗しようとしている。彼女が唯一知る方法――わたしから自由になろうとすること、自分になにが起きているのか理解しようとすることで。

レイヴンはシャワーブースのガラスにもたれた。子供みたいにいつまでもバスルームに隠れているわけにはいかない。でも、ミハイルにはあまりに圧倒的な魅力がある。彼の口もとに刻まれた緊張のしわを消し去りたくなる。彼をからかい、彼と議論し、彼の笑い声を聞きたくなる。彼女にはまだ不思議なだるさがあってめまいがした。

「おいで、リトル・ワン」ミハイルの声が黒いベルベットのように彼女を包みこんだ。ガラスのブースのなかに彼の手が伸びてきて、湯を止めた。ミハイルが手首をつかんで、レイヴンをシャワーブースという安全な場所から連れだし、ほっそりした体をタオルで包んだ。

長い髪から水をしぼりながら、レイヴンの全身に赤みが広まった。ミハイルは裸でいることがまったく気にならないようすでくつろいでいる。彼の荒っぽいたくましさ、それを平然と受けいれているようすには、どこか野性的でとても堂々としたところがある。バスタオルがレイヴンの体が薔薇《ばら》色に温まるまで、大きなバスタオルで肌を磨くようにこすった。バスタオルが感じやすい乳首に触れ、丸みのあるヒップをゆっくりと撫でる。

ミハイルに世話を焼かれると、決心とは裏腹に、レイヴンの体に生気がみなぎった。ミハイルが彼女の顔を包み、顔を寄せて唇と唇を羽のように軽く、誘惑するように触れ合わせた。

「ベッドに戻ろう」彼はそうささやき、彼女をベッドへといざなった。

「ミハイル」レイヴンは息を切らしつつ、柔らかな声で抗議した。

ミハイルが手首をぐいと引き、バランスを崩させて、彼女が自分にもたれかかるようにした。レイヴンの体が彼の体と溶け合い、柔らかなバストが厚い筋肉に押しつけられて、ミハイルの欲望の証《あかし》が彼女のおなかを押す。二本のどっしりした柱のような腿がレイヴンの腿と密着する。「わたしはひと晩じゅうでもきみを愛しつづけられる」彼はレイヴンの喉に口を寄せて誘惑するようにささやいた。手はレイヴンの体をまさぐり、炎の軌跡を残していく。

「ひと晩じゅうきみを愛しつづけたい」

「問題はそこじゃない？　もう夜明けよ」レイヴンの手はそれ自身に意思があるかのように、指先でミハイルの発達した筋肉をゆっくりたどっていく。

「それなら、わたしは一日じゅうきみを愛して過ごす」ミハイルは身をかがめ、レイヴンの下唇の端を軽く噛みながらささやいた。「わたしにはきみが必要なんだ。きみは闇を追い払い、わたしが押しつぶされそうになっている重荷を軽くしてくれる」

レイヴンは彼の口の端を指先で軽く撫でた。「あなたはわたしを所有したいの？　それとも愛してくれているの？」頭をさげてミハイルの胸骨のくぼみに口を押し当て、心臓の上の特別に感じやすい肌に舌を這わせた。そこには何のしるしも傷痕も残っていないが、彼女の舌はまさに前夜の傷の線を、ミハイルが彼の生き血を飲ませたところをたどっていた。レイヴンは彼と溶け合い、彼の思考を、エロティックな空想を読み、それを現実にしたいと願った。

ミハイルの腹部に力がこもり、体が猛々しい反応を示した。彼の固くなった昂りが肌に熱くこすれるのを感じて、レイヴンはほほえんだ。ミハイルとベッドをともにするときは心理的な抑制をいっさい感じない。彼と燃えあがりたいという激しい欲望があるだけだ。「答えて、ミハイル、真実を」指先でベルベットのような先端を撫で、ずっしりと大きな彼に指を巻きつけると、ミハイルの体を渇望が荒々しく駆け抜けたのがわかった。レイヴンは危険な遊びをしていたが、ミハイルには彼女を止める気力がない。止めたくないのだ。

彼はレイヴンの濡れた髪にくぐらせた手をこぶしに握った。「両方だ」やっとの思いであえぐように答えた。

レイヴンの口が炎の軌跡を描きつつ彼の平らなおなかへとおりると、ミハイルは目をつぶった。彼女が手で触れたところを、熱く濡れた唇がたどる。ミハイルは彼女をさらに引き寄せ、昂りを口に含んでくれるように促した。レイヴンの口はきつく、熱く、彼にわれを忘れさせた。低く不気味なうなり声が漏れ、内なる獣《けもの》が原始的欲求が満たされることを求めながら悦びに身を震わせる。

レイヴンがミハイルの引き締まった腿に軽く、エロティックに爪を立てると、彼の腹部で炎が躍り、とぐろを巻いた。意識が朦朧《もうろう》として彼女とさらに深く溶け合い、肉欲と切望の、愛と情欲の赤いかすみがかかる。ミハイルはレイヴンに触れられることを切望した。彼女の手、シルクのような口が、彼を息づく炎へと変える。

ミハイルは枷《かせ》のようにがっちりとレイヴンをつかんで立ちあがらせたが、自分の力の強さを忘れないようにくれぐれも注意した。彼の唇がレイヴンの唇を奪い、交わり、躍った。彼のなかで激しい渇望が暴れても、レイヴンはそれを受けとめ、さらに体を密着させ、こすりつけて彼を熱くした。

「わたしが欲しいと言うんだ」ミハイルの口がレイヴンの喉を下へとたどったかと思うと、疼く乳房を含んだ。彼が力強く吸うたび、レイヴンの体にとろけるような情熱がこみあげてきた。

「それはわかってるでしょ」レイヴンは彼と脚を絡め合わせて自分に押しつけた。切望のあまり、息がほとんどできない。もっと近づきたくて、彼を自分のなかに感じたくて、彼に奪われ、胸に彼の唇を感じたくて、もっと彼の世界に引きずりこまれたくて、彼を攻めたてた。

「なにもかも」ミハイルが声をかすれさせながら言い、彼の指がシルクのようなカールの三角地帯を探り、なぶり、愛撫した。「わたしのやりかたで交わってくれ」

レイヴンは悩ましげにミハイルの手に体をこすらせた。「ええ、ミハイル」自分を解き放ちたくて、ミハイルを解き放ちたくてたまらない。彼女はミハイルと同じ赤いかすみに呑まれ、愛と情欲、肉欲と切望の区別がつかなくなった。体に火がつき、心と体の両方が疼き、魂さえも責め苛まれているようで、どこまでがミハイルの荒々しく奔放な感情で、どこからが自分かわからなくなる。

ミハイルは彼女を軽々と抱きあげると、自分の硬い腹部にゆっくりとエロティックにこすらせながら、天を突くベルベットのような昂りに押しつけられるまでおろした。彼女の熱がミハイルを焦がし、誘惑する。レイヴンが首に腕をまわし、腰に脚を絡めて体をひらいた。ミハイルは太い炎のような昂りでゆっくりと彼女を貫いた。彼を包みこんだ鞘はすっかり潤っていて、きつかったので、彼は単なる快感を通り越し、官能の天国と地獄を経験して身を震わせた。

レイヴンの爪が肩に食いこんだ。「待って！　こんなふうに愛し合うにはあなたは大きすぎる」彼女の顔に怯えが浮かんだ。

「力を抜くんだ、リトル・ワン。きみとわたしはふたりでひとつだ。ふたりの体はぴったり合うようにできている」ミハイルはさらに深く押しいり、手でレイヴンを愛撫し、なだめながら、ゆったりとしたリズムで動きはじめた。

レイヴンの顔が見えるように肩を動かし、深く確かな所有欲に満ちた突きを繰り返しつつ、彼女は自分のものだと主張する。無意識のうちに、魂から言葉が溢れだした。「きみはわたしのライフメイトであり、わたしはきみのものだ。命を捧げ、きみを守り、忠誠を誓い、心と魂、体を差しだす。同様に、きみが所有するものもわたしが守る。きみの命、幸せ、安寧を尊重し、つねにわたし自身よりも優先させる。きみはライフメイトとして、永久にわたしとともにあり、つねにわたしに庇護される」この誓いの言葉によって、カルパチアンの男は真のライフメイトを永遠に自分に結びつける。この言葉が口にされたら、女はけっしてライフメイトから逃げられなくなる。ミハイルはレイヴンを自分に縛りつけようとは思っていなかった。しかし、本能という本能が、彼の全存在が、ふたりの心が宿命どおりにひとつになるよう、彼にその言葉を言わせた。ふたりの魂がついに和合し、心がひとつになった。

レイヴンは彼の言葉に、彼女を貫いている熱くたくましい彼に癒された。ミハイルを包んでいる自分が溶けていくように感じる。彼がふたりをさらなる高みへと連れていき、舌でレイヴンの乳首をなぶり、所有欲に満ちた手つきで小さなヒップをつかんだ。レイヴンは頭をのけぞらせた。髪がふたりのまわりで揺れては剝きだしの肌をやさしく撫で、火傷しそうに熱くする。自分は本当にいるべき場所にいる、そんな気がして奔放で自由な気分になった。わたしはこの男《ひと》の一部、彼の半身。わたしにはこんなにも渇望してくれるこの男《ひと》しかいない。ここまでわたしを必要とし、わたしの孤独を知っているこの男《ひと》しか。

ミハイルはさらに激しく深く腰を突きあげ、体の向きを変えると、レイヴンをベッドの端に横たわらせ、ともにもっと快感のきわみに近づこうとした。彼女の体が小刻みに震え、一度、二度と引きつり、彼を締めつけた。レイヴンは悦びの声をあげた。体がこなごなになり、ミハイルの体とひとつになったように感じる。快感の波がつぎつぎと襲ってきて、もう耐えられないと思うまで続いた。

ミハイルがゆっくりと顔を寄せてきて、彼を止める機会をレイヴンに与えた。彼女のなかにくり返し身をうずめながら、黒い瞳が青い瞳をとらえる。切迫して懇願する魅惑的な瞳。レイヴンは背中を弓なりにそらし、誘惑するようにバストを突きだしてミハイルの燃える渇望を満たそうとした。

彼の喉の奥から柔らかな満足のうなり声が漏れると、レイヴンは気持ちが昂り、血が躍った。攻撃的になったミハイルが、もっと突きいりやすくなるように両手で細い腰をつかんで彼女を持ちあげた。バストに、心臓の上に、とても軽く、ミハイルの口が触れる。彼は自分が押した刻印を温かい舌でエロティックにたどった。彼女のなかに力強く身をうずめて彼女を満たし、広げ、柔らかな肌に歯を立てた。

苛烈な情熱に胸を焼かれ、レイヴンは悲鳴をあげた。ミハイルの頭を胸に抱き、彼のなかで感情の嵐が吹き荒れているのを感じた。ミハイルの内なる炎はますます激しく、高く燃えあがっていて、ふたりともそのなかで焼きつくされそうだった。彼の唇が肌を這い、彼女を奪いながら貪り、ふたりを呑みこむ。こんなにエロティックで情熱的な感覚は、レイヴンにとって初めて経験するものだった。

自分が野性的に奔放に、悦びに満ちた声で彼の名前を叫ぶのが聞こえ、彼女はミハイルの背中に爪をたてた。彼の胸の厚い筋肉に口づけしたいという原始的な衝動を覚える。ふたりはともに爆発し、こなごなになり、太陽へと舞いあがりつつあった。ミハイルは顔をあげてかすれたうなり声を漏らし、ふたたび糧を得るために頭をぐいとさげた。

今度は血の交換に必要な分だけ吸うように気をつけた。体はまだレイヴンとしっかりつながったままだ。最後に彼は舌を滑らせて傷口を閉じ、ごく小さな歯跡も残らないようにした。彼女の顔をじっくりと観察する。蒼白く、眠たげだ。彼は呪文を口にすると、自分がなにをしているかを自覚して、体が硬くなり、ますます燃えあがった。

レイヴンの体は相変わらず生気に溢れて小刻みに震えつつ、ミハイルの独占欲の強い突きを受けいれている。彼は自分の胸をすばやく切り裂き、燃える熱い肌にレイヴンの柔らかな口を押しつけた。エクスタシーを覚え、体が痛いほどに激しく震える。どうしようもない渇望が一時的に満たされ、内なる獣《けもの》が頭をのけぞらせて快感と満足の咆哮をあげた。

レイヴンの頭の後ろを大きな手で押さえ、喉を撫でて、彼女が糧を得ている感覚をじっくりと味わう。それはエロティシズムの極致、快感の極致だった。一度の交換に必要なだけ、彼が奪った分を補うのに充分なだけ、レイヴンが飲んだと確信できると、しぶしぶながら低い声で話しかけた。長い髪を撫で、彼女に意識を回復させる。

レイヴンは眉をひそめて彼の顔を見、まばたきをくり返した。「またわたしを眠らせたのね」疲れたようすで上掛けに頭をのせる。「あなたと一緒に舞いあがるたび、わたしが気を失うなんてありえないもの」口にはかすかに金属に似た味わいが残っている。

それがなんの味か、彼女が突きとめるよりも先に、ミハイルはキスをして、彼女の歯、口蓋を舐め、彼女と舌を絡め合わせた。レイヴンの肌を愛撫しながら、非常にゆっくりと彼女のなかから出た。

「動けないわ」レイヴンが笑みを浮かべて打ち明けた。

「少し休んで、あとのことはそれから考えよう」彼の声には黒魔術のように陶然とさせる力があった。ミハイルはとてもやさしく彼女を抱き、ベッドにきちんと寝かせると毛布を引きあげた。彼女の長いまつげをうっとりと見つめる。指先で彼女の喉もとを、胸の谷間を撫でた。レイヴンはまだとても敏感で、ミハイルは彼女がぞくりと体を震わせるのを感じて体が熱くなった。

「本気で愛されたかったら、もっとじらさないとだめだったわね」レイヴンは枕に深く頭を沈めた。「髪がぼさぼさだわ」

ミハイルはベッドの端に座り、シルクのような豊かな髪を手に取り、長くゆるめの三つ編みに編みはじめた。「もっとじらされたら、リトル・ワン、わたしは心臓がもたなかっただろう」楽しげな口調で言った。

レイヴンは指先でミハイルの剝きだしの腿を撫でたが、長いまつげを持ちあげることはなかった。ミハイルは長いあいだベッドに腰かけ、レイヴンが眠りに落ちていくさまを見守っていた。彼女はとても小さく、そして人間であるにもかかわらず、わたしの人生を一夜にして変えた。いっぽうわたしは彼女を奪った。彼女の人生を奪った。誓いの言葉を口にするつもりはなかったにもかかわらず、獲物がわたしの前で喉をあらわにせざるをえなくなるように、わたしもあせずにいられなくなった。

レイヴンはわたしをよく知らないと言ったが、わたしたちはおたがいの心のなかにはいり、体をひとつにし、そしてたがいに命を捧げ合った。愛し合いながらの血の交換は、誓いの究極の形だ。美しくエロティックな儀式。心と魂、体をひらき……血を分かち合う。

カルパチアンはたがいに侵入できないよう、寝所にセイフガードをかける。眠っているときと、性的な情熱に駆られているときは無防備になるからだ。ライフメイトと契りを結ぶのは意識的に行なう行為ではない。それは本能、渇望、生理的欲求だからだ。彼らにはわかる。自分の半身が自然に認識できる。ミハイルはレイヴンを自分の半身と認識した。和合の儀式は行なわないよう努力したが、動物的な本能が分別を打ち負かした。彼はすでにレイヴンを自分の世界になかば引きずりこんでいたし、この結果は百パーセント、彼の責任だ。

階上から日が差しはじめていた。ミハイルは侵入する者がないよう、家の守りを固める作業を終えた。今夜は長くなる。やるべきことが山積しているし、狩りに行く必要もある。しかし、いまは平和で満ち足りた気分だ。

レイヴンのとなりに滑りこみ、彼女の体を一センチも余さずに感じたくてぎゅっと抱き締めた。レイヴンは眠たそうに彼の名前をつぶやき、幼い子供のように無邪気に信じきったようすですり寄ってきた。たちまち彼は心臓がひっくり返り、全身に不思議な温もりと満足感が広がった。平和だ。彼は触れられることを確かめるために、彼女に触れた。ふっくらした乳房を手で包み、一度だけ羽のように軽く乳首に口づけをした。無防備な喉もとにキスをしたあと、深い眠りにいざなう呪文を唱え、息遣いを彼女に合わせた。

5

レイヴンは流砂のなかを歩いているように感じながら、眠りから徐々に目覚めた。またやったのね！　彼女を完全に目覚めさせ、すばやく上半身を起こさせたのは、純然たる怒りだった。ここは寝室。ミハイルの寝室だ。

脳裏に彼のからかうような男っぽい笑いがこだました。ミハイルにぶつけられればと思いながら、枕を壁に投げつけた。また一日無為に過ごしてしまった。どうしたのだろう？　わたしは性の奴隷にされてしまったのだろうか？

それは名案かもしれないな。ミハイルが思案するように言った。

わたしの頭から出ていって。レイヴンは憤然と言い返した。猫のように気だるげに伸びをすると、体のあちこちに甘美な痛みが走った。彼に奪われたことの肉体的な証。ミハイルに腹をたてる気にはなれなかった。体がこんなふうに感じているときに、どうして腹などたてられるだろう。

シャワーを浴びに行こうとしたとき、ベッドの端に彼女のために服が広げてあるのが目にはいった。ミハイルはすでに買いものに出かけてくれたのだ。彼が憶えていてくれたことがばかばかしいほどうれしく、気がつくと笑顔になっていた。ミッドナイトブルーの柔らかなたっぷりとしたスカートと、それに合うブラウスに触れた。どうしてジーンズを買ってきてくれなかったの。つい彼をからかわずにいられなかった。

女性が男の服を着るものじゃない。ミハイルは動じなかった。

レイヴンはシャワーブースにはいり、シャンプーできるように、太い三つ編みを解いた。

ジーンズをはいたわたしは好きじゃない？

ミハイルは心からおかしそうに笑った。その質問には底意がありそうだな。

いまどこ？　知らないうちに、レイヴンの声には誘うようななまめかしい響きが忍びこんでいた。胸の上に残るミハイルの刻印にそっと触れる。すると、血が熱くなり、刻印が疼いた。

きみの体には休息が必要だ、リトル・ワン。わたしの愛しかたは最高にやさしいとは言えなかった。そうだろう？　彼の口調は自嘲気味で、後ろめたく思っているのが感じとれた。

レイヴンはふっと笑った。わたしには比べようがないと思わない？　つき合った男性がぞろぞろいるわけじゃないんだから。彼女の柔らかな笑い声が、愛情に満ちた腕のようにミハイルを包む。そのほうがよければ、いつでも比較対象を見つけるけど。甘い声で提案した。

華奢な首に力強い指がかけられるのが感じられた。彼にはどうしてこんなことができるのだろう？　わたし、すごく怖いんだけど、マッチョさん。誰かがあなたに無理やり今世紀らしい考えかたを教えこむ必要があると思うわ。

彼の指がレイヴンの顔を撫で、下唇を愛撫した。きみはいまのままのわたしを愛している。

愛。その言葉を聞いて、レイヴンの口もとから笑みが消えた。この男《ひと》を愛したくない。彼はいまでもわたしに大きすぎる影響力を持っている。わたしをここに閉じこめておくことはできないわよ、ミハイル。わたしたちが感じているものには愛ではなく、執着という言葉のほうが適当ではないだろうか。

ドアに鎖がかかっているわけじゃないし、電話も使える。きみは間違いなくわたしを愛している。愛さずにはいられないんだ。わたしはきみにぴったりの相手だ。さあ、早くおいで。きみは食事をする必要がある。

癪にさわる人ね。レイヴンは髪を梳《と》かしながら、彼とのテレパシーによる会話が前よりもずっと楽になったことに気がついた。回数を重ねたせいだろうか？　もう頭痛はしない。つかの間、首をかしげて家のなかの物音に耳を澄ませた。ミハイルがグラスになにかを注《つ》いでいる。彼女にはその音がはっきり聞きとれた。

考えこみながら、ゆっくりと服を着た。わたしはテレパシー能力が強くなりつつある。さまざまな感覚が前よりも鋭くなった。それは単にミハイルと一緒にいるからだろうか？　それとも、彼に飲まされる薬草から作った飲みもののせい？　彼から教わりたいことが山のようにある。ミハイルはとてもすぐれた心的能力の持ち主だ。

スカートは彼女の足首のあたりでセクシーにさらさらと揺れ、ブラウスは体の線を際立たせた。こういう服を着ると、女性的な気分になるのは認めざるをえない。彼が選んだ薄いレースのショーツと揃《そろ》いのブラジャーもそうだけれど。

ひと晩じゅうそこに座ってわたしのことを感傷的に考えているつもりか？

ひと晩じゅうですって！　また夜になってるんじゃないでしょうね、ミハイル。わたしったら、もぐらかなにかになりかけているみたい。それと、いい気にならないでちょうだい。あなたのことを感傷的に考えてなんていないから。見え透いた嘘をつくのは簡単ではなかったが、レイヴンはうまく言えたと自分を誇らしく思った。

そんな嘘を、わたしが信じると思っているのか？　ミハイルがまた声をあげて笑うと、彼女もつい笑ってしまった。

そこここに飾られている絵画や彫刻に感嘆しつつ、レイヴンは家のなかを歩いていった。表に出ると、太陽はすでに山の向こうに沈んでいた。小さくあきらめのため息をついた。ミハイルは美しい彫刻の施された小さなアンティークのテーブルを、キッチンの外のポーチに出していた。レイヴンが歩いていくと、彼が振り返った。笑みが影を追い払い、目に温もりが宿る。情熱がレイヴンのおなかのあたりを熱くし、流れるように全身に広がっていく。

ミハイルが頭をさげて、やさしく軽く唇を触れ合わせた。「やあ」髪に触れ、愛撫するように顔の横に指を滑らせる。彼の古風な礼儀正しさに驚きながらも、レイヴンはミハイルが引いてくれた椅子に腰をおろした。彼女の前にジュースのはいったグラスが置かれた。「仕事へ出かける前に、一緒に宿へ行ってきみの荷物を取ってこようと思うんだが」彼の長い指がブルーベリー・マフィンを選び、アンティークの皿にのせた。それはみごとな皿だったが、レイヴンはショックのあまり、しばし青い目を見張って彼の顔を見つめることしかできなかった。

「わたしの荷物を取ってくるってどういう意味？」ミハイルが彼女とひとつの家——彼の家に一緒に住みたがるとは思いもしなかった。

ミハイルがいたずらっぽくセクシーにほほえんだ。「きみにどんどん新しいものを買ってもいいが」

レイヴンは手が震えた。それを隠すために膝の上に置く。「あなたと同棲するつもりはないわ、ミハイル」考えるだけでも怖かった。彼女は内向的なタイプで、長い時間ひとりにならないと苦しくなる。ミハイルは、彼女がこれまでに出会ったなかで誰よりも人を圧倒する力を持っている。彼がつねにすぐそばにいたりしたら、自分ではなにも決められなくなってしまう。

ミハイルの眉がつりあがった。「そうなのか？　きみはわれわれの生きかたを受けいれた。わたしと必要な儀式を行った。わたしの目から見れば、わが種族の目から見れば、きみはわたしのライフメイト、わたしの女、わたしの妻だ。アメリカ女性は夫と別居するのがふつうなのか?」

彼の声には例の、人をばかにしておもしろがるような、いかにも男性的な癪にさわる響きがあった。レイヴンが毎回、物を投げつけたくなる口調。この男《ひと》はわたしの慎重さをおもしろがり、ひそかにあざわらっている、そんな気が彼女はした。

「わたしたち、結婚はしてないわ」きっぱりした口調で言ったが、彼に妻と呼ばれて心臓が喜びに跳びはねたのは無視できなかった。

霧が森に広がり、地上三十センチほどの場所を漂って太い木の幹に巻きひげのようにまといついている。その光景は不気味だが美しかった。

「わが種族の目から見れば、神の目から見れば、わたしたちは結婚している」〝わが言葉は法なり〟とでも言いたげな断固とした口調はレイヴンをいらだたせた。

「わたしの目から見た場合についてはどうなるの、ミハイル? わたしの信仰は? そんなのはどうでもいいこと?」けんか腰に訊いた。

「答えはきみの瞳に映っているし、体からも感じられる。きみはいらぬ抵抗をしている。きみがわたしのものであるのはわかって……」

レイヴンは勢いよく立ちあがり、椅子を押しのけた。「わたしは誰のものでもないわ。とりわけ、ミハイル、あなたのものじゃない! あなたがわたしの人生はこうあるべきだと宣言したら、わたしがそのとおりにするなんて思わないで」ポーチの階段を駆けおりた。「新鮮な空気を吸ってくるわ。あなたといると、頭がおかしくなりそう」

ミハイルが低い声で笑った。「そんなに自分が怖いのか？」

「あなたなんか悪魔に魂を売り渡せばいいのよ！」彼の魅力に負けないうちに、レイヴンは森へと続く小径を足早に歩きだした。わたしはきっと彼に負けてしまう。わたしをわざと挑発しようとしているときの彼の瞳、口の形、にやつきを見れば、それは間違いない。

霧がとても濃く、空気は湿って重たかった。聴覚が研ぎすまされたレイヴンの耳には、茂みのかさこそいう音、揺れる枝の音、頭上の鳥の羽ばたきがことごとく聞こえた。

ミハイルが後ろからついてきた。「もしかしたら、わたし自身が悪魔かもしれないな、リトル・ワン。きみはそう考えたことがあるはずだ」

レイヴンは肩越しに彼をにらみつけた。「ついてこないで！」

「レディを家まで送り届けようと思うわたしは紳士じゃないか？」

「笑うのはやめて！　もう一度でもわたしを笑ったら、なにをするかわからないわよ」そのとき、彼女は近くを忍び足で歩くものの姿に、彼女を追う燃えるような目に気がついた。心臓が止まりそうになったかと思うと、続いて早鐘を打ちだした。「上等じゃない！」くるりと向きなおって、ミハイルをにらみつけた。「すばらしいわ、ミハイル！　すばらしいとしか言いようがない。狼たちを呼んで、わたしを生きたまま食べさせればいいでしょ。とってもあなたらしい考えかたよ。とっても論理的で」

ミハイルは飢えた猛獣さながら白く輝く歯を剝きだし、低くからかうように笑った。「きみを美味《うま》いと思うのは狼たちではないと思うぞ」

レイヴンは折れた枝を拾ってミハイルに投げつけた。「笑うのはやめて、このハイエナ！これは笑いごとじゃないわ。あなたの傲慢さは吐き気がするほどよ」笑いをこらえるには自制心を総動員する必要があった。このけだもの。この男《ひと》は魅力がありすぎる。

「アメリカの口語表現は威勢がいいな、リトル・ワン」

レイヴンは枝をもう一本投げつけ、続いて小さな石ころも投げた。「あなたは誰かに思いきりこらしめられるべきよ」

レイヴンは美しい小さな火山、火花と炎の塊のようだった。ミハイルはゆっくりと注意深く息を吸った。炎のように憤然とし、独立心と勇気に満ち、熱い情熱を持っている彼女はわたしのものだ。レイヴンはわたしの心をとろけさせ、柔らかな笑い声とともにわたしの魂のなかにはいってくる。「それで、きみがその誰かなのかな？」ミハイルはからかうように言った。

レイヴンは彼の胸目がけて、石をもうひとつ投げたが、ミハイルはそれをやすやすと受けとめた。「わたしがあなたの狼を怖がると思ってるの？」彼女は強い口調で訊いた。「このあたりで大きな悪い狼はあなただけだわ。狼を全部、呼び集めてごらんなさいよ。さあ！」暗い森の奥をにらむふりをする。「出てきて、わたしを襲いなさい。この人はあなたたちになんて言ったの?」

ミハイルはレイヴンがこん棒代わりに握っていた枝から指をほどかせ、それを地面に落とした。彼女のほっそりしたウエストに腕をまわし、柔らかく小さな体を岩のように硬く、ずっと大きな自分の体に抱き寄せる。「きみは温かな蜂蜜《はちみつ》のような味がすると言ったんだ」魔術師のように魅惑的な声でささやいた。抱いたまま彼女の体をくるりとまわし、美しい小さな顔を両手で包んだ。「わたしほどの力を持つ男は、絶大の尊敬を払われてしかるべきだと思うが?」

レイヴンのふっくらとした下唇を、ミハイルの親指が官能的に愛撫する。避けがたきを避けるため、彼女は目をつぶった。泣きたかった。ミハイルを思う気持ちが強すぎて、喉が焼けるように熱く疼いている。ミハイルの唇が軽くまぶたに触れ、涙の味を感じとって、彼女の甘い唇へと移った。「なぜわたしのために泣くんだ、レイヴン?」彼はレイヴンの喉もとにささやきかけた。「まだわたしから逃げたいと思っているのか? わたしは本当にそこまでおぞましいか? わたしは誰にも、人間であろうと獣《けもの》であろうと、きみを傷つけさせはしない。わたしの力が及ぶかぎり。わたしたちの心はひとつになったものと思っていた。わたしが間違っていたのか? きみはもうわたしを求めていないのか?」

彼の言葉にレイヴンは胸を引き裂かれた。「そうじゃないの、ミハイル、ぜんぜん違うわ」

彼を傷つけたのではないかと、慌てて否定した。「あなたはわたしのあらゆる理想を上まわっているわ」畏敬の念を込めて、指先で彼の顔を撫でた。「最高にすばらしい男性よ。わたし、自分の居場所はここ、あなたのそばだという気がしてる。まるであなたのことを知りつくしているみたいに。まだ出会って間もなくて、そんなことはありえないのに。少し距離を置くことができれば、もっと理路整然と考えられると思うの。なにもかも、あまりに進展が早すぎるわ。わたしったら、まるであなたに取り憑かれてるみたい。おたがいが苦しむことになるような間違いは犯したくないの」

ミハイルは片手で彼女の頬を包んだ。「きみに捨てられたら、きみと出会ったあとでまた孤独な生活に戻らざるをえなくなったら、わたしは苦しみ悶えることになるだろう」

「少しだけ時間が欲しいのよ、ミハイル。いろいろと考える時間が。あなたを思う自分が怖いの。あなたのことが片時も忘れられない。この手にあなたを感じるためだけに、触れられることを確認するためだけに、あなたに触れたいと思う。まるで頭と心に、体にまで、あなたがはいりこんでしまったみたい。あなたを追いだすことができないのよ」あたかも懺悔《ざんげ》するようにうなだれ、恥じいったようすでレイヴンは言った。

ミハイルは手を取って彼女を引き寄せ、並んで歩きだした。「わたしたち一族はそういうもの、ライフメイトについてそういうふうに感じるものなんだ。落ち着かない気もするだろう。われわれは情熱的な性質で、性欲が非常に強く、独占欲もとても強い。きみがいま感じていることはわたしも感じている」

ミハイルの手を握っている手に力を込め、レイヴンは小さくためらいがちにほほえんだ。

「あなた、わたしをここに留め置こうとしてない？」

ミハイルは広い肩をすくめてみせた。「答えはイエスとノーの両方だ。きみの意思に反して無理強いはしたくない。しかし、きみとわたしはライフメイトだから、きみたちの世界における結婚という儀式を行った場合よりもずっと決定的に結びつけられていると思う。きみがここにいてくれないと、わたしは身も心もひどく落ち着かなくなるだろう。きみがほかの男と接した場合、自分がどう反応するかわからないし、正直言って、自分でも怖い」

「わたしたちは本当に異なる世界の人間なのね」レイヴンが悲しげに言った。

ミハイルは彼女の手を温かな唇に押しつけた。「歩み寄るという手がある。ふたつの世界の中間で生きていけばいい。あるいはわたしたち独自の世界を作るか」

レイヴンの青い瞳が彼の顔を眺め、彼女の口もとにかすかな笑みが浮かんだ。「すごくいい案に聞こえるわ、ミハイル。とっても二十世紀らしくて。でも、なんとなく歩み寄るのはわたしのほうだって気がするんだけど」

ミハイルらしい妙に古風な礼儀正しさで、彼はレイヴンが通れるように木の枝を持ちあげた。小径は大きな楕円《だえん》を描いてふたたび彼の家へと向かっていた。「きみの言うとおりかもしれない」――また男性的な喜びを感じている声――「とはいえ、支配し、守ることがわたしの性となっているんだ。きみも絶対わたしに負けないと思うぞ」

「それなら、わたしたちはどうして宿じゃなく、あなたの家に戻ってきたのかしら？」レイヴンが彼の腰に手を置き、青い瞳を愉快そうに躍らせて訊いた。

「どのみち、こんな遅い時間に向こうに戻ってどうすると言うんだ？」彼の声のなめらかさはまさにベルベットそのもので、いつにも増して魅惑的だった。「今夜はわたしと一緒にいてくれ。わたしが仕事をしているあいだ、きみは本でも読んでいればいい。周囲の望まぬ感情から自分を守るために、もっとうまくシールドを張る方法を教えよう」

「聴覚についてはどうしたらいいの？　あなたが作る薬草ドリンクを飲んでから、ありえないほど聴覚が鋭くなったんだけど」レイヴンは眉をつりあげた。「わたしの身にどんなことが起きるか、ほかにも思いつくことはある？」

ミハイルはレイヴンの首筋にそっと歯をたて、所有欲に満ちた手つきで胸に軽く触れた。

「わたしはいろいろな妙案を思いついているよ、リトル・ワン」

「でしょうね。あなたってセックスのとりこだわ、ミハイル」レイヴンは彼の手から逃れた。

「わたしもセックスのとりこにするために、薬草ドリンクになにか入れたんでしょ」テーブルの前に腰をおろしてジュースのはいったグラスを取りあげ、ミハイルをじっと見あげた。

「違う？」

「それをゆっくり飲むんだ」ミハイルは心ここにあらずといったようすで命じた。「どこからそんなことを思いついた？　わたしはきみに対してとても注意深く接してきた。きみはわたしに暗示にかけられているような気がしていたのか？」

レイヴンは飲みたくなかった。「あなたはいつもわたしを眠らせるんですもの」用心深くジュースのにおいを嗅いだ。果汁だけのアップルジュース。ほかにはなにもはいっていない。もう二十四時間近くなにも食べたり飲んだりしていないのに、どうしてこんなに飲みたくないのだろう？

「きみは眠る必要があったからだ」まったく良心の呵責《かしやく》を感じていないようすで、ミハイルは言った。鷹を思わせる考えこむような目でレイヴンを見る。「そのジュースはどこか変か？」

「いいえ、もちろんそんなことはないわ」レイヴンはグラスを口につけたが、胃がいやがって収縮するのを感じた。中身を飲まないまま、グラスをテーブルに戻した。

ミハイルがふっとため息をついた。「栄養を摂らなければならないのはわかっているだろう」レイヴンのほうに身を乗りだす。「わたしが力を貸せばどんなに簡単か。しかし、きみは貸すなと言う。これは筋が通っているか？」

レイヴンは目をそらした。神経質な手つきでグラスをもてあそぶ。「インフルエンザにかかっただけかもしれないわ。この数日、体の調子がおかしいの、めまいがして体に力がはいらなくて」グラスを押しやった。

ミハイルはそれを押し戻した。「飲まないとだめだ、リトル・ワン」レイヴンの細い腕に触れる。「きみはいまでもとても痩《や》せている。それ以上体重を落とすのはいいこととは思えない。ひと口飲んでみてくれ」

レイヴンは髪を手で梳いた。彼の言うとおりなのはわかっているし、ミハイルを喜ばせたい。しかし胃は相変わらず抵抗している。「飲めそうにないわ、ミハイル」苦悩の目で彼を見あげた。「本当に、あなたを困らせようとしているわけじゃないの。吐き気がして」

暗く官能的なミハイルの顔がかすかに冷酷な表情を帯びた。彼女の前にそびえるように立ち、ジュースのはいったグラスに指を絡める。**飲むんだ。**彼の声は低く、力がこもっていて、いかなる反論も許さず、従わずにいるのは不可能だった。「吐きはしない。きみの体はこれを受けつける」声に出してやさしく言うと、ミハイルは守るように彼女の肩に腕をまわした。

レイヴンは目をしばたたいて彼を見あげ、つぎにテーブルの上に目を戻すと、グラスは空になっていた。ゆっくりと頭を振る。「こんなことができるなんて信じられない。飲んだ憶えもないし、吐き気もおさまっている」彼から顔をそむけ、暗く謎めいた森を見やった。月明かりを受けて、霧がきらめき輝いている。

「レイヴン」ミハイルの手がうなじを愛撫した。

レイヴンは彼にもたれた。「あなたは自分が本当にどれだけ特別か、少しもわかっていないのよ。あなたにできることは、これまでにわたしが見てきたことをすべて超越しているわ。

わたしはあなたが怖い。本当に」

ミハイルは当惑しきった表情で柱にもたれた。「きみを守るのはわたしの務めであり、権利でもある。きみが眠りによる癒しを必要としていれば、それを与えなければならない。きみの体が飲むことを必要としていたら、力を貸すのが当然だろう？　それをどうして怖がる必要がある？」

「本当にわからないのね」レイヴンは霧がとりわけ美しい場所に目を注いだ。「あなたは仲間を率い、わたしよりもはるかにすぐれた能力を持っている。あなたの生活に、わたしがうまく順応できるとは思えないわ。わたしは一匹狼タイプなの。ファースト・レディ・タイプじゃなく」

「たしかに、わたしは大きな責務を負っている。同胞は、わたしがビジネスを滞りなく運営すること、仲間を殺した暗殺者を突きとめることを期待している。わが種族の子供の大半が生後一年を待たずに死んでしまうのはなぜか、謎を独力で解き明かすことまで求めている。わたしに特別なところなどひとつもないんだ、レイヴン。鉄の意志を持ち、重荷を担っていこうという気概があるだけで。わたし自身はなにも持っていない。いままで一度も持ったことがない。きみはわたしに生きる動機を与えてくれた。きみはわたしの心、魂、呼吸する空気そのものだ。きみがいなくなれば、わたしには暗闇とむなしさしか残らない。権力があり、たくましいからといって、このうえない孤独を感じないとは限らない。孤独な日々は冷たく、いとわしいものだ」

レイヴンはおなかを押さえた。ミハイルはとてもよそよそしく、とても孤独に見える。背筋を伸ばし、尊大な雰囲気を漂わせて静かに立つ彼が、彼女に胸を引き裂かれるのを待っているのがいやだった。わたしはミハイルを慰めずにいられないし、彼もそれを知っている。わたしの心を読んで、わたしが彼の目に宿った孤独に耐えられないことを知っている。レイヴンはミハイルのすぐ前まで歩いていったが、なにも言わなかった。いったいなにが言えるだろう？　ただ彼の心臓の上に顔を寄せ、ウエストに腕をまわした。

ミハイルは彼女を抱いた。わたしはレイヴンから人生を奪った。彼女はわたしのことを特別な、偉大な男だと言って慰めてくれる。しかし、わたしがどんな罪を犯したか、知らずにいる。レイヴンはわたしに縛りつけられ、わたしから長時間離れることができなくなった。それについて説明しようとすれば、われわれ一族について明かしては危険なことまで明かさざるをえなくなる。レイヴンはわたしとはつり合わないと考えている。彼女といると、わたしは謙虚な気持ちになり、自分が恥ずかしくなる。

彼女の顔を包み、繊細な顎の線を親指で愛撫した。「聞いてくれ、レイヴン」頭のてっぺんに軽くキスをする。「きみはわたしにはもったいない女性だ。なぜか自分をわたしよりも劣る存在だと考えているようだが、実際は、きみのほうがはるかにすぐれている。わたしはきみに手を差しのべる資格すらない」

反論しようとするかのように、レイヴンが身動きすると、ミハイルはさらにきつく抱き締めた。「いや、リトル・ワン、これは本当だ。わたしにはきみがよく見えている。きみのほうはわたしの思考や記憶をのぞくことができないが。わたしはきみをあきらめられない。自分がもっと強く、もっと善良な男で、あきらめることができたらと思うが、できないんだ。わたしに約束できるのは、きみを幸せにするために、きみに与えられるかぎりのものを与えるために、全力を尽くすということだけだ。きみたち人間のやりかたを学ぶための時間と、失敗する余地をわたしに与えてほしい。愛の言葉を言えと言うなら」唇をレイヴンの頬に滑らせ、口の端で止める。「心から正直に言える。これまで、わたしは自分の女を欲しいと思ったことは一度もなかった。その種の影響力を誰にも持たれたくなかったからだ。きみと分かち合ったような経験を、ほかの女性と分かち合ったことは一度もない」

彼のキスは限りなくやさしく、それでいて愛と切望の味がする炎のようにレイヴンの身を焦がした。「きみがわたしの心から消えることはない、レイヴン。ふたりの違いは、きみよりもわたしのほうがよくわかっている。一度でいいからチャンスをくれ」

レイヴンが彼の腕のなかで向きを変え、愛情を込めて体を押しつけてきた。「本当にうまくいくと思う？　わたしたち、妥協点を見つけられるかしら？」

わたしがどんなリスクを冒そうとしているか、レイヴンはまるで知らない。彼女と暮らしはじめたら、わたしは安全な地中に避難することができなくなる。たとえ一日でも、彼女を無防備にしてそばを離れることはできない。レイヴンが家に越してきた瞬間から、わたしの身は十倍の危険にさらされることになる。彼女もそうだ。暗殺者たちはふたりを区別しないだろう。彼らから見れば、レイヴンも忌まわしい存在と断じられる。わたしはすでにいくつもの罪を犯しているのに、このうえさらにレイヴンを危険な世界へ引きずりこもうとしている。

ミハイルはレイヴンのうなじに手を滑らせた。とても華奢でとても細い。「やってみなければわからない」けっして放さないとでもいうように、彼女の体に腕をまわし、抱き寄せた。

レイヴンは彼の体が急にこわばったのに気がついた。風のにおいを嗅ぐかのように、闇に耳を澄ますかのように、ミハイルが警戒したようすで顔をあげた。気がつくと、レイヴンも同様に深く息を吸い、森の奥深くから聞こえる音に耳を澄ませていた。狼の群れがたがいに呼び合い、ミハイルに呼びかけるかすかな咆哮が風に乗って聞こえてきた。

衝撃を受けて、勢いよく振り返った。「狼たちがあなたに話しかけているわ！　どうしてそれがわたしにわかるの、ミハイル？　いったいどうしてそんなことがわたしにわかるの？」

ミハイルは愛情のこもった手つきで彼女の髪を軽く乱した。「それはきみが間違った相手とぐるになったからだ」

レイヴンからくすくす笑いが返ってきた。彼女の笑い声を聞いて、彼は切なくなった。

「なに？」と彼女はからかった。「ご領主さまは下々の言葉も知っているってことを言いたいわけ？」

ミハイルは少年のようにいたずらっぽい笑顔を浮かべた。「間違った相手とぐるになったのはわたしかもしれないな」

「それでもあなたにはまだ望みがあるかもしれない」レイヴンは彼の喉もと、顎先、そして青みがかった、頑固そうな顎の線にキスをした。

「その服を着た姿がどんなに美しいか、もう話しただろうか？」ミハイルは彼女の肩を抱き、テーブルのほうを向かせた。「もうすぐ客が来る」落ち着いた動作で、彼のほうに置いてあるグラスにジュースを半分ほど注ぎ、ひと切れのペストリーを細かく千切ると、それをふたりの皿に散らした。

「ミハイル？」レイヴンが警戒した声で言った。「心的コンタクトを使うときは気をつけて。わたし以外にもテレパシー能力を持っている人がもうひとりいるみたいなの」

「わが一族は全員がこの能力を持っている」とミハイルは慎重に答えた。

「あなたの仲間じゃないのよ、ミハイル」レイヴンは顔をしかめて額をこすった。「わたしに似た人間」

「なぜそれをわたしに話さなかった？」彼の声は低く、詰問調の険しい響きを帯びた。「わが一族がひそかに狙われていて、女が殺されたのは知っているだろう。暗殺者のうち三人はまさにきみが泊まっている宿にいることが判明した」

「確信が持てなかったからよ、ミハイル」額に小さなしわを寄せて、髪を手で梳いた。「ごめんなさい。怪しいと思ってる人がいると、ひとこと言っておけばよかった。でも、確信がなかったから」

ミハイルは指先で彼女の額のしわをそっと伸ばし、口にやさしく触れた。「きみを叱《しか》りつけるつもりじゃなかったんだ、リトル・ワン。これについては、時間ができしだい話し合う必要がある。あれが聞こえるか?」

レイヴンは夜闇のかなたへと耳を澄ました。「車が一台」

「一・五キロかそれぐらい先だ」ミハイルが夜気を深く吸いこんだ。「ハマー神父と見知らぬ人間がふたり。女だ。香水をつけている。いっぽうが年配」

「宿には、わたしのほかに八人しか宿泊客がいないわ」レイヴンは息苦しくなった。「みんな、ツアーの参加者よ。アメリカから来ている年配の夫婦、ハリーとマーガレットのサマーズ夫妻。ジェイコブとシェリー・エヴァンズは兄妹で、ベルギーから。あとは大陸のどこか、それぞれ異なる場所から来ている男性が四人。わたし、彼らとはまったくと言っていいほど言葉を交わしてないの」

「そのうちの誰が暗殺者の仲間でもおかしくない」ミハイルは陰鬱な口調で言った。内心は、レイヴンがほかの男にあまり注意を払っていなかったと知って喜んでいた。彼女にはほかの男に目を向けてほしくない。今後いっさい。

「わたしは気づいてもよかったはずだわ。そうでしょ？　自分でもいやになるくらい何度も殺人犯を相手にしてきたんですもの。テレパシー能力があるのは彼らのうちのひとりだけで、わたしより強力じゃないことは確かよ」

いまや車の音は簡単に聞きとれるようになっていたが、濃い霧のせいで目で確認することはできなかった。ミハイルはレイヴンの顎をつまんで顔を仰向かせた。「わたしたちはわが一族のやりかたですでに結ばれた。きみはきみたちのやりかたで誓いを交わしたいか？」

レイヴンの青い瞳が大きく見ひらかれた。男が溺れてしまいそうな、永遠に見つめていても飽きそうにない瞳が。非常に男性的な笑みが浮かんで、ミハイルの口もとがひくついた。レイヴンを驚かすのに成功した。

「ミハイル、あなた、わたしに結婚を申しこんでるの？」

「申しこみかたをよく知らないんだ。わたしはひざまずいたほうがいいのか？」彼はいまや開けっぴろげににやついていた。

「暗殺者を乗せた車が近づいているときに、わたしにプロポーズをしてるわけ？」

「暗殺者予備軍《ワナビー》、だ」うっとりするような笑みをちらりと浮かべながら、ミハイルはアメリカで使われているスラングの知識を披露した。「イエスと言ってくれ。わたしに抵抗しようと思っても無駄なのはわかっているだろう。さあ」

「あのまずいアップルジュースを飲まされたあとで？　あなたは狼にわたしのあとをつけさせたわ、ミハイル。ほかにもいくつも罪を犯しているのはわかっているのよ」レイヴンの目がいたずらっぽくきらきらと輝いた。

ミハイルは筋肉質の胸に彼女を抱き寄せ、膝に座らせた。「どうやら熱心な説得が必要になりそうだな」焼き印のように熱い唇がレイヴンの顔の上を滑ったかと思うと唇にしっかりと重ねられ、そして地を揺るがすようなキスをした。

「こんなキス、ほかには誰もできるわけがないわ」レイヴンがささやくように言った。

ミハイルはもう一度キスをした。じらすように甘く、官能的に舌と舌を絡ませ、それはまさに魔法、まさに誓いのキスだった。「イエスと言うんだ、レイヴン。わたしがどれだけきみを必要としているか、感じてくれ」

ミハイルは硬くなった欲望の証をレイヴンが平らなおなかではっきりと感じるように彼女を引き寄せた。彼女の手を取り、ずきずきと疼いている昂りまで持っていくと、手のひらをゆっくりと前後にこすらせ、彼女と自分の両方を責め苛んだ。心をひらき、彼の激しい渇望、燃えさかる情熱、ふたりを包む温もりと愛情をレイヴンに感じさせる。イエスと言うんだ、レイヴン。彼女の頭のなかでささやいた。レイヴンにもわたしを求めてほしい。いいところも悪いところも受けいれてほしい。

こんなことをするなんてずるいわ。愉快げな彼女の返事は愛情に溢れ、温かな蜂蜜を思わせた。

霧のなかから車が現われ、木々の枝が作る天蓋の下で停止した。ミハイルは部外者たちのほうを向き、本能的に守るようにレイヴンと訪問者三人のあいだに立った。「ハマー神父、これはうれしい驚きだ」ミハイルは神父に歓迎の握手をしようと手を差しだしたが、声には鋭い棘があった。

「レイヴン！」シェリー・エヴァンズがぶしつけに神父を押しのけ、レイヴンに駆け寄ったが、その目はミハイルを貪るように見つめていた。

シェリーがレイヴンの体に腕をまわし、きつく抱き締める前に、レイヴンの目に動揺の色が浮かんだのをミハイルは見逃さなかった。シェリーは自分の羨望《せんぼう》とミハイルに対する性的な関心をレイヴンに読まれているとは夢にも思っていない。レイヴンは身体的接触とシェリーの心配に反射的な嫌悪を感じたが、なんとか笑顔で抱き締め返した。

「いったいどうしたの？　なにか問題でも起きたのかしら？」自分よりも長身の女からさりげなく身をほどきつつ、レイヴンが穏やかに訊いた。

「実はね、あなた」マーガレット・サマーズが断固とした口調で言いながら、ミハイルをにらみつけ、レイヴンに手を伸ばした。「あなたのようすを確かめたいから、ハマー神父にお願いして連れてきていただいたのよ」

しわの寄った細い手が腕に触れた瞬間、レイヴンは心に圧迫を感じた。同時に胃がむかむかし、頭に鋭いガラスの破片が突き刺さって心がこなごなになったような錯覚を覚えた。一瞬、息ができなくなった。死がすぐそこにある。彼女は慌てて身を引き、腿で手のひらをぬぐった。

ミハイル！　彼だけに意識を注いだ。わたし、吐きそう。

「ミセス・ガルヴェンスタインが、レイヴンはわたしといて安全だと請け合いませんでしたか？」ミハイルが穏やかに、しかしきっぱりした態度でレイヴンと年配の女のあいだに体を入れた。先ほど横を通ったときに、マーガレット・サマーズが下手なせんさくを入れてきたのを彼は感じた。「どうかなかにはいって、おくつろぎください。外は寒くなってきたようです」

マーガレット・サマーズはテーブルの上のグラス二個とペストリーの破片がのった二枚の皿を眺めた。目は服のなかを見透かそうとでもするかのようにレイヴンに注がれている。ミハイルはレイヴンの肩に腕をまわし、癒し、かばうように彼女を引き寄せた。ハマー神父を先に通すようにと、ミセス・サマーズがシェリーを後ろに引っぱるのを見て、ミハイルは笑みを隠した。ふたりともきわめてわかりやすい人間だ。彼は頭を傾けて訊いた。大丈夫か？

吐きそうなの。アップルジュースのせいよ。レイヴンは目顔でミハイルを責めた。

わたしが力を貸そう。彼女たちにはわからないから。ミハイルはその大きな体でレイヴンをおおい隠すようにした。低い声で呪文を唱え、やさしくキスをした。よくなったか？

レイヴンは彼の顎に触れ、手で気持ちを伝えた。ありがとう。ふたりはそろって訪問者と向き合った。

マーガレットとシェリーはミハイルの家を畏敬の目でまじまじと見つめていた。ミハイルは金持ちで、それがインテリアににじみでている。大理石とハードウッドがふんだんに使われ、全体が柔らかく温かな色で調えられて、美術品とアンティークが並んでいる。マーガレットが驚くと同時に感銘を受けているのは明らかだった。

ハマー神父はお気に入りの肘掛け椅子に腰をおろしてくつろいだ。「わたしたちはなにか大事なことの邪魔をしてしまったようだな」悦に入り、内心おもしろがっているように見える。ミハイルの底なしに見える黒い瞳と目が合うたび、神父の薄い色の瞳がくるくると躍った。

「レイヴンがわたしの妻になると同意してくれたんです」ミハイルは彼女の手を自分の熱い唇に運んだ。「指輪は時間がなかったのでまだ渡していません。わたしが彼女の指にはめるよりも先に、あなたがたがいらしたので」

マーガレットがテーブルの上のよく使いこまれた聖書に触れた。「なんてロマンチックなことかしら、レイヴン。教会で式を挙げるつもり？」

「もちろん、神の子は教会で式を挙げなければ。ミハイルは敬虔《けいけん》な信者ですから、ほかの形式など考えもしませんよ」ハマー神父が穏やかに譴責《けんせき》するような口調で言った。

レイヴンはミハイルと手をつないだまま、並んでソファにくつろいで座った。色の薄いマーガレットの瞳は、鉤爪に劣らず鋭い。「どうしてずっと隠れていたの、あなた?」秘密を探りだそうとするように、彼女の視線はあちこちに飛んだ。

ミハイルが気だるげにソファの背にもたれた。「隠れていたとは言えないでしょう。宿の女主人に、レイヴンはわたしのところにいると電話しておきましたから。ミセス・ガルヴェンスタインはあなたがたに話したはずです」

「わたしが最後にレイヴンについて聞いたのは、あなたとピクニックをしに荒野に出かけたという話だったわ」マーガレットがきっぱりした口調で言った。「彼女の体調が悪いのは知っていたから、心配で。そこでわたしはあなたの名前を聞きだして、神父にお願いしてここまで連れてきていただいたの」彼女の鋭い視線がアンティークの銀の鏡の上で留まった。

「ご心配をおかけして申し訳ありませんでした、ミセス・サマーズ」レイヴンが愛想よく言った。「わたし、ひどいインフルエンザにかかってしまって。心配してくださっているとわかっていたら、電話したんですけど」やや辛辣《しんらつ》に指摘した。

「わたしはこの目であなたのようすを確認したかったのよ」マーガレットが頑固そうに唇をすぼめた。「アメリカ人同士でもあるし、あなたを気遣う責任がある気がして」

「お気遣いに感謝します。レイヴンはわたしの人生の灯火ですから」ミハイルは捕食者を思わせる笑みを浮かべて身を乗りだした。「わたしはミハイル・ダブリンスキー。まだ正式にごあいさつはしていませんでしたね」

マーガレットは躊躇したが、すぐに顎を突きだすようにしてミハイルの手を握り、名を名乗った。

シェリーが熱のこもった口調で自己紹介してから言った。「あの、ミスター・ダブリンスキー？」

「ミハイルと呼んでください」と言われると、彼のあまりの魅力に、シェリーはもう少しで椅子からころげ落ちそうになった。

彼女はさかんに身をくねらせ、ミハイルからよく見えるように脚を組み直した。「それじゃ、ミハイル」なまめかしくほほえむ。「ハマー神父によれば、あなたは一種の歴史家で、この国と周辺の民間伝承をすべてご存じだとか。わたしは民間伝承に関する論文を書いているんです。この地方に伝わる伝説に真実が含まれているか否かをおもな論点にして。あなたはヴァンパイアについてなにかご存じですか？」

レイヴンはまばたきをくり返し、噴きださないように努力した。シェリーは間違いなく真剣だし、ミハイルにすっかりのぼせている。もし笑われたら、ひどくばつの悪い思いをするだろう。レイヴンは彼女の手首の内側を撫でつづけているミハイルの親指に意識を集中した。ミハイルの愛撫は彼女を力づけてくれた。

「ヴァンパイアですか」ミハイルは客観的な口調で、シェリーの言葉をくり返した。「ヴァンパイアでいちばん有名な土地はトランシルヴァニアですが、このあたりにも伝説は残っています。カルパチア山脈のいたるところに、風変わりな言い伝えがありますよ。ジョナサン・ハーカー（ブラム・ストーカー『吸血鬼ドラキュラ』の登場人物）がたどったトランシルヴァニアへのルートを歩くツアーもあります。あなたなら、大いに楽しめるにちがいない」

マーガレットが身を乗りだした。「伝説に真実は含まれていると思います？」

「ミセス・サマーズ！」レイヴンがショックを受けた表情で言った。「まさか信じていらっしゃるわけじゃないでしょうね」

マーガレットの顔が無表情になり、口が挑戦的にすぼめられた。

「何世代にもわたって語り継がれてきた話には、たいてい一片の真実が含まれている。そうわたしは昔から信じているんだ。ひょっとしたら、ミセス・サマーズも同じようなことを信じているのかもしれないよ」ミハイルがやさしく言った。

マーガレットが見るからに警戒を解いたようすでうなずき、ミハイルに好意的な笑みを向けた。「意見が一致してうれしいわ、ミスター・ダブリンスキー。あなたのような立場にあるかたは、偏見があってはなりませんものね。伝説に真実が少しも含まれていなかったら、おおぜいの人が何百年にもわたって似たような話をいくつも語り継いでくるかしら？」

「生ける屍《しかばね》という話ですか？」レイヴンは眉をつりあげた。「中世はどうだったか知りませんけど、わたしは死人が子供をさらってまわったら、気がつくと思います」

「それは言えるな」ミハイルが同意した。「ここ数年、わたしが知るかぎり、不可解な死亡事件はいくつも起きていない」

「でも、地元住民のなかにはとても不思議な出来事について話す人もいるわ」シェリーはヴァンパイア伝説に未練があるようだった。

「もちろんいるでしょう」ミハイルが愛嬌《あいきょう》のある顔でにやりと笑った。「そのほうがビジネスとしてはずっと都合がいいですから。数年前……あれはいつでしたか、神父？　スワネイが観光業にてこ入れをしようとして、首に編み針を二本刺し、新聞社に写真を撮らせたことがありましたね。そしてにんにくに吐き気をもよおすと言いながら、首ににんにくの輪をかけて町を歩いてまわった」

「それが本当じゃなかったとどうしてわかるんです？」マーガレットがきつい口調で訊いた。

「傷が化膿《かのう》したんですよ。彼はにんにくアレルギーであることが明らかになり、白状するしかなくなった」ミハイルは女性の訪問者ふたりにいたずらっぽく笑いかけた。「ハマー神父はスワネイに苦行を課しました。スワネイはロザリオの祈りを三十七回連続で唱えたんです」

神父は頭をのけぞらせて思いきり笑った。「いや、スワネイはしばらくのあいだ、みなの注目を集めたな。新聞社の人間が方々から飛んできた。あれは非常に愉快な見せものだった」

ミハイルは顔をしかめた。「わたしの記憶だと、ついオフィスを抜けだして見物に行ってしまったので、仕事の遅れを取りもどすのに一週間昼夜を問わずに働かなければなりませんでしたよ」

「きみでさえあの一件をおもしろがるユーモアのセンスを持っていたということだな、ミハイル」ハマー神父が言った。「わたしはこのあたりに長く住んでいるが、ご婦人がた、生ける屍に出くわしたことは一度もありませんよ」

レイヴンはずきずきと疼く頭を揉んだ。頭に突き刺さるガラスの破片は容赦がない。こうした頭痛を感じるのは、病んだ心にさらされる時間が長すぎた場合だ。ミハイルが彼女のこめかみにそっと触れ、柔らかな肌にやさしく手を滑らせた。「今晩は時間が遅いですし、レイヴンはまだインフルエンザが脱けきっていません。この話はまた別の機会に続けませんか？」

ハマー神父が即座に立ちあがった。「むろんだ、ミハイル。ひどく間の悪いところへいきなり押しかけてすまなかった。ご婦人がたがひどくやきもきしていたので、不安を鎮めるにはこうするのがいちばん適当に思えたものでな」

「レイヴンはわたしたちと一緒に帰ればいいわ」マーガレットが気遣って提案した。

マーガレットと一緒に車に乗ることなど絶対に耐えられないと、レイヴンにはわかっていた。シェリーは最高の笑顔をミハイルに向け、熱心にうなずいている。「本当にありがとう、ミハイル。ぜひとももっと詳しい話を聞かせて、できればノートを取らせてください」

「いいですとも、ミス・エヴァンズ」ミハイルは彼女に名刺を渡した。「いまは仕事に忙殺されていますし、レイヴンともできるだけ早く結婚したいと思っていますが、時間を作るように最善を尽くしましょう」大柄でたくましい体と人を魅了して放さない笑顔を使って、誰もレイヴンに触れないようにしながら、客人を玄関へと案内した。「ミセス・サマーズ、レイヴンのことをご心配いただいてありがとうございました。ですが、わたしたちはまだ話の途中でしたし、彼女の指に大事な指輪をはめる前に、レイヴンをここから帰らせるつもりはありませんので」

レイヴンが彼の横をまわって前に出ようとすると、ミハイルは彼女を制したが、その動きはとても優美でさりげなかったため、誰も気づかなかった。彼の手が腕を滑ってレイヴンの華奢な手首を枷のようにぎゅっとつかんだ。「来てくださってありがとう」あまり大きな声を出すと、頭がこなごなに割れてしまいそうで、レイヴンはミハイルの後ろからそっと言った。

訪問者が帰ると、ミハイルは威嚇するような険しい表情をしてレイヴンを抱き寄せた。「すまない、リトル・ワン。いまのようなことに耐えさせて」彼女を抱きあげ、書斎へと向かった。

ミハイルは母国語でなにかぶつぶつ言っている。悪態をついているのだとわかり、レイヴンは思わずほほえんだ。「マーガレットは悪人じゃないわ、ミハイル。心がねじれていて、狂信的なだけ。情熱的な改革運動家のようなものよ。彼女は自分がしていることを正しいと信じているの」硬くこわばったミハイルの顎に頭のてっぺんをこすらせた。

「あの女は軽蔑にも値しない」ミハイルは吐きだすように言った。「鼻持ちならない人間だ」やさしく気遣いながら、レイヴンを肘掛け椅子におろした。「ここに来たのはわたしを試すためで、神父を連れてきて、わたしを出し抜こうとしたのだ。あの女はわたしの心に探りを入れてきたが、たいした力は持っていない。自分の特殊な能力を、殺すべき相手を見つけるために利用している。あの女が読みとったのはわたしが読みとらせたことだけだ」

「ミハイル！　彼女はヴァンパイアを信じているのよ。あなたを生ける屍だなんて考えるわけがないでしょう。あなたは並はずれた力を授かっているけれど、自分が生きつづけるために子供を殺すなんて、わたしには想像もできないわ。あなたは教会に行く。十字架も身につけている。マーガレットは頭がいかれているのよ」レイヴンは頭痛を抑えようとして疼くこめかみを揉んだ。

6

ミハイルが薬草ドリンクを片手に黒い影のようにレイヴンの前に立った。「もしわたしが伝説のヴァンパイアで、きみはそのねぐらにとらえられているとしたらどうする?」

瞳に苦悩を宿したミハイルの深刻な顔を見て、レイヴンはほほえんだ。「ヴァンパイアであろうとなかろうと、わたしはあなたに命をあずけるわ、ミハイル。そして、わたしの子供の命も。あなたは傲慢だし、横暴なときもあるけど、絶対に悪人じゃないもの。もしあなたがヴァンパイアなら、ヴァンパイアは伝説に言われているような生きものじゃないのよ」

ミハイルはレイヴンから離れた。彼女の言葉が自分にとってどれだけの意味を持つか悟られたくなかった。こんなふうにまるごと無条件に受けいれてくれるとは。彼女が自分の言葉の意味を自覚していないことは問題ではない。いまのはレイヴンの本心だ。「ほとんどの人間は邪悪な面を持っているし、わたしの場合はなおさらそうだ。ひどく暴力的なこと、残虐な行為すらできる。しかし、ヴァンパイアではない。捕食者であるのは間違いないが、ヴァンパイアではない」声がかすれて苦しげになった。

レイヴンはミハイルに歩み寄り、唇の端に触れ、そこに刻まれた深いしわを消し去ろうとした。「そんなこと、一度も考えもしなかったわ。あなたはそんな恐ろしいものの存在を信じているのね。ミハイル、もしヴァンパイアが実在しても、あなたがそのひとりだなんてことはありえない。あなたは自分にきびしすぎるわ。わたしにはあなたの善良さが感じられる」

「本当に?」ミハイルの声は暗かった。「さあ、これを飲むんだ」

「眠らせるのはやめてね。今夜のうちに、わたしは宿のベッドへ戻るつもりなんだから」グラスを受けとりながら、レイヴンはきっぱりと言った。からかうような口調だったが、目には不安が浮かんでいた。「あなたのなかに善良さを感じるというのは本当よ、ミハイル。行動のひとつひとつに表れているもの。あなたはほかの人を優先して生きている」

ミハイルは苦しくなって目を閉じた。「きみはそんなふうに思っているのか、レイヴン」

自分の言葉のどこがミハイルを苦しめているのかいぶかりつつ、レイヴンはグラスの中身を見つめた。「そうだとわかっているのよ。わたしはあなたがいま求められているように殺人犯を追跡したことがあるけれど、そのあと犯人を裁く責任までは負わなくてよかった。あなたの場合はそのことがずっと心の負担になっているにちがいないわ」

「きみはわたしを買いかぶっている、リトル・ワン。だが、信じてくれてありがとう」ミハイルはレイヴンのうなじに手を置いた。「飲んでないじゃないか。それは頭痛に効くぞ」彼の指がこめかみへと移動し、魔法のように痛みがやわらぐマッサージを始めた。「暗殺者が滞在していることがわかっているのに、どうしてあの宿に戻るなどと言うんだ。犯人をわれわれ一族へと導いているのは、あの年とった女なんだぞ。あの女はすでにきみに関心を抱いている」

「でも、わたしをヴァンパイアだなんて思っているわけがないわ、ミハイル。どうしてわたしが危険にさらされるなんて考えるの？　わたしはあなたの役に立てるかもしれないじゃない」レイヴンの口もとにいたずらっぽい笑みが浮かんだ。「聴覚がすごく鋭くなってきたところだし」乾杯するようにグラスを持ちあげ、ドリンクを飲んだ。

「きみの安全にかかわることについてはいっさい反論を許さない。この戦いにきみを巻きこむようなまねはしないからな」ミハイルの黒い瞳は見るからに苦悩していた。

「歩み寄ろうということで合意したじゃない。あなたの世界とわたしの世界。わたしはわたし自身でいられないといやなのよ、ミハイル。自分自身で決断しなければだめなの。わたしがひとりで殺人犯を追跡するようなことを、あなたが許さないのはわかってるわ。わたしはあなたの力になりたいの。それがパートナーというものでしょう」

「たとえふつうの状況でも、きみと離れるのは苦痛なんだ。妹を殺した人間と同じ屋根の下にきみが戻ることに、どうして耐えられるだろうか」

レイヴンはミハイルの瞳から翳《かげ》りを追い払いたくて、からかってみた。「お得意の催眠術を自分に使えばいいわ。さもなければ、わたしにやりかたを教えて。大喜びであなたの意識を失わせてあげる」

ミハイルが試すようにレイヴンの喉に手をかけた。「そうだろうな。頭痛はどうだ、リトル・ワン。よくなったか？」

「だいぶよくなったわ、ありがとう。ところで、いままでにわかっていることを教えて」レイヴンはミハイルが全身にエネルギーをみなぎらせ、部屋のなかを落ち着かなげに行ったり来たりするのを見守った。「わたしにとって、こういうことは初めてじゃないのよ、ミハイル。素人じゃないし、ばかでもないわ。ミセス・サマーズは無害なお年寄りに見えても、実際はひどく心が病んでいる。もし、あの人がヴァンパイアと疑った相手を攻撃しようとしていて、彼女に熱狂的な支持者がいるとすれば、もっとたくさん被害者が出る可能性がある。彼らがミセス・サマーズを本気で信じているのは間違いないわ。なにしろすでに女性をひとり殺して……」

「ノエルだ」ミハイルがそっと教えた。「名前はノエルといった」

レイヴンの目がミハイルの顔をやさしく見つめ、心が彼の心を温もりと慰めで満たした。

「ノエルは」レイヴンはそっとくり返した。「典型的なヴァンパイア退治のやりかたで殺されているわ。杭、斬首、にんにく。犯人たちは病的な一団よ。こちらは少なくともどこから手を着ければいいかわかっている。ミスター・サマーズも関与していると考えるのが間違いないでしょうね。つまり、三人のうちふたりが明らかになったわけだわ」

「シェリーというあの愚かな娘はなにもわかっていない。ばかばかしい質問をして、犯人たちの情報収集に利用されているだけだ。犯人たちはシェリーに秘密が守れるとは信じていない。兄の影響で民間伝承を研究する気になり、おそらくこの旅が初めての調査旅行だろう。あの娘は兄の言いなりだ」ミハイルは豊かな髪をかきあげた。まもなく糧を得なければならない。彼のなかには暗く、冷たい怒りがあった。それは全身を這いまわり、殺意を覚えるほど危険だった。ジェイコブは妹に対してさえ悪辣な男のようだ。そしてレイヴンに欲望を覚えている。

レイヴンが目をあげると、ミハイルがまばたきもせずに彼女を見つめていた。暗く、底なしに見えるハンターの目。背筋に戦慄が走った。スカートのしわを伸ばす手が震える。「どうしたの?」ときどき、ミハイルが見知らぬ人のように見えることがある。熱いまなざしに笑いとやさしさを宿した心温かな男性ではなく、彼女の想像も及ばない、計算高く冷たい男、人殺しも辞さない狡猾な男に。とっさにレイヴンの心は彼に心的コンタクトを求めた。

やめてくれ! ミハイルがマインドブロックをかけた。

突然、涙がこみあげてきて、レイヴンのまつげが震えた。拒絶されるのはつらいし、相手がミハイルとなると、死ぬほど傷つけられた。「どうして、ミハイル? どうしてわたしを締めだすの? あなたはわたしを必要としている。わたしにはわかる。あなたは仲間を助けることを厭《いと》わず、一族のためにあらゆる役割をこなそうとしている。わたしはあなたのパートナーであり、あなたにとってすべてであるはずでしょう。力にならせてちょうだい」ゆっくりと慎重に彼に近づいた。

「きみはどういう危険が待っているかわかっていないんだ、レイヴン」ミハイルは誘惑から、レイヴンの苦悩からあとずさった。

レイヴンはほほえんだ。「あなたはつねにわたしの力になってくれるじゃない、ミハイル。わたしを守ってくれる。わたしをもっと信用して、あなたの力を補わせて」ミハイルはマインドブロックを徐々に緩めつつあった。ノエルが無情に殺されたことに対する怒りと深い悲しみ、そしてレイヴンの身を案じる気持ちが感じられた。どんどん深まっていく強い愛情、性的、肉体的渇望。荒々しい欲望。絶対に誰かがこの男《ひと》を愛し、力づける必要がある。

「わたしの言うとおりにしてくれ」ミハイルは内なる獣《けもの》が飢えて頭をもたげるのと闘いながら、追いつめられた口調で言った。

レイヴンは柔らかく魅惑的な笑い声をあげた。「いいえ、だめよ。あなたのまわりには、あなたの言葉を法だと思っている人が多すぎるわ。あなたには少し盾突く相手がいないと。あなたがわたしを傷つけたりしないのはわかってるわ、ミハイル。わたしには、あなたが自分を恐れているのが感じられる。自分のなかに、わたしから愛されない部分がある、わたしには見せられない怪物がいると信じている。わたしはあなた自身よりもあなたをよく知っているんだから」

「きみは向う見ずすぎる、レイヴン。危険をものともしない」ミハイルが背の部分をあまりに強くつかんだので、木の椅子がこなごなに砕けそうになった。実のところ、いつまでも彼の指のあとが残りそうだった。

「危険ですって、ミハイル」レイヴンは小首をかしげた。髪がさらさらと片側の肩にかかる。手がブラウスのいちばん上のボタンを押さえた。「たとえかんかんに怒っても、あなたがわたしに危害を加えるなんてことはありえないわ。いま唯一、危険にさらされているのはわたしの服よ」レイヴンはもう一度笑って一歩あとずさり、その笑い声はミハイルの体の奥深くで導火線に火をつけ、彼を熱くした。

情熱が渦を巻き、全身に広がる。強く、切迫した欲求が彼を襲う。渇望が赤いもやとなってつかみかかってくる。「きみがしているのは危険な遊びだぞ、リトル・ワン。たったいま、わたしは完全に自制がきかなくなっている」彼は最後にもう一度、レイヴンに逃げる機会を与えようとした。どうして彼女にはわからないのか。わたしが本当はどれだけ自己中心的か。彼女から人生を奪い、永久に彼女を解放しないつもりでいることが。レイヴンは知らないが、わたしは怪物だ。ふだんは冷徹な論理と正義に従って行動しているかもしれないが、彼女と接するときはそうはいかない。レイヴンと一緒にいると、なじみがないために制御できない感情に圧倒されてしまう。自分でも良心的でないと感じることをしてしまう。心のなかの凶暴性をさらけだし、彼女の服を引き裂き、思いやりも自制もなしに体を奪ってしまった。

彼女は熱く、愛情を持って応えてくれた。体はわたしの体を激しく求め、凶暴な面を受けいれ、受けとめてくれた。レイヴンはわたしがすべてを捧げるつもりであることを完全に信じきっている。

ミハイルは低く悪態をつき、みずからの服を引き裂いて、ジャングルに住むネコ科の猛獣のように彼女に跳びかかった。「ミハイル、わたしはこの服を気に入ってるのよ」レイヴンが彼の喉に口を寄せてささやいた。彼女の笑い声がミハイルの心に溢れる。笑い声。悦び。不安はいっさいない。

「そのいまいましい服を急いで脱げ」彼はかすれた声で言った。そう言うことで、自分に対するレイヴンの信頼をさらに増す結果になるとは知らずに。

彼女は時間をかけた。ボタンをゆっくりはずし、ミハイルにスカートのホックを探させてじらした。「きみは自分がなにをしているのかわかっていない」ミハイルはざらついた声で文句を言ったが、レイヴンに触れる手はやさしく、慎重に衣服をはぎとっていき、ついに彼女が纏《まと》っているのはサテンの肌とシルクのような長い髪だけになった。

ミハイルは彼女のうなじに力強い指を絡めた。レイヴンはとても小さく、か弱く感じられ、肌が熱くなっていた。天然の蜂蜜のような、新鮮な空気のような、いつまでも記憶に残る女性的な香りがする。彼女をあとずさらせて書棚に押しつけ、両手で体の線をなぞり、柔らかな胸のふくらみを愛撫しては、彼女の感触を肌に、体の組織に吸収した。頭をさげると、舌で色の濃くなった胸の先端を見つけた。レイヴンの柔らかい肌の感触と、彼女が彼の本性を受けいれてくれたことに、ミハイルのなかの悪魔が勢いを失った。わたしは彼女にふさわしくない。

　熱いミハイルの唇が胸に激しく吸いついた瞬間、レイヴンは体から力が抜けるのを感じた。背後の書棚に剝きだしのヒップが押しつけられ、興奮が期待となって全身を駆け抜ける。渇望と所有欲、そしてやさしさに満ちたミハイルの瞳が彼女を眺めた。彼はこんなにも強い感情を抱いてくれているのかと思うと、心がとろけ、泣きたくなった。ミハイルの視線が触れたところはどこも、肌が彼を求めて燃え、体が愛撫を求めて疼いた。

　腕を伸ばし、ミハイルの髪をほどいて両手で受けとめ、厚い筋肉に指先を走らせられる悦びにひたった。愛撫を受けてミハイルが震え、彼のなかの野性が解き放たれることを求めるのがわかった。それは彼女のなかの野性的な部分を刺激した。ミハイルを抱いて柔らかな肌に硬い筋肉がこすれるのを、自分のなかに彼が押しいってくるのを感じたくなった。唇でミハイルの肌を味わいながら、つぎつぎと頭に浮かぶエロティックな映像を彼に送った。

　彼の手がレイヴンの体をくまなくまさぐると、彼女の手もミハイルの体をくまなくまさぐった。彼の唇が炎のように熱くなると、彼女の唇も同じように熱くなった。彼の鼓動が激しくなると、彼女の鼓動も激しくなる。ミハイルの指が彼を迎えようとして潤んでいる彼女を見つけた。ミハイルは彼女を床に引き倒し、腰を持ちあげた。血の流れる音が耳の奥で鳴り響き、あらゆる感情が渦を巻きながら激しい欲求の嵐になる。より激しく、より深く貫かれれば貫かれるほど、レイヴンは柔らかさを増し、彼を悦んで迎えいれた。彼女の体は熱く引き締まっていて、彼の体を、嵐を受けとめ、受けいれた。

飢えが危険なまでに激しくなっている。レイヴンの甘さを、交換の儀式のエクスタシーを味わいたくてしかたがない。もし血の渇きを満たそうとしたら……誘惑を覚えて、ミハイルはうめいた。わたしはレイヴンにまた血を与えなければならなくなるまで、やめられなくなってしまうだろう。それは許されない。完全にこちらの世界の一員となるという決断は、レイヴンが自覚をもってくださなければならない。これには非常に大きなリスクがともなう。もし彼女が生き延びられなかったら、わたしも彼女を追って未知の世界へ行くことになる。古《いにしえ》の先達が、ライフメイトを失ったカルパチアンは生き延びられないと言った意味がよくわかった。レイヴンがいない世界で生きつづけたいとは思わない。レイヴンなしのミハイルはありえなかった。

彼はまさに自制の限界まで追いつめられていた。これまでこんなにも深い感情が存在するとは、他者をこんなにもまるごと包みこむような愛情が存在するとは知らなかった。レイヴンはわたしのすべて、空気、生命、心臓だ。ミハイルの唇が、彼女の唇をとらえて長くしびれるようなキスをしたあと、喉へ、胸へと滑っていき、彼の刻印を見つけた。ひと口だけでいい。ほんのひと口だけ味わいたい。

レイヴンが彼の腕のなかで動き、ミハイルの口がもっと動かしやすくなるように頭の向きを変え、彼の髪に手をぐらせた。「わたし、あなたと結婚したほうがよさそうね、ミハイル。あなたはどうしようもなくわたしを必要としている」彼は顔をあげ、レイヴンを見つめた。彼と愛を交わしているせいで、彼女は光り輝いていて、彼を、彼の欲求を完全に受けいれてくれていた。彼女の心が愛情でミハイルの心を包みこみ、彼をなだめ、滋養を与え、やわらかい、彼のなかの野性に協調する。ミハイルは両手で彼女の顔を包み、濃さを増した青色の瞳をのぞきこんで、彼女への想いに溺れた。そして笑顔になった。

「ミハイル」彼がそっとなかから出ると、レイヴンが抗議した。

ミハイルは彼女の体を裏返し、腰を自分のほうへ持ちあげた。　細いウエストを押さえつけ、なかへはいった瞬間、このうえない悦びを感じた。彼女はわたしが守る！　悦びが全身を駆けめぐり、レイヴンの体が与えてくれる究極の快感に身をまかせた。彼が動くと、彼女も動く。レイヴンは信じられないほど締まっていて、火のように熱く、ベルベットのように柔らかい。それは爆発的な威力を持つ組み合わせだった。

狼たちから、おまえは悦びを忘れてしまったと言われていたが、レイヴンがそれを思いださせてくれた。ミハイルの体は悦びに歌い、輝いた。二度、彼女の体がわななき、震えたが、ふたりの体を永遠につなげておきたいという彼の気持ちは変わらなかった。ミハイルの魂をおおう黒い影が消えようとしている。この小柄で美しい女性のおかげで。彼女の体が自分のリードについてくることに満足を覚えつつ、彼は速度を速めた。レイヴンの体がきゅっと収縮して彼をつかむのが感じられ、彼女が柔らかく切なげな泣き声をくり返しあげるのが聞こえると、ミハイルは限界を超えた。彼自身の体が炎となって燃えあがり、ふたりを空へと舞いあがらせたので、レイヴンがなんとか地上にとどまろうとして彼の名を叫んだ。

ミハイルはやさしい手つきで彼女を床に仰向けにした。シルクのような髪を撫で、顔を寄せてそっとキスをする。「自覚はないだろうが、今夜、きみはわたしにとても大きな意味があることをしてくれた。ありがとう、レイヴン」

彼女の瞳は閉じられていて、まつげが黒い三日月のように柔らかな肌に伏せられている。レイヴンはほほえんだ。「誰かがあなたに、愛とはどういうものかを教えないとね。所有したり独占したりするのとは違う、本当の無条件の愛を」彼女の手があがったかと思うと、瞳を閉じているにもかかわらず、指先が彼の口のまわりのしわを寸分違わずにたどった。「あなたは遊びかたを、笑いかたを思いだす必要があるわ。もっと自分を好きになる必要が」

ミハイルの険しい口もとがやわらぎ、笑みが浮かんだ。「神父みたいな口ぶりだな」

「あなたがわたしを誘惑したことを懺悔してくれているといいんだけど」レイヴンがからかうような口調で言った。

ミハイルは息を呑んだ。罪の意識に襲われる。わたしはたしかに彼女を誘惑し、利用した。

長い孤独な日々が続いたあとですっかり自制を失ってしまった最初のときは、違ったかもしれない。彼女の命を救うには、血の交換が必要だった。しかし、二度目は単なる身勝手とか言いようがなかった。わたしは性的な快感を、儀式の完了を求めた。そして誓いの言葉を唱え、彼女とわたしは和合した。わたしはその正しさを、真のライフメイトとのあいだにしかありえない魂の癒しがもたらされるのを感じた。

「ミハイル？　いまのは冗談よ」長いまつげが震えながら持ちあがり、レイヴンは指先で感じていた彼の眉間《みけん》のしわを、目で確認した。

ミハイルの歯が彼女の指をとらえ、舌が肌を撫でた。彼の口は熱く、エロティックで、彼女を見おろす瞳は燃えていた。それに応えて、レイヴンの瞳も熱く燃えあがった。彼女は柔らかな声で笑った。「あなたはすべてを持ってるわね。まず魅力。セクシーすぎて、本当はどこかに監禁されなきゃいけないくらい。それに、男性が、あるいは女性も、どんなことをしてでも手に入れたいと思うような笑顔。あなた自身がそれについてどう思っていようと」

彼は顔を寄せてキスをし、わがもの顔で彼女の乳房をつかんだ。「わたしの愛しかたがどれだけすばらしいかも言ってくれないか。男はそうしたことを聞く必要があるんだ」

「本当に？」レイヴンは眉をつりあげた。「やめておくわ。あなたはすでに耐えられないくらい傲慢なんですもの」

「きみはわたしに夢中だ。わたしにはわかる。心が読めるんだから」彼は突然、少年のようにいたずらっぽく笑った。

「つぎにわたしを抱くときは、しきたりに従ってベッドを見つけてくれる？」レイヴンがそろそろと起きあがった。

ミハイルは腕をまわして彼女を支えた。「痛い思いをさせたか？」

レイヴンが小さく笑った。「まさか。とはいえ、熱いお風呂にゆっくりはいれたら悪くないわね」

ミハイルは彼女の頭のてっぺんに顎をこすらせた。「それなら用意できると思う」木の床はあまり快適な場所とは言えないことに気づくべきだった。「きみといると、わたしは分別をすっかり忘れてしまう」それは謝罪の言葉だった。彼はレイヴンを抱きあげると、大股に主寝室へと歩きだした。

レイヴンの瞳が熱を帯びてとろけ、彼女の愛情に満ちたほほえみはミハイルに息を吞ませた。「あなたはちょっぴり原始的になることがあるわね、ミハイル」

彼はうなり声を漏らすと、頭をゆっくりとさげて彼女と唇を重ねた。それはやさしさと渇望が絶妙に組み合わさったキスで、レイヴンは切ないほど彼が欲しくなった。ミハイルは彼女をそっと床におろし、小さな顔を両手で包んだ。「いくら抱いても、きみが欲しくなるよ、レイヴン。いくら抱いても。だが、きみはゆっくり湯につかる必要があるし、わたしは糧を得る必要がある」

「食べる、よ」レイヴンは体をかがめ、湯気が立ちのぼる熱い湯を浴槽にためはじめた。「英語では、食べるという言葉を使うの。わたしは料理が得意じゃないけど、なにか作ってあげられると思うわ」

彼女のために蠟燭《ろうそく》に火をともしたときに、ミハイルの白い歯が猛獣の歯のようにきらりと輝いた。「きみは奴隷としてここにいるわけじゃない。少なくとも召使いでないことだけは確かだ」レイヴンが髪を頭のてっぺんで束ねるのを、ミハイルはまばたきもせずに見守っていた。そんなふうに見つめられると落ち着かなかったが、それでもレイヴンの体は熱い視線を注がれてぞくぞくした。彼は手を差しだし、彼女が大きな浴槽にはいるのを助けてくれた。彼の力強い手につかまれた瞬間、レイヴンは捕獲されたような奇妙な感覚を覚えた。

こほんと咳払いをしてから、湯気の立つ湯のなかにそろそろと体を沈めた。「ところで、あなたは貞節というものを信じる?」軽い口調に聞こえるように言った。

ミハイルのいかつい顔を暗い影が横切った。「真のカルパチアンが感じるのは、人間のように浅薄で幼稚な愛ではない。きみがほかの男と一緒にいたら、わたしにはわかる。きみの思考、あるいは感情を感じとって」彼は指先でレイヴンの華奢な頰骨をなぞった。「わたしのなかの悪魔を引っぱりださないほうがいいぞ、リトル・ワン。わたしはたいへんな暴力をふるうこともできるからな。わたしは誰ともきみを共有するつもりはない」

「怒りの原因がなんであろうと、あなたがわたしに危害を加えるようなまねをするわけはないわ、ミハイル」そっと言ったレイヴンの声には揺るぎない確信がこもっていた。

「わたしに対して、きみはけっして危険を感じる必要はない」彼は同意した。「しかし、わたしからきみを奪おうとする者についてはそうは言えない。わが一族はみな、テレパシー能力を持っている。情欲のように強い感情を隠すことは不可能だ」

「それはつまり、あなたたちのなかで結婚したカップルは……」

「ライフメイトを得たカップルだ」彼は言葉を正した。

「その人たちはおたがいにけっして裏切ることがないの？」レイヴンは信じられないといった口調で訊いた。

「真のライフメイトの場合はそうだ。過去には例外がいくつかあったが――」ミハイルはこぶしを固めた。哀れなノエルはランドが欲しいという思いに取り憑かれてしまった。「ごくまれにいるライフメイトを裏切る者は、感じかたがおかしくなっているのだ。さもなければ、裏切り行為などとうていできない。だから、心と魂、体のすべてで確信することがとても大切になる。わたしがきみこそライフメイトだと確信しているように」誓いの言葉は、すでに一心同体であるふたりしか結びつけられない。和合の儀式は、もともとひとつだった半身同士を結びつけるものだ。しかし、レイヴンに理解できる言葉でそのようなことを表現する方法を、彼は見つけられなかった。

「でも、ミハイル。わたしはあなたの種族じゃないわ」彼女は、しきたりのほかにも気をつけ、考慮しなければならない違いがあることに気づきはじめていた。

彼はハーブを数種類細かくつぶしてボウルに入れ、混ぜ合わせたものを浴槽の湯に入れた。これは体の痛みを取るのに役立つはずだ。「もしわたしがほかの女に触れたら、きみはかならず気づく」

「でも、あなたは忘れさせることができるでしょう」彼女がひとりごとのように言って口をゆがめた。レイヴンの胸の鼓動が激しくなり、心に疑念が芽生えたのが、ミハイルにはわかった。

浴槽の横にしゃがみ、彼女の顔にそっと手を添えた。「わたしにはきみを裏切ることはできない、レイヴン。きみの安全のため、きみを守るために、きみの命と健康のために、服従を強いることはあるかもしれない。だが、自分の裏切りをごまかすためにそんなことはしない」

レイヴンはふっくらとした下唇に舌先で触れた。「どんなことでも無理強いするのはやめてね。吐き気を覚えたときみたいに、まず訊いてからにして」

ミハイルはにやりと笑いたくなるのをこらえた。彼女はいつもタフな口をきこうとする。良識よりも勇気がまさった、わたしの小さなダイナマイト。「リトル・ワン、わたしはきみの幸せのためだけに生きている。さて、これから少しのあいだ、出かけなければならない」

「ひとりで殺人犯を捜しに行くなんてだめよ、ミハイル。絶対に。危険すぎるわ。あなたがしようとしているのがそういうことなら……」

心からの笑い声をあげながら、ミハイルは彼女にキスをした。「仕事だよ、レイヴン。ゆっくりと湯につかって、家のなかでもわたしの蔵書でも、なんでも好きに見てまわるといい」少年のようににっこり笑った。「もしわたしの代わりに入札の腕試しをしてみたければ、コンピューターの横に書類が置いてあるから」

「それってわたしが計画していたとおりの夜の過ごしかただわ」

「最後にもうひとつ」ミハイルは彼女がまばたきするよりもすばやくバスルームから出ていき、同じくらいすばやく戻ってくると、彼女の左手を取った。「これをつけていれば、きみには先約がいるということがきみの種族にもわかるだろう」

レイヴンはにやりとしそうになるのをこらえた。この男《ひと》は獲物の所有権を主張する野生動物さながら、本当に縄張り意識が強い。ミハイルにはめられた指輪に人差し指でうやうやしく触れてみた。それはアンティークの金の指輪で、真っ赤なルビーのまわりにダイアモンドがあしらわれている。「ミハイル、すばらしいわ。どこでこんな指輪を見つけたの？」

「それはわが家に代々伝えられてきたものだ。もっと違うもの――もっと現代風のものがよければ――」その指輪はレイヴンの指にぴったりと合っていた。

「これは文句のつけようがないくらいすてきな指輪だし、それはあなたもわかってるでしょう」彼女は畏敬の念に満ちた手つきで指輪に触れた。「すごく気に入ったわ。さあ、行って。

でも早く戻ってきてね。あなたが留守のあいだにあなたの秘密をすべて暴きだしておくから」

ミハイルは血の渇きを覚えていて、糧を得る必要があった。体をかがめ、胸に疼きを覚えながら、唇で彼女の額に軽く触れた。「たった一日でいいから、リトル・ワン、わたしはきみとふつうの幸せな会話がしたい。本来すべきとおりにきみに求愛したいんだ」

レイヴンは小首を傾げて彼を見た。感動して、青い瞳の色が濃くなる。「あなたの求愛にはなんの不満もないわ。さあ、食事をしに行って、わたしをひとりにしてちょうだい」

ミハイルはもう一度だけ彼女の髪に触れてから、バスルームをあとにした。

夜気を吸いながら、地元住民のあいだを歩きまわった。星がいつもよりも明るく見え、月が銀色に輝いている。色という色がくっきりと目に映り、さまざまな香りがそよ風に乗って漂ってくる。通りのあちこちに霧がたなびいていた。ミハイルは歌いだしたいような気分だった。彼が長いこと待ったすえに見つけたレイヴンは、地を揺るがし、彼の血を熱くした。ミハイルの人生に笑いを取りもどし、愛とはどういうものか教えてくれた。

時刻は遅く、既婚者はのんびりした足取りで家へと向かっている。ミハイルが選んだのは三人組の若者だった。彼は飢えていたし、体力を必要としていた。今夜は長時間、活動しなければならない。ミセス・ロマノフが暗殺者の仲間か否かをなんとしても確認しなければ。

同胞の女たちには助産婦が必要だが、彼らを売り渡そうと機会を狙っているかもしれない助産婦よりは、身内を亡くして悲嘆に暮れている助産婦のほうが安心だ。

　声には出さずに呪文を唱えて三人組を引き寄せた。いつものことだが、獲物を支配することの容易さにわれながら驚嘆した。三人の会話に加わり、一緒に笑い、金儲《もう》けのチャンスをひとつふたつ教えてやった。しかし、二十代前半の彼らは、金を稼ぐことよりも女のほうに興味があった。人間の男が女性をひどく軽んじていることにはいつも驚かされる。女性がいなかったら、自分たちの人生がどのようなものになるか、わかっていないのかもしれない。

　彼らを安全な暗い林のなかに連れこんでから、誰からも吸いすぎないように注意しつつ血の渇きを満たした。なにをするときもそうだが、注意深く完璧に終わらせた。これこそ、彼がもっとも長く生き延び、もっとも恐るべきカルパチアンであるゆえんだ。ミハイルはなにごとにも細心の注意を払う。若者たちとさらに何分か一緒に歩き、三人とも異常がないことを確認してから、軽く手を振り、彼らのなかに友好的な感情を残して別れた。

　三人に背を向けると、ミハイルの口もとから笑みが消えた。夜の闇が彼の内なるハンターを、瞳に宿る暗く恐ろしい意図を、そして官能的な口もとに浮かんだ残酷な表情を隠す。荒々しい力がみなぎった筋肉が伸縮をくり返す。彼は角をまわってすばやく姿を消した。比べる者もないほど、信じられないほどの速さだった。

　レイヴンがどうしているか知りたくて、心的コンタクトを求めた。**幽霊の出そうな古い家**

にひとり残されてなにをしている？

彼女の柔らかな笑い声が聞こえると、冷えきっていた体に温もりが広がった。わたしの大きくて悪い狼さんが家に帰ってくるのを待っているところよ。

服は着ているのか？

そう訊くと、彼女が返事としてミハイルの肌に手を滑らせ、親密に触れてきたので、体が熱くなった。彼女から離れていることがつらく、ふたりを隔てている距離が憎らしい。もちろん、服は着ているわよ！　また急な訪問者が来たらどうするの？　裸じゃ、ちゃんとしたあいさつはできないでしょう？

レイヴンは冗談を言っているだけだったが、彼女がひとりでいる家に誰かが近づくことを考えると、ミハイルは身を切られるような不安を覚えた。それは彼にとってなじみのない感情で、得体が知れないと言ってもよかった。

ミハイル？　大丈夫？　わたしが必要？　すぐにそっちへ行くわよ。

きみはそこにいろ。狼たちの声に耳を傾けるんだ。もし彼らがきみに歌いかけてきたら、すぐにわたしを呼べ。

レイヴンが彼の口調にむっとしたことを示す沈黙が落ちた。わたしのことは心配しないで、ミハイル。あなたには気にかけなければならない人たちがすでにおおぜいいるんだから。

そうかもしれないが、リトル・ワン、わたしにとって本当に大事なのはきみだけだ。ジュースをもう一杯飲むんだ。冷蔵庫にはいっているから。彼はコンタクトを切り、いまの短いやりとりのあいだに自分が笑顔になっていたのに気づいた。もたもたしていたら、栄養を摂れと命令したことについて、レイヴンが文句を言っただろう。たまに彼女をいらだたせるのはむしろ楽しかった。青い瞳がサファイア色へと濃くなるさまが、注意深く自制をきかせた声が少しとげとげしくなるのが、彼は好きだった。

ミハイル？　柔らかくて温かい、女性的な喜びに満ちたレイヴンの声が彼を驚かせた。つぎは提案するように言うか、素直に頼んでちょうだい。そちらはいましていることを続けて。わたしはあなたの充実した蔵書のなかからマナーの本を見つけに行くから。

ミハイルはハンスとハイジ・ロマノフの小屋から数十メートルしか離れていない木の根元にしゃがんでいることを忘れかけた。笑いたい衝動をどうにか抑えこむ。そんな本は見つからないよ。

それを聞いて、わたしが驚かないのはなぜかしら？　今回はレイヴンがコンタクトを切った。

しばらくのあいだ、彼はレイヴンの温もりと笑い声、愛情に包まれる贅沢《ぜいたく》を自分に許した。なぜ神はこのタイミングで、わたしがもっとも深い闇に身を置いているときを選んで、このような贈り物を授けてくれたのか。これからわたしがするのは、どうしても避けられないことだ。一族が存続していくためにはどうしても。その行為の残忍さ、醜さに、嫌悪感がこみあげてくる。わたしは人を、ひとりならず手にかけてレイヴンのもとへ戻らなければならなくなる。この仕事から逃げるわけにはいかない。ほかの者にまかせるわけにはいかない。残念なのは、ノエルを殺した犯人たちの命を奪うことではなく、そういうことをしなければならないわたしとの暮らしに耐えてくれるよう、レイヴンに求めざるをえないことだ。人間の命を奪うのは、これが初めてではない。

ため息とともに、ミハイルはシェイプシフトをした。小さな鼠《ねずみ》が落ち葉の積もった空地を小屋へと駆け抜ける。羽音が聞こえたので、鼠は凍りついた。ミハイルが険しいささやき声で警告すると、襲いかかろうと滑空してきたフクロウが急に舞いあがった。鼠は安全な木の階段までたどり着き、尾をひと振りしてから壁に入口となる亀裂《きれつ》や穴がないか探しはじめた。

ミハイルはすでに憶えのある香りを二種類かぎつけていた。ハンスは客をもてなしている最中だ。鼠は腐りかけた二枚の壁板の隙間から寝室に滑りこんだ。音を立てずに戸口へと走っていきながら、ミハイルは鼠の体に家のなかのにおいを分析させた。注意深くそこここで止まっては進み、部屋の暗い片隅に隠れ場所を見つけた。

ハイジ・ロマノフが真向かいの木の椅子に座り、静かに泣いていた。手にロザリオを握りしめている。

ハンスは三人の男と向かい合っていて、あいだに置かれた机の上に地図が広げられている。

「あんたは間違ってるよ、ハンス。ノエルのことも間違ってた」ハイジ・ロマノフがすすり泣いた。「あんたは頭がおかしくなって、この人殺したちを連れてきた。ああ、信じられない。あんたは無実の人間を、母親になったばかりの女を殺したんだ。あんたは魂をなくしてしまった」

「やかましいぞ」ハンスが荒々しく怒鳴った。聖戦を戦っている十字軍兵士さながら、顔が狂信的に輝いている。「おれはこの目で見たんだ」彼は十字を切った。翼を持つ生きものの奇怪な影が小屋の上を横切ったような気がして、左右を見やった。

一瞬、部屋にいる全員が押し黙った。ミハイルは彼らの恐怖をひしひしと感じ、心臓が突然すさまじい勢いで打ちはじめたのを聞くことができた。ハンスは家の窓という窓とドアににんにくをつるしていた。彼はゆっくり立ちあがり、急にからからに乾いた唇を湿すと、首にかけていた十字架をつかみ、窓に近づいて、にんにくがちゃんとつるされていることを確かめた。「いまのはなんだ？　たったいまの影は？　あの女が土のなかじゃなく、ベッドで眠っていたからって、あんたらはまだ、おれが勘違いをしたと思ってるのか？」

「あそこにはなにもなかった。土も、侵入者を防ぐ手だても」黒い髪の外国人が気の進まぬようすで口をひらいた。ミハイルはその男のにおいを憶えていた。暗殺者。宿の客のひとり。鼠の奥にひそむ獣《けもの》が鉤爪を剝きだした。この男たちは、ノエルがヴァンパイアであるかどうか確認すらせずに殺したのだ。

「おれはこの目で見たんだ、ユージーン」ハンスがきっぱりした口調で言った。「ハイジが帰ったあと、あの女は出血した。おれはあいつらの家までハイジを迎えに行ったんだ、森は危険だから。それで、女の亭主に、おれがハイジを連れてもどろうと言おうとしたんだ。ところが、あの亭主はひどく動揺していて、おれがなかをのぞいても気がつかなかった。おれはこの目で見たんだ。女が血を飲みすぎたせいで、亭主は体が弱って顔色が悪くなった。おれはあそこを出て、すぐにあんたたちに連絡したんだよ」

ユージーンがうなずいた。「おまえは正しいことをした。おれはできるだけ早く仲間を連れてきた。もし、やつらが子供を産みはじめたら、この世は悪魔で溢れてしまう」

部屋にいるなかでいちばん大柄な男が落ち着かないようすで身動きした。「ヴァンパイアが出血するなんて聞いたことがない。やつらは生きている人間を殺して仲間を増やす。地中で眠り、ねぐらに誰も侵入できないようまじないをかける。おまえはわれわれがこの件を徹底的に調べるより先に行動を起こしてしまった」

「クルト」ユージーンが異議を唱えた。「おれたちはチャンスがめぐってきたから、それをとらえただけだ。それに、あの女の遺体が消えたのはどうしてだ？　おれたちはあの女を殺したあと、逃げた。その後、亭主と子供は目撃されていない。あの女は死んだ――おれたちが殺した――それなのに犯人をつかまえろと騒ぐ者はひとりもいない」

「女の亭主と子供を捜しださないといかん」ハンスが宣言した。「ほかにもいればそいつらも。あいつらは絶滅させる必要がある」彼は歪んだガラスの外に不安げに目を凝らした。低い驚きと警戒の声をあげた。「見ろ、ユージーン——狼だ。あのダブリンスキーの野郎が自分の土地で狼を保護しているんだ。そのうちにあいつらが増えて、村から子供をさらってくようになるぞ」壁に立てかけてあった古ぼけたライフルに手を伸ばした。

ユージーンが跳びあがった。「待て、ハンス！　本当に狼だったか？　本物の狼だったか？　どうして狼が森から出てきて、おまえの家のようすをうかがったりするんだ？」

「狼を飼っているダブリンスキーというのは何者だ」クルトが強い口調で訊いた。

「あの人は教会に通ってるよ！」男たちの言わんとしていることに衝撃を受け、ハイジが低い怒った声で言った。「善良な人で毎週日曜日に教会に来てる。ハマー神父はあの人の親友のひとりだ。ふたりはよく一緒に夕食を食べて、チェスをする。わたしがこの目で見たから間違いないよ」

ハンスはハイジの証言を一蹴《いっしゅう》した。「ダブリンスキーは悪魔だ。そこを見てみろ。狼が茂みに隠れてこの家を見てるだろう？」

「そいつは妙だな」ユージーンが声を低くした。「ヴァンパイアの仲間にちがいない」

「おれたちがやったということがあいつらにわかるわけがない」ハンスはそう言ったものの、震える両手が恐怖を露呈していた。彼は肩までライフルを持ちあげた。

「最初の一発で仕留めないとだめだぞ、ハンス」ユージーンが警告した。

鼠は寝室に駆けこみ、先ほどの隙間をすり抜けた。鼠の体を破ってミハイルが現われ、夜の闇に向かって警告を発した。彼は走りながらシェイプシフトし、復讐に目を燃やす巨大な黒い狼になった。

猛スピードで地を駆け、自分よりも小さな狼の体目がけて跳びあがった。彼の重い体が小さな狼の体にぶつかった瞬間、ミハイルは皮膚と肉が裂けるのを感じた。小さな狼は深い森のなかへ逃げこんだ。巨大な黒い狼は後ろ肢から血が噴きだしていたが、ひと声も漏らさず、逃げもしなかった。それどころか、その大きな頭を振り向けると、燃える石炭のような双眼に報復の誓い、かならず殺してやるという陰鬱な誓いを込めて小屋をにらみつけた。

ミハイル！　レイヴンの鋭い叫び声が彼の脳裏に響いた。

黒い狼はもうしばらくのあいだ小屋をにらみつづけ、その視線でハンス・ロマノフをとらえて放さなかった。それから、くるりと向きを変えたかと思うと、あっという間に夜の闇のなかに姿を消した。男たちはあえてあとを追おうとはしなかった。巨大な狼はどこからともなく跳びだしてきて小さな狼を守った。あの狼はふつうの狼ではない。

痛みと出血のせいで人の姿に戻ってしまう前に、ミハイルは森の奥の安全な場所まで走った。よろめいて太い枝につまずき、突然しゃがみこんだ。

ミハイル！　お願い！　怪我《けが》をしているのはわかってるの。いまどこ？　あなたの痛みを感じるわ。そっちへ行かせて。わたしに力にならせて。

背後の茂みがかさこそと音を立てた。ミハイルはわざわざ振り返りはしなかった。自責の念でいっぱいになったバイロンが、ばつが悪そうに立っているのはわかっている。「ミハイル。ああ、すまない。傷は重いか？」

「重いとも」ミハイルは傷口に手を当て、どくどくと流れでる血を止めようとした。「あそこでなにをしていた、バイロン？　ばかなことを。無謀としか言いようがない」

ミハイル。レイヴンの恐怖と涙が彼の心に溢れた。

落ち着くんだ、リトル・ワン。ほんのかすり傷だから。

あなたのところへ行かせて。彼女の懇願はミハイルの胸を引き裂いた。

バイロンはシャツを細長く裂いて、ミハイルの腿に巻いた。「申し訳ない。あなたの言うことを聞くべきだった。あなたが犯人を狩りだそうとしているのはわかっていたんだから。ただぼくは……」気まずそうに言葉を濁した。

「おまえはどうした？」ミハイルはいらだたしげに先を促した。傷が死ぬほど痛い。吐き気とめまいがするが、どうにかしてレイヴンを安心させなければならない。彼女はわたしを力づけようと、見つけようと必死になっている。わたしの目を通して〝見よう〟とさえしている。やめろ、レイヴン。わたしの言うとおりにしろ。わたしはひとりじゃない。仲間が一緒にいる。すぐにきみのもとに戻るから。

「ぼくはあなたが例の女性《ひと》に夢中になるあまり、犯人を狩るための時間がないかもしれないと思ったんだ」バイロンはこうべを垂れた。「どうしようもない大ばか者の気分だ。ぼくはとにかくエレノアのことが心配で」

「わたしは一度たりと責務をおろそかにしたことはない。つねにわれわれ一族を守ることを第一に考えている」レイヴンが心のうちにとどまっている状態では、ミハイルは傷を癒すことができなかった。

「わかっている、わかっているとも」バイロンは栗色の髪をかきあげた。「ノエルの事件のあと、ぼくはエレノアが同じ目に遭ったら耐えられないと思ったんだ。それに、あなたから女に近づくなと警告されたのは今回が初めてだったから」

ミハイルはなんとか苦笑してみせた。「こういう経験はわたしにとっても初めてだからな。もう少し慣れて落ち着くまで、彼女をできるだけわたしの近くに置いておくのが賢明だと思う。たったいまも、彼女はわたしに反論しているところだ」

バイロンがショックを受けた顔になった。「あなたに反論？」

「彼女は自分の意思を持っているんだ」ミハイルはバイロンの力を借りて立ちあがった。

「あなたはシェイプシフトするには体が弱りすぎている。それに血と癒しの眠りが必要だ」

バイロンは心的メッセージを送ってジャックを呼んだ。

「深く眠るつもりはない。そんなことをすれば、彼女を無防備なまま放置することになる。彼女はわたしの指輪をはめ、胸にはわたしの刻印が押されている。少しでも行動を間違えば、敵に殺される」

「兄さんには体力を充実させておいてもらわないと困る」小型の竜巻が起きたように落ち葉がくるくると舞い、ジャックの到着を告げた。

ミハイルの横にひざまずくと、彼は小声で悪態をついた。「血を飲まなければだめだ、ミハイル」低い声で言い、すぐにシャツのボタンをはずしはじめた。

ミハイルは小さく手を振ってジャックを制した。疲れて苦しげな色を浮かべた瞳が周囲をゆっくりと観察する。バイロンとジャックは動きを止め、感覚を全開にして森を精査した。

「誰もいない」ジャックが低くささやいた。

「いや、誰かいる」ミハイルが正した。

低い警告のうなり声を喉の奥から発しつつ、ジャックはとっさに君主《プリンス》の前に身を置いた。

バイロンは顔をしかめた。端整な顔に困惑の表情が浮かんでいる。「ぼくには感知できない」

「わたしもだ。しかし、われわれは見張られている」ミハイルの言葉は絶対的な確信に満ちていたので、ジャックもバイロンも異議を唱えようとはしなかった。ミハイルが間違うことはけっしてない。

「エリックに車で来るよう命じろ」ミハイルは命令し、頭を木にあずけて休んだ。ジャックが警戒しているし、ミハイルは弟の判断力を信用していた。レイヴンがどこへ行ったのかいぶかりながら、力なく目を閉じた。彼女はもはやうるさくせっついてこなかった。レイヴンとのコンタクトを維持しようとすれば、彼はいまどうしても必要な、貴重なエネルギーを使い果たしてしまう。それでも、彼女の沈黙はまったく彼女らしくなく、ミハイルを不安にさせた。

7

車での帰宅は、激しい痛みをともなった。体が失われた血を補給してくれと叫んでいる。体力は刻一刻と弱まり、苦痛のせいで顔に深いしわが刻まれた。ミハイルは高齢で、高齢のカルパチアンは感情と身体的な傷の痛みを強く感じる。ふつうの状況なら、心臓と肺を停止させ、血の流出を止めればいい。あとは癒し手が引き継ぎ、仲間がミハイルの必要とする血を補給してくれる。

レイヴンの登場がすべてを変えた。レイヴンと、何者かはわからないが彼らを見張っている誰かが。ミハイルはまだ先ほど襲われた不安を感じることができた。館へと向かうあいだも、何者かが遠くから彼らのようすをうかがっていた。

「ミハイル」安息の場所、彼の家へとミハイルを運びこみながら、エリックが声をひそめて言った。「わたしが手を貸そう」

レイヴンは戸口に立ち、ミハイルの蒼白い顔をじっと観察していた。彼は三十歳ぐらいかと思っていたが、急にもっと年上に見えた。口のまわりに白いしわが刻まれている。しかし心は落ち着き、呼吸は安定していて苦しそうではない。彼女は黙ってあとずさり、彼らをなかに入れた。ミハイルに助けを拒まれたことに、レイヴンは傷ついていた。もし彼が同胞といるほうがいいというのなら、それに困惑していることを表に出すほどみっともないまねをするつもりはない。小さな歯が下唇を噛んだ。手は気遣わしげに組み合わされ、目には心配そうな表情が浮かんでいる。

一行はミハイルを寝室へと運び、レイヴンは彼らの後ろからついていった。「医師を呼ぶ?」と尋ねたものの、答えはすでにわかっていた。どういうわけか彼女は邪魔だと思われている。自分がいなくならないかぎり、ミハイルは必要な治療を受けないだろうとレイヴンは直感した。

「その必要はない、リトル・ワン」ミハイルが彼女のほうに手を伸ばした。

レイヴンは駆け寄って彼と指を絡め合わせた。ミハイルはいつもとてもたくましく、とても溌剌《はつらつ》としているのに、いまは顔色が悪く、やつれている。レイヴンは泣きそうになった。

「あなたには助けが必要だわ、ミハイル。なにをすればいいか教えて」

彼女の顔を見ると、ミハイルの黒く冷たい瞳がたちまち温かくなった。「ここにいる者たちはなにをすべきか知っている。これはわたしの最初の怪我でも、いままでで最悪の怪我でもない」

うわべだけのかすかな笑みがレイヴンの口もとに浮かんだ。「これが今夜あなたがやらなければならなかった仕事？」

「わたしが妹を殺した犯人を追っていたのは知っているだろう」彼の声は疲れ、消耗して聞こえた。

「言い争いたくはなかったが、言っておかなければならないこともある。「わたしには出かけるだけだと、なにも危険なことはないと言ったじゃない。なにをしているか、わたしに嘘をつく必要はなかったのよ。あなたがこのあたりでやり手の大物《ホットショット》だということは知ってるけど、こういうことは、殺人犯を追跡するのはわたしの専門なんだから。わたしたちはパートナーのはずでしょう、ミハイル」

バイロンとエリック、ジャックが眉をつりあげて視線を交わした。バイロンが口の形だけで〝ホットショットだと〟と言った。誰ひとり、ジャックでさえ笑う勇気は持ち合わせていなかった。

ミハイルは、彼女を傷つけたことを知って顔をしかめた。「わざと偽りを話したわけではない。出かけたときはちょっとした調査をするだけのつもりだった。残念ながら、まるで違う展開になってしまったが。信じてくれ、怪我をするつもりなんてなかったんだ。今夜のことは不注意による事故だった」

「あなたはわたしが一緒にいないときにトラブルに巻きこまれるのが好きみたいね」レイヴ

ンはほほえんだものの、目は笑っていなかった。「脚の怪我はどれくらいひどいの？」

「ほんのかすり傷だ。心配することはなにもない」

彼女はふたたび口をつぐんだ。心が内を向いたかのように、物思いに沈んだ遠くを見るような目つきで彼の顔を眺める。

ミハイルは胸の奥深くでなにかがよじれるのを感じた。レイヴンはまた思い悩むような表情を浮かべている。傷を負って横たわり、すぐにでも地中にもぐらなければならない身にとって、うれしいことではない。レイヴンは彼から離れられない。それは頭ではわかっている。しかし、彼女が離れたいと考えるだけでも、そんなことを考えられるだけでもいやだった。

「きみはわたしに腹をたてているんだな」それは質問ではなかった。

レイヴンはかぶりを振った。「いいえ、腹をたててなんていないわ。失望はしたかもしれないけど」彼女の顔は悲しげだった。「あなたはわたしたちのあいだに嘘はありえないと言った。でもそう言った舌の根も乾かないうちに嘘をついた」つかの間、小さな歯がぎゅっと下唇を嚙んだ。瞳には涙が光っていたが、彼女はいらだたしげにまばたきをして、泣くのをこらえた。「ミハイル、あなたはわたしにとても大きな信頼を求めているんだから、あなたもわたしを信頼する必要があると思うわ。もっとわたしに敬意を払うべきよ。少なくともわたしの能力に対しては。わたしはメンタルリンクを利用して犯人を追跡する。他人《ひと》の目を利用してあとを尾《つ》ける。あなたの仲間にはとても注意力に欠けていて無頓着な人がいるわ。数は少ないけれど、マインドブロックすらかけない人もいる。あなたたちはみんな傲慢すぎるから、自分たちのようにすぐれた種族ではない、単なる人間が、自分の心の内部にはいりこめるとは思いもしないのよ。あなたたちのそばにはわたしとよく似た力を持つ人間がいて、あなたの仲間を殺そうとしている。わたしがあなたたちの心の内部にはいりこめるということは、彼女もはいりこめるということよ。こんなことを言っても意味があるかどうかわからないけど、もっと警戒をしたほうがいいと思うわ」

レイヴンはミハイルがなだめようと伸ばしてきた手からあとずさった。「わたしはあなたたちの命を救おうとしているだけで、意地悪で言ってるんじゃないの」いま自制を保っていられるのはひとえにプライドのおかげだった。すでに彼女はミハイルを、彼との独特な親密な関係を失ったように感じていた。わたしにほかの男性が現われることはない、ミハイルと一緒にいるときのように笑い、話し、まるごと受けいれられて心地よく感じることは二度とない、それはなんとなくわかっていた。「もうなにも言う必要はないわ、ミハイル。わたしはあなたの〝ほんのかすり傷〟をこの目で〝見た〟から。あなたは間違ってなかった。あそこにいたのはあなたたちだけじゃなかったの――わたしが見ていたのよ」

レイヴンは深呼吸し、指輪をはずすとそれを注意深く、残念そうに、ベッド脇の小さなテーブルに置いた。「残念だわ、ミハイル。本当に。あなたを失望させてしまうのはわかっているけど、わたしはあなたたちの世界に溶けこめない。この世界が、あるいはこの世界の決まりが理解できないの。お願いだから、わたしに近づかないで。コンタクトも取ろうとしないで。わたしがあなたにぴったりの相手と言えないことはおたがいわかってるでしょ。いちばん早い列車で、わたしはここを離れるわ」

くるりと向きを変え、ドアのほうへ歩きはじめた。ばたんという大きな音とともに、ドアが急に閉まった。レイヴンは振り向かずに、ドアをじっと見つめた。空気に緊張と不穏な感情がみなぎった。「この話を長引かせてもいいことはないと思うの。あなたにはいますぐ助けが必要だわ。この人たちがなにをするつもりにしても、それは部外者には見せられない秘密のことのようね。わたしはまさに部外者。わたしを自分の居場所に戻らせて、ミハイル。そしてすぐにこの人たちの力を借りて」

「彼女とわたしをふたりだけにしてくれ」ミハイルがほかの者たちに命じた。彼らはしぶしぶ従った。

「レイヴン、頼むからこっちに来てくれ。わたしは弱っているから、きみのところへ行こうとすれば、体力をほとんど使いきってしまうだろう」彼の声にはレイヴンが切なくなるようなやさしさ、誠実さがあった。

ミハイルの声の力に屈しまいと、彼女は瞳を閉じた。彼の柔らかく愛撫するような口調は、黒いベルベットさながら官能的に彼女の肌を刺激し、体のなかへはいりこみ、心を包んだ。

「今回はだめよ、ミハイル。わたしたちは異なるふたつの世界に住んでいるだけでなく、価値観がまるで違う。おたがい努力はした——あなたが努力しようとしたのはわかってる——でも、わたしには無理。もしかしたら、最初から無理だったのかもしれない。出会ってからが短すぎて、わたしたちはおたがいのことをよく知らないもの」

「レイヴン」彼女の名前を呼ぶ声に熱がこもった。「こっちに来てくれ」

レイヴンは額を押さえた。「だめよ、ミハイル。もしまたあなたの言いなりになったら、わたしは自尊心を失ってしまう」

「それなら、わたしがきみのところまで行くしかないな」彼は体重を移動させ、両手で体を支えて怪我をした脚を動かした。

「だめ！」驚いて、レイヴンは勢いよく振り向いた。「やめて、ミハイル。みんなをなかに呼び戻すわよ」彼を枕の上に押し戻す。

ミハイルの手が思いがけない力強さで彼女のうなじをつかんだ。「いまのわたしにとって生きる理由はきみだけだ。わたしに失敗する余地を与えてくれと言ったじゃないか。きみはわたしを、わたしたちを見捨てたりできない。きみはわたしについて、大切なことはすべてわかるはずだ。わたしがきみを必要としていることがわかるはずだ。間違いなく知っている。わたしの心をのぞけば、わたしはけっしてきみを傷つけたりしない」

「あなたはわたしを傷つけているわ。いま、わたしは傷ついている。この部屋の外で待っている人たちはあなたの身内、仲間だわ。わたしはよその国から来た人間で、人種も異なる。

ここはわたしの家じゃないし、今後もけっしてそうなることはない。彼らを呼び戻すから、わたしをこのまま行かせて」

「きみの言うとおりだ、レイヴン。わたしはふたりのあいだに嘘はないと言った。しかし、わたしには暴力や危険からきみを守る必要がある」ミハイルの親指が彼女の華奢な頬骨を撫でてから、シルクを思わせる唇を愛撫した。「行かないでくれ、レイヴン。わたしを打ちのめさないでくれ。もしきみがいなくなったら、わたしは死んでしまう」彼の瞳は雄弁で、説得力があり、レイヴンの瞳をひたと見すえてみずからを無防備にさらけだしていた。

「ミハイル」彼女は絶望した声でそっと言った。「あなたを見ると、心の奥底で、わたしたちは一心同体だと、あなたはたしかにわたしを必要としていると、そしてあなたなしではわたしはけっして完全にはなれないと感じるの。でも、そんなのはナンセンスだわ。わたしは人生の大半をひとりで生きてきたし、充分幸せだったもの」

「きみは孤独で苦悩していた。誰もきみをわかってくれなかったし、本当のきみを知らなかった。わたしのようにきみのすばらしさを認めたり、きみがなにを求めているか気遣ったりできる者はほかにいない。わたしから去らないでくれ、レイヴン。頼む」

彼の手が腕に置かれると、レイヴンは引き寄せられずにいられなかった。いまこの瞬間、ミハイルはとてもあらがえないほど最高に魅惑的だ。もう遅すぎる。もう引き返せない。彼の唇はすでにレイヴンの唇に重ねられていた。ひんやりとしてやさしく、あまりに思いやりに満ちているので、レイヴンの目に涙がこみあげてきた。彼女はミハイルと額を重ねた。

「あなたはわたしを傷つける。ミハイル、わたしは本当に傷ついているのよ」

「わかっている、リトル・ワン。すまない。どうか赦してくれ」

かすかなほほえみがレイヴンの口もとに浮かんだ。「これってそんなに簡単にすむことかしら」

彼女の頰を流れ落ちるひと筋の涙を、ミハイルは親指でぬぐった。「いや。だがたったいま、わたしに言えるのはそれだけなんだ」

「あなたは助けを必要としているし、わたしがあなたを助けられないのはわかってる。もう行くわ。その気になったら、コンタクトをして。あなたがよくなるまで、どこへも行かないと約束するから」

「わたしの指輪をもう一度はめてくれ、レイヴン」ミハイルが静かに言った。

レイヴンはかぶりを振り、彼から離れた。「それはやめておいたほうがいいと思うわ、ミハイル。しばらくこのままでいましょう。じっくり考えさせてちょうだい」

ミハイルの手がうなじを愛撫してから、肩へ、腕へと滑り落ち、そして彼女の手首に指を絡めた。「あすは一日、本当の眠りをとらなければならなくなる。わたしはきみがあの男たちから無事でいられるようにしておきたいんだ」これは彼が薬で眠らされるという意味に取られるだろうと、ミハイルにはわかっていた。

彼女はミハイルの額にかかったエスプレッソ色の髪を後ろに撫でつけた。「わたしはひとりで大丈夫よ。長年ひとりでやってきたんだから。あなたはみんなの面倒を見るのに忙しいから、自分で自分を守れる人間なんてひとりもいないと思っているのね。わたしはあなたの前からいなくならないと約束するし、用心を怠らないとも約束するわ。容疑者たちのクロゼットのなかや、ベッドの下に隠れたりなんてしないから」

ミハイルは彼女の顎をしっかりとつかんだ。「あの男たちは狂信的で危険だ、レイヴン。今夜それがわかった」

「向こうにはあなたのことがわかってるの？」突然、彼女は息ができなくなった。ミハイルの友人たちに一刻も早く傷の手当をさせなければと気が急いた。

「まさか。それに、今後わかる可能性もない。こちらはさらに二名の名前を突きとめた。ひとりはユージーン――色が黒くてハンガリー訛《なま》りのある男だ」

「それはユージーン・スロヴェンスキーだと思うわ。ツアー客のひとりよ」

「クルトという名前の男は知っているか？」それ以上腿の痛みを遮断しておくことができなくなり、ミハイルは枕にもたれた。錆びた鋸《のこぎり》で切られているみたいに激痛が走る。

「クルト・フォン・ハーレン。彼もツアー客のひとり」

「もうひとり男がいたが、誰も名前を口にしなかった」声から、ミハイルがいかに弱っているかがわかった。「七十歳くらいで、白髪、薄く白い口ひげ」

「ハリー・サマーズにちがいないわ。マーガレットの夫よ」

「あの宿には暗殺者の群れが泊まっている。何より悔しいのは、助産婦が夫と仲間に、ノエルはヴァンパイアではないと話していたにもかかわらず、妹が殺されたことだ。子供を産んだというのに、どうしてあの男たちはノエルがヴァンパイアだなどと考えたのか。ああ！貴重な命が無駄に奪われてしまった」深い悲しみがあらためて襲ってきて、ミハイルをさらに苦しめた。

彼が感じている苦痛は、レイヴンの内面をも容赦なく攻撃してきた。「あなたの仲間が治療に取りかかれるように、わたしはもう行くわ、ミハイル。あなたは一分ごとに衰弱している」かがんで、彼の額にキスをした。「彼らが心配してるのが感じられるわ」

ミハイルが彼女の手をつかんだ。「もう一度わたしの指輪をはめてくれ」親指で彼女の手首の内側を愛撫する。「きみにあれをはめていてほしい。わたしにとって重要なことなんだ」

「わかったわ、ミハイル。でも、あなたに休んでもらうためよ。あなたの具合がよくなったら、あらためて話し合いましょう。さあ、友達を呼んで。わたしはあなたの車を運転して宿に戻るわ」レイヴンは彼の肌に触れた。

冷たい。ミハイルは冷えきっていた。レイヴンが指輪をはめなおすと、彼がもう一度手をつかんだ。「あの男たちに近づくな。自分の部屋にいろ。わたしは一日寝通すことになるだろう。きみも休め。夜になったら迎えに行く」

「大きく出たわね」レイヴンは彼の額にかかった髪をやさしく後ろに撫でつけた。「あなた、しばらくはベッドから出られないと思うわよ」

「われわれカルパチアンは治癒が早いんだ。危険がないよう、ジャックにきみを宿まで送らせる」

「本当に、その必要はないわ」彼女は断った。知らない相手と一緒に行動するのは落ち着かない。

「わたしの心の平安のために必要なんだ」ミハイルは静かに言い、その黒い瞳で彼女に折れてくれと懇願した。レイヴンが小さくうなずいたのを見て、欲を出した。「帰る前に、ジュースをもう一杯飲んでいってくれ。飲んでくれたら、わたしは大いに安心できる」心を読んだので、レイヴンが先ほどジュースを飲んでみようとしたことは知っていた。ひと口目が唇を過ぎるより先に、彼女は吐き気に襲われた。ミハイルはわが身を呪った。彼女の体が人間が摂るべき栄養に拒絶反応を示すようになったのは、彼の責任にほかならない。レイヴンはすでに痩せすぎている。これ以上、体重を落とさせるわけにはいかない。

「においで吐き気をもよおしてしまうのよ」彼女はミハイルの言うとおりにしたかったが、とても無理だったので、正直に答えた。「本当に風邪を引いたんだと思うわ。ジュースはまた今度試してみる」

「わたしが力を貸そう」黒い瞳を心配で翳らせ、ミハイルは静かにつぶやくように言った。

「きみのためにどうしてもそうしたいんだ。リトル・ワン、簡単なことだから、わたしの言うとおりにしてくれ」

背後でドアが開き、ミハイルの友人三人がはいってきた。ひとりが待ちうけるようにドアのかたわらに立った。ミハイルを少し穏やかにしたような印象の人物だ。「あなたがジャックね」レイヴンはもう一度ミハイルの冷たい手に触れてから、部屋をあとにした。

「そして君がレイヴンだな」ジャックはにやつきを隠そうともせずに、レイヴンがはめている指輪を見つめた。

彼女は眉をつりあげた。「わたしは彼を動揺させたくなかったのよ。あなたたちがミハイルを助けられるよう、ここから出ていくには、こうするのがいちばん手っとり早そうに思えたから」先ほどミハイルを〝見よう〟としたとき、ジャックを利用することはできなかった。彼のシールドは強力すぎて突き破れなかった。しかし、バイロンのほうは格好の標的になった。

レイヴンが玄関に向かおうとすると、ジャックはかぶりを振り、こっちだと指を曲げて見せた。「ミハイルはきみにジュースを飲んでほしがっている」

「もう、その話はやめて。わたしは飲むとは言わなかったわ」

「ここでひと晩明かしてもいいんだ」ジャックは広い肩をすくめてにやりと笑った。「ぼくはかまわない。ミハイルの家は快適だ」

レイヴンは彼をにらみつけようとしたが、どこかで彼ら全員を滑稽《こっけい》に感じはじめていた。男たちは自分をとても論理的だと思っている。「あなたはミハイルとそっくりね。これは褒め言葉じゃないわよ」ジャックがうれしそうな顔をしたので、ひと言つけくわえた。

ジャックはもう一度にやりとした。この心臓が止まりそうになる笑顔を見せては、行く先々で女性に切ない思いをさせているにちがいない。

「あなた、ミハイルの親戚《しんせき》でしょう？」レイヴンは自分が正しいことを確信して言った。絶対にそうに決まっている。ジャックはミハイルと同じ目、同じように端整な顔だちをしていて、同じ魅力を持っている。

「彼はそう言っている」ジャックは新鮮なアップルジュースをグラスに注ぎ、彼女に手渡した。

「飲まなくても彼にはわからないわ」飲んだら死にそうだ。

「わかるとも。ミハイルにはなんでもわかる。それに、きみのこととなると、少しばかり短気になる傾向がある。だから飲むんだ」

レイヴンはあきらめてため息をつき、ミハイルをわずらわせずにジュースを飲もうとした。ミハイルについてはジャックの言うとおりだ。飲まなかったら、彼にはわかるだろうし、これは彼にとってひどく重要なことらしい。胃が拒絶反応を示してむかつき、レイヴンは吐きそうになって咳《せ》きこんだ。

「ミハイルに呼びかけてみろ」ジャックが指示した。「力を貸してくれと」

「ミハイルはすごく弱っているのよ。そんなこと頼めないわ」

「きみは大丈夫だと安心できるまで、ミハイルは眠らないだろう」ジャックは言い張った。

「ミハイルに頼め。さもないとぼくたちはいつまでたってもここから出られないぞ」

「口調まで彼にそっくりなのね」彼女はぶつぶつ言った。ミハイル、ごめんなさい。あなたの助けが必要なの。

ミハイルから温もりと愛が送られてきた。彼が低く呪文を唱えると、レイヴンはグラスの中身を飲みほすことができ、ジュースは胃におさまった。彼女はシンクでグラスをすすぎ、逆さまにして置いた。「あなたの言うとおりだったわ。わたしが飲むまで、彼は治療を始めさせようとしなかった。本当に頑固ね」

「われわれにとっては、女性がつねに最優先されるんだ。心配する必要はない。ミハイルの身に間違いが起きるようなことは、ぼくたちがけっして許さない」ジャックは家から出ると、木々のひさしの下に隠されていた車まで先に立って歩いていった。

レイヴンは立ち止まった。「聞いて。狼たちだわ。ミハイルのために歌っている。彼が怪我を負ったことを知っているのね」

ジャックが車のドアを開けてくれた。ミハイルにそっくりの黒い瞳が彼女の顔を眺めた。

「きみはとても変わっている」

「ミハイルもそう言うわ。なんて美しいのかしら。狼たちがミハイルを力づけようとしている」

ジャックはエンジンをかけた。「ミハイルの怪我については誰にもひと言も言ってはだめだ。言ったら、ミハイルを危険にさらすことになる」淡々とした口調だったが、彼がなんとしてもミハイルを守りたいと思っていることが伝わってきた。

おかげでレイヴンはジャックのことがなおさら好きになり、彼とのあいだに絆を感じたものの、非難するようにちょっと顔をしかめてみせた。「あなたたちは本当に傲慢ね。テレパシーというすぐれた能力を持っていないという理由で、人間のことをいくぶん知性に欠けた存在だと信じてる。言っておくけど、わたしには脳みそがあるし、いまみたいなことは、いちいち言われなくてもちゃんとわかるわ」

ジャックは彼女を見てまたにやりと笑った。「きみといると、ミハイルは頭がおかしくなりそうになるだろうな。さっきのホットショット云々《うんぬん》にはうけたよ。ミハイルがああいう呼びかたをされたのは初めてだと賭《か》けてもいい」

「彼にとっては好ましいことよ。みんなが彼を少し困らせるようにすれば、ミハイルはもっと――」レイヴンは適当な言葉を探して口をつぐみ、ふっと笑った。「彼はもっと従順になると思うわ」

「従順だって？　ミハイルについて語るときに、ぼくたちにはとても使えない表現だな。誰ひとり、あんなに幸せそうなミハイルは見たことがなかった。きみに感謝するよ」ジャックは静かに言った。

彼は車を慎重に暗がりに停《と》めた。「今夜とあすは用心に用心を重ねてくれ。ミハイルがコンタクトしてくるまで、部屋から出ないように」

レイヴンは目玉をぐるりとまわして、顔をしかめてみせた。「わたしなら大丈夫よ」

「わかっていないな。もしきみになにかあったら、われわれはミハイルを失うことになるんだ」

ドアノブに手をかけたところで、彼女は動きを止めた。「あの人たちはミハイルの面倒をちゃんと見てくれるわよね？」打ち明けるのはいやだったが、まるで自分の一部が失われたかのように、魂から大きな塊がもぎとられたかのように感じていた。ほんの少しでもいいからと、心がミハイルとのコンタクトを求めて悲鳴をあげている。彼の身になにも問題がないことを、彼との絆が切れていないことを確認したい。

「まかせて大丈夫だ。ミハイルはすぐによくなる。ぼくはミハイルのところに戻らなければならない。グレゴリがいないときは、ぼくの力がいちばん強く、いちばんミハイルに近いんだ。いまミハイルはぼくを必要としている」

ミハイルは痛みのために消耗し、渇きと罪の意識に苛まれていた。わたしは彼女を傷つけ、失いかけた。彼女こそわたしのすべてなのに、どうしてこんなに多くの過ちを犯せたのか。あんな取るに足らないことで偽りを言うべきではなかった。レイヴン。彼女の心に触れ、彼女を感じ、彼女がそこにいることを確認したくて、コンタクトを求めずにいられなかった。苦痛と渇きに苛まれ、衰弱しているにもかかわらず、いちばんつらかったのは、魂にぽっかりと空いた穴の激しい疼きだった。頭では、和合の儀式を行なったせいでこれほど強烈な欲求を覚えるのだとわかっていたものの、だからといってレイヴンと触れ合いたいという欲求が軽くなるものでもなかった。

「ミハイル、飲むんだ！」ジャックが突然ベッドのかたわらに現われ、憤怒の表情で兄を抱き寄せた。「なぜミハイルをひとりで行かせた、エリック」

「ミハイルは彼女のことしか考えていなかったんだ」エリックは自己を弁護して言った。

ジャックは低く悪態をついた。「レイヴンは無事に自分の部屋に戻ったぞ、ミハイル。彼女のためにも飲んでくれ。いっぽうが命を落としたら、もういっぽうも生きていけなくなる。死んだら、兄さんは彼女も死に追いやるか、よくても中途半端な人生しか送れなくしてしまうぞ」

ジャックは怒りを呑みこみ、深呼吸をして心を落ち着かせた。「わが血を飲みたまえ。われは惜しみなくすべてを差しだす。わが命は君《きみ》の命なり。われらはともに強くなる」しきたりにのっとった言葉を一語ずつ気持ちを込めて口にした。指導者のためなら命を捧げることもいとわない。ほかの者たちが治癒の詠歌を唱えはじめた。そのリズムには催眠作用があり、古《いにしえ》の言葉は美しかった。

ジャックの耳に何人ものつぶやきが聞こえ、あたりに鎮静と癒しの効果があるハーブの甘い香りが漂った。癒しの力が強いカルパチアの土が、ハーブと彼らの口から採った唾液《だえき》と混ぜられて傷口にのせられる。ジャックはミハイルを抱き、自分の力が、自分の命が兄へ流れこむのを感じて、自分が兄を助けられることを神に感謝した。ミハイルは善良で偉大な男で、一族は彼を失うわけにいかない。

ミハイルは自分の消耗した筋肉、頭、心に力が流れこんでくるのを感じた。ジャックの強靭《きょうじん》な体が震え、弟は突然ベッドの端に座りこんだが、腕はまだミハイルを抱いたままで、兄が失った血を補えるように頭を押さえている。

血の譲渡を行なっているにもかかわらず、自分がひどく弱ったままであることに驚いて、ミハイルは抵抗した。だめだ！　おまえを危険にさらしてしまう！　ジャックが放すのを拒んだので、ミハイルは心の声で語気荒く言った。

「まだ充分じゃない。兄さんは治ることだけを考えて、惜しみなく差しだされるものを受けとってくれ」ジャックはできるかぎり詠唱を続け、ついに体力が尽きると、エリックに合図した。

エリックは迷わず手首を切り、ぱっくりと開いた傷の痛みに顔をしかめることもなく、ミハイルに血を与えつづけているジャックに手首を差しだした。ジャックが自分自身とミハイルに血を補給するあいだ、エリックとバイロンが甘美でリズミカルな儀式の言葉を唱えつづけた。

ミハイルの寝室そのものが温もりと愛で満たされ、清潔で新鮮な香りに包まれているように感じられた。この治癒の儀式は彼らにとって新たな始まりとなった。儀式の終了を告げたのはエリックで、彼はミハイルの顔に血色が戻ったのを見てとった。ミハイルの心臓は安定した鼓動を刻み、血が無事に勢いよく体を流れだした。

バイロンはジャックの体に腕をまわして支え、彼を椅子に座らせた。無言でエリックと場所を換わり、ジャックに自分の血を与えた。

ミハイルは体をわずかに動かし、傷の痛みを治癒の過程の一環として受けいれた。頭をめぐらしてジャックを探し、見つけると、その黒い瞳で触れるように見つめた。

「ジャックは大丈夫か」彼の声はとても穏やかだったが、それでも威圧感があった。どんな状況でも、支配者然とした態度は変わらない。

ジャックが蒼白くやつれた顔で見あげ、にやりと笑ったかと思うとウィンクした。「ぼくはしょっちゅう兄さんを面倒から救いだしている。二百歳も年上なんだから、自分の背後に注意するぐらいの分別はあってもよさそうだけどな」

ミハイルは疲れた笑みを浮かべた。「わたしが臥《ふ》せっていると、おまえは生意気な口をきくな」

「夜明けまであと四時間だ」エリックが重々しい口調で言った。「バイロンとわたしは糧を得に行かなければならない。あなたは地中にもぐる必要がある。まもなく、彼女と離れていることに苦痛を感じはじめるはずだ。だが、マインドタッチにエネルギーを使っている余裕はない。耐えられなくなる前に、いますぐ地中にもぐらないとだめだ」

「守りを確実にするために、ぼくがセイフガードをかけて兄さんの何メートルか上で眠る」ジャックが静かに言った。妹を暗殺者に殺されたのだ、兄まで失うものか、という気持ちがあった。それに彼自身、土の癒しを必要としていた。エリックとバイロンから血を与えられたとはいえ、体は弱ったままで、癒しの眠りが必要だった。

ミハイルが眉をつりあげた。「ほんの少しのあいだ彼女と一緒にいただけで、おまえまでずいぶんと偉そうな口をききはじめたな」険しい口もとに疲れた微笑が浮かんだ。

罪悪感に襲われて、彼はぐったりしたようすで目を閉じた。今夜いちばんつらい思いをするのはレイヴンだろう。わたしは痛みも感じない、彼女と離れていることもわからなくなる地中深くにもぐる。レイヴンのほうは暗殺者たちに取り囲まれ、片時も危険から逃れることができない。そしてなにより、わたしと心的コンタクトがとれない状態に耐えなければならない。リトル・ワン。ミハイルは愛情をふんだんに込めてレイヴンを呼んだ。

よくなったの？　レイヴンがほっとしたのが感じられた。

めきめきよくなっている。きみはベッドにはいっているのか？

あなたはいつもベッドの話ばかりね。さっきあなたがジャックを心配する声が聞こえたわ。ジャックを心配しているんだとわかったのは、彼のことを考えるとき、あなたの心に愛情が満ちるから。彼も大丈夫なの？

ジャックは疲れている。わたしに血をくれたんだ。離れた場所にいる彼女とコンタクトするのは消耗したが、おたがいのためにはどうしても必要なことだった。

疲れが聞きとれる。もう眠って。わたしのことは心配する必要はないから。レイヴンは穏やかに命じたが、本当は彼の指に触れられたくて、彼の姿が見たくてしかたがなかった。

「ミハイル、彼女としゃべっているのか」エリックがとどろくような声で言った。「だめだ」ジャックがエリックに向かって黙れというように手を振った。「ミハイルが彼女とコンタクトを取るのはわかりきっていたことだ。ミハイル、よければ、ぼくたちのひとりが彼女を眠りにいざなおう」

きみは落ち着かない思いをするだろう。眠ることも食べることもむずかしく感じるはずだ。きみはわたしと一緒にいたいと思う。きみの心はわたしの心を求めるが、わたしとコンタクトを取ることはできない。今夜わたしにはきみを眠りにいざなう力がない。エリックかバイロンがきみにまじないをかけてもいいか？

この思いつきにミハイルは乗り気じゃない。レイヴンは気がつくとにやついていた。ミハイルはわたしがどれだけ彼の心を読めるかわかっていない。わたしの無事を望み、自分が眠っているあいだ、わたしにも眠ってほしいと思っているけれど、ほかの男性がわたしを眠りにいざなうという親密な行為をするのはいやなのだ。わたしなら大丈夫よ、ミハイル。正直言って、あなたに眠らされるのも、わたしには受けいれにくいことなの。相手があなたの仲間となると、けっして受けいれられないわ。わたしなら大丈夫、約束する。

愛している、リトル・ワン。これはきみたち人間の言葉だが、わたしの心からの言葉だ。そう言うと、ミハイルは最後の力を振りしぼって、レイヴンの身の安全をゆだねられる唯一の人間に祈りを送った。

彼の力が尽きる前に解放しなければならないのはわかっていたので、レイヴンは瞳を閉じた。眠って、ミハイル。あなたたちの言葉で言うなら、あなたはわたしのライフメイトよ。

彼とのコンタクトが切れたあと、レイヴンは長いあいだ天井を見つめていた。これほど孤独に、これほどむなしく、寒く感じたことは一度もない。自分の体に腕をまわし、ベッドの真ん中に座って、リラックスしようと体を揺らした。これまでもずっとひとりで過ごしてきたし、ひとりで楽しむことには子供のころから慣れている。

ため息をついた。心配するなんてばかげてるわ。ミハイルはきっと元気になる。この時間を利用して本を読もう。言葉を憶えることにしよう。ミハイルの母国語を。彼女は裸足《はだし》で部屋を行ったり来たりした。寒気を覚え、腕をさすって体を温めた。

ランプをともすと、スーツケースから最新フィクションのペーパーバックを取りだし、ロマンスで味つけがされた謀略がうずまくサスペンスの世界にはいりこもうとした。同じ段落を二度も三度も読み返しながら、一時間ほど粘った。粘ったが、とうとう一語たりとも理解できていないことに気づき、いらいらと本を投げた。

ミハイルとのことはどうすればいいだろう？　わたしはアメリカに家族はいない。わたしが戻らなくても、誰も気にかけない。いろいろあったけれど、それでもわたしはミハイルと一緒にいたい。離れたくない。分別は、彼との関係が長くなる前に別れるように命じている。でも、わたしの心に分別のはいりこむ余地はない。彼女は疲れたようすで髪をかきあげた。連続殺人犯を追跡する仕事にも戻りたくない。

それなら、ミハイルとのことはどうすればいい？　彼にノーと言うことはできない。愛がどういうものかは知っている。真の愛情で結ばれたカップルには何組か出会ったことがある。けれど、わたしがミハイルに感じているものは、そうした感情よりもはるかに強い。情熱や熱中とも違う。妄執と紙一重だ。なぜかミハイルはわたしのなかにいる。わたしの血管を流れ、体内に棲みつき、心臓にまとわりついている。どうにかしてわたしの心にはいりこみ、魂の秘密の部分を盗んでいった。

彼を切望して体が熱く燃えあがるだけでも、彼を求めて肌がぞくぞくするだけでもない。わたしはさながら薬がほしくてどうしようもない薬物中毒者だ。これは愛なのか、それとも病的な妄執なのか。ミハイルのわたしに対する気持ちもそうだ。彼の感情はとても強烈で、とても熱い。彼の気持ちと比べたら、わたしの感情など、下手な模倣のようだ。ミハイルとつき合うのが怖い。彼はとても縄張り意識が強く、独占欲に満ち、野性的で荒々しい。危険な男《ひと》で、他者を支配し、絶対的な権威を持つことに慣れている。裁判官であり、陪審員であり、死刑執行人でもある。あまりに多くの人々が彼に頼っている。

　レイヴンは両手で顔をおおった。ミハイルはわたしを必要としている。彼にはわたししかいない。彼は心からわたしを必要としている。わたしだけを。どうしてそう言えるのかはわからないけれど、わたしにはわかる。間違いない。彼の瞳を見ればわかる。ほかの人を見るとき、彼の瞳は冷たく無表情だ。その同じ瞳が、わたしを見るときには燃えるように熱くなる。彼の口もとは残酷そうにこわばっていることもあるけれど、わたしと笑い、話し、わたしにキスするときには柔らかくなる。彼はわたしを必要としている。

　また行ったり来たりしはじめた。彼の習慣や生きかたは、わたしとかけ離れている。あなたは怖《お》じ気《け》づいてるのよ、レイヴン、そう自分を戒めた。額を窓ガラスに押しつける。あなたは彼から離れられなくなるのが心底怖いんだわ。彼はものすごく大きな力を持っていて、それを考えなしに振るう。でも、とことんフェアになるなら、問題はそれだけじゃない。わたしも彼を必要としている。彼の笑い声を、とてもやさしく、思いやりに満ちた触れかたを。わたしに対する切望、飢えて独占欲に満ちた焼けつくような視線、乱暴になるほど切迫した欲求。彼との会話、彼の知性。わたしととても似ているユーモアのセンス。わたしたちはふたりでひとつ。もとはひとつだった半身。

自分の考えていることに衝撃を受けて、部屋の真ん中に立ちつくした。なぜわたしは、ふたりは一緒になる運命だなどと考えているのだろう？　頭のなかがひどく混乱して支離滅裂になっているようにも思える。わたしはつねに冷静で、物事を理詰めで考えるタイプなのに、いまはそれがほとんどできない。わたしのなかのすべてがミハイルを求め、とにかく彼の存在を感じたい、彼が近くにいることを確認したいと叫んでいる。無意識のうちに心的コンタクトを求めたが、彼女に見つけられたのは——空《くう》だけだった。コンタクトをとるには、ミハイルはあまりに遠くにいるか、薬でぐっすり眠らされているかだ。そう考えると彼女は動揺し、これまで経験がないほどの孤独を、喪失感さえをも覚えた。不安になり、指の関節を嚙む。

じっとしていられず、歩きだした。疲れ果てるまで、部屋を行ったり来たりした。一歩ごとに心が重くなっていくように感じる。しっかりと考えることが、息をすることができなくなりそうだった。ほんの少しでいいからミハイルの心に触れたくて、彼がどこかで無事でいることを確認したくて、必死に心的コンタクトを求めた。見つけられたのは——無だけだった。

膝を立てて、枕を引き寄せた。暗い部屋で体を前後に揺らしていると、深い悲しみがこみあげてきた。それに呑みこまれ、ミハイルのことしか考えられなくなる。彼はいなくなってしまった。彼に置き去りにされ、徹底的に孤独になったわたしは、不完全な人間、単なる影にすぎない。熱い涙が頬を伝い、無が内面を苛む。彼なしでは、わたしはとうてい生きていけない。

　ここを離れようという考えや慎重な計画はどうでもよくなった。分別は、こんなふうに感じるのはおかしいとささやいている。ミハイルがわたしの半身であるはずがない。長年わたしは彼なしで生きてきた。彼と心的コンタクトが取れないというだけで、バルコニーから身を投げたくなるなんておかしい。

　気がつくと、自分以外の誰かに操られているかのように、ゆっくり一歩ずつ窓際に向かって歩いていた。バルコニーに出るドアを勢いよく開けた。湿気を含んだ冷たい空気が流れこんでくる。山も森もすっぽりと霧に包まれている。とても美しい光景だが、レイヴンの目には映らなかった。ミハイルなしの人生なんてありえないわ。木の手すりをつかむと、そこにできた深い傷をぼんやりと指で探った。不毛でむなしい世界で唯一の実感が得られる気がした。

「ミス・ホイットニー？」

　深い悲しみに沈んでいたレイヴンは、そばに人がいることに気がついていなかった。身構えるように喉を押さえ、勢いよく振り向いた。

「驚かせて悪かったね」ハマー神父の声はやさしかった。神父はバルコニーの角に置かれた椅子から立ちあがった。肩に毛布をかけているが、長いこと夜気にさらされていたせいで震えている。「ここはきみにとって安全ではないよ」神父はレイヴンの腕を取ると、子供の手を引くようにして彼女を部屋のなかへと連れ戻し、バルコニーのドアに注意深く鍵をかけた。レイヴンはやっと声が出るようになった。「いったいあそこでなにをしていらっしゃったんですか？　どうやってあそこにはいったんです？」

神父は悦に入った顔でほほえんだ。「むずかしいことではなかった。ミセス・ガルヴェンスタインは教会の信徒だ。ミハイルとわたしが親しい友人だということを知っている。わたしは、ミハイルがきみと婚約をしたので、きみに伝えることがあると話すだけでよかった。わたしはきみのお祖父《じい》さんと言ってもおかしくない年齢だから、彼女はきみが戻ってくるまでバルコニーで待たせても平気だろうと考えたわけさ。それにもちろん、ミセス・ガルヴェンスタインはミハイルのためになにかする機会を逃したりしない。ミハイルはとても気前がいいうえに、見返りをほとんど求めない。もともとこの宿を買ったのは彼で、ミセス・ガルヴェンスタインは相場よりずっと少額で楽な返済をさせてもらっているはずだ」

溢れでる涙をこらえられず、レイヴンは神父に背を向けたままでいた。「すみません、神父さま。いまは神父さまとお話しできる状態じゃないんです。自分でもどうしたのかわからなくて」

神父は彼女の肩越しに腕を伸ばし、ハンカチを振った。「ミハイルが、きみにとって今夜は……苦しいものになるだろうと心配していた。そして明日も。彼はきみがわたしと一緒に過ごすことを望んでいた」

「わたし、とても怖くて……」レイヴンは告白した。「ばかげているんです。怖がる理由なんてひとつもないんですから。なぜ自分がこんなに取り乱しているのかわかりません」

「ミハイルなら大丈夫だとも。不滅の男だからね。命が九つある偉大なジャングルの猫だ。わたしはもう何年も彼を知っている。何者もミハイルを倒すことはできない」

悲しみがレイヴンの体を隅々まで侵略し、心をむしばみ、魂に重くのしかかってきた。ミハイルはもうわたしのものではない。どういうわけか、わたしと離れているこの数時間のあいだに、彼はいなくなってしまった。レイヴンは頭を振った。悲しみがあまりに深く激しくて、窒息しそうだ。

「ミス・ホイットニー、やめなさい!」ハマー神父は彼女のふたつ折りになった小さな体を抱きかかえ、ベッドへと連れていった。「わたしはミハイルからここに来るように頼まれた。彼は、あすの夜早い時間にきみを迎えに来ると言っていた」

「そんなことをおっしゃっても……」

「なぜミハイルはわたしをこんな時間に寝床から引っぱりだしたと思うね。わたしは老人だよ。休息を取る必要がある。考えてみなさい、頭を使って」

「けれど、とても生々しく感じるんです、ミハイルが死んでしまって、永遠にわたしの手の届かないところへ行ってしまったかのように」

「だが、そうではないことはわかっているじゃないか」神父は論理的に反論した。「ミハイルはみずからの伴侶としてきみを選んだ。きみと彼の関係は、彼ら一族がライフメイトと結ぶ関係だ。彼らは肉体的にも精神的にも絆が結ばれることを当然と考える。そしてその絆を大切にし、わたしが長年かけて理解したところからすると、あまりに絆が強いために、いっぽうが命を落とすと、もういっぽうも生きていけなくなる。ミハイルの種族はわれわれよりも土と密着した生活を送っていて、動物のように野性的で奔放だが、驚異的な能力と良心を持っている」

神父はレイヴンの泣き濡れた顔と深い悲しみを宿した瞳を見つめた。まだ息は苦しそうだが、涙はおさまってきたようだ。「わたしの話を聞いているかな、レイヴン」

レイヴンは神父の言葉を理解しようと、正気を取り戻そうと必死に努力しながら、うなずいた。この人はミハイルをよく知っている。長年の知り合いだ。ミハイルに愛情を持っているし、ミハイルの強さを確信している。

「どういうわけか、神はきみにミハイルと肉体的な絆だけでなく精神的な絆をも結ぶ力を授けられた。それには大きな責任がともなう。きみはその手に彼の命を握っていると言ってもいい。いまの気持ちを克服して、頭を働かせなければならない。ミハイルが死んでいないことはわかっているだろう。彼はきみに戻ると約束した。そして、きみが自分を傷つけるようなまねをしないよう、わたしをここに来させた。考えなさい。論理的に考えるんだ。きみは人間であって、連れ合いを呼ぶのに大声で鳴くしかない動物ではないのだから」

レイヴンは神父の言うことを理解するよう努めたものの、あたかも深い穴に落ち、這いでることができないかのように感じていた。深く息を吸い、燃えるように熱くなっている肺に無理やり空気を取りこむ。神父の言っているようなことがありうるだろうか。癪にさわるミハイル。どうなるかわかっていながら、わたしをこんな目にあわせるなんて。わたしは本当に頭がおかしくなってしまったのだろうか？

気持ちを落ち着けようとして、レイヴンは涙をぬぐった。悲しみは脇に押しやって理性的に考えよう。いまは意識の縁にある悲しみがわたしを苛み、いつでも呑みこんでやろうと待ちかまえているのが感じられる。「水以外のものが喉を通らないのはなぜでしょうか」レイヴンはこめかみを揉んだ。神父の年老いた顔に警戒の表情がよぎったのは見逃した。

ハマー神父は咳払いをした。「その状態はいつから続いているのかな、ミス・ホイットニー」

ひどい虚無感がふたたび彼女に跳びかかり、歯を立てようと身構えている。レイヴンは自制を失うまいと懸命に努力し、顎を突きだした。「どうかレイヴンと呼んでください。どのみち神父さまはわたしのことをすべてご存じのようですし」体が震えるのを抑えようと努力した。両手を前に出し、その手がぶるぶる震えるのをじっと見つめる。「こんなふうになるのはおかしくありませんか」

「わたしの家に来なさい。もうすぐ夜が明ける。日中はわたしと一緒に過ごせばいい。そうしてもらえれば、こちらとしてはとても光栄だ」

「わたしがこうなることを彼は知っていたんですね」事情が呑みこめてきて、レイヴンは静かに訊いた。「だから神父さまがここに来てくださるようにした。わたしが自傷行為をするかもしれないと心配して」

エドガー・ハマーはゆっくりと息を吐きだした。「おそらく。彼らはわたしたちとは異なるからな」

「それを彼は説明してくれようとしました。でも、わたしは彼らの一員じゃありません。なぜ、こうなったんでしょう」レイヴンは訊いた。「つじつまが合いません。なぜ彼はわたしがこうなると思ったんでしょう」

「きみはミハイルとの儀式を完了した。彼の半身、闇を照らす光となったのだよ。いっぽうがいなくなれば、もういっぽうも生きていけなくなる。一緒にわたしの家に行こう、レイヴン。ミハイルがきみを迎えに来るまで、一緒にミハイルの話をしよう」

8

レイヴンはためらった。ミハイルについてもっと知ることができるかと思うと誘惑を感じた。とても。「自分の身になにが起きているかわかったからには、自力でなんとかできるかもしれません。もう深夜ですし、神父さまにはこの寒いなか、外に座って見守っていただいていただけで恐縮しているんです」

ハマー神父はレイヴンの腕を軽く叩いた。「ばかなことを言うんじゃないよ。わたしはこういうちょっとした用事を頼まれるのが楽しいんだ。この年になると、ふつうではないことが楽しみになるからね。せめて階下《した》におりて、わたしと一緒に過ごしてくれないかな。ミセス・ガルヴェンスタインは談話室の暖炉にいつも火を入れておいてくれるんだ」

レイヴンはとっさにミハイルを守らなければと感じて首を激しく横に振った。この宿には彼の敵が何人も泊っている。自分がどれだけつらい思いをしようと、彼を危険にさらすつもりはない。

エドガー・ハマーは静かにため息をついた。「わたしはきみを置いて帰るわけにいかないのだよ、レイヴン。ミハイルと約束したんだ。彼はわたしの教会と、この村の人々のためにとても尽くしてくれていて、見返りはほとんど求めない」神父は考えこむように顎をこすった。「事態が悪化したときのために、わたしはここにとどまらなければならない」

レイヴンはごくりと唾《つば》を呑んだ。マーガレット・サマーズがこの宿のどこかで眠っている。どんなに悲嘆に暮れているときでも、わたしは心にガードをかけられる。でも、ハマー神父が必然的に感じる不安は、容易に読みとることができる。わたしに読みとれるということは、マーガレットにも読みとれるということだ。意を決して、レイヴンはジャケットを取り、涙をぬぐい、気が変わる前に先に立って階段をおりた。いまいちばん大切なのは、ミハイルを守ることだ。それは彼女にとってきわめて根源的な欲求で、魂の一部と言ってもいいほどだった。

外に出ると、ジャケットのファスナーを顎まで引きあげた。部屋に戻ったときに、彼女は色あせたジーンズと大学のスウェットシャツに着替えていた。濃いもやが地上三十センチほどのところを漂っている。とても寒い。レイヴンは神父を横目で見た。神父の英語は少したどたどしいが、風雨にさらされて年老いた顔と色あせた青い瞳には知性と誠実さが輝いている。バルコニーに長時間いたせいで、神父の体は冷えきっていた。真夜中にこんな用事で暖かい家から引っぱりだされるには、彼は年を取りすぎている。

レイヴンは村を静かに通り抜けながら、ほつれた髪をかきあげた。あたりは平和と言ってもよかったはずだが、彼女は狂信者の一団がヴァンパイアと思《おぼ》しき相手を殺してまわっていることを知っていた。胸が疼き、重い。心がミハイルとのコンタクトによって力づけられることを求めている。レイヴンは横にいる年配の神父をちらりと見た。歩みがきびきびとしていて、落ち着いた物腰が気持ちを安らがせてくれる。

「ミハイルは間違いなく生きているんですね？」自分は平静を装えているとわれながら誇らしく思っていたまさにそのとき、思わずそう訊いてしまった。

「もちろんだよ。きょうの夕暮れまでは通常の手段で彼と連絡を取るのは無理そうだがね」神父は共謀者めいた笑みを浮かべた。「わたしはミハイルを呼びだすのにポケットベルを使っているんだ。目新しい道具に好奇心をそそられるたちでね。彼の家を訪ねたときは、できるだけコンピューターで遊んでくる。一度、あれにロックをかけてきたことがあったんだが、わたしがなにをしたか、ミハイルが突きとめるにはしばらく時間がかかった」神父はすっかり悦に入っていた。「もちろん、彼に教えてやってもよかったんだが、それではまったくおもしろみがなくなってしまうからね」

レイヴンはこらえられずに声をあげて笑った。「やっと、わたしと考えを同じくするかたにお会いできたわ。わたしのほかにもミハイルを困らせようとする人がいると知ってうれしいです。あの人にはそういう経験が必要ですもの。ミハイルの仲間は、彼にひれ伏してばかり。あれでは彼によくないわ」レイヴンはかじかんできた手をポケットに突っこんだ。

「わたしは精いっぱい努力しているよ」神父は打ち明けた。「しかし、それを彼に教える必要はないぞ。きみとわたしの秘密にしておくほうがいいこともある」

レイヴンは少しだけリラックスしてほほえんだ。「賛成です。ミハイルと知りあってどれくらいになるのですか?」心的コンタクトはとれないにしても、彼の話をすることで、ぱっくりと口を開けた生傷のような虚無感を癒せるかもしれない。気がつくと、レイヴンはミハイルに怒りを覚えはじめていた。こうなることに心の準備をさせておいてくれればよかったのに。

神父は森のほうを、ミハイルの家のほうを見つめ、それから天を仰いだ。ミハイルのことはまだ神父になりたてのころ、故国を離れ、片田舎の小さな村へ初めて赴任したときから知っている。もちろん、その後、あちこち転任したが、いまはなかば引退の身なので、任地は自分が望む場所、愛するようになった場所を選べる境遇にあった。

レイヴンの青い瞳が神父を鋭く見つめた。「嘘をつかなければならない立場に神父さまを追いこみたくありません。わたしはミハイルのためにいやというほどついてますけど、自分でもどうしてかわからないんです。彼に頼まれたわけでもないのに」彼女の声には悲しみと後悔、混乱がにじんでいた。

「わたしは嘘はつかないよ」神父が言った。

「真実を省略するのは嘘と同じですか、神父さま」涙がレイヴンの瞳を輝かせ、長いまつげの上できらめいた。「なにかが、自分でも理解できないなにかがわたしの身に起こっていて、怖いんです」

「きみは彼を愛しているかね？」

夜明け前の静寂のなか、ふたりの足音が大きく響く。神父と彼女の心臓が規則正しく打ち、血液が血管を流れる音が聞こえる。民家の前を通りすぎると、いびきや、木がきしんだり布がすれたりする音、男女が愛し合う音も聞こえた。まるでお守りを捜すように、レイヴンの指がミハイルの指輪を捜し、見つけた。そうすればミハイルを抱くことができるかのように、彼女は指輪を慎重に手のひらでおおった。

わたしは彼を愛しているだろうか？　わたしのなかのすべてがミハイルに魅せられ、浮き立っている。わたしたちが肉体的に惹かれ合う力は強力で、爆発的でさえある。でも、ミハイルはわたしにはとうてい理解できない闇の世界に住んでいる、謎めいた、危険な男《ひと》だ。

「理解できない対象を、よく知らない対象をどうして愛せるでしょう？」そう訊きながらも、彼女の目にはミハイルのほほえみが、瞳に宿るやさしさが浮かんだ。彼の笑い声、穏やかに流れた沈黙がよみがえってくる。

「きみはミハイルをよく知っている。並はずれてすばらしい女性だし、彼の善良さ、思いやりの深さを感じることができているはずだ」

「彼は嫉妬深いところがあって、独占欲の強さは並大抵じゃありません」レイヴンは指摘した。そう、いいところも悪いところも、わたしは彼をよく知っているし、ありのままの彼を受けいれた。でも、いま気づいたけれど、わたしに心をひらいてくれているとはいえ、彼はいまだ謎の部分が多く残っている。

「彼は保護しなければという気持ちが、義務感が強いことを忘れてはいけないよ」ハマー神父が小さく笑ってミハイルを弁護した。

レイヴンは、自分がまた泣きそうになっていることに気づきながら、肩をすくめた。神父が正しいとわかっているのに、こんなにも自制を失っている自分が恥ずかしい。ミハイルは死んでいない。どこかで薬によって深く眠らされているだけで、できるようになりしだい、わたしにコンタクトしてきてくれるはずだ。「彼に対する自分の感情の強さが怖いんです、神父さま。これはふつうじゃありません」

「必要とあれば、ミハイルはきみに命を捧げるだろう。彼にはきみを傷つけられない。わたしの理解が正しければ、彼はけっしてきみを裏切らないし、手をあげることもなく、そしてつねになによりもきみを優先する。安心して彼との関係を結んで大丈夫だ」エドガー・ハマーの言葉は確信に満ちていた。天に神がいるのと同じくらい、それは真実だと信じている。

レイヴンは、手の甲で涙をぬぐった。「ミハイルはわたしを傷つけたりしないと思います。そんなことはしないとよくわかっています。でも、ほかの人に対しては？　彼は恐ろしいほど多くの特殊能力と恐ろしいほど大きな権力を持っています。そうした力を誤用するのは簡単です」

ハマー神父は自宅のドアを開け、なかにはいるようレイヴンに手振りで示した。「ミハイルがそんなことをすると本気で信じているのかね？　彼は生まれついての指導者だ。血統ははるか昔までさかのぼる。きみにはけっして打ち明けないだろうが、みなからプリンスと呼ばれている。同胞は彼に統率され、導かれることを望んでいる。ちょうど信徒がたびたびわたしを頼ってくるように」

レイヴンはなにかせずにいられなかったので、神父がハーブティーを淹《い》れているあいだに石の暖炉に火をおこした。「ミハイルは本当にプリンスなんですか？」どういうわけか、それを聞いて暗澹《あんたん》たる気持ちになった。ほかにも問題がいろいろあるのに、このうえ、君主の家にはいることを考えなければならないなんて。こんなこと、うまくいくわけがない。

「残念ながら本当だよ」ハマー神父は悲しげに認めた。「ミハイルはすべてにおいて最終決定権を持つ。だから重要人物に見え、またそのようにふるまうのかもしれない。彼は多くの責任を担い、わたしの知るかぎり、それを果たせなかったことは一度もない」

彼女は床に腰をおろし、涙の跡が残る顔から髪をかきあげた。「ミハイルと一緒にいると、もとはひとつだった半身同士のように感じることがあるんです。彼はとても深刻に、陰鬱に、そしてとても孤独になるときがあります。わたしは彼を笑わせたい、彼の瞳を生き生きと輝かせたいと思う。でもそんなとき、彼は……」レイヴンの声が途切れた。

ハマー神父はレイヴンの横にハーブティーのカップを置き、自分の定席である肘掛け椅子に腰をおろした。「彼はどうするのかな？」やさしく先を促した。

レイヴンはゆっくりととぎれとぎれに息を吐きだした。「わたしは自分の人生のほとんどをひとりで過ごしてきました。いつだって、やりたいことはなんでもやってきました。好きなときに荷物をまとめて引っ越します。頻繁に旅行をし、自由を大切にしています。これまで他人《ひと》に従わなければならなかったことなんて一度もありませんでした」

「それで、ミハイルと一緒に過ごすよりもそういう生活のほうがいいと思うのかね？」

レイヴンは震える手でティーカップを包むように持ち、温もりを吸収しようとした。「むずかしい質問をなさいますね、神父さま。わたしはミハイルとある種の歩み寄りができるんじゃないかと考えていたんです。でも、いろんなことがつぎつぎと起きて、いまは自分の感情が本当に自分自身のものかわからなくなっています。彼はつねにわたしと一緒にいました。それが今度は突然いなくなってしまって、わたしはそれに耐えられません。見てください。わたしは混乱しきっています。神父さまは以前のわたしをご存じありませんが、わたしはひとりでいることに慣れているんです。完全に自立しています。こんなふうになるなんて、彼がなにかした可能性はありますか？」

「ミハイルはきみに愛することを無理強いするようなまねはけっしてしないだろう。彼にそんなまねができるとは思わない」

レイヴンは気持ちを落ち着かせるためにハーブティーをひと口飲んだ。「わかっています。でも、この状態はなんなんでしょう――なぜわたしは彼から離れられないのですか？　わたしはひとりでいるのが好きで、プライバシーを大切にしているのに、彼と触れ合えないと、ばらばらになってしまいそうなんです。わたしのような人間にとって、これがどれだけ屈辱的なことかおわかりになりますか？」

ハマー神父はカップをソーサーに戻して、レイヴンを心配そうに見つめた。「そんなふうに感じる必要はないのだよ、レイヴン。ミハイルによれば、真のライフメイトと出会ったら、彼ら一族の男性は女性に誓いの言葉を言うことで、ふたりを宿命《さだめ》どおりにひとつに結びつけられるという話だった。もし女性が真のライフメイトでなければ、なにも起きないが、もしライフメイトだったら、どちらも相手なしでは生きていけなくなるそうだ」

レイヴンは守るように手で喉を押さえた。「どんな言葉ですか？　実際の言葉を彼からお聞きになりましたか？」

ハマー神父は残念そうにかぶりを振った。「わたしが聞いたのは、正しい相手に言ったら、その女性は彼に結びつけられ、離れられなくなるということだけだ。わたしたちの結婚の誓いに似ている。しかし、カルパチアンは価値観や善悪の基準がわたしたちと異なる。彼らの世界には離婚というものが存在しない。語彙《ごい》としてもない。ライフメイトとは、もともと一個のものをふたつに分けたような存在と言っていい」

「いっぽうが不幸に感じたらどうするんです？」レイヴンは動揺して手を組み合わせた。ミハイルがなにかふつうではない言葉を口にしたのを憶えているが、記憶は夢のようにおぼろげだった。

「カルパチアンの男性は、ライフメイトの幸せを確保するためにあらゆる手を尽くす。どういうしくみでそうなるのかは知らないし、わからないが、ミハイルが言うには、ライフメイトの絆はとても強いので、男性には相手の女性を幸せにする方法がかならずわかるのだとか」

レイヴンは首に手をやり、しばらくのあいだ手のひらで自分の脈を感じていた。「彼がなにをしたかはわかりませんが、それが作用しているにちがいありません、神父さま。わたしは男の人と何時間か離れたからといって、バルコニーから身を投げるようなタイプじゃありませんもの」

「ミハイルも同様の苦しみを味わっているように、ふたりで願ったほうがよさそうだな」ハマー神父がちらりとほほえみながら言った。

レイヴンの体が即座に抗議の悲鳴をあげ、鼓動が激しくなった。どんな形であれミハイルが苦しむことを考えると、ひどく動揺した。なんとか神父にほほえみ返そうとした。「なんとなく、彼はいまあらゆる苦しみから解放されている気がします」

神父はティーカップ越しに、レイヴンの悲しみに打ちひしがれ、影が差した顔を見つめた。

「きみに出会えて、ミハイルはとても幸運だと思うよ。きみは彼に劣らず強い」

「そう見えるのなら、わたしはうわべを取りつくろうのがうまいんだわ」レイヴンはこぶしで目をぬぐった。「だって、内心は自分がばらばらになりそうに感じているんですもの。それにミハイルと一緒にいてもあまり幸せじゃないんです」

「そうだろうとも。しかし、きみがまず本能的に感じるのは、彼を守りたいという気持ちだ。彼も自分と同じように苦しんでいるかもしれないと考えたとき、きみはぞっとした」

「わたしは誰にしろ、人が苦しむのを見たくないんです。ミハイルにはどこか悲しそうなところがあります。あまりにも長いあいだ、この世の重みをひとりで背負ってきたかのように。彼の顔を見ると、悲哀が浮かんでいるときがあるんです――目というよりも顔に悲しみが刻まれているときが」レイヴンはため息をついた。「わたしの言うことは筋が通ってないかもしれませんが、彼は影を追い払ってくれる人を必要としています」

「おもしろい見かただ。しかし、きみの言いたいことはわかるよ。わたしも彼のなかにまったく同じものを見たことがある。影を追い払う、か」神父は考えこみながら、レイヴンの言葉をくり返した。「まさにそのとおりだな」

レイヴンはうなずいた。「むごたらしいことを目の当たりにしすぎたために、どんどん闇の奥へと引きずりこまれてしまったという感じで。彼のそばにいると、それが感じとれるんです。彼は、わたしたちが脅威の存在に気づきもせずに暮らせるよう、悪《あ》しき怪物が飛びだしてくるのを防いでくれている門の番人という気がします」

ハマー神父が息を呑んだ。「きみは彼をそんなふうに見ているのかね？　門の番人と？」

レイヴンはうなずいた。「それがわたしの頭にとても鮮明に浮かぶイメージなんです。神父さまにはきっと感傷的に聞こえると思いますけど」

「わたしがそのとおりの言葉を彼に言えればよかった」神父は静かに言った。「彼は安らぎを求めてここに何度もやってきたが、わたしは言うべき言葉を見つけられなかった。そこで、ミハイルが答えを見つけるための助けを遣わしてくださるよう、神に祈った。レイヴン、神はきみを遣わされたのかもしれない」

頭痛とミハイルに触れたいという欲求、彼はこの世から消えてしまったかもしれないという不安と闘いつづけながら、レイヴンは震えていた。神父に感謝しつつ、深呼吸をして落ち着こうとした。「わたしは神の遣いなんかじゃありません、神父さま。いまは小さく丸くなって、泣きたい気分です」

「きみは乗り越えられるよ、レイヴン。彼が生きていることはわかっているだろう」

レイヴンはハーブティーをひと口飲んだ。熱くておいしい。おかげで体の内に温もりがいくらか戻ってきたが、魂をむさぼる、氷のように冷たく執拗《しつよう》な虚無感はどうにもならなかった。ゆっくりと少しずつ、黒い穴が大きくなっていく。

レイヴンは気持ちをほかのことに集中しようとした。ミハイルをよく知り、尊敬し、深く愛してすらいる神父との会話を楽しもうと。ハーブティーをもうひと口飲み、正気を失わないよう、必死に努力した。

「ミハイルは尋常な男ではない」ハマー神父はレイヴンの気をそらそうとして言った。「彼はわたしが知るなかで、もっともやさしい男だ。善悪の判断力が非常にすぐれていて鉄の意志を持っている」

「それはわたしもわかっています」レイヴンは認めた。

「そうだろうとも。ミハイルを敵にまわしたいと思う者は皆無と言っていいはずだ。しかし、彼は誠実で思いやりもある。かつて村が災害に見舞われたとき、ミハイルがほとんどひとりで復興させたのを、わたしはこの目で見た。彼にとっては村の住民全員が大切な存在なのだ。ミハイルは高潔な心の持ち主だ」

レイヴンは膝を抱えて体を前後に揺らしていた。呼吸が苦しく、肺に息を吸いこむのがつらい。ミハイル！　どこにいるの？　それは心から絞りだされたような叫びだった。たった一度でいいから答えてほしい。彼と心的コンタクトがとりたい。たった一度でいいから。

真っ暗な虚無が大きく口を開いている。わざときつく下唇を噛み、痛みを歓迎し、それに意識を集中した。わたしは強いのよ！　知性がある。わたしを消耗させ、ミハイルなしでは耐えられないと思いこませようとしているものがなんであろうと、そんなものに負けはしない。そんなことは現実じゃない。

ハマー神父が急に立ちあがったかと思うと、レイヴンを立たせた。「話はここまでにしよう、レイヴン。外へ出て、庭いじりをしようじゃないか。土に触れ、新鮮な空気を吸ったら、ずっと気分がよくなる」それがうまくいかなかったら、ひざまずいて祈るしかなくなる。

涙を流しながらも、レイヴンは声をあげて笑った。「体に触れると、わたしは相手がなにを考えているかわかるんですよ、神父さま。聖職者がひざまずくことをいとわしく思ってもいいんですか?」

神父はまるで火傷をしそうになったかのようにレイヴンを放し、それから笑った。「わたしの年齢になるとな、関節炎のせいで、ひざまずくときには祈るよりも悪態をつきたくなるものなのだよ。きみにはわたしの最大の秘密を暴かれてしまったな」

このような状況にもかかわらず、ふたりとも静かに笑いながら、朝の日射しのなかへ出た。

レイヴンの目がまぶしさに抗議して涙ぐんだ。頭を突き刺すような痛みに、彼女は目を閉じずにいられなかった。「太陽がまぶしすぎます! ほとんどなにも見えないし、痛くて、とても目を開けていられません。神父さまはなんともないのですか?」

「ミハイルが忘れていったサングラスがあるかもしれん。チェスで負けると、よく忘れていくんだ」

神父は引き出しをかきまわして、ミハイルのために特別に作られた黒いサングラスを持って戻ってきた。レイヴンの顔にはフレームが大きすぎたが、神父がバンドで固定してくれた。

レイヴンはゆっくりと目を開けた。レンズは真っ黒だが、フレームは驚くほど軽い。目の痛みはすぐに楽になった。

「これ、すばらしいわ。知らないブランドだけど」

「ミハイルの友人が作っているそうだ」

神父の庭は美しかった。レイヴンはしゃがみこんで肥沃《ひよく》な黒い土に両手をうずめた。土の豊かさを感じて指に力がはいる。胸につかえていたなにか重いものが軽くなり、苦しんでいる肺へ届く空気が少しだけ増えた。豊饒《ほうじょう》な土のベッドに身を横たえ、目を閉じて、肌から土を吸収したいという衝動に駆られる。

彼女が午前中の長い時間を乗り切れたのは、ハマー神父の庭のおかげだった。太陽が真上まであがると、コテージのなかへ避難せずにいられなくなった。サングラスで守られていても、強い日が射すとレイヴンの目は焼けるように感じ、潤んで痛みを覚えた。これまでは日焼けなどしたことがなかったのに、肌が過敏になったのか、焼けて赤くなった。

神父とふたりで屋内に戻ると、チェスの試合をなんとか二ゲーム戦ったが、一ゲームはレイヴンが内なる悪魔と闘うあいだ中断しなければならなかった。彼女はハマー神父の存在に感謝した。神父がいなかったら、ミハイルと離れていることに耐えられたかどうかわからない。食べものを口にしていないせいで体がひどくだるかったが、ハーブティーを飲んでこらえようとした。

午後の時間は永遠に続くかのように思われた。レイヴンはほんの数回泣いただけで、ぽっかりと開いた虚無の穴には呑みこまれずにすんだ。五時になったときには疲れきっていたものの、自尊心を保つために、最後の数時間はひとりで乗り越えなければならないと思った。もしミハイルが言ったことが本当なら、彼は二時間以内、長くても三時間以内には迎えに来てくれるはずだ。

日がだいぶ傾き、地平線近くに雲がかかっても、黒いサングラスをかけていても、陽光はなお目に痛かった。サングラスがなかったら、宿まで帰りつくのは無理だったろう。

幸い、宿は比較的静かだった。ミセス・ガルヴェンスタインと従業員は、夕食の準備をしていた。ほかの宿泊客もいなかったので、レイヴンは誰にも見つからずに自室に逃げこむことができた。

ミハイルに会いたいという激しい欲求を追い払えるよう願いつつ、時間をかけて熱いシャワーを浴びた。濡れたままの漆黒の髪を長く太い三つ編みにすると、一糸まとわぬ姿でベッドに横になった。ひんやりとした空気がシャワーでほてった肌を撫で、気持ちを静めてくれる。彼女は目を閉じた。

テーブルの準備をするカチャカチャという音が聞こえてきた。レイヴンは無意識のうちにその音に意識を集中していた。惨めさや悲しみに圧倒されずにいる方法として、新たに身についたこの鋭い聴力を試してみるというのはなかなかよさそうに思えた。ちょっと集中するだけで、聞こえてくる音の音量をさげたり、まったく聞こえなくすることもできるし、食糧庫で虫が飛んでいる音を聞くこともできるとわかった。鼠が壁のなかや屋根裏を走りまわっている音も聞こえる。

コックとメイドが、メイドの職分について短い言い争いをした。ミセス・ガルヴェンスタインは厨房で働きながら、調子外れの鼻歌を歌っている。ささやき声がレイヴンの注意を惹いた。共謀者たちの声だ。

「ミハイル・ダブリンスキーやレイヴン・ホイットニーがヴァンパイアであるはずはないわ」マーガレット・サマーズが興奮した口調で話している。「ヴァンパイアと知り合いかもしれないけど、本人はそうじゃない」

「早く出発しよう」ハンスの声だ。「こんなチャンスはもう二度とめぐってこないぞ。ほかのやつらは待ってられない。暗くなるまで待つつもりはないからな」

「いまからでも遅すぎるよ」ジェイコブが哀れっぽい声で言った。「二時間もすれば日没だ。目的地まで行くだけで一時間はかかる」

「急げばそんなにはかからない。いまなら向こうは地中から出られない」ハンスは言い張った。「あすになったらいなくなっちまうぞ」

「それでもユージーンたちを待つべきだと思う」ジェイコブが文句を言った。「彼らには経験がある」

「待つことはできない」ハリー・サマーズが決断をくだした。「ハンスの言うとおりだ。ヴァンパイアはわれわれに追われていると知っているし、おそらく棺《ひつぎ》を毎日移動させている。このチャンスを逃すわけにはいかない。すぐに道具をまとめろ」

「ぼくはまだ、あのダブリンスキーという男もヴァンパイアだという気がする。レイヴンはすっかりあいつのとりこだ。シェリーによれば、あのふたりは婚約したとか」ジェイコブが反論した。

「あいつはヴァンパイアだ。おれの親父もそう確信していた。親父が生まれたときに、あいつはもう若造だったはずなんだ」ハンスが陰鬱な口調で言った。

「彼は絶対に違うわよ」マーガレットは譲らなかった。

「まったくわかんねえな、女はみんなあいつにまいって、必死にかばおうとするんだから」

ハンスが疑わしそうに言って、マーガレットをうまく黙らせた。

レイヴンの耳に暗殺者たちが凶器を集める音が聞こえた。彼らが殺そうとしているのはミハイル？　それともミハイルの同胞のひとり？　レイヴンはベッドからすばやくおり、色のあせた清潔なジーンズを急いではいた。厚手の靴下とハイキングブーツを履きながら、ミハイルに呼びかける。またも、彼女に見つけられたのは真っ暗な虚空だった。

選《え》りすぐりの悪態をいくつかつぶやきながら、淡青色のシャンブレーのTシャツを頭からかぶった。地元警察のことは知らないし、どこにあるのかもわからない。どのみち、ヴァンパイアハンターがいるなどという話を誰が信じるだろう。ハマー神父は？　あの年齢で山中の追跡は無理だ。

「これは車に載せよう」ジェイコブが言うのが聞こえた。

「だめだ！　歩いていったほうが速い。森を突っ切れるからな。ナップザックに入れろ」ハンスが主張した。「急げ、急げ、時間がない。やつらが目を覚まして体力を回復する前にたどり着かないとならねえ」

レイヴンは急いで部屋を見まわし、武器になりそうなものを探した。なにもない。ＦＢＩの捜査に協力したときは、同行の捜査官が銃を携帯していた。落ち着くために深呼吸をし、宿を出発する一行に周波数を合わせたままにした。

全部で四人いるのは確かだ。マーガレットにハリーにジェイコブ、ハンス。ジェイコブを疑っておくべきだった。彼らと夕食を食べようとした夜、わたしはひどく具合が悪くなった。あれは殺人者の病んだ心に、体が自然な反応を示したのだと気づいてしかるべきだったのだ。それなのに、いろいろなことがあって、精神的に負担がかかりすぎたせいだと考えてしまった。

とはいえ、ジェイコブはわたしに触れた。彼がノエルの殺害にかかわっていたはずはない。かかわっていたら、体が触れたときにわたしにはわかったはずだ。ハリーとマーガレットが、このあたりにはヴァンパイアがいるとジェイコブに信じこませたのかもしれない。彼らは狂信的で危険な一団だ。シェリーは彼らの仲間ではない。彼女はいまベッドの上でレポートを書いている。ジェイコブについては、必死に道理を説けば、ヴァンパイア狩りがどれだけばかげたことか気づかせられるかもしれない。

黒いサングラスを取りあげると、レイヴンはこっそり部屋から出て、音もなく廊下を歩いていった。マーガレット・サマーズが近くにいるので、思考と感情をガードする必要がある。ミハイルと出会い、テレパシーで交信するようになってから、レイヴンは自分の特殊能力に気持ちを集中することがどんどん容易になってきていた。

一行は森へと続く小径に消えた。レイヴンの心臓が飛び跳ねて一瞬止まりかけ、それから早鐘を打ちはじめた。口がからからになる。あの小径を行くとミハイルの家に着く――彼がわたしを初めて家に連れていったときと同じ小径に間違いない。ミハイルはいま怪我をして、薬で眠らされていて体の自由がきかない。

暗殺者たちに追いついてしまわないよう、近づきすぎないように気をつけつつ、レイヴンは走りだした。必要とあれば、自分の命に代えてもミハイルを守るつもりだったが、避けられるなら、対決は望まなかった。

先ほどまでよりも黒く不吉な雲が青い空にかかりはじめていた。風が強くなり、嵐がゆっくり近づいてきていることを感じさせた。落ち葉がまるで小川を流れるように小径を風に吹かれていき、細い枝が大きく揺れたかと思うと、目の前に突然、迫ってくる。

レイヴンは恐怖に襲われ、冷たい空気にぶるっと身震いした。ミハイル！　起きて！　ミハイルとの距離が縮まれば、薬によって築かれたバリアを突き破ることができるかもしれない。そう期待して、強い口調で必死に懇願した。

苦しげな息遣いが聞こえたので立ち止まり、太い木の幹に背中を張りつけた。迅速に進んでいく一行に後れをとり、ハリー・サマーズが息を整えようと立ち止まっていた。レイヴンは、ハリーがはあはあ言いながら肺に空気を取りこむのを見守った。

一行は山を上へと登っていく。彼らが径の分かれ目でミハイルの家から遠ざかるほうの小径を歩きだしたことに気がつき、レイヴンは安堵のため息をついた。声に出さずに感謝の祈りを捧げ、ハリーを尾《つ》けはじめる。彼女の歩きかたはミハイルの仲間の狼さながらひそやかで、自分でもそんな歩きかたができることに驚いた。小枝一本、踏んで音をたてることも、石ひとつころがすこともない。ああ、わたしにも彼らのような体力があれば。なにも食べていないせいで体に力がはいらず、寝ていないせいで疲労困憊している。

レイヴンは顎を突きだした。彼らにまた愚かな殺人を犯させてはならない。狙われているのがミハイルでなくとも関係ない——彼らがなにをしようとしているにしても、阻止しなければ。ハリーが数分おきに休むせいで、レイヴンは思うように前へ進めなかった。林にはいってハリーを追い越そうかとも考えたが、そうすると前後を敵に挟まれる格好になる。

三十分ほどたって、レイヴンは不安げに空を見あげた。木が密生しているところもあれば、長く草地が続いているところもあり、おかげでなおさらゆっくり進まざるをえなかった。ひらけた場所で見つかる危険は冒せない。いまや風は寒さが身にしみるほど強くなっていた。一行を追うのを焦るあまり、レイヴンはジャケットを忘れてきてしまっていた。日沈までまだたっぷり一時間はあるが、雲が出てきて日射しが弱まっていた。このあたりの山では急に嵐になり、荒天が何時間も続くことがよくあるという。つぎの峰で、レイヴンは突然立ち止まった。

目の前の平地は青々とした草と野生の花々におおわれ、ハーブの花壇が見えた。灌木《かんぼく》に囲まれた家が一軒、ひっそり隠れるようにして建っている。ハリーが、家から一メートルくらい離れたところで地面を丸く囲んで立っている仲間に合流していた。ハリーは木の杭を、ハンスは重そうなハンマーを手に持っている。彼らは詠唱しながら、壺にはいった水を地面に撒《ま》いていた。ジェイコブはシャベルとつるはしを握りしめている。

レイヴンは吐き気に襲われ、続いて、奇妙な痛みが腰のあたりから腹部へと広がって、筋肉という筋肉がこわばった。彼女自身の痛みではなく、誰か他人の痛みだ。レイヴンの口と心に恐怖の味が広がった。絶望。心が他人の心にとらえられ、離れられなくなる。この人は赤ちゃんを産むために、地上に出る必要がある。

「悪魔の売女《ばいた》が赤子を産む」マーガレットが憎悪と敵意に満ちた表情で叫んだ。「女の恐怖を感じるわ。わたしたちがここにいるのを知って途方に暮れている」

ジェイコブが柔らかな地面につるはしを打ちこんだ。ハンスが必死に掘りはじめる。岩に金属がぶつかるいやな音がレイヴンに吐き気をもよおさせた。狂信者の邪悪な行為にぴったりのBGMだ。

地面が苦痛と怒りの悲鳴をあげているのが聞こえる気がする。レイヴンは息をして落ち着こうと懸命に努力した。どうしたらいいだろう。この女性はこのあたりに縦横に走っている坑道か、地下貯蔵室かなにかに閉じこめられているにちがいない。陣痛が始まって苦しみながら、自分と、まだ生まれぬ子供の命を心配している。

レイヴンは、この女性に意識の焦点を合わせることに集中した。陣痛がいったんおさまるまで待ってから、そっと探るようにコンタクトをした。暗殺者たちと一緒にいる女性が、あなたの思考を読んだり、痛みと恐怖を感じたりできるの。あなたの心に、それからわたしとの交信にも慎重にガードをかけて。さもないとわたしたちふたりとも危険にさらされるわ。

ショック——そして、無。女性がためらいがちに返事をした。あなたも彼らの仲間なの？

いいえ。あなた、身動きがとれないの？　彼らは地面を掘っているわ。

パニック。恐怖。そして女性が自制を失うまいと必死に努力するあいだの無。赤ちゃんを死なせたくないの。わたしを、わたしたちを助けてくれる？　お願い、助けて！　また陣痛が始まり、彼女の注意はそちらに奪われた。

「女が誰かとコンタクトを取ろうとしている！」マーガレットが甲高い声で叫んだ。「急いで！」

ミハイル！　あなたが必要なの！　レイヴンは途方に暮れて彼を呼んだ。どうすればいいのだろう。助けを、当局や救助隊を呼ぶには離れすぎている。女性とまだ生まれぬ子供を助ける方法を教えてくれる誰かを、誰でもいいから、レイヴンは必要としていた。

地上に出ないと。女性は追いつめられていた。赤ちゃんを死なせるわけにはいかないの。この子を産むあいだ、わたしのライフメイトがこの人たちをなんとか寄せつけないようにしてくれると思うわ。

暗殺者はあなたたちをそろって殺すつもりよ。もう少しがんばって。あと三十分、一時間、耐えられる？　そうしたら助けが来るから。

その前につかまってしまうわ。彼らがわたしの上で土を掘り返しているのが感じられるの。彼らは殺意を抱いている。

わたしが時間を稼いでみるわ。

あなたは誰？　外に協力者がいるとわかったいま、女性は先ほどまでよりも落ち着き、自制を保つよう努めていた。

レイヴンは息を吸い、吐いた。いちばん安心してもらえる答えは何だろう。レイヴン・ホイットニーと名乗ったところで、信頼はしてもらえそうにない。わたしはミハイルの恋人よ。

女性の安堵がどっと溢れだしたため、マーガレットがまた甲高い声をあげ、男たちに死にものぐるいで地面を掘らせた。レイヴンは林の外へ出ると、大胆に鼻歌を歌いながら草地をのんびり歩いていった。ハリーが最初に彼女に気づいた。彼は悪態をつき、ほかの者たちになにか小声で命じた。ジェイコブとハンスが手を止め、ハンスは落ち着かなそうに空を見あげた。

レイヴンは一団に手を振り、無邪気な笑みを浮かべた。「こんにちは、みなさん。なにをやっているの？　ここはきれいね」両腕を広げて、くるりとまわった。「花がなんとも言えずにきれいじゃない？」ぺらぺらしゃべりつづけながらも、彼らとのあいだにしっかり距離を保つように細心の注意を払った。「カメラを忘れてきたのが本当に悔しいわ」

暗殺者四人がそわそわと後ろめたそうな表情で目を見交わした。最初に平静を取り戻したのはマーガレットで、レイヴンに穏やかな歓迎の笑みを向けた。「こんなところで会えるなんて。宿からずいぶん遠くまで足を伸ばしたものね」

「ハイキングをして新鮮な空気を吸うのもいいかと思って。あなたたちもハイキングに来たの？」レイヴンは寒いふりをしなくても体が震え、体を温めるために腕を上下にこすった。「また嵐になりそうね。ちょうど引き返そうかと思っていたときに、あなたたちが見えて」石造りの大きな家のほうを向いた。「こんな山奥で、自然に囲まれて暮らしてみたいわ」ハンスをまっすぐ見て、無邪気にほほえんだ。「すてきなお家ね。この土地を愛していらっしゃるんでしょうね」

彼らはみな、どうしたらいいかわからないというように困惑し、うしろめたそうな顔になった。最初に落ち着きを取り戻したのはジェイコブで、つるはしを下に置くと断固とした足取りでこちらに歩いてきた。レイヴンは一瞬息ができなくなった。彼らに劣らずどうしたらいいかわからなかった。走って逃げだしたりして馬脚を現わすつもりはなかったが、ジェイコブに触れられるのもいやだった。

レイヴンは顔から笑みを消してあとずさった。「なにか邪魔しちゃったかしら？」

その瞬間、地下にとらわれている女性がまた激しい陣痛に襲われた。痛みが大波のように女性の体を駆け抜け、苦しみが周囲に発散された。マーガレットが即座にレイヴンを見た。やるべきことはひとつしかなく、レイヴンはそれをやった。恐怖に息を呑み、一行に駆け寄った。「なんてこと！ 誰かが坑道に閉じこめられていて、その人は産気づいているわ！ マーガレット、そういうことなの？ 誰か助けを呼びに行かせたの？」

向う見ずに駆け寄ったとき、レイヴンは意図的にジェイコブから遠ざかるよう左側へ、ほかの面々が立っている林寄りへと走った。彼らが掘り起こしている穴の端でころびそうになりながら立ち止まった。空気がどんよりとして重く、息苦しいほどだった。ミハイルが使うセイフガードを弱くしたようなものがかかっているのに、レイヴンは気づいた。身重の女性のライフメイトが、狂信者たちの作業を後らせようとして、慌ててバリアを張ったにちがいない。

「大丈夫よ」まるで子供に言い聞かせるように、マーガレットが穏やかな口調で言った。「その下にいるのは人間じゃないから」

ショックを受けたように青い瞳を見ひらき、レイヴンは顔をあげた。「あなた、彼女のことが感じられないの？　マーガレット、わたしにはいくつか特殊な能力があると言ったでしょう。こんなことで作り話はしないわ。この下には女性が閉じこめられていて、その人は産気づいている。このあたりには坑道が縦横に走ってるのよ。そのどれかに閉じこめられてしまったにちがいないわ。彼女の恐怖が感じられるの」

「そこにいるのは人間じゃないわ」マーガレットは掘り返している穴を慎重にまわって、レイヴンのほうに歩いてきた。「わたしはあなたの同類なのよ、レイヴン。わたしたちは姉妹。連続殺人犯を追跡して、裁きを受けさせたとき、あなたがどれだけつらかったかわかるわ。なにしろ、わたしにも同じ経験があるから」

レイヴンは恐ろしくなってごくりと唾を呑んだ。マーガレットの話しかたはとてもやさしく上品だ。けれど、彼女からは狂信者の不快なにおいが漂ってくる。色の薄い瞳も狂信の色を宿して悪魔のように輝いている。レイヴンは吐き気がこみあげてきた。もしかしたらジャックと心的コンタクトがとれるかもしれない。「マーガレット、あなたには彼女の恐怖と苦痛が感じられるはずよ」口が乾き、鼓動が激しくなった。「あなたはわたしにどういう力があるか知っているでしょう。この種のことで、わたしはけっして間違わないわ」

ほかの者たちにぼそぼそと警告してから、ハンスがシャベルでふたたび穴を掘りはじめた。風が彼らの体に吹きつけ、服を引っぱる。雲が不気味な暗い灰色へと変わり、渦を巻きはじめた。稲妻が雲から雲へと走り、雷鳴が警告を発するかのようにとどろいた。

「そこにいるのは〝生きる屍《アンデッド》〟、ヴァンパイアよ。人間の子供の血を糧にしているの」マーガレットがそろそろとレイヴンに近づいてきた。

レイヴンは胃を押さえながらかぶりを振った。「そんなのは嘘よ、マーガレット。ヴァンパイアなんてまったく架空の話。この下に女性が閉じこめられているのは間違いなく現実よ。ヴァンパイアは子供を産まないでしょ。しっかりして、ジェイコブ！　こんなばかげたことを信じちゃだめ」

「この下にいるのはヴァンパイアだ、レイヴン。そしてぼくたちはこの女を殺すつもりだ」

ジェイコブは、口からとがった杭がのぞいているナップザックを指差した。期待で瞳がぎらぎらと輝いている。務めを果たしたくてたまらないといった顔だ。

レイヴンは意見を翻した。「あなたたちは全員、頭がいかれてるのよ」

お願い！　わたしを助けて！　彼を呼んで！　必死の叫び声には恐怖と苦痛がにじんでいた。

レイヴンはその懇願にすぐに応えた。ミハイル！　ジャック！　わたしたちを助けて。

「地下の悪魔が、レイヴンに呼びかけているわ」マーガレットがほかの者に教えた。

お願い、ミハイルを呼んで。彼はあなたを助けに来るわ。女性が泣き叫んだ。

「女を黙らせなさい」マーガレットが叫んだ。「女ヴァンパイアが助けを呼んでくれとレイヴンに懇願している。そんなことしちゃだめよ、レイヴン。あの女はあなたを騙しているの。ダブリンスキーを呼んではだめ」

レイヴンはマーガレットらに背中を向けると走りだし、ミハイルが、誰かが来てくれるように吹き荒れる嵐に向かって助けを求めた。林までたどり着いたところでジェイコブにつかまり、膝下にタックルをされて地面に強く叩きつけられた。

転倒の衝撃で息が止まり、頭がくらくらし、地面にうつ伏せに倒れたまま、一瞬なにが起きたのかわからなくなった。ジェイコブが彼女を乱暴に仰向けにしてまたがった。少年ぽくハンサムな顔が、支配欲と情欲で歪んでいる。毛穴からは吐き気をもよおさせるコカインの化学的な臭気が漂ってきた。

ミハイル！　レイヴンは、祈るように彼にメッセージを送った。ジェイコブがなにをたくらんでいるかが、そして自分には彼を止める力がないことが彼女にはわかっていた。

風が強さを増し、はるかかなたで狼が遠吠えし、別の狼がそれに応えた。さらに遠くで、熊がいらだたしげにうなり声をあげた。

「おまえは自分のことをめちゃくちゃ頭がいいと思っているんだろう。無垢な高嶺の花のふりをして、いちばん高く買ってくれる相手に自分を売りつけようとしやがって」ジェイコブはレイヴンのシャンブレーのTシャツの前をつかむと、細いウエストまで生地を力いっぱい引き裂いた。豊かな胸があらわになるやいなやジェイコブの目はそこに惹きつけられた。彼は柔らかな肌に跡がつくほど乱暴にレイヴンをつかんだ。

ごめんなさい。地中にいる女性の泣き声には罪悪感がにじんでいた。彼女は心の叫びにガードをかけることを忘れたので、マーガレット・サマーズがそれを聞きつけた。

ミハイル！　お願い！　レイヴンはふたたび絶望した声で懇願した。聞いて。わたしにはあなたが必要なの。神さま、わたしをお助けください。あの気の毒な女性をお助けください。

ジェイコブはわめきながら、レイヴンを一回、二回と平手打ちした。「あいつの刻印が押されてるじゃないか。なんてことだ、おまえもやつらの一員なんだな」レイブンの喉をつかみ、息を止めようとする。「あいつはおまえにも種を植えつけた。やっぱりあいつだったんだ」

ジェイコブが手をあげると、金属がきらりと光るのが見えた。憤怒と憎悪の形相で、彼はレイヴンを突き刺した。腹部に激痛が走り、温かな血がほとばしる。ジェイコブは、血の滴るナイフをレイヴンの体から引き抜き、それをふたたび高く振りあげた。

9

大地が轟音《ごうおん》をたてて揺れ、うねった。ジェイコブのナイフがもう一度深く突き刺さる。風が猛威を振るい、葉が、枝が、ミサイルのように空中を飛び交った。みたび、ナイフが突きたてられた。稲妻が一度、二度、三度とひらめいたかと思うと地面に落下し、この世のものとも思えぬ轟音で地を揺るがした。四度目にナイフが突きたてられたとき、天が裂け、堰《せき》を切ったように雨が強く激しく降りだした。

ジェイコブは血まみれになっていた。空が暗くなり、彼はレイヴンから体を離して後ろを振り向いた。仲間が怯えて悲鳴をあげている。「ちくしょう」憤怒と挑戦的な気分に駆られて、彼はもう一度ナイフを振りおろした。

刃がレイヴンをとらえるより先に、見えない手がけっして振り払えない強さでジェイコブの手首をつかんだ。ナイフが彼の喉のほうに向けられると、永遠にも思える一瞬、ジェイコブは血まみれの刃が自分のほうへとじりじり進んでくるのを恐怖の目で見つめた。ナイフが突然、喉に突き刺さったかと思うと、柄《つか》まで沈みこんだ。

狼たちが森から飛びだしてきて、草地を駆けまわりながら、風に飛ばされてくる枝をよけようとしている三人をぎらぎらと光る目で見つめた。マーガレットが悲鳴をあげて駆けだし、ハリーは一目散に逃げ、ハンスは地面がふたたびうねって揺れると立っていられなくなって膝をついた。

「レイヴン」ミハイルが彼女のかたわらに実体化した。彼女が死んでしまうのではないかと、腹を掻きむしられるような恐怖を感じた。レイヴンの怪我の程度を確かめるため、ジーンズを引き裂いた。

ふたたび地面がうねり、草地に大きな亀裂が走った。おびただしい出血を止めようと、ミハイルは傷口を手で押さえた。ジャックが揺らめきながら姿を現わし、エリック、バイロンが続いた。ティエン、そしてヴラッドも到着した。

グレゴリが空から忽然《こつぜん》と現われたかと思うと、狼の群れに囲まれた三人の暗殺者に向かって駆けだした。この世の終わりを迎えようとしている草地で、彼は復讐に燃える飢えた目をした巨大な黒い狼に姿を変えた。

「なんてことだ」ジャックがミハイルのかたわらに膝をつき、肥沃な土を手にすくった。「バイロン、ハーブを持ってこい。急げ！」

何分もたたないうちに、レイヴンの傷にはハーブの湿布が当てられた。ミハイルは仲間の存在を無視し、叩きつける雨から守るように、大きな体を折り曲げてレイヴンを抱いていた。

全神経はただひとつのことに集中している。わたしを置いて逝くな。ミハイルは命じた。わたしはきみを放さない。空を鞭《むち》打つように稲妻が走り、地を揺るがして落下した。たちまち雷鳴がとどろき、山が震えた。

「ジャック！　エレノアが赤ん坊を産みそうだ」ヴラッドの声はせっぱ詰まっていた。

「家に運びこめ。セレステとディアドレを呼ぶんだ」ジャックは軽蔑もあらわにジェイコブの死体をつま先で蹴り、自分もその大きな体でレイヴンを雨から守ろうとした。

「レイヴンは死んでいない」弟が同情の目で見ているのに気づき、ミハイルは低く不快げに言った。

「だが、死にかけている」その事実に、ジャックの胸は痛んだ。

ミハイルはレイヴンを掻きいだき、顔を寄せて頬と頬を重ね合わせた。わたしの声が聞こえているのはわかっている。飲むんだ、レイヴン。たっぷりと。

心のなかに彼女の気配を感じた。温もり、後悔。耐えられないほどの苦痛。逝かせて。

だめだ！　絶対にだめだ！　話すな。飲むんだ。わたしのために。わたしのことを愛しているなら、わたしのために、わたしの命のために、これを飲んでくれ。兄がなにをしようとしているか、ジャックが察して止めるよりも先に、ミハイルはみずからの頸部《けいぶ》に深く指を突きたてた。

暗赤色の血がほとばしった。ミハイルは全力でレイヴンを従わせようとした。彼女の意思は従った。しかし、衰弱しきった体が言うことを聞かない。流れこんでくるものを飲みこむことはできても、自力で深く吸うことはできない。

稲妻がつぎつぎと激しく地を打つ。雷に打たれた木がはじけ、真っ赤な火花を降らせる。地面がまたうねり、隆起し、そこここでひび割れた。グレゴリが一同の上にそびえるように立った。彼はカルパチアンのなかでもっとも色が黒く、淡い色の瞳は氷のように冷ややかで、容赦ない死の約束を宿している。

「狼たちが務めを果たした」エリックが険しい顔で報告した。「あとは雷と地震が片づけてくれる」

ジャックはエリックの言葉を黙殺し、ミハイルの肩をつかんだ。「もう充分だ、ミハイル。兄さんが衰弱してしまう。彼女は出血が多すぎた。内臓が傷ついている」

ミハイルは憤怒のきわみに達した。頭をのけぞらせて否定の咆哮をあげると、その声はとどろく雷鳴のように森と山々を揺るがした。周囲の木々が、ダイナマイトのように爆発し、燃えあがった。

「ミハイル」ジャックはミハイルを放そうとしなかった。「彼女に飲ませるのをやめろ」

「レイヴンの体にはわたしの血が流れている。わたしの血が彼女を癒す。治癒の儀式を行なって地中で眠らせ、体内に血をとどめることができれば、彼女は命を取り留める」

「もうやめてくれ！」ジャックの声には正真正銘の恐怖がにじんでいた。

グレゴリがミハイルにそっと触れた。「友よ、もしあなたが死んだら、彼女を救うことはできなくなる。彼女を救うためには、われわれの力を合わせなければならない」

レイヴンの頭はのけぞり、体はぬいぐるみの人形のようにだらんとしていた。ミハイルの胸に首から出た血がだらだらと流れている。ジャックが身を乗りだしたが、グレゴリのほうが行動が速く、舌で舐めてミハイルのぱっくりと開いた傷口を閉じた。

ミハイルは周囲の状況がほとんど目にはいっていなかった。彼の存在、研ぎすまされた神経はすべてレイヴンに注がれていた。彼女はミハイルの前からゆっくりと、だが間違いなく消えつつある。胸の鼓動は不規則で、一回打っては止まり、また一回だけ打った。不吉で不気味な沈黙が落ちた。

悪態をつきながら、ミハイルは彼女を地面に横たえ、人工呼吸と心臓マッサージを施した。心がレイヴンの心的エネルギーの道筋を探し求め、いまにも消えそうな小さくほの暗い光を見つけた。レイヴンは苦痛の海を漂っていて、想像以上に弱っている。

背後の谷から、雨水の奔流が速度と破壊力を増しつつ固い壁さながらに迫ってきた。ふたたび地面が揺れ、豪雨にもかかわらず、雷に打たれた木が二本、爆発炎上した。

「手伝わせてくれ」グレゴリが低い声で命じるように言った。

ジャックが兄をそっと脇に押しのけて心臓マッサージを引き継ぎ、グレゴリがレイヴンに人工呼吸を施した。吐いて吸って、レイヴンの肺に貴重な空気を送りこむ。ジャックは無理やり彼女の心臓を動かしつづけた。おかげでミハイルは心的な探求に集中できるようになった。彼の心にごくかすかにではあるが触れてきた者があり、それは間違いなくレイヴンだったので、その足跡を見つけるとなりふりかまわず追いかけた。わたしを置いていかせはしない。

レイヴンは彼から遠ざかろうと、天に昇ろうとした。ミハイルが呼び戻そうとしている方向には苦痛が多すぎた。

ミハイルはパニックを起こし、彼女の名前を叫んだ。わたしを置いていくな、レイヴン。きみなしでは、わたしは生きていけない。戻ってきてくれ。わたしのところへ戻ってくれ。さもなければ、わたしもあとを追うぞ。

「脈が出た」ジャックが言った。「弱いが、たしかにある。運ぶ必要がある」

深まる闇のなかに、揺らめく光が現われた。ティエンが彼らのかたわらに実体化した。

「エレノアが出産した。赤ん坊も無事だ」ティエンは報告した。「男児だ」

ミハイルは不快げに長くゆっくりと息を吐いた。「レイヴンが襲われたのはエレノアのせいだ」

エリックが口をひらいてエレノアをかばおうとしたとき、ジャックが警告するようにかぶりを振った。ミハイルは激怒している。ほんのわずかな失言でも刺激してしまう恐れがある。この荒天、吹き荒れる嵐、地のうねりを引き起こしたのはミハイルの憤怒だ。

ミハイルはふたたび自分の心の内に戻り、レイヴンを抱き寄せ、彼女の苦痛をできるかぎり引き受けた。帰路のことをミハイルはぼんやりとしか憶えていない。雨がフロントガラスを激しく打ち、稲妻が何度もひらめいた。村は人影がなく、荒れ狂う嵐のせいで停電し、闇に包まれていた。家のなかでは住民たちが身を寄せ合い、このすさまじい嵐を乗り切れるように願い、祈っていた。自分たちの命が、ひとりの小さな人間の女性の勇気と生命力にかかっているとは知らずに。

力が抜け、生気の感じられないレイヴンの体が、血まみれの服を脱がされてミハイルのベッドに横たえられた。癒しのハーブが砕かれ、一部は焚かれた。これ以上の出血を抑えるために、湿布が新しく、より強力なものに交換された。ミハイルは震える指でレイヴンの顔の黒くなったあざに触れた。嫉妬と麻薬に怒りを掻きたてられたジェイコブが、わざと乱暴につかんだ白い胸にも黒いあざが残っている。憤怒に駆られ、ミハイルはジェイコブの首をこの手でへし折ってやりたくなった。「レイヴンには血が必要だ」唐突に言った。「それは兄さんもだ」ミハイルがレイヴンにシーツをかけるのを待ってから、ジャックが手首を差しだした。「いまのうちに飲んでくれ」

グレゴリがジャックの肩に触れた。「悪いが、ジャック、わたしの血のほうが強力だ。はかりしれない力を秘めている。友のためにささやかな手助けをさせてくれ」ジャックがうなずくのを見て、グレゴリはみずからの血管をさっと切った。

ミハイルがグレゴリの滋養豊かな血を飲むあいだ、沈黙が流れた。ジャックがそっとため息をついた。「彼女と三回にわたって血を交換したんだな?」指導者であり、兄でもある人物を譴責しているように聞こえるのは避けたかったので、努めて淡々とした声で言った。

ミハイルの黒い目が警告するようにきらりと光った。「ああ。一命を取り留めれば、彼女は十中八九わたしたちの仲間になる」

「人間の医療の力を借りるわけにはいかない。われわれの方法で効き目がなかったら、どのみち医師は役立たずだろう」ジャックが忠告した。

「くそ、自分がなにをしでかしたか、わたしが気づいていないとでも思っているのか?　わたしが彼女の信頼を裏切ったことを、彼女を守れなかったことを自覚していないとでも思っているのか?　自分の身勝手な行動のせいで、彼女の命を危険にさらしてしまったことを?」ミハイルは血まみれのシャツを脱ぎ、片手で丸めると、部屋のいちばん遠い隅に投げつけた。

「過ぎたことを言ってもしかたがない」グレゴリが静かに言った。

ミハイルがブーツを脱いで床に投げ、続いて靴下も脱ぎ捨てた。彼はベッドにあがり、レイヴンのとなりに座った。「レイヴンはわたしたちのやりかたで血を取りいれることができない。そうするには衰弱しすぎている。人間の原始的な輸血法を使うしかない」

「ミハイル……」ジャックが警告するように言った。

「そうするしかないんだ。彼女は必要な量を飲まなかった。必要な量にはほど遠い。言い争って時間を無駄にしている余裕はない。ジャック、それからグレゴリ、わたしの友人として力を貸してくれ」ミハイルがレイヴンの頭を膝にのせ、枕にもたれて疲れたようすで目を閉じると、ジャックらが輸血の準備にとりかかった。

地中に死んだように横たわっていたとき、胸にかすかな不安が湧きおこった瞬間のことは、もう千年生きながらえたとしても忘れないだろう。脳内で情報が炸裂《さくれつ》し、心に恐怖が、魂に怒りが広がった。ミハイルはレイヴンの戦慄を感じた。ジェイコブの手が彼女のかけがえのない体をつかみ、容赦なく殴りつけ、ナイフが皮膚を、柔らかな内臓を切り裂いた。はかりしれない苦痛と恐怖。エレノアとおなかの子供を守れなかったというはかりしれない罪悪感。ミハイルの心に聞こえてきたレイヴンの声は、ささやきのように弱々しく、苦痛と後悔に縁取られていた。**ごめんなさい、ミハイル。わたしはあなたの期待に応えられなかった。**意識を失う前に彼女が最後に考えたのはミハイルのことだった。ミハイルは彼自身と、他者に聞かれない心的コミュニケーションの方法を習得しておかなかったエレノアを憎んだ。

地中に閉じこめられ、無力に横たわっていたミハイルは一秒ですべてを理解すると、彼の人生と信念のまさに根幹を激しく揺さぶられた気がした。彼が地中から飛びだすと同時に、ジャックも起きあがった。ミハイルは心的エネルギーを使って、ジェイコブの喉に血まみれのナイフを柄までうずめてやった。

嵐のおかげでヴラッドは陽光にダメージを受けることなく、エレノアとともに脱出することができた。さもなければ、暗殺者たちに身重の妻を殺されていただろう。

ミハイルは腕でかばうようにレイヴンを抱きながら、温もりと愛を込めて彼女の心を探し求めた。ミハイルとレイヴンの腕の内側に針が刺された。弟が輸血を注意深く監視してくれるのは間違いない。レイヴンの命だけでなくミハイルの命もジャックの手に握られている。もしレイヴンが死んだら、彼もあとを追うことになる。いまだ消えぬ激しい憤怒が、カルパチアンであれ人間であれ、そばにいる者を危険にさらすだろうと、彼は心の底で自覚していた。万が一レイヴンが死んだ場合は、グレゴリがカルパチアンの正義を迅速かつ的確にくだしてくれるよう祈るしかない。

だめ。意識がない状態でも、レイヴンはミハイルを救おうとしていた。

いつくしむようにゆっくりと、ミハイルは彼女の髪を撫でた。**眠れ、リトル・ワン。きみには癒しの眠りが必要だ。**彼は心的エネルギーを使ってふたり分の呼吸をした。吸って吐いて、自分の肺へ、彼女の肺へ空気を送りこむ。心臓の鼓動も同調させ、治癒を助けるために彼女の体の機能をできるかぎり引き受けた。

ジャックはミハイルの固い決意を察知していた。彼女が死んだら、われわれはミハイルも失うことになる。いまミハイルは自分の力で彼女の血をめぐらし、心臓を動かし、肺を働かせている。それは体力を消耗する作業だ。

ミハイルの頭越しに、グレゴリが目を合わせてきた。このふたりを死なせはしない。彼女を癒せるかどうかはわれわれしだいだ。「わたしにまかせてくれ、ジャック」それは頼みではなかった。

彼らのすぐそばの空気がうごめいたかと思うと、セレステがエリックとともに実体化した。「ミハイルは彼女のあとを追おうとしている」セレステは静かに言った。「そこまで愛しているのね」

「このことはもう知れ渡っているのか」ジャックが訊いた。

「ミハイルは内に引きこもりつつある」エリックが答えた。「カルパチアンはみな、それを感じとっている。ふたりを救える見こみは？」

ジャックが目をあげた。端整な顔はやつれ、ミハイルによく似た黒い瞳は悲嘆に満ちている。「彼女はミハイルのために闘っている。ミハイルが自分のあとを追うことを知っているんだ」

「もういい！」グレゴリが不機嫌な声で言うと、みなの目が彼に集まった。「われわれはふたりを救うしかないんだ。それ以外のことは考えるな」

セレステがレイヴンに手を伸ばした。「わたしにやらせてちょうだい、ジャック。わたしは女だし、身ごもっている。ミスはしないわ」

「グレゴリは癒し手だ、セレステ。きみは身重だし、これは簡単なことじゃない」ジャックは穏やかに彼女の申し出を断った。

「あなたとグレゴリはふたりともミハイルたちに血を与えている。失敗をしないともかぎらない」セレステはレイヴンにかけられているシーツをめくった。はっと息を呑み、心底から震えあがった。思わずあとずさる。「ああ、ジャック。これじゃ助かる見こみはないわ」

かっとなって、ジャックは肘でセレステを押しのけた。グレゴリがジャックとセレステのあいだにはいった。グレゴリの淡い色の瞳が落ち着きと冷たい威嚇、激しい非難をたたえて輝きながら、水銀さながらにセレステの顔の上を流れるように動いた。「彼女を癒すのは間違いなくわたしの務めだ。そして彼女はかならず治癒する。わたしがこの務めを果たすあいだは、それを完全に信じる者しか同席を許さない。それができないなら、いますぐ出ていけ。わたしの心にも、周囲にいる者の心にも完全なる確信以外はあってはならない。彼女は生き延びる。なぜなら、ほかの道はありえないからだ」

グレゴリは両手をレイヴンの傷口に当てると目を閉じ、みずからの肉体を離れて、重傷を負い、死んだようにじっと横たわっている体へとはいっていった。

ミハイルはレイヴンが痛みにたじろぐのを感じた。彼女は新たな痛みから逃げるために消えようとしている。ミハイルはレイヴンの行く手をやすやすとはばみ、グレゴリが傷ついた臓器の修復という複雑な作業を行なえるようにした。**体の力を抜くんだ、リトル・ワン。わたしはここに、きみと一緒にいる。**

無理よ。それは言葉として聞きとれたというより、感覚として伝わってきたと言ったほうが近かった。とてつもなく激しい痛み。

それなら、ふたりのために選んでくれ、レイヴン。わたしはきみをひとりで逝かせはしない。

「だめだ！」ジャックが激しく抗議した。「兄さんがどういうつもりかわかってるぞ。さあ、飲んでくれ。さもないと輸血をやめるからな」

こみあげてきた怒りに揺さぶられて、なかば意識を失っていたミハイルが目覚めた。ジャックは激しい怒りを宿した黒い瞳を、わざと冷静に見返した。「血が少なくなりすぎて、反論もできないだろう」

「そこまで言うなら、わたしに飲ませろ」ミハイルの言葉からは夜のように暗く冷たい怒りが感じられた。純粋な威嚇、殺してやるという脅迫。

ジャックはためらうことなく自分の喉を差しだし、ミハイルが深々と歯を立て、獰猛《どうもう》な獣《けもの》のごとく貪るように渇きを満たすあいだ、なんとか苦痛のうめき声をこらえた。もがくことも、声をあげることもせず、兄とレイヴンのために自分の命を差しだした。膝から力が脱け、ジャックが倒れるように座りこんだのを見て、エリックが駆け寄ろうとした。しかし、ジャックは彼を手振りで追い払った。

ミハイルが突然顔をあげると、その暗い面差しは苦悩に苛まれ、悲しみに打ちひしがれていたので、ジャックは胸が痛くなった。「赦してくれ、ジャック。おまえにこんなことをして弁解の余地もない」

「赦すもなにも、ぼくが進んで差しだしたんだから」ジャックはかすれた声でささやいた。

エリックがすぐに横に駆けつけ、ジャックに血を与えた。

「どうしてレイヴンにこんなことができるのか？　彼女はとても善良で、とても勇気がある。自分の命を危険にさらしてまで、見ず知らずの相手を助けようとした。どうして彼女に危害を加えたいと思うやつがいるのか？」ミハイルは天を仰いで問いかけた。返ってきたのは沈黙だけだった。

ミハイルの視線がグレゴリをとらえた。彼は友人が全神経を集中させて治癒の儀式を行なうさまを見守った。低い声の詠唱がミハイルを慰め、苦悩する魂にいくらかの安らぎをもたらしてくれた。ミハイルはグレゴリがレイヴンの体のなかで身体快復の術を行っているのを感じとった。それは骨の折れる、遅々として進まない作業だった。

「血はもう充分だ」ジャックがかすれた声でささやき、香りつきの蠟燭に火をともすと、別の詠歌を低い声で歌いはじめた。

グレゴリがかすかに身動きした。目はまだ閉じたままだが、うなずいた。「彼女の体は転化しようとしている。わたしたちの血は彼女の内臓に吸収され、組織を変化させ、修復しつつある。完了するには時間が必要だ」グレゴリは手当ての途中だった深い傷へと、レイヴンの体内へとふたたび戻った。子宮が損傷を負っているが、これは大切な臓器だから、少しでも危険な賭けはできない。レイヴンの肉体は完璧に修復されなければならない。

「彼女の鼓動が遅すぎる」ジャックが弱々しく言いながら、ベッドから滑り落ちた。床に座りこんでいる自分に気づき、当惑した顔になった。

「彼女の体が変化し、治癒するには、もう少し時間が必要なのよ」グレゴリが手当てを行なうさまを見守りながら、セレステが口をはさんだ。奇跡を目撃しているのは自覚していた。グみながささやき声で噂する伝説のカルパチアンと、これほど間近に接するのは初めてだ。グレゴリを実際に近くで見たことがある仲間はほとんどいない。彼は全身からエネルギーを発散している。

「セレステの言うとおりだ」ミハイルが弱々しい声で賛成した。「わたしはこのままレイヴンに代わって呼吸をし、彼女の心臓が間違いなく動きつづけるようにする。エリック、おまえはジャックの面倒を見てくれ」

「安心してくれ、ミハイル。あなたは自分の女のことを気にかけていればいい。ジャックは大丈夫だ。問題があった場合には、ティエンがここにいる。グレゴリはまだ何時間も手当てを行なわなければならない」エリックが答えた。「もし必要なら、ほかの者を呼んで手伝わせる」

ジャックが手を伸ばすと、ミハイルは弟の手を握った。「怒りを静めてくれ、ミハイル。

嵐が激しすぎる。山そのものが兄さんと一緒に荒れ狂っている」ジャックは目を閉じ、ミハイルの手を握ったまま、頭をベッドフレームにもたれさせた。

レイヴンは、自分の体に起きていることをほとんど他人事《ひとごと》のように感じていた。室内にいるほかの者たちや彼らの行動はミハイルを通して認識された。どういうわけか、ミハイルは彼女とともに体内にいて、彼女の代わりに呼吸をしてくれていた。それからもうひとり、レイヴンの知らない男性がやはり彼女のなかにいて、広範囲に及ぶ内臓の損傷を、女性器に特別な注意を払いつつ、さながら外科医のように治療してくれている。レイヴンはもうがんばりたくなかった。痛みに呑まれ、どこか、なにも感じなくてすむ場所へと連れ去られたかった。もうどうでもいい。わたしは疲れている。ひどく疲れている。がんばるのをやめれば、きっととても楽になるはずだ。それがわたしの求めること、切望すること。

だが、彼女は手招きしている平安を拒み、必死に命にしがみつこうとした。ミハイルの命に。彼の口のまわりには緊張のしわが刻まれているはずで、それを撫でてあげたいと思った。ミハイルの罪悪感と怒りをやわらげ、すべては彼女自身の選択であったことを納得させたい。彼の愛、まるごとの、妥協のない、無条件の、果てしない愛は、彼女には大きすぎるほどだった。

ミハイルの愛という繭にしっかりとくるまれているレイヴンは、あらゆるものから守られていた。眠れ、リトル・ワン。きみのことはわたしが見張っているから。

何時間にも及ぶ骨の折れる作業を終えて、グレゴリが体をまっすぐに伸ばした。髪が汗で湿り、疲労の色が濃い顔にはしわが刻まれ、体は困憊して痛みに苛まれている。「最善は尽くした。命を取り留めたら、彼女は子を産むことができるだろう。ミハイルの血と土が治癒を完全にするはずだ。変化は急速に進んでいる。彼女はそれを理解していないし、あらがってもいない」レイヴンの貴重な血に染まった手で髪をかきあげる。「彼女はミハイルの命のためだけに闘い、自分が死んだら彼がどうなるかということしか考えていない。自分の身に実際になにが起こっているかということは、知らないままでいたほうがいいだろう。彼女は傷の程度を自覚していない。痛みは強い。ひどく苦しんでいるが、彼女は簡単にあきらめる人間ではない」

ジャックは血がしみた湿布と交換するためにすでに新しい湿布の用意を始めていた。「もっと血を与えてもいいだろうか？　まだ出血が多くて心配だし、彼女はとても弱っている。今晩持ちこたえられるかどうか不安だ」

「ああ」グレゴリは疲れた口調で考えこみながら答えた。「だが、せいぜい一リットルだ。急ぐと、彼女が警戒する。わたしの血を与えよう。ミハイルの血と同様に強い効能がある。ミハイルは彼女の代わりに呼吸をし、心臓を動かしつづけようとしているせいで体力が弱っている」

「グレゴリ、あなたは疲れている」ジャックが反論した。「血を与えられる者はほかにもいる」

「わたしの血を持つ者はいない。わたしの言うとおりにするんだ」グレゴリは静かに腰をおろすと、針が静脈に刺されるのを見守った。グレゴリと言い争おうとする者はいなかった。彼は自分の思うとおりに行動する。グレゴリを本当の意味で友と呼べるのは、ミハイルだけだ。

セレステは深く息を吸い、称賛の言葉を口にしようとしたが、グレゴリの目を見て思いとどまった。彼の静けさは嵐の目の静けさだ。冷静にしていても、必殺の力を秘めている。

ジャックはグレゴリの貴重な血がレイヴンの静脈へ直接流れこむようにした。癒しの方法としては最善でも最速でもないが、グレゴリの所見を聞いて、彼の不安はやわらいだ。血が滞りなく流れていることを確かめてから、ようやくもう一度腰をおろした。彼らは守りを固め、細部まで遺漏がないように目を配らなければならなかった。ミハイルは細部まで目を配ることが一族を救うと信じている。「同胞の被害状況を確認する必要がある。暗殺者は全員死んで、逃げた者はいないな？」

「ハンス、アメリカ人夫婦、そしてレイヴンを襲った男」エリックが数えあげた。「いたのはそれだけだ。あれだけ激しい嵐と凶暴な怒りに駆られた獣《けもの》たちに襲われて、生き延びられた人間はひとりとしていないだろう。隠れて見ている者がいたら、ミハイルか狼が気づいたはずだ」

グレゴリが疲れたようすで身動きした。長時間にわたる奮闘のせいで、彼のけたはずれの体力も失われつつあった。「ほかには誰もいなかった」疑問を差しはさむ者がいるわけがないと思っているような尊大な口ぶりだった。そしてもちろん疑問を差しはさむ者はひとりもいなかった。

ジャックは今夜初めて自分の口もとに小さな笑みが浮かんでいるのに気づいた。「それでも、あの一帯をくまなくあらためたな、エリック？」

「もちろん。みな、雨宿りしていたところを雷に打たれたかのように、そろって焼死体となって、木の下敷きになっている。傷はいっさい残っていない」

「あすになったら、行方不明の旅行者とハンスの捜索が始まるにちがいない。バイロン、おまえの家はあそこに近い。暗殺者の仲間から疑われるだろう。家には近づくな。ヴラッドはエレノアと赤ん坊を連れてこのあたりから完全に姿を消さなければならない」

「移動に耐えられるか？」グレゴリが訊いた。

「車なら」

「時間は今夜ひと晩ある。冬のあいだ、頻繁にではないが、わたしがときどき使っている家がある。守りは堅く、近づくことはむずかしい」グレゴリはほほえんだが、銀色の瞳は冷たいままだった。「わたしはひとりが好きだからな。いま、そこは誰も使っていない。母子《おやこ》を守るために必要な期間、自由に使ってくれ。ここからゆうに百五十キロは離れた場所だ」

ヴラッドが反論するより先に、ジャックが言った。「すばらしい案だ。これで問題がひとつ解決する。バイロンは自分の隠れ家を持っている。すぐに出発しろ、ヴラッド。エレノアをしっかり守るんだぞ。彼女は赤ん坊同様、わたしたちにとって大切な存在だ」

「ぼくはミハイルと話をする必要がある。エレノアは、レイヴンの命を危険にさらしたことでひどく取り乱している」

「いまのミハイルは本来のミハイルじゃない」ジャックはぐったりしているレイヴンとグレゴリの腕から輸血用の管を抜いた。レイヴンの呼吸があまりに浅く、かすかだったので、ミハイルがどうやって彼女を生かしつづけているのか不思議に思った。「その件についてはまた別の機会に話し合うしかないだろう。ミハイルはレイヴンを生かすことに全エネルギーを傾けざるをえない状況だ。彼女は自力で呼吸していない」

ヴラッドは眉をひそめたが、グレゴリに出ていくよう手振りで示されると従った。ライフメイトの罪悪感をやわらげるために、残ってジャックと言い争いたいところだったが、グレゴリに従わない者はいない。グレゴリはミハイルの右腕で、もっとも冷酷なハンターであり、同胞たちの真の癒し手だ。そして、ミハイルをかけがえのない存在として守っている。

「今夜、われわれの仲間は誰も糧を得ていない」エリックが妻の蒼白い顔を見て指摘した。

「外に出る人間はひとりもいないだろう」

「個人の家に足を踏みいれるとなると、リスクが大きくなるからな」ミハイルに相談できればと思いつつ、ジャックはため息をついた。

「ミハイルの邪魔をするな」グレゴリが言った。「われわれよりもレイヴンのほうが彼を必要としている。もし彼女が死んだら、われわれはミハイルと、われら一族が存続していく可能性を完全に失うことになる。ノエルは幼児期を乗り越えた最後の女性だったが、それももう五百年以上も前のことだ。一族の存続のためには、この女性が必要だ。われわれはしっかりと力を充塡《じゅうてん》しておかなければならない。まだ終わってはいないぞ」

ミハイルがかすかに身動きし、取り憑かれたような目をひらいた。「まだ終わってはいない。敵は少なくともあとふたり、もしかしたら四人いるかもしれない。ユージーン・スロヴェンスキー、クルト・フォン・ハーレン。あとのふたりの旅行者は、身元も、関与しているかどうかさえわからない。宿に行けば名前がわかるはずだ。ミセス・ガルヴェンスタインが教えてくれるだろう」長いまつげが伏せられた。そうすればレイヴンを死のとば口から引き戻すことができるかのように、ミハイルは彼女の髪に深く指をくぐらせた。

ミハイルの長い指がレイヴンの髪を愛しげに撫でるのを、ジャックは見守った。「彼女を何時間か土のなかに入れることはできるか、グレゴリ？」

「そうすれば治癒の進行が速まるはずだな」

エリックとジャックは地下壕の準備におりていき、呪文をひとつ唱えると地面に穴を開け、ふたりが並んで横たわれるだけの空間を作った。彼らはレイヴンを慎重に運び、ミハイルは彼女のかたわらに寄り添い、無言を通しながら、レイヴンの心臓と肺に、そして生きようという彼女の意志を宿したほのかな光を守ることに全神経を集中させた。

ミハイルは地中深くに横たわり、肥沃な土壌が温かなベッドさながら自分のまわりに落ち着くと、その癒しの力を感じた。レイヴンの軽い体を抱きとり、自分の体でかばうようにして寝かせた。

両手を動かし、自分たちの頭の上にわずかな空間を確保してから、土にふたりをくるむように命じた。土が彼の脚、彼女の脚のまわりに寄ってきて、ふたりの体をおおい、さらに地中深くへとうずめていく。

レイヴンの心臓が跳びはねて一瞬、止まりかけ、ミハイル自身の心臓はしっかりと打ちつづけているにもかかわらず、鼓動が不規則になった。わたしは生きているのよ！　わたしたち、生き埋めにされようとしている！

静かに、リトル・ワン。わたしたちは土の民だ。土はわたしたちを癒してくれる。きみはひとりじゃない。わたしが一緒にいる。

息ができない。

わたしがきみの分も息をしている。

耐えられないわ。こんなことやめさせて。大地には治癒の力がある。その力を借りよう。わたしはカルパチアン、土の民だ。風や土、水を恐れる必要はない。わたしたちはひとつなのだから。

わたしはカルパチアンじゃないわ。レイヴンの心に強烈な恐怖が満ちた。

きみとわたしは一心同体だ。きみが傷つくことはけっしてない。

レイヴンはミハイルを自分のなかから閉めだし、死を招くだけの抵抗を一心不乱に始めた。なにを言っても無駄だとミハイルは悟った。彼女は土に囲まれ、顔をおおわれることを受けいれられない。そこで即座に土を後退させ、彼女の鼓動を平常の速度まで落とすと、レイヴンを抱いて浮上した。

「これを恐れていたんだ」まだ地下壕に残っていたジャックに言った。「彼女の体にはカルパチアンの血が力強く流れているが、心が人間の限界を設定してしまう。彼女にとって埋められるということは死を意味するんだ。レイヴンは地中深くにもぐることに耐えられない」

「となると、土を彼女のところまで運ぶしかないな」ジャックが言った。

「レイヴンはひどく弱っている」レイヴンを抱き締めているミハイルの顔には深い悲しみが刻まれていた。「こんなことをしても無意味だ」

「いや、そんなことはない」ジャックが答えた。

「わたしはレイヴンに対してひどく身勝手だった。本当は彼女を楽にしてやるべきだったのに、できなかった。彼女のあとを追いたかったが、この世から正しく静かに去れるかどうかわからなかった」

「兄さんがいなくなった場合、残されたわれわれはどうなるんだ？　レイヴンはわれわれにとってチャンス、希望の象徴だ。希望なしには、誰もこれ以上生きつづけられない。ぼくたちは兄さんを信じている。兄さんがぼくたちのために答えを見つけてくれると信じている」

ジャックは地下壕の出口で立ち止まった。「マットレスを持ってくるよ。バイロンとエリックと一緒に、見つけられるなかでいちばん肥沃な土をそれに敷きつめよう」

「ふたりは糧を得たのか？」

「まだ宵のうちだ。時間はたっぷりある」

ハーブと香を使い、マットレスに厚さ五センチほどの土を敷きつめ、地下壕に癒しのベッドが用意された。いま一度、ミハイルはレイヴンと一緒に横たわった。彼女の頭を胸にのせ、体をしっかりと抱き寄せる。ジャックがレイヴンの体の下に隙間なく土を詰めた。彼らは薄い土の毛布を作ってふたりの上にかけ、さらにレイヴンの首や顔が木綿に触れて安心感と心地よさを感じられるように上からシーツをかけた。

「彼女を動かさないようにするんだぞ、ミハイル」ジャックが励ますように言った。「傷口は閉じつつあるが、出血は続いている。たいした量ではないし、二、三時間すれば、もう少し血を与えることができる」

ミハイルはレイヴンのシルクのような髪に頰を当てて目を閉じた。「糧を得に行け、ジャック。おまえが倒れないうちに」ぐったりとしてつぶやくように言った。

「仲間が戻ってきたら行く。兄さんたちを無防備な状態で置いていくようなまねはしない」

ミハイルは反論しようとするかのようにかすかに身動きしたが、つぎの瞬間、険しい口もとにちらりと笑みを浮かべた。「もう少し体力が戻ってきたら、おまえたちを打ちのめして、ひとつふたつ教えてやることがある」彼はジャックの笑い声を聞きながら、レイヴンをしっかりと腕に抱いて眠りに落ちた。

外では、雨が霧雨になり、風がおさまり、雷雲も遠ざかった。何度もくり返し地震が起きたあと、大地は静まった。猫も犬も家畜も落ち着いてふだんの行動をとりはじめ、野生動物はようやく嵐から逃れることができた。

レイヴンは痛みを感じながらゆっくりと目を覚ました。目を開ける前に状況を確認した。わたしは傷を負っている。死んでもおかしくない傷を。ここはミハイルの腕のなかで、彼との心的な絆がこれまで以上に強くなっている。彼はわたしを死の淵《ふち》から引きずりもどし、そのすぐあとに、逝くことを許そうとした――彼もわたしと一緒に逝くことを条件に。頭上で家がきしむ音が、雨が屋根を、窓をリズミカルに打つ心安らぐ音が聞こえる。誰かが家のなかで動いている。その気になれば、それが誰なのか、家のどこにいるのか正確に突きとめられるはずだが、そんな骨の折れることをする気にはならなかった。

わが身に起きたおぞましい出来事がゆっくりと頭のなかで再生されるにまかせた。地下に閉じこめられ、いまにも出産しそうな女性、おぞましい狂信によって招かれた残忍な凶行と愚行。彼女を平手打ちにし、服を引き裂いたときのジェイコブの顔。

小さく恐怖の声を漏らすと、彼女を抱いているミハイルの腕に力がこもり、顎が彼女の頭にこすりつけられた。「そんなことを考えるな。わたしがもう一度眠りにいざなおう」

レイヴンは、彼の規則正しい脈から安らぎを感じたくて、ミハイルの喉に手を置いた。

「いいえ。思いだしたいの、乗り越えるために」

ミハイルはたちまち不安になった。レイヴンはいま、これ以上ないほど心を乱されている。

「きみは体力が弱っている。もっと血と眠りが必要だ。きみが負った傷はとても重かった」

それを聞いて、レイヴンがほんのわずかにだが体重を移動させた。苦痛が彼女を襲う。

「わたしの声はあなたに届かなかった。届かせようと努力したんだけど。あの女性のために」

彼はレイヴンの手を自分の熱い唇に押しつけた。「二度とけっして、きみを失望させるようなことはしないよ、レイヴン」

彼女の体よりもミハイルの心のほうが痛みに苛まれている。「わたしが彼らのあとを追うことにしたのよ、ミハイル。自分から首を突っこんであの女性を助けようとしたの。彼らがどういうことをする人間かはちゃんとわかっていた。やみくもに踏みこんでいったわけじゃなかった。わたしはあなたを責めたりしない。失望させたなんて思わないで」しゃべるとひどく体力を消耗した。レイヴンは眠りたかった。心も体も麻痺《まひ》させて心地よい無意識に包まれたい。

「きみを眠りへといざなわせてくれ」ミハイルがそっとささやいた。彼の声はさながら愛撫のようで、レイヴンの手をかすめる唇がさらなる誘惑を添えた。

レイブンは同意したくなるのをこらえた。途中で逃げだしたくはない。いったいどうしてわたしはまだ生きているのだろう？　どうやって？　ジェイコブの手、けがらわしい手に胸をつかまれた身の毛もよだつ瞬間を思いだした。思いだしただけで肌が粟立《あわだ》ち、皮膚が剝けるまで、ごしごしと洗いたくなった。ジェイコブの顔は凶悪で、狂気と悪意に満ちていた。ナイフで引き裂かれるたび、彼女は致命傷を負った。

嵐、地震、稲妻、雷鳴。サマーズ夫妻に、ハンスに、狼が飛びかかる。わたしはどうして知っているのだろう。どうしてこんなにはっきりと脳裏に浮かぶのだろう。恐怖に歪むジェイコブの顔、戦慄に見ひらかれる目、喉から突きだしたナイフ。なぜわたしは死なかったのか？　どうしてすべてを知っているのか？

ミハイルの憤怒。それは想像を、肉体という枠を越えていた。あそこまで荒々しい怒りを抑えることはけっしてできない。それは彼から溢れだして嵐のエネルギーとなり、稲妻が大地を揺るがし、土砂降りの雨が降った。

これはすべて現実だったのだろうか、それとも恐ろしい悪夢か。でも、現実だったのはわかっている。それにわたしは恐ろしい真実に近づきつつある。苦しい。とても疲れていて、ミハイルだけがわたしに安らぎを与えてくれる。わたしの望みは、彼の腕のなかに避難し、ふたたび元気になるまでなにもせず、彼にかばい、守ってもらうこと。ミハイルはわたしが選ぶのをただ待っている。彼は温もりと愛と親密さを感じさせてくれるけれど、なにかをわたしに見せまいとして内に隠している。

レイヴンは目を閉じて精神を集中した。ミハイルが突然かたわらに現われたのを思いだす。その黒く魅惑的な瞳には苦悩と恐怖が宿り、腕が彼女を抱き寄せ、心が彼女の心を探し、見つけ、逝くなと命じ、死につつあった彼女をこの世につなぎ留めた。彼の弟と仲間も何人かそこにいた。なにかがレイヴンの腹部に置かれた。体のなかへしみこんでくるように思えるなにか、温かく生気に満ちたなにかが。心休まる低い声の詠唱が周囲の空気を満たす。ミハイルの仲間の衝撃と恐怖が感じられる。熱く甘く蘇生力《そせい》に溢れたミハイルの血が、彼女の体、臓器に流れこみ、筋肉、組織を再形成する。血管に流れこむのではなく……。

レイヴンの体がこわばり、脳が衝撃のあまり麻痺した。呼吸がまったくできなくなる。初めてじゃない。別の記憶がよみがえってきた。ミハイルが必死になって血を与えようとし、彼女の口が彼の心臓の上に貪るように押し当てられたときのことが。「ああ、神さま」引きつった否定の言葉がむせび泣きとともに漏れた。

これは幻覚ではなく、真実だ。でも、脳が真実を拒もうとした。そんなはずはない。ありえない。わたしはひどい悪夢のただなかにいるのであって、きっといまにも目が覚めるはずだ。そうでなければおかしい。わたしはすべてを――ヴァンパイアが存在するという暗殺者たちの妄信とミハイルが持つさまざまな能力とを――ごちゃ混ぜにしてしまっているのだ。そう自分に言い聞かせながらも、彼女の研ぎ澄まされた感覚は違うことを、真実を語っていた。わたしはいま、どこかの地下室に横たわっている。体の上にも下にも土。彼らはわたしを土のなかに埋めようとした。眠らせるために。癒やすために。

ミハイルは無言で待った。彼女の心に情報を処理させ、レイヴンが彼の記憶を引きだしたときもなにひとつ隠さなかった。しかし、彼女の反応には完全に不意を衝かれた。泣き叫び、ヒステリーを起こすとばかり思っていたからだ。

レイヴンは動物めいた低い苦痛の叫び声をあげながら、マットレスから跳びのいた。致命傷になりかねない重傷を負っているのもかまわず、回転して彼から離れた。

意図したよりもはるかに鋭い言葉が、ミハイルの口を衝いて出た。レイヴンの身を案ずる気持ちが思いやりにまさった。彼が呪文を唱えると、レイヴンは体が麻痺して床から動けなくなった。瞳だけが恐怖を宿して異様に輝いている彼女の横に、ミハイルはしゃがみこみ、傷の上に手を滑らせ、悪化の程度を確かめた。

「力を抜くんだ、リトル・ワン。いま悟ったことがきみにとって衝撃的なのはわかっている」三、四カ所の傷から貴重な血がにじみでているのを見て、ミハイルは眉をひそめながらつぶやいた。レイヴンを抱きあげ、守るように胸に抱き寄せた。

逝かせて。彼女の懇願がミハイルの脳裏に響き、心にこだまする。

「絶対にだめだ」ミハイルの険しい表情は、冷酷な石の仮面のようだった。彼は頭上のドアを見つめた。彼の意志の力に反応し、ドアが勢いよくひらいた。

レイヴンは目を閉じた。ミハイル、お願い、わたしの頼みを聞いて。わたしはあなたみたいにはなれないわ。

「わたしが何者か、きみはまったくわかっていない」彼女がいっさい不快を感じないように上の階まで浮きあがりながら、彼はそっと言った。「人間は、わが種族の真の姿と、赤ん坊をさらい、犠牲者を拷問にかけて殺すヴァンパイアの物語とを混同している。きみが死んでいたら、わたしにはきみを救うことはできなかった。わたしたちは土と空と風、水に属する種族だ。ほかの人種と同じように、固有の能力もあれば、限界もある」ヴァンパイアがどのようにして生まれるか、詳しいことは話さなかった。レイヴンは真実を知る必要があるが、一度にすべてを知らなくてもいい。

ミハイルは彼女をゲストルームへと運び、ベッドに注意深く横たえた。「われわれはホラー小説に出てくるようなヴァンパイアとは、生ける屍とは違う。わたしたちは愛し、祈り、働き、国に奉仕する。人間の男が妻や子供に手をあげたり、母親が子供を顧みなかったりすることをいとわしく思う。わたしたちは、人間が動物の肉を食べることに嫌悪を覚える。わたしたちにとって、血は生命の源であり、神聖なものだ。危害を加えたり、殺したりして人間の名誉を傷つけるようなことはしない。人間とセックスしてから、相手の血を飲むことは禁じられている。わたしはきみの血を飲んではいけなかったんだ――あれは間違った行為だった――だが、間違っていたのは、どういうことが起こりうるかをきみに話さなかったからだ。きみがわたしの真のライフメイトであり、きみなしにわたしが生きていけないことはわかっていた。わたしはもっと自制すべきだった。それについては永遠に償うつもりだが、済んだことはしかたがない。してしまったことは取り返しがつかない」

ミハイルは新しい湿布を用意し、注意深く個々の傷の上に置いて傷口をふさいだ。レイヴンの恐怖、嫌悪、裏切られたという気持ちをひしひしと感じ、彼女のために、ふたりのために泣きたくなった。

「わたしがきみにしたことは、人間の女性をセックスのために利用するのとは違った。わたしたちがしたのはセックスではない。わたしの体はきみをライフメイトとして認識した。その声はどうしても無視できなかった。さもなければ、わたしの生を終わらせる選択をするしかなかった。儀式では血の交換が求められる。血の渇きを満たすのとは異なり、純粋に官能的な交換で、愛と信頼の美しく魅惑的な確認だ。初めてきみの血を飲んだとき、わたしは恍惚とするあまり、はからずも量を過ごしてしまったんだ。自制を失ってしまった。あの行為がどういう意味を持つか、きちんと理解させずに、きみをわたしに縛りつけたことは間違っていた。だが、きみに選択の機会は与えた。それは否定できないはずだ」

レイヴンはミハイルの顔を見あげ、彼の黒い瞳に悲しみを、彼女を案じる気持ちを読みとった。ミハイルに触れて緊張から刻まれたしわを伸ばし、わたしはあなたの求めに応じられると彼を安心させたかったが、脳がいま聞いている話を受けいれられなかった。

「もしきみが一緒に逝くことを許してくれていたら、わたしは死を選んでいた」ミハイルは彼女の顔にかかった髪をやさしく愛撫するようにかきあげた。「それはきみもわかっているはずだ、レイヴン。きみを助けるには、われわれの仲間にするしかなかった。きみは生を選んだのだから」

わたしは自分がなにをしているか、わかっていなかったのよ。

「もしわかっていたら、きみはわたしが死ぬことを選んだか？」

当惑、困惑し、苦しげなレイヴンの青い瞳が彼の顔を探るように見た。わたしを放して、ミハイル。ここになす術《すべ》もなく横たわっているのはいやなの。

ミハイルは彼女の体に薄いシーツをかけた。「きみは重傷を負っている。血と癒し、そして眠りが必要だ。動きまわるのはよくない」

彼女の瞳がミハイルを責めた。彼はレイヴンの顎にやさしく触れた。油断なく見守りながら、彼女を放した。「答えてくれ、リトル・ワン。わたしたちの正体がわかっていたら、きみはわたしを永遠の闇に葬ったか？」

レイヴンは自制を働かせようと懸命に努力した。彼女のなかの一部は、これが現実であることをまだ信じられずにいる。彼女のなかの一部は、理解しようと、フェアであろうと必死になっている。「わたしはありのままのあなたを受けいれられると、愛することさえできると言ったわ、ミハイル。あのとき、わたしは本気だった。その気持ちはいまも変わっていない」あまりに衰弱していて、話すのもやっとだった。「あなたが善良なのはわかっているの。あなたのなかに邪悪なところはない。ハマー神父は、わたしたちの基準であなたを評価してはならないとおっしゃったし、わたしはそんなことはしない。答えはノーよ。わたしはあなたが生きることを選んだわ。あなたを愛してるの」

それを聞いてミハイルが安心するには、レイヴンの瞳はあまりに悲しげだった。「でも?」彼はそっと先を促した。

「あなたについては受けいれられるの、ミハイル。でもわたしはだめ。血を飲むことは絶対にできない。考えただけで気分が悪くなってしまう」彼女は乾いた唇に舌で触れた。「わたしを元に戻すことはできる? 輸血とかで」

ミハイルは残念そうに首を横に振った。

「だったら死なせて。わたしだけ。愛しているなら、逝かせてちょうだい」

ミハイルの目が険しくなり、かっと燃えあがった。「そういうことはできないんだ。きみはわたしの命、わたしの心臓だ。レイヴンなしのミハイルは存在しない。きみが永遠の闇を求めるなら、わたしも一緒に行かなければならない。きみと出会うまで、わたしはわが種族が感じる愛の痛みとエクスタシーを知らなかった。わたしにとって、きみは呼吸する空気、血管を流れる血、涙、感情そのものなんだ。わたしは無意味でうつろな日々を生きたくはない。不可能なんだ。わたしと心的コンタクトがとれなかった短いあいだにきみが感じた苦痛も、きみがわたしを追いやろうとしている地獄と比べたらなんでもない」

「ミハイル」彼女は苦悩のにじむ声で彼の名前をささやいた。「わたしはカルパチアンじゃないわ」

「カルパチアンになったんだ、リトル・ワン。時間をかけて体を癒し、すべてを理解し、順応してくれ」そう懇願するミハイルの声は柔らかく、説得力があった。

レイヴンはこみあげてきた涙をこらえるために目を閉じた。「眠りたいわ」

レイヴンにはもっと血が必要だ。なにが行なわれているか知らないほうが、血の譲渡はうまくいく。土による癒しの眠りが、彼女に安らぎをもたらしてくれるかもしれない。とにかく、体の治癒を速めてはくれるだろう。ミハイルはレイヴンの懇願を聞きいれ、彼女を深い眠りへといざなった。

10

レイヴンが泣きながら目を覚ました。ミハイルの首に手をまわしてしがみついていて、熱い涙が彼の胸を濡らした。ミハイルは彼女を抱き寄せ、押しつぶさないよう気をつけながらぎゅっと腕に力を込めた。レイヴンはとても軽くはかなげで、いまにも彼のもとから飛び去ってしまいそうだった。なだめるように髪をやさしく撫でながら、ミハイルは彼女が泣くにまかせた。

レイヴンが落ち着いてくると、母国語でそっとやさしく、安心感を覚えるような言葉をささやきかけた。ややあって、彼女はミハイルの腕という安息の場所で泣き疲れ、ぐったりした。「慣れるまで時間はかかるだろうが、わたしたちの生きかたを試してみてくれないか。わたしたちにはとてもすばらしいこともできるんだ。楽しいことに気持ちを集中してくれ。たとえばシェイプシフト。鳥たちとともに空を飛び、狼たちと自由に駆けまわる」

彼女は小さな握りこぶしを口に当て、恐怖の悲鳴ともヒステリックな笑いともつかない引きつった声を抑えこんだ。ミハイルは、彼女の頭のてっぺんに顎をこすらせた。「わたしはけっしてきみをひとりで苦難に立ち向かわせたりはしない。わたしを頼ってくれ」レイヴンは新たな恐怖の波に襲われ、目を閉じた。「あなたは自分がしたことの大きさをわかってもいない。あなたはわたしからアイデンティティそのものを奪ったのよ。やめて、ミハイル！　わたしの心のなかで反論しようとするのはやめて。あなただったらどうする？目が覚めてみたら自分がもはやカルパチアンではなく、人間になっていたら。自由に駆けまわることも、飛ぶこともできないのよ。特別な力もなくなってしまうし、土に癒されることも、動物の言葉を聞いて理解することもできなくなる。あなたの本質だったことがすべて消えてしまうのよ。生きるために、肉も食べなければならない」ミハイルが瞬時に嫌悪感を抱いたのが感じられた。「ほらね、まさにカルパチアンがいとわしく思うことでしょ。わたしは怖いの。将来について考えると、恐怖のあまり思考が止まってしまう。わたしにはいろいろな音が聞こえ、いろいろなことが感じられる。わたしは……」正直に打ち明けようとすると、声が途切れた。「わかってちょうだい、ミハイル。たとえあなたのためでも、わたしにはできない」

彼はいとおしそうに彼女の髪を撫で、顔の柔らかな肌に手を滑らせた。「きみはまだカルパチアンになって間もない。いままで深く、ぐっすりと眠っていた」眠っているあいだに、彼女が血を二回与えられたことも、体が劇的な変化を遂げて人間が持つ毒素が一掃されたことも話さなかった。カルパチアンのライフスタイルには、ゆっくりと慣れさせていかなければばならない面がある。「きみはふたりで永遠の休息を求めるほうを望むのか?」

レイヴンはこぶしでミハイルの胸を叩いた。「ふたりでじゃないわ、ミハイル、わたしだけよ!」

「きみもわたしもない。あるのはわたしたちだけだ」

彼女は気持ちを落ち着かせようとして深呼吸をした。「もうわたしには自分が誰なのか、何者なのかわからない」

「きみはレイヴン。わたしが出会ったなかでもっとも美しく、勇気のある女性だ」彼は心を込めて言うと、彼女のシルクのような髪を後ろに撫でつけた。

彼が静かに述べた事実を否定したいという気持ちから、レイヴンは体が硬直したと言ってもいいほどこわばった。「わたしは血を飲まなくても生きていける? ジュースと穀物でも?」

ミハイルはレイヴンの手を握り、指を絡め合わせた。「きみのことを思うと、そうだったらどんなにいいかと思うが、実際は無理だ。きみは生きるために血を飲まなければならない」

レイヴンは小さく拒絶の声を漏らすと、背中を丸めて彼から離れ、自分の殻に閉じこもった。あまりにとっぴな恐ろしい話で、とうてい理解できない。これは悪夢だと信じたい。

ミハイルはレイヴンを放して起きあがり、彼女の細い体からシーツをはがした。レイヴンの心はあらゆる説明を拒否しようとしている。彼女の気をそらしたくて、ミハイルはレイヴンの腹部に顔を近づけ、所有欲に満ちた手つきで指を広げると、白い傷痕にひとつひとつやさしく触れていった。「傷は治りかけている」

レイヴンは驚いて半身を起こした。「ありえないわ」

彼は手をどけて長い傷痕を見せた。レイヴンの目が信じられないというように見ひらかれた。ミハイルの瞳が暗く燃えあがり、熱い視線が彼女の剝きだしになった胸をかすめた。レイヴンの小さな歯が下唇を嚙み、全身に赤みが広がる。彼女はシーツをつかんで体をおおった。

ミハイルは男性的であざわらうような、捕食者を思わせる笑みを浮かべ、白い歯を輝かせた。身を乗りだしたので、口をひらくと唇がレイヴンの耳を軽くかすめた。彼の熱い息が招き、誘惑する。「わたしはきみの体のすみずみまで口づけした。きみの心のあらゆる秘密をのぞいた」彼の歯が耳たぶをかすめ、レイヴンの背筋に震えを走らせた。「正直に言うと、肌を赤く染めたきみはさらに魅力的だ」

レイヴンは気がつくと息を止めていて、体の奥深くが熱くなっていた。ミハイルの言葉を聞いて瞳に炎がひらめいたのに気づかれぬよう、彼の筋肉質の胸に額を押し当てた。「ミハイル」彼女は警告した。「誘惑しても、わたしの気持ちは変えられないわよ。わたしには耐えられないとわかっているんだから」

「きみの心の声はわたしに聞こえている、リトル・ワン。きみはあらゆる可能性に心を閉ざしている」彼のささやきはとうていあらがえない誘惑のようだった。「きみの願うとおりにしよう。わたしはこれ以上きみが不幸でいることに耐えられない」彼は手を自分の胸へと持ちあげ、レイヴンが顎をあずけている真下、心臓の上で止めた。

彼女は、ミハイルの意図をとっさに悟り、胃が締めつけられた。熱い血の甘い香りが、彼の荒々しく男性的な香りと混ざり合う。止める間もなく、抗議の声をあげる間もなく、彼の血がだらだらと胸を流れだした。レイヴンは即座に両手で傷を押さえた。

恐怖に目をぎらぎらと光らせ、レイヴンは半狂乱になって叫んだ。「やめて、ミハイル。こんなことしないで」涙がこみあげ、こぼれ落ちる。「どうすればあなたを助けられるのか教えて」彼女の声には絶望がにじんでいた。

「きみだったら止められる」

「無理よ、ミハイル。こんなことやめて。わたしをおどかさないで!」ありったけの力で押さえても、血は彼女の指のあいだを流れ落ちていく。

「きみの舌には癒しの力がある。唾液にも」彼の声は謎めいていて、催眠術のような力を持っていた。体力がなくなりつつあるかのように、ミハイルは後ろにもたれた。「だが、きみも生きるつもりでいなければ、わたしの選択にあらがうな。わたしはふたたび闇の世界に戻るつもりはない」

死にものぐるいになって、レイヴンが彼の胸に顔を寄せ、舌を這わせると、まるで最初からなにもなかったかのように傷口が閉じた。彼女の脳は嫌悪を感じたが、体は感じなかった。なにか野性的なものが頭をもたげ、レイヴンの目がとろんとして官能的な色を帯びた。情熱が渦を巻き、広がる。体が飢え、渇望する。とてつもなく強い欲求を、彼女は感じた。もっと欲しい。ミハイルだけが与えてくれるエロティックな快感をどうしても感じたい。

ミハイルは指をくぐらせて彼女の髪をかきあげ、顔を仰向かせて喉をあらわにした。レイヴンの柔らかな肌、狂わんばかりの勢いで打っている脈の上に口を這わせる。「本気か、レイヴン」彼のささやきがあまりにも官能的だったので、それに応えてレイヴンの体がとろけた。「間違いなく本気であってほしいんだ。これは自分で選んだことだと確信がなければだめだぞ」

レイヴンは彼の首に腕をまわし、頭をやさしく抱えた。「ええ」ミハイルの口が彼女の体を這ったときのことが、魂そのものが白熱するような快感に体を貫かれたときのことが思いだされ、レイヴンは下腹部がかっと熱くなった。わたしはこれを求め、必要とさえしている。「わたしに進んで身を差しだすか?」ミハイルの舌が彼女の肌の肌理を味わい、脈の上をちらりと舐め、胸の谷間を這っていく。

「ミハイル」レイヴンは祈るように彼の名前を呼んだ。ミハイルは出血が多すぎてもう生きられないのではないか、息ができないのではないか、彼女と完全にひとつにはなれないのではないかと不安だった。

彼はレイヴンの体をやすやすと持ちあげ、やさしく抱いた。彼の舌が乳首を一回、二回となぶる。レイヴンははっと息を呑み、体を弓なりにして彼に迫った。ミハイルのなかの野性が彼女の野性を征服しようとして、どんどん荒々しさを増している。彼女は宙を漂っているような気分で、ありとあらゆる神経が飢えと切望で敏感になっていた。血の甘い香りが手招きしている。

新鮮な空気のにおいがしたので目を開けると、そこは夜の闇のなかだった。夜はミハイルの血の満ち引きと同じように官能的に力強く、彼女にささやきかけてきた。木々が頭上で揺れている。風が彼女のほてった体を冷ましつつも、切望を掻きたてる。

「これがわたしたちの世界だ、リトル・ワン。この美しさを感じ、自然の呼び声を聞いてくれ」

めくるめく夢を見ているような、かすかな霧とともに宙を漂っているような、夜そのものの一部となったような気分だった。頭上では枝と葉の天蓋越しに星がかくれんぼをしている。月は浮雲の後ろをさまよい、なかなか姿を現わさない。あちこちから生命の営みの音が聞こえてくる。樹液のめぐる音、小動物が動きまわる音、鳥の羽ばたき、獲物を逃した夜行性動物があげる荒々しい鳴き声。

ミハイルが天を仰いで野性的な喜びの声をあげると、返事が返ってきた。狼の応答には歓喜が感じられ、それはレイヴンの心を満たし、彼女のなかの野性を刺激した。

ミハイルは彼女を抱いたまま迷路のような小径をたどって山の奥深くへ分けいり、地下へとくだる洞窟《どうくつ》の入口に立った。「聞いてごらん」真っ暗な闇のなかへと足を踏みいれながら、彼は命じた。「大地がきみに歌いかけている」

信じられないことだが、まるでトンネルのなかに陽光が降り注いでいるかのように、レイヴンの目には狭い通路の壁を豊かな鉱脈がうねっているのが見えた。いくつもの岩屋のかなたから奔流の反響が聞こえてくる。コウモリが鳴き交わし、大地はすべてを歓迎している。

ミハイルは、しっかりとした足取りでためらうことなく迷路のようなトンネルを歩いていき、どんどん地下へとくだって、ついには蒸気で満たされた巨大な石室に出た。泡だつ滝が、連なる池へと注いでいる。周囲では水晶が宝石のように輝いている。

ミハイルはレイヴンを抱いたまま、滝からいちばん遠い池にはいった。水がソーダ水のように泡立っていて、肌に温かく、くすぐったく感じられる。彼はレイヴンを守るように抱えて蒸気が立ちのぼる湯に体を沈めた。

敏感になった肌を泡が刺激し、何本もの指のように躍ってはじらし、舌で舐めるように愛撫する。ミハイルがレイヴンの細い体を、小さな足、ふくらはぎ、腿を気だるげに洗いはじめた。レイヴンは彼の手に体をこすりつけ、目を閉じて、快感に身をまかせた。彼女の血管をカルパチアンの血が熱く流れている。カルパチアンの切望と欲望が、脳の固執する人間の限界や禁忌と闘っている。

ミハイルが彼女の平らなおなかに手を滑らせてやさしく愛情をこめて撫で、指先で傷痕のひとつひとつをうやうやしくたどり、まだ残っていた湿布と血の跡をぬぐった。肋骨の一本一本、背中、そして最後に顔と髪を、彼は細心の注意を払って洗った。ミハイルがあまりにやさしいので、レイヴンは泣きたくなった。性的に親密な触れかたはいっさいされていないのに、彼女の血にゆっくりと火がつき、体がとろけはじめた。切ないほどミハイルが欲しい。欲しくてたまらない。

レイヴンは目を開けた。青い瞳が欲望のために濃さを増し、とろんとしている。彼女はミハイルを見あげ、それから彼の体を洗いだした。やさしくするつもりはなかった。彼女の手の動きのひとつひとつが、じらし、掻きたてることを目的としていた。平らな腹部に向かってV字に伸びるもつれた黒い毛に指先をくぐらせ、筋肉質の厚い胸板を刺激するように撫でながら、肌についている血を一滴残らず洗い流す。こんなにも多くの血をこの人は流したのだ。レイヴンは心配になり、彼に渇きを満たしてほしい、失った分を取り戻してほしいと思った。

レイヴンのなかの一部は、嫌悪を感じているはずだった。しかし体が彼の体を必要としていて、どうしても唇を重ねたくなり、彼女自身、渇きを覚えた。そこでミハイルの平らなおなかを撫でると、さらに下へと手を伸ばした。

ミハイルがはっと息を呑み、全身の筋肉を緊張させた。彼が喉の奥で低くとどろくようなうなり声をあげると、彼女の血のなかで炎が躍った。レイヴンの指が彼の昂りの間違いない証を探り、じらし、誘惑する。手のひらが撫で、つかみ、重みを確かめる。

ミハイルが自制しようとして、うなり声をあげた。今回はレイヴンもみずから儀式に参加しようとしていた。あとで自分がなにをしているのか知らなかったと主張することはできない。舌を彼の肩に這わせ、首から胸へ落ちる水滴のあとを追うと、ミハイルが震える体を支えるために脚を広げた。

レイヴンの体が疼き、燃えた。舌が気だるく官能的なパターンを描きながら、ミハイルの心臓の上を滑る。血が彼の血に負けじと躍り、歌う。水滴を追って、レイヴンがさらに下へと舌を滑らせると、たっぷりしたシルクのような長い髪がミハイルの体を撫でた。ミハイルを味わうと、彼が身震いをし、彼女のなめらかな感触の口に向かってそそり立った。レイヴンは自分の持つ力の大きさに酔った。ミハイルが彼女の髪に手をうずめ、低く、攻撃的なうなり声を喉の奥から漏らした。彼女はミハイルの腿に軽く爪を立て、彼を野性へと駆り立てた。わたしに夢中になってほしい、情熱にわれを忘れてほしい。

ミハイルが彼女の引き締まったヒップをつかみ、揉んだ。「きみはわたしのライフメイトだ」彼は何世紀も昔から伝わる黒魔術の呪文をささやいた。そして背中を撫であげると、手を前にまわしてふくよかな胸を包み、今度はサテンのような肌を下へと滑って漆黒の茂みを見つけた。

泡立つ湯の下でミハイルの指が彼女をとらえ、ゆっくりと責め苛むように探りはじめると、レイヴンは声をあげた。ミハイルの胸に添わせた口が開き、息遣いが浅く、あえぐようになる。渇望が増し、炎が掻きたてられた。彼女のなかの野性的で奔放ななにかが解き放たれたがっている。ふたりの鼓動がぴったりと重なっているのが、ミハイルの血が流れる音、彼女の血が流れる音が聞こえる。自分の体が生命力に、切望に、激しい飢えに脈打っているのを感じて、レイヴンはミハイルに満たされ、完全にしてもらいたいと思った。この男《ひと》に心のなかにはいってきてほしい。ほんのわずかも自制することなく、荒々しく奪ってほしい。そして彼女は……彼の血を欲した。

ミハイルの手がレイヴンの後頭部に添えられた。彼はレイヴンを抱いて岸へと歩きだした。「わたしはきみのものだ。きみに命を差しだそう。きみに必要なもの、きみが欲するものをなんでもわたしから奪うがいい」そうささやくと、彼のなかで恐ろしいほどの渇望への扉がひらかれた。指の動きが攻撃的になり、ミハイルはまだ半分水につかったまま、レイヴンを地面に組み敷いた。

レイヴンは彼のたくましい体に釘づけにされて、背中に柔らかな土を感じた。ミハイルの顔に断固とした表情が浮かび、口が残酷そうに引き結ばれ、瞳の奥に燃えるような渇望が宿っている。彼の心に触れてみると、ライフメイトを自分のものにしようとするカルパチアンの男性特有の固い決意が感じられた。愛情も感じられたが、あまりに激しいので、愛情とは思えないほどだった。それからやさしさ。心から欲するたったひとりの女性に対する崇拝の気持ち。

ミハイルはレイヴンの両膝をぐいとひらき、彼女の瞳の奥にすべてを彼にゆだねようという意思が宿っているのを見た。彼女のなかに突きいると、熱い芯に自分自身を深くうずめた。レイヴンのかぐわしい女性的な香りが彼の男性的な香りと混じり合い、ふたりの欲望の一部と化す。ミハイルの舌と歯が彼女の喉を下へと滑り、欲望に疼いている乳房を片方、口に含んだ。手がレイヴンの体をすみずみまで探り、あおり、わがものにしようとする。彼の愛しかたは荒々しく、レイヴンの柔らかな肌に歯を立て、舌であらゆる疼きをなだめていく。どんなに近づいても物足りない。熱く締まったレイヴンが彼に絡みつき、締めつけ、燃えあがらせ、野性を募らせる。

ミハイルはレイヴンのなかで動きつづけ、長く深く、彼女を体のすみずみまで満たし、刺激し、そのあとわざとリズムを遅くした。レイヴンは小さく差し迫った声をあげていて、解き放たれることをこいねがい、ベルベットのようになめらかな筋肉で彼を熱く締めつけた。もどかしさを感じたレイヴンは無我夢中でミハイルに体をこすりつけ、彼にもっと深く、速く、激しく貫いてくれるように迫った。血が溶岩のように熱くなり、もっと彼が、彼のすべてが欲しくなる。もっと深く交わりたい。彼にわたしの血を飲み、わたしを燃えあがらせ、彼の刻印を押し、ふたりを永遠に結びつけてほしい。

「ミハイル」彼女は懇願した。

顔をあげたミハイルの黒い瞳は渇望に燃えていた。「わたしはきみのものだ、レイヴン。きみが必要とするものをわたしから奪うがいい。わたしがきみから奪うように」彼はレイヴンの頭を胸に押しつけ、彼女の舌が筋肉の上を滑ると、腹部が熱くなり、収縮するのを感じた。レイヴンがためらいがちに歯を立てた瞬間は、心臓が止まりそうなほどの親密さを覚えた。白熱する痛み、青い稲妻のようなエロティックな悦び。彼女の歯が深く沈みこむと、彼はさらに大きく、硬くなり、そして掻きたてられた。

エクスタシーに頭をのけぞらせ、純粋な悦びのうなり声を漏らした。彼の体はレイヴンを地面に釘づけにし、力強く押しいり、ますます昂り、レイヴンの体は彼に絡みつき、つかみ、締めつけ、何度も何度も絶頂に達した。ミハイルは必死に自制を保った。儀式はかならず完了され、血の交換は自発的になされる。レイヴンの髪をつかみ、ふたりを結びつける言葉をくり返した。「わたしはきみを守り、忠誠を誓い、心と魂、体を差しだす。同様に、きみが所有するものもわたしが守る。きみの命、幸せ、安寧を尊重し、つねにわたし自身よりも優先させる。きみはわたしのライフメイトだ。永久にわたしとともにあり、つねにわたしの庇護のもとに置かれる」

髪を引っぱってレイヴンの頭を後ろに引き、飢えた目をなかば閉じて、彼女が舌で傷口を閉じるさまを注意深く観察した。彼女の舌は、ミハイルの熱くなった体をさらに燃えあがらせた。ミハイルは男性的優越感を覚えながら、レイヴンにキスをした。彼の燃える唇がレイヴンの喉に、激しく脈打つ血管の上に置かれた。両手は彼女の細い腰をしっかりとつかみ、彼自身は熱く神秘的なレイヴンの女性のなかにいる。彼は待った。

彼女が頭をそらして喉を差しだした。「わたしはあなたのものよ、ミハイル。あなたが必要とするものを奪って」期待と切望に息を切らしながらつぶやくように言った。彼女は不安と、カルパチアンが感じるエロティックな渇きに苛まれて震えている。

ミハイルは腰を力強く前に突きだし、歯を深く沈めた。レイヴンが声をあげ、彼の体に腕をまわして背中を弓なりにそらす。彼は存分に飲み、荒々しくレイヴンのなかに突きいって、彼女が自分のものであることを主張し、この世の境界をふたりで越えた。たちまちレイヴンの体が彼をきつくつかんだ。ミハイルは自制をかなぐり捨てて、望むままに彼女を奪い、レイヴンがわれを忘れて熱くなり、彼を求めて叫び声をあげるまで、彼女の差し迫った弱々しい泣き声と甘い血の香りが彼のいきり立った体を狂わせるまで、何度も貫いた。レイヴンのなかで自分自身を解き放つと、生まれて初めて完全な充足を味わった。ふたりはつながったまま横たわった。心臓が早鐘を打ち、肺が苦しい。興奮がさめやらず、体に震えが走る。ミハイルは自分のたくましい体がレイヴンの細い体のクッションになるよう、彼女を抱いたまま寝返りを打った。腹部に向かってV字形に伸びる胸毛にレイヴンの柔らかく温かい胸が心地よく沈み、彼の胸を枕に、レイヴンが頭を休めた。

ミハイルは彼女を溢れるほどの愛情で包みながら、髪を撫でた。この瞬間の脆《もろ》さを感じとっていたので、不適切な言葉で雰囲気を壊したくなかった。彼の心は愛情に満ちた温かな安息の場所であり、それを喜んでレイヴンと共有した。

しばしのあいだ、強烈な喜びによって現実が閉めだされた。レイヴンは自分の体の力強い反応に恍惚《こうこつ》となるばかりだった。全身の細胞が生き生きとして、歓喜の声をあげている。こんな悦びが体験できるなんて信じられない。

ゆっくりと髪を横に払いのけた。ほんの少し動いただけで、ミハイルをつかんでいる筋肉が収縮した。ミハイル。こうもたやすくわたしの人生と体を自分のものにしたこの男《ひと》は何者？　レイヴンは顔をあげ、彼の顔をしげしげと見た。とても端整な顔だち。とても謎めいている。瞳はいくつもの秘密を宿し、口はとても官能的で、彼女に息を呑ませる。

「わたしはなにをしたの、ミハイル」

彼の瞳は底なしに見え、油断がなかった。「きみはわたしに命をあずけたんだ。安心してくれ、リトル・ワン、きみの身はわたしが守る」

レイヴンは急にからからに乾いた唇を舌先で湿した。自分が決断したことの大きさに怯えて、心臓がどきどきと打っている。口には彼の味わいが、体には彼のにおいが残り、彼の精が脚を伝い落ちる。

「わたしはどんな味がする？」彼の声は低くあらがいがたい響きがあり、まるで夢のように柔らかいブラシが肌にそっと触れたかのように感じられた。

子供ではないが、レイヴンはぎゅっと目をつぶってミハイルを視界から閉めだそうとした。「ミハイル」彼の声に、彼がささやいたエロティックな問いかけに、体が緊張し、小刻みに震えている。

ミハイルはレイヴンのなかから出たが、手は離さず、彼女をしっかりと抱いて泡立つ池のなかへと戻った。「教えてくれ、レイヴン」彼女の喉に小さなキスを、ワインさながらに濃厚なキスをくり返した。

レイヴンは彼の首に腕をまわし、豊かな髪を撫でた。「あなたは森のような味がするわ。荒々しくて野性的で、とてもエロティックで、わたしを夢中にさせる」まるで重罪を告白するように打ち明けた。

泡沫《ほうまつ》がふたりの敏感になった肌に当たってははじけ、もっともひめやかな部分で泡立った。ミハイルはふたり分の重みを受けとめて後ろにもたれ、膝にしっかりとレイヴンをのせた。彼女の丸いヒップが彼にこすれ、ふたりの血管に甘い炎が走る。「きみは甘く刺激的なスパイスのような味がして、とても官能的で癖になる」ミハイルはうなじに軽く歯を立て、彼女の背筋に快感の震えを走らせた。

自分がしたことの衝撃にめまいを感じながら、レイヴンは彼の腕に静かに抱かれていた。

彼とのあいだにはけっして満ち足りることのない野性が存在する。彼女はすべてをつなぎ合わせることができなかった。自分の変化を脳がかたくなに拒んでいる。ミハイルが〝血を飲む〟と言ったときは、それがどういうことを意味しているのかわからなかった。イメージは浮かんでも、彼女にあったのはミハイルから教えられた知識だけだった。いつもセックスと同時に行なわれるのだろうか？　ミハイルは違うと言ったけれど、彼女には意図して血を飲むことなど想像もできなかった。ぎゅっと目をつぶった。こんなことはほかの相手とはできない。ましてや人間の血を飲むことなど考えられない。

ミハイルは彼女の頭を胸に抱き、髪を指に絡めた。低く、あらがいがたい声で静かにつぶやきつづける。レイヴンにはカルパチアンの血に、激しい感情に、差し迫った欲求に順応するための時間が必要だ。レイヴンには必要だ……彼女は和合の儀式への参加をいとわなかった。無言のうちに強制しなくとも、血の交換を行った。わたしとけっして切れることのない絆で結ばれ、無用な人間的罪悪感や将来の不安に苦しむ理由はひとつもなくなった。この新しい現実を、彼女の心がゆっくり受けいれていくのを待とう。

ミハイルは自分にとことん正直になった。彼女が現われるまで、とてつもなく長い時間待ったのだ。ほかの男は誰ひとり彼女に近づけたくない。これまでは血を飲むことを親密な行為とは一度も考えなかった。それは必要な行為にすぎなかった。しかし、レイヴンがほかの男の首に歯を立て、その活力を体内へ取りこむことを考えると、強烈な嫌悪を覚えた。彼女に血を与えるたび、性的な興奮を、彼女を守り、愛したいというあらがいがたい欲求を感じる。ほかのカルパチアンの男がライフメイトに対してどう感じているかはわからないが、レイヴンに近づく男がいたらただではおかない。人間としての考えかたから、彼女が人間を捕食するカルパチアンの生きかたに抵抗を覚えるのはかえって好都合と言える。

レイヴンが彼の腕のなかで身動きし、気だるげに伸びをした。「たったいまわたしが不安に襲われたら、あなたがそれを取り除いてくれた。違う?」彼女の声からはほのかに笑みが感じられた。

ミハイルが放してやると、彼女は泡立つ湯のなかにもぐり、何メートルか先に浮かびあがった。ミハイルを眺める大きな瞳は、間違いなく笑っている。「ねえ、ミハイル、わたし、あなたに対する第一印象は正しかったって気がしはじめてるの。あなたは傲慢で威張ってるわ」

彼はのんびり、ゆったりと水を掻いて彼女のほうへ泳いでいった。「だが、セクシーだろう」

彼女はさっと後退し、水をすくって彼にかけた。「わたしに近づかないで。あなたがそばに来ると、決まってクレイジーなことが起きるんだから」

「きみが命を危険にさらしたことを叱るには、いまがちょうどいいかもしれないな。きみは暗殺者たちのあとを追ったりすべきではなかったんだ。わたしに助けを求めても聞こえないことはわかっていたんだから」彼は鮫《さめ》のように執拗に彼女のほうへ泳いできた。

レイヴンは逃げることにして、その池から歩いて出ると、となりの大きな池に飛びこんだ。ほてった肌に水が冷たく感じられる。彼女は口を歪め、ミハイルに向かって指を突きつけた。

「わたしはあなたを助けるつもりだってことは言ってあったじゃない。とにかく、そっちがお説教をするつもりなら、こっちだって言わせてもらうわ。本人の同意も得ずにわたしをあなたに縛りつけるなんて、倫理違反もいいところよ。教えて――もしわたしが暗殺者たちを追跡してジェイコブに刺されたりしなかったら、わたしは人間のままでいられたんじゃない？」

ミハイルが池から出ると、体から水が滴り落ちた。レイヴンははっと息を呑んだ。なんて男性的でたくましく、堂々としているのだろう。彼はよどみのない動きで跳びあがったかと思うと、深い池にえび型飛びこみを決めた。レイヴンは心臓が早鐘を打ち、血が沸きたった。ミハイルが後ろに浮きあがり、ウエストをつかんで彼女を引き寄せた。ミハイルは水を力強く蹴り、彼女を抱いたまま立ち泳ぎを続けた。

「ああ、きみはまだ人間だっただろう」と認めた。その声は黒魔術の呪文にも似ていて、水のなかにいるにもかかわらず、レイヴンは体がほてりそうになった。

「わたしが人間のままだったら、あなたはどうやってわたしのライフメイトとして暮らすつもりだったの？」彼女は丸いヒップをミハイルの下腹部に押しつけ、彼の体が反応して大きく硬くなると快感を覚えた。頭をのけぞらせて彼の肩にあずける。

「きみとともに年を取り、きみとともに死ぬことを選んだろう」ミハイルはハスキーな声で答え、片手でレイヴンの柔らかな乳房を包んだ。彼女の髪がシルクの糸のように彼の体を撫で、体の隅々にまで矢のような快感を走らせる。

レイヴンが唐突に顔をあげ、くるりと向きなおった。青い瞳が彼の謎めいた瞳の奥を探るようにのぞきこむ。「本気で言ってるの、ミハイル？　わたしが年を取っても一緒にいてくれた？」

彼はうなずき、やさしく愛撫するようにレイヴンの頬に指を走らせた。「きみとともに年齢を重ねたさ。そして、きみが息を引きとるときに、わたしも息を引きとった」

レイヴンはやれやれというようにかぶりを振った。「あなたに心を盗まれたら、どうやって逆らったらいいのかしら」

ミハイルの笑顔を見ると、彼女は心臓が跳びはね、胃がひっくり返った。「きみはわたしに逆らってはならないのさ、リトル・ワン。わたしの半身なのだから」彼は首に手を置いてレイヴンを引き寄せた。彼の唇が彼女の唇をとらえると、ふたりは水中へと沈みながらひとつに溶け合った。

ミハイルが彼女を抱いて家に戻ったときには、すでに夜半を過ぎていた。レイヴンは急いで彼のシャツをまとった。「ここにはわたしの服が一枚もないって気づいてる?」ミハイルとまともに目を合わせることができず、彼の黒い瞳が肌をかすめるたび、顔を赤らめた。いまもまだ体にミハイルの体の感触が残り、彼女を奪ったときの彼のたくましさが感じられる気がする。「宿に戻らないと。荷物は全部向こうだから」

ミハイルは眉をつりあげた。もう衣服など必要ないことを教えるのにいまはいいタイミングとは言えなかった。身のまわりのものがあれば、彼女の転化が楽になるはずだ。彼は気だるげに自分の服に手を伸ばした。「ミセス・ガルヴェンスタインが届けてくれるだろう。電話をかけて、すぐに届けてもらえるようにしよう。わたしは少しのあいだ出かけてくる。やり残したことがいくつかあるんだ。ここにいればきみは安全だ」

レイヴンの顎が挑戦的に突きだされた。「あり合わせのものを着て、わたしも一緒に行くわ。一日でもまたあなたとコンタクトできずに過ごすのはいやなの。あれは地獄だった。本当に地獄だったのよ、ミハイル」

レイヴンを見るミハイルの黒い瞳がたちまちやさしくなった。「きみをあんな目に遭わせるつもりはなかったんだ。自分が眠りに落ちるのはわかっていたから、ハマー神父にきみのところへ行ってもらったが、どうしても必要なときは、眠りから覚めてきみを安心させるつもりだった」

「でもあなたの思いどおりにはならなかった」

彼はかぶりを振った。「ああ、レイヴン。すまなかった」

「気にしないで」レイヴンは答えた。「わたしがもうあなたなしではいられない理由はわかってるでしょう。怖いのよ、ミハイル。わたし自身も、あなたも、ついさっき自分がしたことも、なにもかもが」

「だが今回はだめなんだ、リトル・ワン」彼女を連れていければいいのにと思いながら、ミハイルは非常にやさしい口調で言った。「われわれはどうしても残りの暗殺者を見つけなければならない。きみを少しでも危険にさらすわけにはいかないんだ。ここにいれば安全だ。わたしは眠るわけじゃない。きみと心的コンタクトが取れるし、きみも必要なときには簡単にわたしにコンタクトを求められる。心配する必要はなにもない」

「わたしは〝家でおとなしくしている〟タイプじゃないのよ」レイヴンは反論した。

振り向いたミハイルは大きくてたくましく、その顔は冷酷無情な仮面のようだった。威圧感があり、不死身に見える。レイヴンは思わずあとずさり、青い瞳が濃いサファイア色になった。ミハイルはとっさに彼女の手を取り、自分の熱い唇へと運んだ。「そんな目でわたしを見るな。わたしはもう少しできみを失うところだった。きみの叫び声を聞いて目覚めたとき、どんな気持ちになったかわかるか？　わたしはきみの恐怖を感じ、きみを襲っている男の反吐《へど》が出るような口実を聞いた。きみの体が刃で何度も何度も切り裂かれるのを感じた。きみはわたしの腕のなかで死にかけた。わたしはきみに代わって呼吸をし、心臓を動かしつづけた。そして、きみにはけっして許してもらえないかもしれない決断をくだした。わたしはきみが命を失うような危険は冒せない。それはわかってくれるだろう？」

ミハイルは感情が昂るあまり震えていた。レイヴンの体に腕をまわして抱き寄せる。「頼む、レイヴン。きみを繭のなかで大事に守らせてくれ。少なくとも、わたしがあの光景を頭から追い払うことができるまでは」彼は漆黒の豊かな髪に指をくぐらせた。これ以上、危害を加えられることがないよう、レイヴンを隠そうとするかのように彼女の細い体を自分の大きな体にぎゅっと抱き締めた。

レイヴンは彼の首に腕をまわした。「大丈夫よ、ミハイル。わたしの身にはなにも起こらないわ」ミハイルの首に顔をすり寄せ、自分自身の不安だけでなく彼の不安も振り払おうとした。「新しい環境に順応する必要があるのはあなたもなんじゃないかしら」

彼のキスはやさしく、とても思いやりに満ちていた。「無理をするな。六日間の眠りと癒しでは充分とは言えない」

「六日間？　信じられない快復力だわ。あなたたち、いままでに血を調べてもらったことはある？」

ミハイルはしぶしぶながら彼女を放した。「わたしたちは誰も人間の医療施設に近づけないんだ。治療は自分たちで行なう」

レイヴンはブラシを手に取り、濡れてもつれた髪を気だるげに梳かしはじめた。「地中に閉じこめられていた女の人は誰だったの?」

やさしそうなところなど最初からみじんもなかったかのように、ミハイルの顔が無表情になった。「名前はエレノア。男児を出産した」感情がいっさい感じられない声になった。

レイヴンはベッドに腰かけて脚を組み、頭をかしげて長い髪をブラッシングした。「彼女のことが嫌いなの?」

「エレノアはきみを危険にさらした。彼女がきみとの交信をあの悪魔のような女に聞かれたせいで、あやうくきみの命が失われるところだった」ミハイルはシャツのボタンを留めているところだったが、彼の長く引き締まった指が単純な作業をしているだけで、レイヴンは魅了された。「きみはわたしの庇護のもとにあった。それはつまり、すべてのカルパチアンは自分よりもきみの安全を優先させなければならないということだ」

レイヴンは小さな歯で下唇を噛んだ。ミハイルの無表情な仮面の下には、エレノアという女性に対する情け容赦のない怒りがある。ミハイルがわたしに抱いている感情は凶暴なまでに激しく、彼にとってこれまでに経験がないものだ。わたしが適応するのに苦労しているように、彼も苦労している。

レイヴンは慎重に言葉を選んだ。「ミハイル、女性が出産するところを見たことがある? 苦しくて怖いものなのよ。自制を保つには、安心できる環境が必要なの。エレノアはおなかの赤ちゃんの命を案じていた。お願いだから、そんなにきびしく彼女を責めないで。わたしがエレノアの立場に置かれたら、ヒステリーを起こしていたわ」

ミハイルは大きな手で彼女の顔を包み、柔らかくサテンのような肌を親指で撫でた。

「きみは本当に思いやりが深いな。エレノアはもう少しできみを殺すところだったのに」

「いいえ、ミハイル。もう少しでわたしを殺すところだったのはジェイコブよ。エレノアはできるかぎりの努力をしていたわ。誰にも責任はない。あるいは、全員が責任を負うべきなのよ」

ミハイルは彼女から目をそむけた。「きみをわたしのそばから離すべきではなかった。わたしは大地に癒しを求めたりしてはいけなかったんだ。そのせいで、きみから離れすぎる結果になってしまった」

鏡に映ったミハイルの顔には苦悩がくっきりと刻みこまれている。「きみの悲鳴で目覚めた瞬間、わたしは土に閉じこめられていて、きみを助けたくてもなにもできなかった。あのときの嵐を引き起こしたのはわたしの憤怒だ。地表まで這いあがりながら、きみが斬りつけられるたび、わたしは刃の衝撃を感じ、自分がきみを守れなかったことを思い知った。その瞬間、わたしは自分のなかのあまりにおぞましい、あまりに獰猛で醜い一面に直面し、いまだにじっくりとは向き合えずにいる。もしあの男がきみを殺していたら、わたしは誰になにをしていたかわからない」彼は抑制のきいた硬い声で、背中をこわばらせて打ち明けた。「相手がカルパチアンであろうと人間であろうと。万が一あのようなことがまた起きたら、グレゴリがただちにわたしを殺してくれるよう祈るばかりだ」

レイヴンは正面に立って彼の顔を両手で包んだ。「深い悲しみを感じると、わたしたちのなかの隠しておいたほうがいい一面が明らかになることがあるわ。誰だって完璧じゃない。わたしも、エレノアも、あなただって」

自嘲気味の微笑がミハイルの形のいい口に浮かんだ。「わたしは何世紀も生きてきて、ヴァンパイア狩りや戦争、裏切りに耐えてきたが、きみが現われるまでは、一度たりと自制を失ったことはなかった。これほどなにかを欲しいと思ったことはなかったし、失うものもなかった」

レイヴンは彼の頭を引き寄せ、喉に、がっしりとした顎に、固く引き結ばれている口もとに癒すような小さな口づけをくり返した。「あなたは善良な男《ひと》よ、ミハイル」青い瞳を輝かせ、いたずらっぽくにっこり笑った。「ただあまりに大きな力を持ちすぎているだけ。でも心配しないで。わたしはとあるアメリカ人の娘を知っているの。彼女はとっても失礼だから、あなたの傲慢なところをすっかり取り除いてくれると思うわ」

彼女の言葉を聞いてからミハイルが笑いだすまでには少し間が空いたが、笑いだすと、彼の体から極度の緊張がすっかり脱けた。レイヴンの体を持ちあげ、ぎゅっと抱き締めながらくるくるまわった。いつものことだが、レイヴンは心臓が激しく跳びはねた。ミハイルは彼女としっかりと唇を重ね、くるくるまわりながら部屋を横切り、ベッドに倒れこんだ。

レイヴンが柔らかく、挑発するような声で笑った。「もう一度は無理よ」ミハイルは彼女の上に乗り、膝で腿を押しひらいて、彼を歓迎しているレイヴンの柔らかな体に自分を押しつけた。「きみは何も身に着けないまま、ただわたしの帰りを待っていればいい」そうなるように言いながら、彼女を撫で、準備ができていることを確かめた。レイヴンは誘うように腰をあげた。「ベッドでのやりかたがわたしたちにわかるかしら」と言ったものの、その語尾は彼とひとつになった悦びのあえぎ声のなかに消えた。

ミハイルの口がふたたびレイヴンの口をとらえ、笑い声と甘美な情熱が混じり合った。彼は所有欲に満ちた手つきでレイヴンの乳房を包み、髪に指をくぐらせた。彼女の心は喜びと深い思いやり、そしてやさしさに溢れている。わたしの生涯は永遠にレイヴンの笑い声と生への情熱で満たされるだろう。そう考えると、純粋な喜びを感じて、ミハイルは声をあげて笑った。

11

ミハイルが出かけてからすでに二時間がたっていた。レイヴンは家のなかを歩きまわって各部屋をのぞいてみた。ひとりになれてうれしかったし、物事を論理的に考える時間ができたのはありがたかった。いくら努力しても、自分がカルパチアンになったことが現実とは思えない。彼女が正気でいられるのはミハイルの存在があればこそだった。彼はずっとレイヴンの頭のなかにいて、思考を侵略し、ばかげた考えはすべて追いだして、最後には彼のことしか考えられないようにした。

ミハイルの血が彼女の血管を流れ、においが体にしみこみ、刻印が喉と胸に残っている。足を、体を動かすたびに、彼に奪われたときの感覚がよみがえってくる。彼女はミハイルのシャツの前をぎゅっとかき合わせた。彼が無事で元気なのはわかっている。たびたび心に触れてきては、大丈夫だと安心させてくれるからだ。そういう触れ合いはうれしく、待ちきれないくらいで、ふたりの心を頻繁にひとつにしたいと願っているのは、ミハイルも同じであることが伝わってきた。

レイヴンはため息をつき、ミハイルの暖かな長いマントに身を包んだ。急に家が窮屈に、家というよりも牢獄のように感じられた。家の周囲に張りめぐらされたポーチが手招きし、夜の闇が彼女の名前を呼んでいるような気がする。ドアノブをまわすと、たちまち夜気が押し寄せてきて彼女の体を冷やし、うっとりするような香りで鼻腔《びこう》を満たした。ポーチにさまよいでると高い柱にもたれて夜気を深く吸いこんだ。なにかが彼女を引き寄せようと、呼び寄せようとしている。レイヴンは無意識のうちにポーチをおり、小径を歩きはじめた。

夜のささやきと歌声が、彼女を森の奥へと招く。一羽のフクロウが柔らかな羽音を立てながら空を飛んでいった。三頭の鹿が茂みからそろそろと現われ、しっとりと柔らかな鼻づらを冷たい小川にひたした。動物たちが生を楽しみ、生きるか死ぬかの日々を受けいれ、闘っているのが感じられる。木の幹のなかでは樹液が潮の満ち干のような音を奏でている。レイヴンの裸足の足は草木のとげや小枝、とがった石を自然とよけて地面の柔らかな場所を踏んだ。勢いよく流れる水、風の音、大地の鼓動そのものが彼女に呼びかけてくる。

うっとりとして、レイヴンは当てもなくさまよい歩いた。漆黒のシルクを思わせる豊かな髪が腰の下まで垂れ、月光に照らされた白い肌は限りなく透明に近く、大きな青い瞳は濃さを増して紫色に見え、彼女はこの世のものとは思えない雰囲気を漂わせていた。ときおりマントがはだけると、すらりとした脚が誘うようにのぞく。

なにかが彼女の心にさざ波を立て、夜の心地よい静けさをかき乱した。深い、深い、深い悲しみ。涙。

レイヴンは立ち止まってすばやくまばたきをし、自分がどこにいるのか見定めようとした。美しい夢を見ているかのように、さまよい歩いていたようだ。激しい感情が伝わってくる方角を振り返った。思うより先に、足がそちらに動いた。無意識のうちに頭が情報を集めはじめる。

人間の男性。二十代前半。心からの深い悲しみ。父親に対する怒り、混乱、自分の到着が遅すぎたことへの罪悪感。男性の切迫した感情に、レイヴンの内面が反応した。その男性は林の端近くで太い幹に背中をあずけて座っていた。膝を引き寄せ、顔は両手にうずめている。レイヴンはわざと物音を立てて近づいた。男性は涙の筋がついた顔をあげ、レイヴンに気づくと驚いて目を見ひらいた。慌てて立ちあがろうとする。

「どうかそのままでいて」レイヴンは夜そのもののように柔らかな声で静かに言った。「邪魔をするつもりはなかったの。眠れなくて散歩をしていたところで。わたし、いなくなったほうがいいかしら?」

霧のなかから忽然と出現したかのように幻想的な人影を、ルーディ・ロマノフは畏怖の目で見つめた。目の前の女性はルーディがいままでに会ったどんな女性とも異なり、周囲の暗い森そのままの神秘的な雰囲気に包まれている。言葉が出てこない。ぼくの悲嘆が彼女を呼びだしたのか? 父親から聞かされた、くだらない迷信めいた話を信じそうになる。ヴァンパイア、闇に生きる女たち。男を誘惑し、破滅に導く妖婦。

木の根元に座っている男性は、幽霊を前にしたような目でレイヴンをじっと見つめている。

「ごめんなさい」彼女はそっとつぶやき、立ち去ろうと背を向けた。

「待って！　行かないで」男性の英語には強い訛りがあった。「あんなふうに霧のなかから出てきたから、一瞬、幻かと思ったんだ」

レイヴンは下にほとんどなにも身に着けていないことを思いだし、マントの前をかき合わせた。「大丈夫？　誰か呼びましょうか。神父さまとかご家族とか？」

「家族はもう誰もいないよ。ぼくはルーディ・ロマノフ。ぼくの両親についてはきみも聞いてるだろう」

忌まわしい光景がレイヴンの脳裏に飛びこんできた。真っ赤な目を残忍に光らせた狼たちが森から飛びだしたかと思うと、群れを率いる巨大な黒い狼が、ハンス・ロマノフにまっすぐ飛びかかった。彼女は目の前の若者の頭から、母親のハイジがベッドに横たわり、夫に首を絞められている光景を読みとった。一瞬、恐ろしさのあまり息ができなくなった。この若者はなんというつらい目に遭ったのだろう！　ほんの数時間のうちに、両親をふたりとも失った。狂信的な父親が母親を殺したのだ。

「わたしはふせっていたの。表へ出るのは数日ぶりなのよ」レイヴンはルーディのほうに歩いていき、木々の大枝の下にはいった。彼に真実を――自分がおぞましい事件の当事者だったことを話す気にはとてもなれなかった。

ルーディには、彼女が自分を慰めるために遣わされた美しい天使に思えた。月光に照らされた肌は実際に見た目どおりに柔らかいのか、触れてみたくてたまらない。やさしくささやく声はセクシーで、彼の心を癒し、静めてくれる。彼は咳払いをした。「おやじがおふくろを殺したんだ。ぼくがもっと早く帰ってくればよかった。おふくろから電話があって、おやじが女の人を殺したとか、わけのわからない話をされたんだ。おやじはヴァンパイアが村人を襲っているという妄想に取り憑かれていた。昔から迷信深いたちだったけど、完全にいかれてしまうとは思いもしなかった。おふくろの話では、おやじは狂信的な一団とヴァンパイア狩りをしていて、このあたりでよく知られた人物を狙っていたらしい。ぼくはてっきり、おやじがいつもみたいに大きな口をたたいているだけだと思ったんだ」ルーディは自分の手をちらりと見おろした。「おふくろの話にちゃんと耳を傾けておけばよかった。でも、その殺人のことはほかには誰も知らないみたいだと、おふくろも認めていたんだ。だからぼくは、おやじは女の人を殺したとほらを吹いているだけで、そんな話は真実じゃないだろうと決めつけた。ちくしょう、真実じゃなかったかもしれないが、おやじは頭がおかしくなっていたんだ。そしておふくろを絞め殺した。おふくろはロザリオを手に死んでいた」

ルーディは震える手で目をぬぐった。どういうわけか、この謎めいた女性は彼の心にはいりこんできて、温もりと同情で満たしてくれるように思えた。彼女と自分がまったくのふたりきりであることを強く意識した。彼女がぼくといることは誰も知らない。そんな考えがひとりでに湧きあがってきた。悲しみのさなかにありながら、心穏やかならぬ興奮を覚えた。

「ぼくはとても大事な試験があって、もう一日大学に残ったんだ。おやじが人を、まして女の人を殺すなんてとうてい信じられなかった。ぼくはおふくろにもうすぐ家に帰るから、すべてぼくにまかせるように言ったんだ。おふくろは神父のところへ行きたがったけど、ぼくが思いとどまらせた。おふくろはきっとおやじを止めようとしたんだと思う。あの嵐の夜、おやじはよそ者たちと出かけた。そのとき、家を出る前におふくろを殺したにちがいない。たぶんおふくろが誰かにばらしたり、おやじたちを止めようとしたりすることがないように。おやじは雷が直撃した木の下で発見された。連れのよそ者も一緒だったが、誰が誰だかわからないほど黒焦げになっていた」

「さぞやつらかったでしょうね」レイヴンはシルクのような豊かな髪をゆっくりと、顔からかきあげた。セクシーでいて無垢。それは強力な組み合わせだった。

崖を背に建つ館に向かって、霧が森を進んでいく。そして鉄の門を通り抜け、中庭に流れこんだ。霧は凝縮して太く高い柱の形になったかと思うと、ゆらゆらと輝きながら密度を増していき、やがてミハイルが実体を現わして玄関の前に立った。彼は片手をあげると、低い声で呪文を唱えてセイフガードをはずし、家にはいった。たちまちレイヴンがいないことに気づいた。

瞳が黒曜石のように翳った。白い歯が剝きだされてぎらりと光る。低いうなり声が漏れそうになるのを押し殺した。初めに考えたのは、レイヴンが何者かに連れ去られ、危険な目にあっているのではないかということだった。捜索に力を借してくれるよう、見張りの狼たちに呼びかけた。落ち着くために深呼吸をしてから、彼女の居場所を突きとめることに神経を集中させた。彼女の足跡をたどるのはむずかしくなかった。レイヴンはひとりではない。人間が一緒にいる。人間の男が。

ミハイルははっと息を吞んだ。心臓が止まりかける。両手をきつく握りしめた。脇にあったランプが破裂してこなごなになった。外では風が起こり、小さな竜巻となって木々のあいだを抜けていく。彼は外に出て宙に跳びあがると、巨大な翼を広げ、すさまじい速さで空を翔た。はるか眼下では狼たちが咆哮を交わし、密集隊形をとって走りはじめた。

ミハイルは音もなく滑空し、レイヴンの頭上の太い枝に留まった。彼女は顔から髪をかきあげているところで、そのさまは不思議なほどなまめかしく、とても女らしかった。レイヴンの同情、慰めたいという思いをミハイルは感じとった。彼女が凍えて疲れきっていることも。人間の男が悲しみに打ちひしがれているのは疑いの余地がない。しかし、男の体からは興奮のにおいが漂い、激しい鼓動も聞こえてきた。男の思考はたやすく読みとれたが、それは無邪気な内容ばかりではなかった。

憤怒に駆られ、レイヴンのことが心配でたまらず、ミハイルは枝から舞いあがると、一メートルほど離れた、レイヴンたちからは死角となる場所におり立った。そして夜の闇のなかから長身のたくましい姿を現わし、大股にふたりのほうへと歩いていった。いかつい顔に険しく無情な表情を浮かべ、全身にすさまじい迫力をにじませて、ふたりの前にそびえるように立った。まばたきひとつしないその瞳が月光を反射して赤く不気味な光を放ち、野獣の雰囲気さえ醸しだした。

怯えたルーディは慌てて立ちあがり、無意識のうちに謎めいた女性をかばおうとして手を伸ばした。ミハイルのほうが離れた場所にいたが、彼は目にも留まらぬ速さで手を伸ばし、ルーディよりも先に華奢な手首をとらえてレイヴンを背後へまわすと、ぴったりと体を密着させた。

「やあ、ミスター・ロマノフ」ミハイルの口調は愛想がよかったが、シルクのようになめらかでとても低い声に、ルーディもレイヴンも身震いした。「よかったら教えてくれないか、こんな夜更けに森でわたしの恋人とふたりきりでなにをしているのか」ミハイルが〝わたしの恋人〟という言葉を口にすると、どこか近くで狼が不吉な声で吠え、その遠吠えは夜風に乗って、あたりに警告を発した。

レイヴンが動こうとすると、手首を握っているミハイルの手に力が込められて骨が砕けそうになった。おとなしくするんだ、リトル・ワン。この人間に朝日を拝ませたければ、言うとおりにしろ。この男はハンス・ロマノフの息子だ。ずっと昔に父親から悪しき考えを植えつけられている。

レイヴンの顔が目に見えて蒼ざめた。ミハイル、彼の両親は……。

わたしはかろうじて自分を抑えている状態なんだ。爆発させないでくれ！

「ミスター・ダブリンスキー」ルーディは相手が故郷の村の有力者であることに気がついた。彼にとって無情な敵なのか、それとも貴重な友人なのか。声は落ち着いて、穏やかにすら聞こえるが、人も殺しかねない顔つきをしている。「こんなつもりじゃなかったんです。ぼくがここへ来たのは……」ルーディの声は尻すぼみに小さくなった。誓ってもいいが、林に狼がひそんでいるのが見えたからだ。狼たちの目は、彼の目の前にいるハンターと同じ獰猛《どうもう》さをたたえて輝いていた。ミハイルの残忍な表情をひと目見ると、ルーディはプライドを捨てた。「ぼくは悲しみに暮れていたんです。彼女は散歩中にぼくの声を聞きつけたそうで」

狼たちが静かな影となって忍び寄ってきた。彼らが血に飢えているのが、ミハイルにはわかった。狼たちの渇望が彼にも押し寄せ、険悪な嫉妬と混ざり合う。狼の群れが兄弟として彼にささやきかけてきた。ミハイルのなかの獣《けもの》が頭をもたげ、解き放たれることを求めて咆哮をあげた。人間の男は悪気はなかったと主張しているが、その体が欲情し、性的興奮のにおいを放っているのは簡単にわかった。この男には、父親譲りの病的な一面がある。

ミハイルはレイヴンの小柄な体をちらりと振り返った。そこにいるだけで、彼女はミハイルの鼓動を止め、息を奪うことができた。レイヴンは表面しか見ていない。見えないように自分を訓練してきたからだ。ミハイルには彼女の深い思いやりと悲しみ、疲労が読みとれた。それともうひとつ別のなにかが。レイヴンはわたしのせいで傷ついている。それは大きな瞳の奥をのぞけばわかる。そこにはまぎれもない恐怖があった。狼の群れがそばにいるのをレイヴンは知っている。ライフメイトを守れとわたしをけしかける狼たちの声が、彼女には聞こえている。そしてわたしがどれだけ野蛮な論理に流されやすいか、内にどれだけの獣性を秘めているかを知って、恐ろしい衝撃を受けている。とっさにミハイルはレイヴンの体に腕をまわし、肩までも届かない彼女を熱い体に抱き寄せた。狼たちに無言で命令をくだすと、彼らの反発を感じた。目の前の男に対するミハイルの敵意、血の渇きを、狼たちは感知している。

「きみが家族を亡くした話は聞いている」ミハイルはそう言いながら、守るようにレイヴンの体に腕をまわした。「きみのお母さんはすばらしい女性だった。お母さんの死は村にとってはかりしれない損失だ。きみのお父さんとわたしは意見が食い違うこともあったが、お父さんがあのような亡くなりかたをしたのは残念だ」

レイヴンは寒さに加え、ミハイルがこれほどの敵意を抱きうるのだと気づいたせいでぶるぶると震えていた。彼はなによりもまず捕食者なのだという事実が理解できないのだ。安心させようとして、ミハイルはレイヴンの腕をやさしくさすった。「家へ帰るんだ、ミスター・ロマノフ。きみには眠りが必要だ。それにこの森はつねに安全とは限らない。先日の嵐のせいで獣たちは殺気だっている」

「親切にしてくれてありがとう」ルーディはレイヴンをひどく凶暴そうな男とふたりきりにするのが気が進まなかったが、礼を言った。

開豁地を抜け、安全な村へと戻っていく男をミハイルは見送った。「体が冷えきっているぞ、リトル・ワン」とてもやさしい声で言った。

レイヴンはまばたきをして涙をこらえ、震える脚で一歩ずつ、ゆっくりと歩きだした。ミハイルの顔を見ることはできなかったし、見ようとも思わなかった。わたしは気持ちのよい夜を楽しんでいただけだ。そうしたら、若者の声が聞こえた。できれば人を助けたいと思うのはわたしの性分だ。でもそのせいで、ミハイルの陰鬱で険悪な一面を刺激してしまい、わたしはひどく胸を掻き乱されている。

ミハイルは彼女と並んで歩きながら、自分からそむけられている顔をじっと観察した。「方向が違うぞ、レイヴン」彼女の背中のくぼみに手を添え、導こうとした。

レイヴンは体をこわばらせ、身をよじってミハイルから逃れた。「なんだか戻りたくないの、ミハイル。あなたがどういう人か、ぜんぜんわかっていない気がして」

レイヴンの声には怒りよりも苦悩が強く表れていた。ミハイルは大きくため息をつくと、がっちりと彼女の腕をつかんだが、その手はけっして振りほどけない鋼のようだった。「話なら、暖かく居心地のいい家でしよう。ここにいたらきみの体が凍えてしまう」レイヴンの了解を待たずに彼女をさっと抱きあげると、猛烈な速さで歩きだした。レイヴンはミハイルにしがみつき、顔を彼の肩にうずめた。寒さと、ミハイルに対する不安、自分の将来、自分が遂げた変化に対する不安のせいで細い体を震わせながら。

ミハイルはレイヴンをまっすぐ寝室へと運び、手をひと振りして火をともすと、彼女をベッドにおろした。「せめて靴だけでも履けばよかったものを」

レイヴンは身を守ろうとするようにマントをかき合わせ、長いまつげの下からミハイルを見あげた。「どうして？　と言っても、靴のことを訊いているんじゃないわよ」

ミハイルは蠟燭に火をともし、さまざまなハーブを細かく砕いて、心を落ち着かせる癒しの芳香で部屋を満たした。「わたしはカルパチアンの男だ。この血管には大地から滋養を得た血が流れている。わたしは何世紀ものあいだライフメイトを待ちつづけた。カルパチアンの男は、自分の女にほかの男が近づくのを好まない。レイヴン、いまわたしはなじみのない感情と闘っている最中なんだ。それを制するのは容易なことではない。きみのふるまいはカルパチアンの女とは違う」口の端にかすかな笑みを浮かべ、ミハイルは物憂げに壁に寄りかかった。「家に帰ったら、きみがいなくなっているとは思いもしなかった。きみはみずからを危険にさらしたんだぞ、われわれの種族の男にはけっして許せない行為だ。そのうえ、きみは人間と一緒にいた。男と」

「あの人は苦しんでいたのよ」レイヴンはひっそりと答えた。

ミハイルはいらだちの声を漏らした。「やつはきみに欲望を感じていた」

レイヴンはまつげを震わせ、青い瞳に驚きと不安の色を浮かべてミハイルの目を見つめた。

「でも……まさか、ミハイル、あなたの勘違いよ。絶対に。わたしはあの人を慰めようとしていただけ。彼は両親をいっぺんに亡くしたのよ」レイヴンはいまにも泣きだしそうだった。

ミハイルは片手をあげてレイヴンを黙らせた。「そしてきみはやつと一緒にいたいと思った。性的な感情はなかったが、人間と接したくて。否定するな。わたしにはきみの欲求が感じとれた」

レイヴンは緊張したようすで唇を湿した。否定はできない。まったく意識していなかったものの、言葉にして指摘されてみると、ミハイルの言うとおりだ。わたしは人間との交流を求めていた。ミハイルはあまりに情熱的だし、彼の世界はわたしにとってなじみのないことばかりだから。自分がミハイルを傷つけ、自制の限界まで追いこんだのかと思うといたたまれない気持ちになった。「ごめんなさい。ちょっと散歩をしようと思っただけだったの。あの人の声が聞こえると、大丈夫かどうか確かめたくなって。自分が人間との交流を求めていたなんて気づかなかった」

「責めているわけじゃないんだ、けっして」ミハイルの声がとてもやさしくなったので、レイヴンは心臓が跳びはねた。「きみの記憶はわたしには簡単に読める。どんなつもりだったかはわかっている。きみの思いやり深い性格については、責める気は少しもない」

「わたしたち、どちらも問題をいくつか抱えているみたいね」レイヴンはそっと言った。「ミハイル、わたしはあなたの望むようにはなれないわ。あなたは〝人間〟という言葉を、自分よりも劣った、忌まわしい存在を指すように口にする。自分はわたしたちの種族に偏見を持っている、そう考えたことはこれまでにない？　わたしの血管にはカルパチアンの血が流れているかもしれない。でも心のなかでは、わたしは人間なの。あなたに背こうと思っていたわけじゃないのよ。散歩に出かけた、ただそれだけ。ごめんなさい、ミハイル、でもわたしはずっと自由に生きてきた。流れる血が変わっても、わたしという存在は変わらないわ」

全身にエネルギーをみなぎらせ、ミハイルは足早に部屋を行ったり来たりした。「偏見など持ってない」と否定した。

「そんなはずないわ。あなたはわたしたち人間を少し軽蔑している。わたしがロマノフの血を飲んでいたら、満足した？　そうしたら文句はなかったの？　ふた言三言、親しく言葉を交わすのではなく、糧を得るために利用したのなら？」

「そんなふうに思われるのは心外だ」ミハイルはレイヴンの前まで歩いていると、マントを受けとるために手を差しだした。寝室は暖かく、自然の——木や草の香りが漂っている。しぶしぶながら、レイヴンは肩からマントを落とした。彼女が真っ白なシャツしか身に着けていないのを見て、ミハイルは眉をひそめた。裾《すそ》のいちばん長いところは膝まで届き、ヒップは隠れているとはいえ、腿はたっぷりあらわになっている。乱れた長い髪がほっそりした体を縁取るようにベッドに垂れているのとあいまって、信じられないほどセクシーだ。ミハイルは母国語で低く毒づいた。レイヴンがマントの下にシャツのほかはなにも着ていないと、先ほど気づかなくてよかった。気づいていたら、ロマノフの喉を切り裂いていただろう。微笑を浮かべたレイヴンが、目に妖《あや》しい光をたたえてあの若者に近づき、かがみこんで喉に唇をつけ、舌と歯で触れると考えただけで……その光景に激しい拒絶反応を起こして、ミハイルは胃が締めつけられた。

いらいらと髪をかきあげ、マントをクロゼットに掛けると、古風な水差しとたらいに湯をいっぱいに注いだ。いったん想像を抑えこんでしまえば、ふだんのようにやさしく答えることができた。「きみが言うようなことはない。よく考えてみたが、きみが糧を得ても、わたしはうれしく思わなかっただろう」

「でも、それがわたしのとるべき行動じゃないの？　カルパチアンの女は、なんの疑いも持たない人間を餌食《えじき》にするんでしょ」泣くまいとしながらも、レイヴンの声には涙がにじんだ。

ミハイルはベッドのかたわらまで湯を運び、レイヴンの前にひざまずいた。「わたしはいま自分の感情を理解しようとしているところなんだ。でも、どうにもつじつまが合わない」レイヴンの足をいたわりながら洗いはじめた。「わたしはなによりもきみの幸せを願っている。だが、きみを守らなければという思いにも駆られるんだ」ミハイルはやさしい手つき、思いやりに満ちた触れかたで泥汚れを丁寧に落としていく。

レイヴンは首をすくめ、こめかみをさすった。「あなたの気持ちは知ってるし、あなたがそういう思いに駆られるのも少しは理解できるわ。ただ、わたしはつねにわたしでしかいられない。思い立ったらすぐ行動するたちなのよ。凧《たこ》揚《あ》げをしたいと思ったら、次の瞬間にはもう揚げてるの」

「どうして家から出た？　きみが無事かどうか心配で、しばらくなにもできなかった」ミハイルの声は信じがたいほどやさしかったので、レイヴンの目に涙がこみあげてきた。

ミハイルのエスプレッソ色の髪に指先で触れると、喉が詰まった。「外の新鮮な空気を吸いに、ポーチに出たくなったのよ。それ以外にはなにも考えてなかったけど、夜の闇がわたしを呼んだの」

ミハイルはレイヴンへの思いで熱くなった黒い瞳をちらりとあげた。「きみを守るためにセイフガードをかけておくべきだった」

「ミハイル、わたし、自分の面倒は自分で見られるわ」レイヴンは真剣なまなざしでミハイルを見つめ、その言葉が真実であることを訴えた。

ミハイルは笑みがこぼれそうになるのを懸命にこらえた。レイヴンは善良すぎて人のよい面しか信じられないのだ。彼女の細いふくらはぎに指をまわした。「きみは世界でいちばんすばらしい女性だ。卑劣なところがほんの少しもない」

レイヴンが憤然とした顔になった。「もちろんあるわよ。そんなふうににやにやしないで。本当なんだから。わたしは必要なだけ卑劣になれるわ。ともかく、いま話していることとわたしの性格にどういう関係があるの？」

ミハイルは薄いシルクのシャツの下に手を入れ、レイヴンの胸に向かって滑らせた。「いまわたしたちが話しているのは、わたしにとってただひとり大切な女性、人のよい面しか目にはいらない女性を守る必要があるということだ」

「よくない面も目にはいってるわ」ミハイルがそんなふうに考えていることに驚きつつ、レイヴンは否定した。「マーガレット・サマーズの頭がおかしいことは知っていたもの」

ミハイルの手が柔らかな乳房の下半分を撫で、手のひらで重みを確かめるように持ちあげた。レイヴンへの愛情がこみあげてきて、瞳の色が濃さと深みを増す。「きみはあの女をかばっていたぞ、確か」

心ここにあらずといった緩やかな手つきで体を探られ、レイヴンは息を呑んだ。肉体が感じているだけではない。心のなかにミハイルがいて、みずからの意思に従わせようとしながらも、彼女を崇拝してくれているのがわかる。彼は彼女の体のなかにはいり、心を撫でている。彼女を思う気持ちがどんどんふくらんでいき、やがて彼はそれに呑みこまれた。

ミハイルが小さくため息をついた。「きみと話してもらちが明かないな。きみはわたしを無力にする術を知っている。レイヴン、わたしは一族の指導者だ。こんなことは認められない。わたしには命令するよりほかに選択肢はないんだ」

レイヴンの眉がつりあがった。「命令？」おうむ返しに訊く。「あなた、わたしに命令するつもりなの？」

「そうだ。同胞の笑い物になるのを避けるには、残された道はそれしかない。もちろん、きみにもっといい考えがあるなら話は別だが」ミハイルの目の奥に、おもしろがるような表情が浮かんだ。

「あなたと離婚するにはどうすればいいのかしら」

「悪いな、レイヴン」ミハイルは表情を変えずに答えた。「その単語は意味がわからない。わたしの言語で言ってくれないか」

「わたしがあなたの言語を話すより、あなたが英語を話すほうがずっと上手でしょ」レイヴンは言った。「ライフメイト同士はどうやって別れるの？　つまり、縁を切る、関係を解消するってことだけど」

茶目っけをのぞかせていたミハイルの瞳が、思いきりおもしろがるような表情になった。「ライフメイトにそんな道はない。たとえあったとしても」ぐっと顔を寄せたので、レイヴンの頬に息がかかった。「わたしはきみを放しはしない」

レイヴンは、無邪気な表情を浮かべて目を見張った。ミハイルの手が乳房に置かれ、親指で乳首をなぶられて息もできない。「わたしはあなたを助けようとしただけなんだけど。このごろの君主って選択の幅が限られてるのね。民衆にどう思われるか心配しなければならないから。こういう問題についてよく考えたいときは、わたしを頼ってちょうだい、ミハイル」

ミハイルは低い声で笑った。「わたしはこれほど賢いライフメイトを持てたことに感謝しないとな」彼は白いシャツのボタンをひとつはずした。ひとつだけ。シャツの胸元が大きく開いて、ゆっくりとした探索がもっとしやすくなるように。

レイヴンは息を呑んだ。ミハイルは特別なことはなにもせず、ただ触れているだけだというのに、その触れかたがとてもやさしく、愛情に満ちているので体が内側からとろけそうに感じた。「わたしはあなたの生きかたを理解しようと真剣に努力しているのよ、ミハイル。でもまだ心が受けいれられないの」レイヴンは正直に打ち明けた。「あなたたちの掟やしきたりについてはなにも知らない。あなたが何者なのか、自分が何者になったのかさえ、正確なところはわからない。わたしは自分のことを人間だと思ってる。わたしたちは神や人間の目から見れば、結婚すらしてないのよ」

これを聞いて、ミハイルは頭をのけぞらせ、腹の底から声をあげて笑った。「人間の形ばかりの式典が、真のカルパチアンの儀式よりも絆を結ぶ力が強いと思うのか？　たしかにきみはわれわれについて学ぶことが山ほどあるな」

レイヴンの小さな白い歯が下唇を噛んだ。「カルパチアンの掟や儀式にのっとっただけでは、わたしが結ばれたと感じないかもしれない、そう考えたことはないの？　わたしが神聖だと思うことを、あなたはものすごく軽視しているわ」

「レイヴン！」ミハイルは衝撃を受け、それが面に表れた。「きみはそんなふうに考えているのか？　きみの信仰をわたしがなんとも思っていないと？　それは違う」

レイヴンがうなだれると、シルクのような髪が顔にかかって表情を隠した。「わたしたちって本当におたがいのことを知らないわよね。わたしは自分が何者になったのか、まったくわかっていない。自分がどういう存在かもわからないのに、あなたの欲求を満たしたり、あなたにわたしの欲求を満たしてもらったりするのは無理よ」

ミハイルは沈黙し、底なしに見える黒い瞳でレイヴンのつらそうな顔、悲しそうな目をじっと見た。「きみの言うことにも一理あるかもしれない、リトル・ワン」ミハイルの手はレイヴンの細い上半身、くびれたウエストの線をたどり、それから顔を包んだ。「きみを見ると、きみという存在がどれほどすばらしい奇跡かがわかる。肌は柔らかく、魅惑的だし、身のこなしは流れる水のよう、髪はシルクさながらになめらかだ。きみの体に包まれると、わたしの欠けている部分がすべて補われて、とうてい不可能に思えるが、どうしても果たさなければならない務めを果たすのに必要な力が湧いてくる。きみはとても美しい。きみの体はわたしにとって非の打ちどころがない」

レイヴンはそわそわと身動きしたが、ミハイルは彼女に顔をそむけさせず、顎をつまんで自分の黒い瞳を見つめさせた。「だが、わたしをとりこにするのはきみの体ではない。しみひとつない肌でも、体を重ねたときの完璧な一体感でもない。きみとひとつになり、きみの本当の姿を目にすると、わたしは奇跡とはどういうものなのか実感する。きみがどういう存在かは、わたしが教えよう。きみは思いやりそのもの、やさしさそのものだ。勇気ある女性で、赤の他人のために自分の命を賭《と》すことも厭わない。きみをひどく苦しめる生まれ持った特殊能力を、他人《ひと》のために喜んで使う。なんのためらいもなく人に与える。それがきみだ。きみのなかには輝く光があり、目からも、肌からも溢れるほどだ。だからきみに会えば、誰でもきみの善良さがすぐにわかる」

レイヴンはミハイルのうっとりするような瞳につりこまれ、ただ彼を見つめることしかできなかった。ミハイルはレイヴンの手のひらの真ん中にキスをし、自分のシャツの下に滑らせ、安定した鼓動を刻んでいる心臓の上に導いた。「わたしの内面を、心と魂をのぞいてくれ。きみの心をわたしの心と重ね、ありのままのわたしを見て、わたしがどういう男か知ってくれ」

ミハイルは無言で待った。鼓動が一拍。二拍。レイヴンがふいに決意を固めたのがわかった。自分はなにを誓ったのか、自分が関係を結んだ相手はどういう人物なのかを知ろうという決意。最初、レイヴンはためらいがちに心を重ね、蝶《ちょう》の羽がかすめるようにそっと軽く触れてきた。見つけてはいけないものを見つけてミハイルを傷つけてしまうのではないかと危ぶむように、用心深く彼の記憶のなかを進んでいった。募る闇を見つけたとき、レイヴンが息を呑んだのがわかった。内なる怪物。魂の穢《けが》れ。彼がもたらした死と闘い。レイヴンが現われる前、醜さのきわみだった彼。ミハイルを、彼ら一族のあらゆる男を蝕《むしば》む孤独、何世紀にもわたり耐えてきた不毛のむなしさ。そしてなにがあってもレイヴンを失うまいとするミハイルの決意を、彼女は見た。独占欲の強さ、動物的本能。彼はなにひとつ隠そうとしなかった——みずから手をくだした殺人も、ほかの者に命じた殺人も、生きて彼からレイヴンを奪える者はひとりもいないという絶対的な確信も。

彼の心の外に出てから、レイヴンは、青い瞳で彼の瞳をじっと見た。ミハイルの心臓が突然、早鐘を打ちだした。彼女の目に非難の色はまったくなく、澄み切った静けさがあるばかりだった。「さあ、これで自分がどういうけだものに永遠に縛りつけられたかわかっただろう。結局のところ、われわれは捕食者なんだ、リトル・ワン。内面に闇を抱えていて、それはおのおの女の光によってしか、相殺されない」

レイヴンはやさしく愛情をこめて、両手をミハイルの首にかけた。「みんな恐ろしい闘いを乗り越えてきたのね、特にあなたは。生死にかかわる決断を何度も迫られ、友人や身内にさえ死を宣告しなければならないなんて、信じられないほどの重荷だったはずよ。あなたは強いわ、ミハイル、同胞から信頼されるのも当然だと思う。日々闘っている怪物はあなたの一部で、もしかしたら、そのおかげでそんなに強くて意志が固いのかもしれない。あなたは自分のそういった面を邪悪だと思ってるけれど、実際は一族のために責務を果たすエネルギーと能力と強さをそこから得ているのよ」

ミハイルは頭を垂れた。目に浮かんだ表情を、彼女の言葉が自分にとってどれだけの意味を持つかを悟られたくなかった。喉が詰まって窒息しそうだ。わたしはレイヴンにふさわしくないし、これからもけっしてふさわしくなれないだろう。レイヴンは無私の精神に満ちているが、わたしは彼女を束縛し、わたしと生きる道に無理やり引きずりこんだ。

「ミハイル」レイヴンは穏やかな声で言いながら、唇をミハイルの顎にそっと滑らせた。「あなたが現われるまで、わたしはひとりぼっちだったわ」彼女の唇がミハイルの唇の端にたどり着いた。「わたしのことを――わたしがどんな人間か――わかってくれる人は誰もいなかった。みんなわたしを怖がっていた。彼らにはわたしの心は読めないけれど、わたしは彼らの心が読めたから」レイヴンは子供をあやそうとするように、ミハイルの体に両腕をまわした。「あなたがわたしを自分のものにしたいと思ったのは、本当にそれほど間違ったこと？　あなたのおかげでわたしはひとりぼっちの人生に終止符を打てるのに？　自分を責める必要があると本気で思っているの？　愛してるわ。心から、ためらいなくあなたを愛してる。わたしはありのままのあなたを受けいれる」

ミハイルは髪をかきあげた。「いまわたしは自分の感情を抑えるわけにいかないんだ、レイヴン。きみを失うわけにはいかない。わたしがどんな思いをしてきたか、きみには想像もつかないだろう——日も差さず、笑いもない、何世紀にもわたる完全なる孤独。自分のなかに怪物が棲んでいるのは知っている。長く生きれば生きるほど、この怪物は力を増していく。グレゴリのことが心配だ。彼はわたしより二十五歳若いだけで、数世紀にわたってヴァンパイア狩りという重荷を担ってきた。仲間からも孤立していて、ときには半世紀ものあいだ音沙汰《おとさた》がないこともある。強大な力の持ち主だが、内なる闇がどんどん増幅している。闇は冷たく陰鬱で、きびしく容赦がない。さらに、内に巣くう怪物が解き放たれることを求めてつねにもがいている。きみはわたしの救世主だ。いまはなにもかもが実に新鮮に感じられ、きみを失う恐怖はあまりに生々しい。きみを奪おうとするやつが現われたら、わたしはなにをしでかすかわからない」

レイヴンはミハイルの手を取り、ふたりの指を絡み合わせた。

「ノエルは男児を産んだ。エレノアも。カルパチアンの男が抱える耐えがたいほど空虚な暗闇を光で照らしてくれる女は生まれてこない。グレゴリは誰よりも苦しんでいる。世界を駆けめぐっていくつもの秘事を学び、われわれには深く追究できないようなことを試している。わたしは誰にも打ち明けていないが、グレゴリは知識も力もわたしにまさっている。これまではわたしたちのあいだに争う理由はなにもなかった——緊急の際に、グレゴリはかならず駆けつけてくれる——しかし、わたしは彼が引きこもろうとしているのを感じるんだ」ミハイルは疲れたようすで目をこすった。「どうすればいい？　遅かれ早かれグレゴリは選択をするだろう。どちらにしても、われわれは彼を失うことになる」

「どういうことかわからないんだけど」

「糧を得るときに相手の命を奪うと、究極の力が得られる。そして餌食とする人間を引き寄せるのは実に簡単だ。千年ものあいだ闇と絶望に耐えられる者などひとりもいない。グレゴリは十字軍の時代から人類が月に行く時代まで生きてきて、その間ずっと内なる怪物と闘ってきた。われわれが救われる望みは、ライフメイトと出会うことだけだ。そして近いうちにライフメイトを見つけられなければ、グレゴリはみずから死か、変異を求めることになるだろう。わたしは最悪の事態を恐れている」

「変異というのはなに？」

「快楽や力を得るために人を殺すようになること、人間がヴァンパイアと呼ぶ存在になることだ。糧を得る前に女をもてあそび、奴隷にする」ミハイルは陰鬱な顔で答えた。彼はグレゴリとともに同胞を狩ったことが何度もあり、ヴァンパイアに変異したカルパチアンがどこまで堕落できるかを目の当たりにしてきた。

「いずれあなたがグレゴリの変異を止めなければならなくなるということ？」火矢のような不安がレイヴンの胸に突き刺さった。ミハイルの人生がいかに複雑か、だんだんわかってきた。「グレゴリはあなたより強い力を持っているんでしょう」

「それは間違いない。グレゴリは自由に行動できるし、ヴァンパイアを追跡し、狩ることにかけてはずっと豊富な経験を積んでいる。世界のあちこちで暮らし、非常に多くのことを学んできた。あのすさまじい力を上まわるのは、彼の完全な孤独だけだ。グレゴリはわたしにとって友というよりも兄弟のような存在だ。生まれたときからずっと一緒だった。彼を見捨てることも、狩ることも、あるいは彼と力を競うこともわたしは望まない。グレゴリは数え切れないほど何度も、わたしのために、わたしとともに戦ってきた。わたしたちは必要なときには血を分け合い、たがいを癒し、守ってきた」

「ジャックはどうなの?」ミハイルによく似たジャックに、レイヴンは早くも愛情を感じはじめていた。

ミハイルは立ちあがると、のろのろと湯を捨てた。「弟はわたしよりも二百歳若い。強くて賢く、状況によってはきわめて危険だ。古《いにしえ》の血を濃く受け継いでいる。旅をし、さまざまなことを学んでいて、いざというときには同胞への責任を引き継いでくれるだろう」

「あなたは仲間の代わりにひとりで重荷を背負っているのね」レイヴンはとても柔らかな声で言いながら、ミハイルのエスプレッソ色の髪をやさしく撫でた。

ミハイルはゆっくりと姿勢を正し、年齢を感じさせる疲れた目でレイヴンを見た。「われわれは滅びゆく種族だ。わたしは避けられない事態を遅らせているだけなのではないかという気がする。暗殺者と判明した者のうち、ふたりが逃げている。ほかに容疑者がふたり、アントン・ファブレゾとディーター・ホドキンスという男が列車で村を離れた。わたしはカルパチア山脈全体に警告を発したが、ふたりは姿を消した。最近、組織的なハンターの一団が活動しているという噂を聞いた。一団がもし科学者と手を組んだら、ますます危険な存在になるだろう」

「カルパチアンは土の民で、大地や自然界のさまざまな力に癒されるのよね。でもミハイル、ひょっとしたら人間に対する偏見と軽蔑のせいで、あなたは人間の長所をいくつか見過ごしてしまっているんじゃないかしら」

「きみはわたしが偏見を持っていると言い張るんだな。わたしには好意を持っている人間が何人もいるぞ」ミハイルはこらえ切れなくなり、レイヴンの素肌をおおう白いシルクのシャツのボタンをそっとはずした。体の奥深くにひそむ原初の欲求から、レイヴンを見たい、自分はいつでも好きなときに彼女を見られるのだと確認したい、そんな気持ちが湧きおこってきた。

レイヴンはほほえみ、不思議なほどなまめかしいしぐさで髪をかきあげた。そのせいでシャツがひらき、素肌がのぞいて豊かな乳房が誘惑するように前に突きだしたかと思うと、漆黒のシルクのような髪の後ろに隠れた。その光景にミハイルは息を呑んだ。「聞いて、ミハイル。何人かと親しくなって、一部の人に愛情を感じるだけでは、その種族に対する偏見はなくならないわ。あなたはとても長いあいだ特殊能力とともに生きてきたから、それをあって当然のものと思ってる。人間の心を操ることができて、家畜のように扱えるからといっても……」

ミハイルはレイヴンからそんなふうに思われていることに愕然として息を呑んだ。ベッドの上に横座りになっているレイヴンの足首に手をかけた。「人間を家畜のように扱ったことなど一度もない。友人だと思っている人間もたくさんいる。グレゴリや一部の仲間たちからは、頭がどうかしていると思われているがな。わたしは人間の成長を見守り、できることなら彼らの感じかたを理解したいと思っている。だから、レイヴン、わたしは人間を家畜のように扱ったりしない」

レイヴンは顎を突きだし、サファイア色の大きな瞳でじっとミハイルを見た。「もしかしたら、家畜のようにというのは違うかもしれないけど、わたしにはあなたの感じかたがわかるのよ、ミハイル。あなたは自分自身にも隠しているけど、わたしにははっきり見える」いいかたをやわらげるためにほほえんだ。「あなたが優越感を感じたいと思ってるわけじゃないのはわかってるの。でも、わたしたちを支配するのはとても簡単だわ」

ミハイルは鼻を鳴らして不賛成の意を示した。「わたしはことあるごとにきみを支配するのに失敗している。きみが危険に身をさらすたび、どれほど無理やり言うことを聞かせたいと思ったことか。わたしは直感に従うべきだった……だが、そうはせず、きみを宿に帰らせた」

「わたしへの愛が、あなたを引きさがらせたのね」レイヴンは手を伸ばしてミハイルの髪に触れた。「それこそ人と人の関係のあるべき姿じゃない？　ありのままのわたしを本気で愛しているなら、わたしの幸せを望むなら、わかってもらいたいの。わたしは自分にとって自然だと感じることを、正しいと思うことをせずにいられないのよ」

ミハイルの指が首から胸の深い谷間をたどると、彼女は突然、情熱がこみあげてきて身震いせずにいられなくなった。「きみの言うとおりだが、それはわたしの欲求にも当てはまる。わたしを幸せにしたければ、きみも同じようにしてくれ。わたしの幸福はひとえにきみが無事でいるかどうかにかかっているんだ」

レイヴンはにやりとせずにいられなかった。「あなたの狡猾な性格が顔をのぞかせたみたいね。もう少し人間を見ならったほうがいいかもしれないわよ。あなたは自分の特殊能力に頼りがちだけど、人間はほかの手段を探さなければならないの。あなたとわたしはふたつの世界を結びつけようとしている。もし子供を作ることにしたら……」

ミハイルが黒い瞳をきらめかせて、落ち着かなげに身動きした。

彼が自制する前に、レイヴンはミハイルが心のなかで尊大に、いかにもカルパチアンらしく命令するのを聞いた。**かならず作らせる。**

「いつかわたしたちが子供を作ると決めたら」ミハイルの権威者然とした態度を無視して、レイヴンは言い張った。「男の子の場合は、両方の世界で育てましょう。女の子の場合は、自由な意思を奪わずに、その子自身の気持ちを尊重して育てましょう。わたしは本気よ、ミハイル。絶対に、なにがあっても、同胞の子を産む牝馬にするためにわが子をこの世に送りだすつもりはないから。娘には自分自身がどういう力を持つかを自覚させて、自分の生きかたは自分で決めさせるわ」

「カルパチアンの女はみずからの意思に従って選択をしている」ミハイルが静かに言った。

「娘がかならずふさわしい男性を選べるようにする儀式があるはずだわ」レイヴンは言った。

「わたしの言うとおりにすると約束してくれないかぎり、わたし、子供は産まないから」

ミハイルの指先がこのうえなくやさしくレイヴンの顔に触れた。「わたしはなによりもきみの幸せを願っている。子供にも幸せになってほしい。こういった問題を考える時間は何年も、何生涯分もあるが、そうだな、わたしたちがふたつの世界のバランスをうまくとれるようになって、機が熟したら、百パーセントきみの言うとおりにしよう」

「約束は守ってもらうわよ」レイヴンは念押しした。

ミハイルは低い声で笑いながら、レイヴンの顔を両手で挟んだ。「年月とともに、きみは強さと力を増すだろう。すでにわたしはきみが怖い。今後、わたしの心臓がもつかどうか不安だ」

レイヴンは音楽的な笑い声をあげた。ミハイルが両手で乳房を包み、その柔らかな重みを手のひらで確かめ、顔を近づけた。彼の唇は熱く濡れて欲望に満ち、歯が敏感な肌を前後にこすった。脇を彼の髪がかすめると、まるで舌で舐められたように感じた。レイヴンはベッドのヘッドボードにもたれ、ミハイルの体に腕をまわした。

ミハイルはベッドに横たわり、レイヴンの膝に頭をのせた。「きみはわたしの秩序正しい世界を、ひっくり返すつもりだろう?」

レイヴンはミハイルの髪を指で梳き、剝きだしの腰や腿にかかるシルクのようなたっぷりした髪の感触を楽しんだ。「ぜひとも全力を尽くしてそうするつもりよ。あなたたちの暮しは型にはまってしまっているわ。そろそろ今世紀風の生きかたを始めないとね」

ミハイルはいつの間にか体がリラックスして安らぎを覚えていた。レイヴンの魂の美しさが押し寄せてくる。彼女が苦しむ者に手を差し伸べたいと思ったからといって、どうして責められるだろう? そもそもわたしを暗闇から喜びと光の世界へと連れだしてくれたのは、レイヴンの思いやり深さだったではないか。苦しみや怒りを感じるにしても、わたしが感じるということができるようになったのは確かだ。激情、喜び、肉体的欲望、そして愛を。

「きみはわたしの命だ、リトル・ワン。ハマー神父に頼んで、人間のやりかたで結婚をしよう」ミハイルの歯がきらりと光り、黒い瞳が満足げな温かみを帯びた。「わたしはきみたちの結婚をわれわれの和合として受けいれる、だからきみも〝離婚〟という言葉とそれが意味することを記憶から消してくれ。わたしを喜ばせるためと思って」レイヴンをからかって男性的な喜びを感じながら、ミハイルはにやりと笑った。

レイヴンは指先でミハイルの力強い顎の線をやさしくたどった。「どうしたら、そうやってなにもかも自分の都合のいいようにできるわけ？」

レイヴンのサテンのようになめらかな腿に、ミハイルの手が触れる。「その答えはわからないな。単に才能があるだけかもしれない」ミハイルは横を向いてシャツの裾を鼻で払い、レイヴンに顔をすり寄せた。

ミハイルの舌が触れると、レイヴンは喉の奥から低い声を漏らした。要求に応じて脚をひらき、彼がはいれるように場所を作る。そしてミハイルのふさふさしたエスプレッソ色の髪に指を絡ませた。

ミハイルはさらに深く突きいり、レイヴンを快感のあまり身震いさせた。彼の血に炎が広がり、激しく凶暴なほどの興奮と喜びが血管のなかで歌いはじめる。レイヴンの腰に腕をまわして引き寄せると、さらに奥へと進んだ。じっくり時間をかけてレイヴンを悦ばせようと思った。レイヴンは彼の女であり、ライフメイトであり、彼が与えるようなエクスタシーを彼女に与えられる男はほかにひとりとしていない。

12

地下にある寝室は、墓所のように静かで暗い。ミハイルとレイヴンは手脚を絡ませ、大きなベッドに横たわっていた。ミハイルの脚はレイヴンの腿にかかり、大きな体は守るように彼女におおいかぶさっている。寝室は完全な静寂に包まれ、息遣いさえも聞こえない。どこから見ても、ふたりは死んでいるように見えた。

館自体もしんとしてまどろみ、夜の訪れを息をひそめて待っているようだった。日が窓からさんさんと降りそそぎ、何世紀も前の芸術作品や革綴じの本を照らしている。玄関ではモザイクタイルがきらきらと輝き、板張りの床が陽光を受けて薄い金色を帯びている。

前触れもなく、ミハイルが長くゆっくりとした呼吸を始め、その音は毒蛇がとぐろを巻いて獲物に襲いかかろうとするときの音に似ていた。黒い目がぱっとひらき、捕食動物の飢えと、とらわれの身となった狼の憤怒のような色を浮かべてまがまがしい光を放った。体がだるく、並はずれた体力は深い眠りが足りていないせいで万全ではない。昼と夜のサイクルに体が同調している彼には、いまが真昼で、太陽がもっとも高く、もっとも破壊力のある位置にのぼっていることがわかった。

なにかがおかしい。なにかが幾重もの厚い眠りの層を貫き、体が必要としている休息から彼を覚醒させた。指が曲がり、爪が鉤爪のように体の下のマットレスに食いこむ。日没まではまだずいぶん時間がある。周囲に目を走らせ、入念に調べた。館が急に緊張して震え、不穏な空気が漂った。建物の土台そのものがなにか見えない脅威に怯えているように感じられる。

鉄柵《てっさく》の外で、ルーディ・ロマノフが胸に邪悪な怒りを抱えて行ったり来たりしていた。四歩ごとに野球のバットで鉄の太いねじり柱を打っては、やり場のない激しい怒りを柵にぶつけている。「悪魔！　ヴァンパイアめ！」館に向かって吐き捨てるように言う。

ミハイルは低くうなった。体は幾層もの霧にとらわれているが、本能はすっかり目覚めていた。声を出さずにうなって、牙を剝きだした。また毒蛇を思わせる長くゆっくりとした音が口から漏れる。

脳裏にルーディの非難の言葉が鳴り響いた。「証拠を見つけたぞ。何年も前からおやじが集めていたものだ。すべて揃っている！　なにからなにまで。おまえの手下のリストもだ。よこしまな怪物の頭《かしら》め。殺人鬼！　悪魔！　あの美しい女もおまえが邪悪な奴隷に変えたんだ！　彼女はぼくの血を吸って、おまえの仲間を増やすはずだったんだろう」

狂おしいほどの悲しみと怒りに、猛烈な復讐心が混ざり合う。ルーディ・ロマノフは父親の記録を信じこみ、ヴァンパイアの長を殺しにやってきたのだ。ミハイルは危険を察知した。それは空気にみなぎっている。レイヴンに呼びかけ、やさしく愛情をこめて心にそっと触れた。**起きてくれ。危険が迫っている。**

レイヴンがゆっくりと規則正しく呼吸を始めた。ミハイルの警告が脳裏に響き、彼女はとっさに寝室のようすをあらためた。体がだるく、重く感じられ、眠くてしかたがない。頭の動きが鈍く、周囲の状況がよく理解できない。

ロマノフが塀の外にいる。

レイヴンはまばたきをくり返して頭にかかったかすみを払おうとした。**ハンス・ロマノフは死んだわ。**

息子は生きている。いま外にいて、わたしはやつの怒りと憎しみを感じることができる。わたしたちにとって危険な存在だ。いまは太陽が出ていて、きみもわたしも体力が弱っている。やつはここへはいってこられないが、こちらも外に出ることはできない。

ミハイルの胸毛に顔をこすらせるのにも、たいへんな集中力とこれ以上ないほどの努力が必要だった。試しに空咳をしてみる。「わたしが玄関に出て、どういう用件か訊いてみるわ。あなたは仕事中だって言う。そうしたら、彼は拍子抜けして帰るんじゃないかしら」

ミハイルはレイヴンの頭を抱いた。レイヴンはまだ人間の思考回路で考えており、不死の恐るべき代償に気がついていない。**きみはまだひどく疲れていて、あいつの考えていること**

が聞こえていないんだ。ロマノフは危険な精神状態にある。わたしを愛した代償としてなにを失ったか、レイヴンはまったくわかっていない。たとえ起きあがる力があったとしても、陽の光にさらされると死んでしまうということを。

彼女が眠気に負け、猫のように身を丸めてすり寄ってきた。

聞くんだ、レイヴン。眠ってはだめだ！　ミハイルはせっぱ詰まった声で命じた。レイヴンを抱く腕に強い愛情と、彼女を守りたいという気持ちがこもる。

レイヴンは周囲の状況を確かめられるだけ意識を覚醒させた。ルーディ・ロマノフの怒りは真っ黒に染まり、まるでそれ自身が意思を持ち、死を欲しているかのようだった。レイヴンの頭のなかで彼の怒りが激しく鳴り響いた。彼は頭がおかしくなってるわ、ミハイル。レイヴンはやっとの思いでのろのろと手をあげ、髪をかきあげようとした。空気がひどく重いのか、彼女がひどく弱っているのか。単純な動作に途方もない集中力を要する。ゆうべの彼はとても感じがよくて、母親の死を嘆き悲しんでいた。いまはわたしたちを敵だと思いこんでいる。教養がある人なのに。わたしが危険を招いてしまったのかしら？　もしかしたら、彼に怪しく思われるようなことを言ったり、したりしたのかもしれない。心が罪悪感で曇った。

ミハイルはレイヴンの頭のてっぺんに顎をこすらせた。いや、あの男は父親が遺した書類からなにかを見つけたんだ。ゆうべは怪しんでいなかったし、悲しみに沈んでいた。なにかを見つけて、父親の言い分には十分な根拠があったと確信したんだ。わたしたちのことをヴァンパイアだと信じこんでいる。

彼の話を信じる人は誰もいないんじゃないかしら、たとえ彼が証拠を持っていて、それを公開したとしても。ショック状態にあると思われるだけよ。レイヴンは自分たちの身の安全だけでなく、ルーディのことも心配していた。

ミハイルはレイヴンの頬にやさしく触れた。自分たちを殺すことしか考えていない男を思いやるとは、いかにもレイヴンらしい。突然、レイヴンを抱いたまま、彼はびくっと体を震わせた。館がたじろぎ、無言の悲鳴をあげたかと思うと、つぎの瞬間、最初の爆発音がふたりの耳にとどろいた。彼らの頭上、一階で窓ガラスが割れ、アンティークの家具が砕け散った。心臓が一拍、二拍打ったところでふたたび爆発が起き、家が揺さぶられ、北側の壁が吹き飛んだ。

ミハイルの牙が暗闇でぎらりと光った。彼は憤然と息を吐き、容赦ない報復を誓った。においのきつい煙が天井から寝室へと侵入してきて渦を巻き、目にしみる雲となった。頭上では、炎が音を立てながら、書物や絵画、ミハイルの過去と現在を貪るように呑みこんでいく。彼が何世紀にもわたって集めてきた持ちものが、オレンジと赤の炎の舌につぎつぎと焼かれていく。ルーディはミハイルが家を何軒も、財物を山ほど所有しているとはつゆ知らず、全財産を破壊してやろうと考えたのだ。

ミハイル！　愛着のある家が炎に包まれ、死んでいくことに対するミハイルの苦悶を、レイヴンは感じた。憎しみと恐怖と煙の悪臭が混ざり合う。

地下へもぐらなければ。この家はやがて焼け落ちる。ミハイルの陰鬱な思いがレイヴンの心にこだました。

彼女は重い体をなんとか動かして上半身を起こそうとした。この家から出なければだめよ。地下へおりたら、土と炎のあいだに閉じこめられるだけだわ。

日が高すぎる。地下へもぐるしか手はない。現実に向き合う勇気を与えようとするかのように、ミハイルはレイヴンを抱く腕にぎゅっと力をこめた。ほかに選択肢はない。

あなたは行って、ミハイル。彼女は恐怖に襲われた。いまでさえ途方に暮れているのだ。たとえどうにか地下壕までおりられたとしても、土にもぐって生き埋めになることなどできない。地上へ戻るころには頭がどうにかなってしまうだろう。でも、わたしは絶対に無理だけれど、ミハイルにはなんとしても地中にもぐってもらわなければ。この男《ひと》は彼の同胞にとってどうしても必要な重要人物なのだから。

ふたりで行くんだ。ミハイルは声に力を込めたが、体のほうはそうはいかなかった。四肢が鉛のように重い。力を振りしぼってベッドから出ると、どさりと床に倒れた。さあ来るんだ。大丈夫だから。

いまや煙はさらに濃くなり、部屋はオーブンのように熱くなっていた。頭上では、天井が不気味に黒くなりはじめている。煙がしみ、レイヴンは目に焼けつくような痛みを覚えた。

レイヴン！ ミハイルの声は切迫していた。

レイヴンはベッドから出ようとして床にころげ落ち、一瞬息ができなくなった。**火のまわりかたが速すぎるわ。**警報ベルの甲高い音が頭に鳴り響く。煙が充満し、頭上で館がうめいている。

ミハイルが苦しげにのろのろと進んでいくあとを、レイヴンは一センチずつ体を引きずりながらついていった。ふたりとも体が弱りすぎて脚に力がはいらず、床にうつ伏せになって、腕の力だけでずるずると前進しながら、ようやく地下壕の秘密の入口にたどり着いた。

熱によって部屋から空気が奪われ、ふたりの体は汗びっしょりになっていた。肺が苦しく、焼けるように熱い。ふたりの力を合わせても、跳ねあげ戸を持ちあげるのは不可能に思えた。

精神を集中するんだ。ミハイルが指示した。**意思の力を使え。**

レイヴンはありとあらゆることを頭から閉めだした。恐怖、煙、炎、家が焼け落ちていくことに対するミハイルの苦悩と怒り、彼のなかで頭をもたげつつある獰猛なけだもの。重い戸のことだけを考え、集中し、狙いを定める。木と金具が軋《きし》んであらがったが、果てしなくゆっくりと戸が動きはじめた。そしてついに戸がひらいてぽっかり開いた穴が現われると、ふたりは力を使い果たしてたがいにもたれ、一瞬ひしと抱き合った。心臓が苦しく、周囲で渦巻く煙のせいで肺が焼けるように感じた。

屋根の破片が地下の天井へと落ちてくる。炎が巨大な怪物のようなうなりをあげている。レイヴンはミハイルの手のなかに手を滑らせた。彼が指を絡めてきた。屋根が落ちた。ここの天井もすぐに焼けてしまうだろう。

行って、ミハイル。わたしはぎりぎりまでここで待つから。下に見える穴は炎に劣らず恐ろしい。

きみも一緒に行くんだ。ミハイルの命令は法だった。彼が変化したのがわかった。もはや彼は男ではなく、完全なるカルパチアンに、攻撃に備えて力を蓄える獣《けもの》になっていた。敵が彼の家、所有物を破壊し、ライフメイトの命を脅かしている。ゆっくりと、身の毛もよだつような声がミハイルの口から漏れた。それを聞くと、レイヴンの鼓動が速くなった。彼女といるときのミハイルは、いつもやさしく親切で、思いやりと愛情に溢れている。いまここにいるのは解き放たれた猛獣だ。

レイヴンは恐怖を呑みこみ、目を閉じて頭を空にした。ミハイルのために、地下壕の下の暗い地中になんとかしてもぐらなくてはならない。心のなかではあいかわらずミハイルの力強い声が渦巻いていた。きみならできる。きみは羽根のように、宙に浮くほど軽い。ミハイルが彼女のためにイメージを作りあげてくれた。体が実体をなくし、空気と同じくらい軽くなったように感じられた。まわりの空気が静かに動き、肌をそっと撫でたときも、目は閉じたままでいた。心のなかにミハイルの存在が感じられたが、体は彼の体に絡みつくひと筋のかすみのようにはかなかった。

暗闇がふたりを包み、そっと撫で、肥沃な土のなかへといざなった。目を開けると、そこはもう地下壕だったので、レイヴンは驚きながらも安心した。わたしは羽根のように宙を漂っていたのだ。心が弾み、一瞬、喜びに火事の不安と恐怖を忘れた。わたしは精神力だけで重いものを動かし、そして今度はさながら風のように宙を漂い、移動した。飛んだと言ってもいい。ぐったりとミハイルに寄りかかった。**こんなこと信じられない。わたしたち本当に宙に浮いていたのね。**一瞬、なにもかもが破壊されつつあるのを忘れ、自分の奇跡的な変化に恍惚となった。

ミハイルが返事をする代わりに彼女を抱き寄せ、華奢な体を大きな体で包み、守った。高揚感が薄れると、レイヴンはミハイルが彼女の心のなかにいるのと同じようにミハイルの心のなかにはいっていき、彼のきびしく容赦のない、氷のように冷たい決意を感じとった。それは白熱した険悪な怒りとはまったく異なる、ずっとずっと恐ろしい感情だった。いまのミハイルは百パーセント、カルパチアンであり、伝説に登場するヴァンパイアに劣らず危険な存在だった。完全なる無情、鉄の意志と決意の固さは人を震えあがらせた。報復は迅速に容赦なく行なわれる。妥協はありえない。いまやルーディ・ロマノフはミハイルの敵であり、死がもたらされるのは必至だった。

ミハイル。彼の心を同情とやさしさ、穏やかさで満たす。**こんなふうに家を――長いあい**

だそばにあって、安らぎを与えてくれたものをすべて失うなんて、自分の一部を失うような気分でしょうね。慰めようとするように、レイヴンはミハイルの胸に顔をすり寄せた。愛してるわ、ミハイル。一緒に新たな家を築きましょう。ふたりで。わたしたちはいま、とてもつらい目にあっているけれど、これまでよりもさらに強くなれるわ。

ミハイルは顎をレイヴンの頭にのせ、彼女の心に愛と温もりを送った。しかし、彼の内面は冷たい怒りに支配されたままで、レイヴンの言葉にも動じなかった。やさしい気持ちになれるのは彼女に対してだけだ。残りの世界とは、殺すか殺されるかの真剣勝負しかない。

レイヴンはもう一度彼を説得しようとした。悲嘆に暮れると人はおかしくなるものよ。ルーディ・ロマノフは両親をそろって亡くしたわ。母親が実の父親に残酷な殺されかたをした。彼がなにを見つけたにしろ、それはすべてをあなたのせいにする材料になった。たぶん、父親の頭がいかれていると考えた自分を後ろめたく感じているのよ。彼はいまひどいことをしているけれど、妹さんを殺した犯人にあなたがしたことと変わらないわ。

暗殺者を襲ったとき、わたしの頭に妹のことはまったくなかった。ミハイルの心からは容赦のなさが感じられた。この二件を比べることはできない。先に攻撃してきたのは向こうだ。連中がわたしの同胞を狙ったりしなければ、わたしはほうっておいた。レイヴン、わたしは一度きみを失いかけた。今回は必ず守ってみせる。

ここにいれば安全よ。村の人が来て、火を消してくれるわ。ルーディ・ロマノフはたぶん、病院か留置所に連れていかれるでしょう。みんな、彼はいかれていると思うはずよ。わたしたちが火事で死んだと思われる心配もない。遺体が見つからないんだから。わたしたちはセレステとエリックの家で、結婚式の計画を立てていたと言えばいいわ。

レイヴンは事情を理解していない。しかし、ミハイルには打ち明ける勇気がなかった。ここは安全ではない。頭上では炎が燃えさかり、地上に劣らぬ速さで地下を焼きつくそうとしている。まもなくふたりは地中に避難せざるをえなくなるだろう。ふたりの力を合わせても地中への道がひらけるかどうか、ミハイルには確信が持てなかった。そしてもしひらけたとしても、レイヴンを深い眠りへいざなうことはできない。一日のこの時間帯には、彼の力は枯渇していると言っていい。

ともに生きるか、ともに死ぬか。これからわたしたちは地中に横たわらなくてはならなくなる。日没まで、レイヴンは生き埋めに耐えなければならないが、日が落ちるまではまだ何時間も残っている。ルーディ・ロマノフのおかげで、レイヴンは耐えがたい責め苦を味わわされることになった。レイヴンがなにをいちばん恐れているか、わたしは知っている――窒息だ。ミハイルは歯を剝きだし、また声には出さずにうなった。愛着があったとはいえ、館が焼失するのはまだ耐えられるが、レイヴンが生き埋め状態に苦しむあいだなにもできずに横たわっていなければならないのは――忍耐の限界を超えている。

レイヴンの頭のなかはミハイルのことで、彼が失ったもののことでいっぱいだった。ルーディ・ロマノフにも同情を感じ、彼の持つ証拠がほかのカルパチアンを危険にさらさないか心配している。力が出せるものなら、ミハイルはレイヴンにキスしたかった。代わりに心でキスをした。レイヴンの深い思いやりや無条件の愛、そして無私の心に対する賛美の気持ちと愛情をすべて込めて。

レイヴンの目が大きく見ひらかれ、濃いスミレ色に変わったかと思うと、ミハイルのキスに麻薬が含まれていたかのように甘く眠たげな表情を帯びた。ミハイルはレイヴンの髪に指を絡ませた。シルクそっくりの感触。愛情に満ちたレイヴン。少しのあいだ目を閉じてこの瞬間を、愛され、大切にされていると感じさせてくれる彼女の存在を心ゆくまで味わった。何世紀も生きてきたが、こんな気持ちになるのは初めてだ。真のライフメイトに出会うまで待ちつづけられて本当によかった。

頭上では、炎の音がさらに激しくなっていた。梁《はり》がふたりの真上の天井に大音響をあげて落下し、開いたままになっている戸から火の粉が降り注いだかと思うと、煙と死——館の死——の悪臭が流れこんできた。ほかに道はない。ミハイルは可能なかぎりやさしくふるまった。**地中にもぐらなければ。**

レイヴンは目を閉じた。恐怖がこみあげてくる。ミハイル、**愛してるわ。**その言葉は悲しみとあきらめに包まれていた。地中に逃げることではなく、避けがたい死と向き合うあきらめに。ミハイルのためならどんなことでもしたいけれど、これはわたしの能力の限界を超えている。生きたまま土に呑まれるなんて無理だ。

ミハイルには言い争っている時間はなかった。呪文を唱えるから、きみに残っている力を貸してくれ。さもなければ、わたしは地中に道をひらくことはできないだろう。

レイヴンはミハイルを救うためならどんなことでもするつもりだった。それが体力を残らず差しだすことを意味するなら、そうするまでだ。何のためらいもなく、絶対の愛をもって惜しみなく、彼女はミハイルが唱える呪文に力を注いだ。

ミハイルのかたわらの地面が、大きな立方体をそっくりそのまま取り除いたかのように、ぱっくりと口を開けた。できたばかりの墓穴はひんやりとして、癒しの土がミハイルを手招きしている。いっぽう、レイヴンはその湿っぽい暗闇を見て、強烈な恐怖と戦慄が渦巻きながら体を駆け抜けるのを感じた。

勇気を出して心を平静に保とうとした。先にはいって。ミハイルについていけないのはわかっていた。ミハイルには彼女があとからついていくと信じさせなければならないことも。それ以外に彼を救う道はない。

つぎの瞬間、ミハイルはレイヴンをしっかり抱いて穴のへりを越え、ふたりを待つ土のなかへところがりこんだ。彼の心にレイヴンの声にならない悲鳴がこだました。彼女のすさまじいまでの恐怖を感じながらも心を鬼にし、最後の力を振りしぼってふたりの上に土をかぶせた。レイヴンの心に影としてひそんでいたので、ミハイルには彼女がなにを考えているか読みとれていたのだ。こうしなければ、レイヴンはけっして一緒に来なかった。

レイヴンはくり返し悲鳴をあげている。頭がおかしくなったかのような、完全に自制を失った声がミハイルの頭にこだまする。原始的な激しい恐怖。レイヴンは訴え、懇願した。彼はただレイヴンを抱き締め、つぎからつぎへと押し寄せる恐怖の波を吸収してやることしかできなかった。レイヴンの心はパニックを起こし、混沌《こんとん》としている。ミハイルは彼女を連れて安全な場所に逃げこむために体力を使い果たしてしまい、困憊していた。

何世紀も生きてきたが、これまでは憎悪とはどういうものか知らなかった。レイヴンに意識を失わせることもできず、頭上では家が燃え、かたわらで彼女が狂気の一歩手前まで来ているのにただ横たわっているしかないいま、彼はそれを身をもって知った。わたしは今回も生きる道を選択したが、そのせいでレイヴンをひどく苦しめる結果になってしまった。彼女を助けたければ、体力を回復しなければならない。それにはレイヴンから自分を切り離し、われわれ不死の種族の眠りに就いて、土からエネルギーをもらうしかない。彼は新たな憎悪の波に襲われた。

レイヴン。彼女との強い心的な絆さえ、保つのがむずかしくなってきていた。**鼓動の速度を落としてわたしに合わせるんだ。空気は必要ない。息をしようとするな。**

存在しない空気を求めて必死になっているレイヴンに、ミハイルの声は聞こえていなかった。パニックとヒステリー、恐怖とともに、彼女は無理やりに自分の決断に従わせようとしているミハイルに対して、裏切られたという思いを抱いている。

ミハイルはすぐには眠りに就かなかった。レイヴンの髪に指を絡ませ、体の力を抜き、豊かな癒しの土の力を吸収しながら、気を張りつめたままでいた。本人が埋葬とみなす状況に、レイヴンをひとりで立ち向かわせたりしない。レイヴンが苦しむあいだ、そのつらい重荷をともに担おうと決心していた。永遠とも思えるあいだ、レイヴンの心の混沌は続いた。体力をすっかり使い果たし、どうにも抑えられなかった悲鳴が疲労に負けると、彼女は喉の奥でぞっとするような音を立てて窒息しかけた。

レイヴン！　ミハイルは鋭く、切迫した声で叫んだ。レイヴンの恐怖はあまりに大きく、彼に残されたエネルギーはごくわずかで効力がない。レイヴンの喉が詰まると、ミハイルは自分の喉が詰まったように感じ、おぞましい死の音を聞いた。

つかの間心を閉じ、安らぎと癒しをもたらしてくれる土の芳香に身をまかせた。土が低くささやくような声でやさしく子守唄を歌ってくれた。彼の体にしみこみ、活力を、エネルギーを与えて、レイヴンの苦しみと向き合うために必要な落ち着きをもたらしてくれた。**わたしを感じるんだ、レイヴン、わたしとコンタクトしてくれ。**

レイヴンの心は錯乱したまま、喉もふさがったままだ。

わたしを感じるんだ、レイヴン、わたしとコンタクトしてくれ。混沌のさなかにあって、ミハイルは辛抱強く静かに、穏やかさを保った。レイヴン、きみはひとりじゃない。心でわたしを感じるんだ。一瞬でいいから、落ち着いてわたしとコンタクトしてくれ。わたし以外のすべてのものを遮断しろ。

レイヴンが初めて反応するのが、初めて言われたとおりにしようとするのが感じられた。土の歌が体を駆け抜けてミハイルを満たし、全身の細胞が風をはらんだ帆のようにふくらむ。わたしを感じろ、レイヴン。きみのなかにも、まわりにも、かたわらにもわたしがいる。わたしを感じるんだ。

ミハイル。レイヴンの心は疲れてぼろぼろになっていた。わたしには耐えられない。助けて。本当に無理なの、いくらあなたのためでも。

わたしにきみのすべてを預けてくれ。本当は豊かな土の癒しにと言いたかったが、自分たちがいまいる場所を彼女に思いださせるわけにはいかなかった。ただ彼に流れこむ力の存在と、安らぎと救いが得られるという約束をレイヴンに感じさせた。彼と同じように土の力を感じるには、レイヴンはミハイルを信じ、彼と一体にならなくてはならない。

自分が狂気に陥りつつあるのを、レイヴンは知っていた。昔から閉所には恐怖を感じた。ミハイルが空気は必要ないと言おうが関係ない。空気は必要だ。不安と恐怖、地中深くに埋められているという事実を頭から追いだすには、持てるかぎりの自制心を働かせて何度も挑戦しなくてはならなかった。彼女は最後に残された力を振り絞ってミハイルの心に逃げこみ、自分が遂げた変化と、生き延びるためにしなくてはならないことの現実から目を背けた。

ミハイルはいまにもレイヴンを失いそうな気がしていた。彼の心のなかのレイヴンは軽くて実体が感じられなかった。とても静かで、少しも動かず、土の癒しの力を受けいれず、現状に抵抗しようともしない。やさしく声をかけてもまったく反応しない。彼の心の片隅で小さく弱々しくうずくまっているだけだ。

ややあって、地中の力のバランスがかすかに変化し、意識にさざ波が立った。彼のかたわらで占い用の水晶玉を彷彿《ほうふつ》とさせる目がひらいた。地中にいるのはレイヴンと彼だけではない。その第三者がミハイルにコンタクトをしてきて、彼の心のなかでうごめいた。男性。力に満ちている。グレゴリだ。**大丈夫だ、ミハイル。**彼はいつもの冷たい威嚇を含んだ口調で話しかけてきた。ふたりは何世紀も一緒にさまざまな困難と闘ってきたため、たがいのことは知り尽くしている。

グレゴリがコンタクトをしてきたことにミハイルは心底驚いた。いまレイヴンと彼は大地の懐深くにもぐっている。太陽はいちばんの高みにあり、カルパチアンはみな力が弱っている時間帯だ。グレゴリはいったいどうしてこんな離れ業ができるのか? 伝説や神話のなかですら、聞いたことのない芸当だ。

あなたの女は眠る必要がある、ミハイル。わたしが力を貸そう。

グレゴリは遠く離れた場所にいる——それはミハイルにもわかった——が、ふたりのあいだの絆は強かった。ただし、レイヴンを眠りにいざなえば、グレゴリはわずかながら彼女を支配する力を持つことになる。ミハイルは迷った。グレゴリを信用できるだろうか。グレゴリの駆使する力は驚異的だ。

おかしみの感じられない低い笑い声が響いた。このままでは彼女は今日を乗り切れない。いくらあなたがしっかり抱いていても、彼女の人間としての限界があなたを助けたいという思いに勝つ。

おまえにはできるのか？　これほど距離があるのに？　彼女を無事に眠らせ、苦しみから解放できるのか？　失敗はしないのか？　気がつくと、ミハイルはグレゴリを信じたいと思っていた。グレゴリは一族の癒し手だ。レイヴンは地中で持ちこたえられないという彼の言葉は、ミハイルの危惧《きぐ》に確信を与えただけだった。

ああ、あなたを通せばできる。あなたはわたしがこの地球上で忠誠を誓うただひとりの人物だ。わたしはあなたにずっと忠義を尽くしてきた。あなたを家族であり友であると思っている。あなたの女かほかの誰かがわたしのライフメイトを産んでくれるまで、闇とわたしのあいだに立ちはだかってくれるのはあなたしかいない。

きわめて急を要する状況だとわかっていなければ、グレゴリはけっしてそんなことを認めはしなかっただろう。それはミハイルが彼を信じても大丈夫だと安心できるただひとつの理由だった。

愛情と後悔がこみあげてきて混ざり合った。ありがとう、グレゴリ。借りができたな。

あなたにはわたしのライフメイトの父親になってもらうつもりだ。どことなく、グレゴリの声には自分の望みがかなうと確信しているような響きがあった。

レイヴンの娘は手に余るどころではないと思うぞ。ミハイルは自分の直感が正しいかどうか試すために言ってみた。

わたしなら間違いなく挑戦を受けて立てる。グレゴリはわざとあいまいな返事をした。これからあなたのライフメイトをわれら一族の眠りへと導き、人間の限界から解放しよう。

グレゴリの低い声の呪文は明瞭で有無を言わせぬ響きがあり、従わずにいるのは不可能だった。小さなため息とともに、レイヴンの呼吸が止まった。鼓動が遅くなり、一瞬止まったかと思うと、そのまま停止した。いまにも彼女を呑みこみそうな恐怖を心が閉めだし、豊かな土の癒しの力を体が受けいれる。

さあ眠るんだ、ミハイル。あなたを邪魔する者があれば、わたしにわかる。

わたしを守る必要はない、グレゴリ。おまえはみなに知られることなく、同胞のために尽くしてくれている。おまえへの借りをわたしは返せそうにない。

わたしはこうせずにいられないし、こうしたいんだ。グレゴリは去っていった。

ミハイルはいつもの並はずれた力を回復するため、眠りという贅沢に身をゆだね、土の癒しを受けいれることにした。復讐には土が与えてくれる力が必要になる。当面の危険は去ったと確信し、最後にもうひと呼吸しながら、レイヴンを抱く腕にいっそう力を込めた。

太陽が沈むまでにはずいぶん時間がかかったように思えた。空が血のように赤く染まり、そこここにオレンジ色やピンク色が混じった。月がのぼると、薄いベールに似た雲がかかり、なにか恐ろしいことが起こる前兆のような輪が現われた。森は暗く、不気味な静寂に包まれ、霧が地表近くで木の幹や茂みにまとわりついている。穏やかな風がゆっくりと雲を払い、太い枝をかすめながら、森にしつこく残る煙のにおいを吹き散らそうとしたが徒労に終わった。真っ黒な灰、焼けた梁、黒ずんだ石材などミハイル・ダブリンスキーの館の残骸《ざんがい》を、風の指が撫でる。

二匹の狼が黒焦げの残骸のにおいを嗅ぎ、鼻づらを空へ向けたかと思うと、悲哀に満ちた遠吠えをした。森のあちこちでほかの狼がそれに応え、悲しみの歌を歌った。狼たちの追悼のこだまは数分でおさまった。二匹の狼は焼け落ちた館のまわりをうろつき、影のように見えるふたりの番人が、錬鉄の門のそばできびしい警戒に当たっているのを嗅ぎつけた。必殺の気配を漂わせているふたりの姿に危険を感じとり、狼たちはすばやく身を翻すと暗い森の奥へ足早に戻っていった。沈黙がふたたび屍衣《しい》のように山脈を包んだ。森の生きものは、彼らの仲間と言ってもいい人物の家から漂う灰と死のにおいを避け、巣穴で縮こまっている。

地中では人がふたり身動きもせず、死んだように横たわっていた。静寂のなか、ひとりの心臓が打ちはじめた。強く、揺るぎなく。血がどっと流れては引く。空気の漏れるような長く低い音とともに肺が動きだした。黒い目をぱっとひらくと、ミハイルは地上のようすをあらためた。真夜中をずいぶん過ぎたころで、火事はとうにおさまっている。消防士や捜査官、野次馬はとっくの昔に帰宅した。

地上にジャックとグレゴリの存在を感じた。人間にしろカルパチアンにしろ、ほかには誰も近辺にいない。ミハイルはレイヴンへと注意を向けた。グレゴリに彼女を目覚めさせるよう命じたいという強い衝動に駆られたが、それは身勝手というもので、間違いなくレイヴンのためにならなかった。地中から完全に出るまで、レイヴンはこのまま眠らせておくのがいちばんだ。恐ろしい試練を思いださせる必要はない。冷たく微動だにしない体にまわした腕に力を込め、ミハイルは長いあいだ彼女をしっかりと胸に抱いていた。

地殻を突き破り、夜気のなかに飛びだしたときは、自分がどこにいるのかわからないという奇妙な感覚を経験した。見当識を回復すると、空へと舞いあがり、いざというときにレイヴンを守れるように上空からあたりを観察した。空気が肺に流れこみ、彼の体を煽《あお》る。ほのかな月光に羽がきらめく。二メートル近くはある巨大な翼をゆったりと羽ばたかせ、大フクロウは暗い森の上空を旋回し、愚かにも攻撃をしかけてくる敵がいないか目を凝らした。

いまだに頭のなかで大きくこだましているレイヴンの恐怖の叫びを静めるため、ミハイルには自由な空を翔ることが必要だった。彼は地面に向かって急降下し、地表すれすれまで来ると霧に姿を変えた。霧の粒子は木々のあいだを流れるように進み、やがて凝縮して一匹の大きな狼になった。軽やかに駆けだしたミハイルは、猛烈な速度で下生えや木々のあいだを抜け、草地を渡り、あたかも弓から放たれたかのように、ふたたび宙に舞いあがった。

心がすっきりとして落ち着きを取り戻すと、黒焦げの廃墟《はいきょ》へと戻りながら、本来の筋骨たくましい体に戻り、服もしっかり身に着け、大股に弟のところへ歩いていった。ミハイル自身もその一部である自然界のすべてが、彼の氷のように冷たい怒りを感じている。それは彼の胸の奥深くに埋められ、ふつふつと煮え返り、大気の、森の調和を乱していた。敵はけっして逃がさない。

何時間も待っていたかのように、ジャックがゆっくりと体を伸ばした。うなじに手を伸ばし、凝りをほぐす。ミハイルとジャックは暗い悲しみを目に浮かべて見つめ合った。ジャックは前へ進みでると、柄にもなく愛情を示してミハイルに腕を伸ばした。二本の硬いオークの木が抱き合うかのように、短く堅苦しい抱擁が交わされた。レイヴンが見ていたら、ふたりを笑ったことだろう。

グレゴリは地面に低くうずくまったままで、そのがっしりした体躯《たいく》は太い木の幹といい勝負だった。身じろぎひとつせず、影の差した顔は無表情だ。水銀を思わせる瞳が休むことなく動いている。グレゴリは力強く、危険に満ちたなめらかな身のこなしでゆっくりと立ちあがった。

「ありがとう、来てくれて」ミハイルの礼はあっさりしていた。グレゴリ。誰よりも古い友。

わが右腕。もっとも偉大な癒し手であり、ヴァンパイアの容赦なきハンターでもある。

「ロマノフは病院へ運ばれ、鎮静剤を投与された」ジャックが低い声で言った。「村人には、兄さんとレイヴンは数日留守にしていると言っておいた。兄さんは村人に慕われているから、今回の件にはみんなひどく腹を立てていた」

「われわれ一族に悪影響が及ばないようにできるか」ミハイルは尋ねた。

「最小限に抑えることはできる」グレゴリが正直に答えた。「だがロマノフが見つけた証拠とやらは、すでに何人かに送りつけられていた。われわれは包囲攻撃に備えなくてはならない。今後は生活をすっかり変えざるをえないだろう」彼はたくましい肩をそっけなくすくめた。

「証拠とは？」

「指紋や写真だ。わたしが行ったとき、あの男はすでに薬を投与されていた。医者はロマノフが完全に正気を失っていて、自身にも他人《ひと》にも危害を加えかねないと見ている。わたしがあの男の心から引きだしたイメージは混乱していた。両親——おもに母親のこと。母親の遺体を発見したのはあの男らしい。それからあなたの館、罪悪感、火事」グレゴリは淡い銀色の瞳で頭上の空をゆっくりと注意深く見渡した。彫りの深い顔は険しい面持ちのまま、まったく表情が変わらない。

グレゴリの周囲には危険な雰囲気が漂っていた。全身が、物腰そのものが、彼が強力であり、脅威であることを物語っている。表情はないが、内には野蛮で荒々しい怪物がいて、自由になろうともがきながら表面のすぐ下にひそんでいる。ふたりはある種のあきらめと理解を浮かべて目を見交わした。また戦いになる。また殺さなければならない。殺す必要に迫られることが増えれば、それだけヴァンパイアに変異する危険が大きくなる。暴力だけが、何世紀も生きてきた男につかの間、感情をもたらしてくれる。それ自体が、暗く希望のない世界に生きる者にとっては恐るべき誘惑となる。

グレゴリはミハイルの顔に浮かんだ同情を見まいとして目をそらした。「あの男の信用を落とさなければならない」

「なによりもまず、レイヴンの安全を確保しなければ。今回の問題に取りかかるのはそれからだ」ミハイルが唐突に口をひらいた。

「あなたの女はとても脆い」グレゴリが低い声で警告するように言った。「彼女を地上へ連れてきて服を着せるといい。それからわたしが目覚めさせよう」

ミハイルはうなずいた。グレゴリは明らかに彼の考えを読んでいる。本人が冷たい墓穴と思っているような場所でレイヴンを起こすのは絶対にいやだった。ジャックとグレゴリはミハイルにプライバシーを与えるために森へとはいっていった。レイヴンを無事に自分の腕に抱いてようやく、ミハイルはアメリカ人らしい服を彼女に着せることに気がまわった。カルパチアンは天然繊維ならば簡単に作りだせるので、ブルージーンズと長袖のシャツをこしらえた。いいぞ、グレゴリ。

レイヴンは息を詰まらせて喉を押さえ、焼けつく肺に必死に空気を取りこもうとしながら目を覚ました。混乱し、パニックを起こし、死に物狂いでもがいている。「肌に触れる空気を感じるんだ」レイヴンの耳に唇を寄せ、ミハイルはそっと命じた。「夜を、風を感じろ。きみはわたしの腕のなかにいて安全だ。美しい夜だ。色と香りがわたしたちに語りかけてくる」

レイヴンは紫色がかった青い瞳を周囲に向けたが、なにも見えておらず、なにもわかっていなかった。深く息を吸ってから、できるだけ体を小さくした。ひんやりとした夜気がゆっくりと魔法のように喉の絞めつけをやわらげていく。宝石のような涙が目にきらめき、長いまつげを濡らす。

たくましい体に宿る並はずれた力が伝わるよう、ミハイルはレイヴンを抱く腕に力を込めた。ゆっくりと、少しずつ、体のこわばりが解け、彼女は身をまかせてきた。心にやさしく温かく触れてみると、彼女が冷静になろうと必死にもがいているのがわかった。

「わたしはここにいる、レイヴン」できるだけ人間らしく聞こえるように、あえて声に出して語りかけた。「夜がわたしたちに呼びかけ、歓迎してくれている。聞こえるか？ 虫や夜の生きもののすばらしく美しい歌が。耳を澄ましてごらん」彼はリズミカルであらがいがたい、ほとんど催眠術のような声色を使った。

レイヴンは膝を引き寄せ、その上に額をのせて背中を丸めた。現実感がほとんどなく、体を前後に揺らす。息を吸っては吐き、そうできることに感謝しながら呼吸の仕組みに気持ちを集中した。

「もっと安全な場所にきみを連れていきたい。ここから離れた場所に」ミハイルはさっと腕を振り、かつての美しい館が黒焦げになった廃墟を指し示した。

レイヴンは頭を垂れたまま、ただ呼吸をしているだけだった。ミハイルはふたたび彼女の心に触れた。彼を責める気持ちや裏切られたという思いはない。レイヴンの心はこなごなになり、傷つき、打ちのめされ、どうにかして生き延びようと必死になっている。慣れ親しんだ服とミハイルの存在が彼女にいくばくかの安らぎを与えている。氷のように冷たい憤怒、暴力的な報復を求める気持ちがミハイルのなかに生まれた。

「レイヴン」ジャックがグレゴリと並んで森から出てきた。レイヴンが顔をあげなかったので、ジャックは横にしゃがみこんで彼女の肩に軽く触れた。「今夜の狼たちは静かだ。彼らの遠吠えは聞こえたか？　ミハイルの家が失われたことを嘆き悲しんでいたんだ。いまは静かにしている」

レイヴンはまばたきをし、ぼんやりとした目でジャックの顔を見つめた。なにも言わない。横にいるのが誰だかわかっていないようだ。三人のたくましい男に囲まれて、小柄な体を震わせている。

記憶を消去すればいい。グレゴリが提案した。そんな当然のことをなぜミハイルが実行しないのか、理解に苦しんでいるのは明らかだった。

レイヴンがいやがる。

本人にはわからない。グレゴリは少しいらついた声で言った。返事をしないミハイルにため息をついた。ならば、わたしに彼女を癒させてくれ。レイヴンはわれわれみなにとって重要な女性だ、ミハイル。それにもかかわらず無用に苦しんでいる。

レイヴンは自力で乗り切りたいと思うはずだ。ミハイルは、自分が正気を失っていると思われているのを十分承知していた。だが、彼はレイヴンを理解している。彼女には独自の勇気と善悪の判断基準がある。ミハイルが記憶を消去したと知れば感謝はしないだろう。ライフメイトのあいだに偽りはあってはならないし、ともに耐えた苦難を彼女が受けいれられるようになるまで、ミハイルは待つつもりだった。

薔薇の花びらのように柔らかなレイヴンの顔に手を添え、優美な頬骨をそっと指でなぞった。「きみが言ったとおりにしよう、レイヴン。いっしょに新しい家を築こう、これまでよりも強い家を。森の奥深くの土地を選び、そこを愛情で満たし、狼たちまで巻きこんでやろう」

レイヴンの紫がかった青い瞳に突然、はっきりとした意識が宿り、ミハイルの顔を見た。舌先がふっくらとした下唇に触れる。彼女はためらいがちにほほえんだ。「わたしにはカルパチアンの素質はなさそうね」糸のように細い声しか出なかった。

「カルパチアンの女が持つべき素質を、きみはすべて備えている」グレゴリがやさしく言った。その口調は低く音楽的で、気持ちをやわらげ、癒す力を持っていた。気がつくと、ミハイルとジャックはグレゴリの魅惑的な声に耳を奪われていた。「きみはわれわれのプリンスのライフメイトにふさわしい女性だ。わたしはこれまでミハイルに捧げてきた忠誠と守護を、きみにも喜んで捧げよう」レイヴンの混乱した心にも鎮静効果のある香油のようにしみこむよう、グレゴリは意図的に低く抑えた声で話した。

レイヴンの疲れた目がグレゴリを見た。長いまつげが震え、瞳は濃さを増して紫色に近くなった。「あなたはわたしたちを助けてくれた」レイヴンはミハイルの手を探し、指と指を絡めたが、視線はグレゴリの顔から片時もそらさなかった。「ずいぶん遠くにいたのに。太陽も出ていたけれど、あなたはわたしたちに気がついて助けてくれた。あなたにとってさえむずかしかったはずなのに。あなたが心的コンタクトをしてきて、わたしを耐えられないほどの苦しみから救ってくれたときにも、それはわかったわ」

グレゴリの暗い顔に際立つ銀色の瞳が、妖しく、人の心を操る色を帯びた。声がもう一オクターブ低くなった。「ミハイルとわたしは強い絆で結ばれている。希望のない、うつろな暗黒の年月を長いこととともにしてきたからだ。きみは、わたしたちふたりにとって希望の象徴かもしれない」

レイヴンは真剣なまなざしでグレゴリを見つめた。「だとしたらうれしいわ」

レイヴンへの愛情が、誇りがどっと押し寄せてくるのをミハイルは感じた。レイヴンは本当に思いやりに溢れている。自分が精神的に打ちのめされているにもかかわらず、グレゴリの心は固く閉ざされていて、険しい顔つきからは内面が読みとれないにもかかわらず、彼が生きるために必死に闘っており、光のなかへ、希望のなかへ導かれる必要があることを見抜いた。グレゴリは指のあいだをすり抜けていく水と同じだ――とらえたり、こちらの思いどおりにすることはできない。グレゴリにとっては自身が法であり、彼は狂気の深淵《しんえん》に立つ謎めいて危険な男だ。

ミハイルはレイヴンの肩にそっと腕をまわした。「われわれはきみを安全な場所へ連れていく」子供に対するようにやさしい口調で言った。

レイヴンはミハイルをゆっくりと時間をかけて見つめた。今度は彼女の顔に心からの笑みが浮かび、ようやく目にも明るい光が差した。「あなたたち三人がいまの自分自身の姿を見られたらいいのに。わたしを壊れやすい磁器の人形みたいに扱ってくれるのは、とてもやさしいことだと思うわ。わたし自身、そんなふうに感じているいまはなおさら。ただ、あなたがわたしのなかにいるのと同じように、あなたのなかにはわたしがいるの。わたしにはあなたがなにを感じているかも、なにを考えているかもわかる。あなたがわたしから隠そうとしても」顔を寄せて、青みを帯びたミハイルの顎にキスをした。「守ろうとしてくれるのはうれしいけど、わたしはやわじゃないのよ。ただ、人間としての心が課してくる縛りとまだ折り合いがつけられずにいるの。これはあなたたちの誰かにやってもらえることじゃない。わたしが自分で決着をつけなければいけないことだから」

ジャックが古風で慇懃《いんぎん》なしぐさで手を差し伸べた。レイヴンはその手を取り、引かれるがままに立ちあがった。ミハイルも立ちあがると、彼女を守るように抱き寄せた。ミハイルとの触れ合いを、体を密着させ、彼のたくましい体という確かな現実を感じることを、レイヴンは必要としていた。

堂々たる三つの人影がさながら儀仗兵《ぎじょうへい》のようにひとつの小柄な人影を取り囲み、ゆっくりと歩きだした。彼らの心は静かで、いらだちや、獲物を狩りたいという欲求はみじんもなかった。ミハイルは血の渇きに苛まれていたものの、それもどうにか抑えこんだ。レイヴンが彼の心に触れてみたとき、伝わってきたのは愛情と心配、彼女を喜ばせたいという思いだけだった。

森を進みながら、レイヴンは足もとの柔らかい落ち葉の感触を楽しんだ。上を向いて顔で風を受け、深く息を吸い、風が運び、教えてくれる秘密を残らず取りこんだ。虫の音、下生えの葉のこすれる音、枝が思い思いに揺れる光景が、レイヴンの心を重くしている極度の不安をやわらげ、恐怖に満ちた記憶をほんの少しだけ遠くへ追いやってくれた。

「その記憶はすっかり消すこともできる」ミハイルがやさしい声で提案した。

レイヴンはミハイルに大丈夫だと伝えるつもりでちらりとほほえんだ。少しのあいだ、ミハイルに体をもたせかけた。彼が記憶を消してしまいたいという誘惑に駆られたこと、彼女から選択権を奪わなかったために仲間から正気を失っていると思われたことは、レイヴンもよく承知していた。「わたしが記憶を残しておきたいと思っているのはわかっているでしょう。すべての記憶を」

一行は一時間ほど歩いた。ミハイルは、曲がりくねった小径をたどって森の奥へ、山のさらに上へとレイヴンを導いた。目的地の小屋は、崖を背に隠れるように建っていた。生い茂る木々が崖のすぐそばまで迫っている。外から見た小屋は小さく、暗く、うち捨てられた雰囲気があった。

ジャックとグレゴリが、薄暗い小屋の室内を一変させた。手をひと振りすると、積もっていた埃が消え去った。続いて暖炉の薪《まき》が勢いよく燃えあがり、蠟燭に火がともり、木の芳香が小屋全体に広がった。

レイヴンはおとなしくなかに足を踏みいれた。グレゴリとジャックは狭い小屋のなかをすばやく見てまわり、わずかな時間で可能なかぎりに居心地よく整えた。それから彼らはミハイルとレイヴンをしばらくふたりきりにするため、森へと引き返していった。

レイヴンはミハイルから離れ、小屋のなかを歩きまわった。体はまだひどく弱ったままだが、できるだけミハイルに面倒をかけたくなかった。椅子の背に触れ、指を絡めると、なじみのある木の感触が体の震えを抑えてくれた。

「ミハイル、このジーンズ、どうもありがとう」レイヴンは顔だけ振り返って、かすかな笑みを浮かべた。彼女は謎めいてセクシーでいながら無垢に、とてもはかなげに見えた。その青い瞳の奥には怒りも非難も見つからず、ただミハイルへの愛だけが輝いている。

「気に入ってもらえてうれしい。いまでも、そういう服は男の着るもので、美しい女性が身につけるものとは思っていないが。きみの笑顔が見られればと思ったんだ」

「あなたがそんなつらそうな顔をするというだけでも」窓辺に立ったレイヴンは、外の闇をやすやすと見透かすことができた。「あんな経験は二度としたくないわ」それが本心であることをミハイルにわかってほしくて、きっぱりとした口調で言った。

ミハイルははっと息を吸い、最初に口にしようとした返事を呑みこんだ。そして慎重に言葉を選んだ。「われわれの血は、そして最終的には体も土を受けいれる。わたしの脚の傷はひと晩で癒えた。きみの傷も、ずいぶん深く、命の危険すらあったが、六日で治った」

レイヴンは落ち葉に風が吹きつけるさまを見つめた。「わたしはとても知的なのよ、ミハイル。あなたの話が真実だということはわかっているの。頭ではそれを受けいれて、すばらしいことだとさえ思っている。でも、あんな経験は二度としたくない。できないのよ。二度としないし、無理だということをあなたに受けいれてほしいの」

ミハイルはレイヴンのところまで歩いていった。首筋に手をかけ、抱き寄せる。館、蔵書、過去の思い出を失ったこともひどく悲しかったが、彼にとってなによりつらいのは、レイヴンを楽にしてやれないことだった。わたしは大地にも、獣《けもの》にも、空にも命令ができるが、レイヴンの記憶を消すことはできない。本人がそれを望まないからだ。こんなにささやかで無垢な願いを聞きいれないわけにはいかない。

レイヴンは顔をあげ、影の差したミハイルの顔を真剣なまなざしで見つめた。心労から彼の額に刻まれたしわをそっと撫でる。「わたしのために悲しまないで、ミハイル、それになんでも自分のせいだと思うのはやめて。記憶は役に立つものよ。もっと強くなったら、わたしは今回の記憶を引っぱりだして、さまざまな角度から見直せるもの。そうしたら、わたしたちが身を守るためにしなければならないことに対しても、もう少し居心地悪さを感じなくなる日が来るかもしれない」レイヴンの声からはかすかなユーモアと、きっとそんな日は来ないだろうという確信に近いものが感じられた。

彼女はミハイルの手を取った。「ねえ、あなたはわたしの幸福や、身の安全にだって責任はないのよ。出会ったときから、わたしはなにもかも自分で決めてきた。わたしはあなたを選んだ。心で、頭で、きっぱりとあなたを選んだ。もしまた選ばなければならなくなったら、どんなつらい経験が待ち受けているかわかっていても、わたしは迷わずあなたを選ぶ」

ミハイルの微笑にレイヴンの心はとろけそうになった。ミハイルはレイヴンの顔を両手ではさみ、顔を寄せると唇を重ねた。たちまちふたりのあいだに電流が走った。濡れて暗いミハイルの口のなかは愛の味がした。渇望が一気に、責め苛むように高まる。熱く勢いよく流れる血の音、胸の高鳴り、そして一瞬のうちに爆発しそうな性的興奮にふたりとも呑みこまれそうだった。ミハイルはレイヴンをたくましい体にきつく抱き寄せたが、その思いやりに満ちた唇からは紛れもない愛情が伝わってきた。永遠に彼女を放すつもりがないかのように、ミハイルがレイヴンのつややかな髪に指を絡めた。

レイヴンはとろけるようにミハイルにもたれ、一瞬、自分の体が骨抜きになったように感じた。先に体を離したのは彼女のほうだった。ミハイルの内に彼を苛む渇きを読みとるのはたやすく、それは彼女のなかでも大きくなりつつあった。過酷な試練を経験したあとだけに、レイヴンの体は滋養を欲していた。長いまつげをあげて愛《いとお》しく男らしいミハイルの顔を見ると、唇に官能の色が、黒い瞳には気だるげな誘惑の表情が浮かんでいるのが見てとれた。

ミハイルの喉にキスをし、彼のシャツのボタンに手をかける。情熱と渇きから脈が速くなり、体が緊張する。ミハイルの肌に唇を這わせつつ、彼のにおい、野性的で謎めいた夜の香りを吸いこんだ。体内では渇望が抑えようもなく増し、野火のように広がっていく。舌がミハイルの肌の感触を味わい、筋肉の線をたどり、それから激しく脈打つ喉へと戻った。「愛してるわ、ミハイル」妖婦《セイレン》のように彼の喉にささやきかける。

ミハイルの体のあらゆる筋肉が緊張した。欲望が、期待がまたたく間に広がる。レイヴンは人間の脆さと勇気、思いやりを合わせ持つ、美しい奇跡だ。彼はレイヴンの髪にぐらせた手をこぶしに握り、彼女が頭を動かせないようにした。レイヴンの唇が燃えるシルクのように彼の胸を這い、情熱の炎を掻きたて、ミハイルの頭には渇望の赤いかすみがかかった。「これは危険だ、リトル・ワン」熱くかすれた声は黒いベルベットのように魅惑的だった。「あなたが欲しいの」レイヴンが真実をささやくと、熱い息がミハイルの平らな乳首にかかり、胸を刺激した。レイヴンは心底ミハイルを欲していた。熱く野性的でたくましい体は、頭に冷たい土が迫ってきた感覚を忘れさせてくれる。レイヴンは挑発するようにせわしなく体をこすりつけた。そして両手を滑らせてシャツの裾をひらき、さらに下へと進んで、ミハイルの昂りが解き放たれることを待ち望んでいるファスナーを見つけた。レイヴンの指が誘うようにかすめると、ミハイルが荒々しい欲望のうめき声を漏らした。「ミハイル、あなたをわたしのなかに生き生きと感じたいの。こんなにもなにかを欲しいと思うのは初めて。わたしにさわって。体のすみずみまで。わたしの奥深くまではいってきて」

ミハイルはレイヴンのシャツを頭から脱がせて横に落とした。細い上半身を両手でつかみ、体をそらさせて、ひげが伸びてきた顎をクリーム色の柔らかな乳房にこすりつける。肌と肌がこすれ合う感覚が神経のすみずみまで炎を走らせた。レイヴンの唇の線を口でたどり、狂おしく脈打つ華奢な喉もとにゆっくりと心を込めて舌を這わせ、それからわざとじらすように時間をかけながら乳首までおりていく。レイヴンは体が急に熱く潤み、燃えるように疼くのを感じた。乳房がミハイルの唇にエロティックに含まれると、大きな声をあげて頭をのけぞらせ、体を弓なりにして、彼の熱い唇にみずからを差しだそうとした。

前触れもなく、ミハイルの内なる怪物が解き放たれ、支配欲を剝きだしにしたうなり声をあげながら、レイヴンのジーンズを爪で引き裂いた。膝をつき、彼女の平らなおなかに歯を立てる。薄いコットンのショーツ越しに、彼の熱く濡れた舌で荒々しく探られるのを感じて、レイヴンが息を吞んだ。ミハイルは薄い布地を引き裂くと、彼女をなぶり、愛撫した。

レイヴンは叫び声をあげてミハイルのなかの荒々しい獣性を受けいれ、彼のエロティックな攻撃に負けじと奔放になった。ショーツをはぎとられると、熱く飢えた彼の口に体を押しつけた。ミハイルは喉の奥で、独占欲がにじむ低いうなり声を発した。彼に攻めたてられて、レイヴンが乱れていることに快感を覚える。彼女がわれを忘れて彼の髪をつかみ、その無防備な喉から言葉にならないかすれた声を漏らすのがたまらない。レイヴンの体が緊張し、白熱して解き放たれることを求めている。彼女の叫び声が懇願へと変わった。

ミハイルは快感にうなり声をあげ、自身の体も焼けつくように熱くなり、耐えがたいほど敏感になっているのを感じながら、レイヴンを容赦なくじらした。溢れる力とベルベットのように官能的な情熱、混ざり合ったふたりのにおいが押し寄せ、彼の飽くなき欲望の一部になる。彼女はわたしのものだとわからせたい。わたしに劣らずなにも考えられなくなるほど燃えあがり、欲してほしい。

レイヴンの低くつぶやくような懇願の声が脳裏にこだまし、彼の体を耐えがたいほど硬くした。渇きがさらに募り、性的欲求と生理的欲求が同時に高まって、レイヴンを貪らずにいるだけの自制を保つのが精いっぱいになった。体はレイヴンに触れられることを、敏感になった肌に彼女の歯が立てられることを求めている。

ミハイルがうなり声をあげて、限界を越えさせると、レイヴンの体がぶるぶると震え、ミハイルの体に侵略され、満たされることを求めた。レイヴンは膝をつき、ミハイルのズボンに手をかけて腿までおろした。解放された彼自身が彼女に向かって屹立《きつりつ》する。レイヴンの爪がミハイルの腰を引っ掻き、舌が厚い胸板を這った。

レイヴンの挑発的な笑い声が、柔らかく、誘うようにミハイルの心にこだまする。シルクを思わせる髪が腿に触れるとこらえ切れなくなりそうだった。今度はミハイルが懇願のうめき声をあげて、差し迫った欲求をレイヴンに伝えた。彼女がそれに応じると、そのエロティックに濡れた、熱くなめらかな唇に正気を奪われかけた。ここまで主導権を握っていたのがミハイルだったとすれば、いまやそれはレイヴンのものになっていた。そして彼女は自分がミハイルを夢中にできることに大きな喜びを感じていた。

ミハイルのうなり声がますます動物的になり、怖いほどの響きを帯びてきた。腰が狂おしいリズムを刻み、唐突に彼はそれ以上耐えられなくなった。レイヴンを自分からぐいと引きはがすと床に押し倒し、奪うために膝を割った。彼女を床に釘付けにし、激しい力を込めて貫き、よく締まったベルベットのような体内に思いきり深く押しいった。

ミハイルがさらに激しく自分をうずめるとレイヴンが悲鳴をあげた。彼の突きは毎回、嵐のように激しくなり、ひと突きごとに荒々しさと狂気を増していく。レイヴンが舌でミハイルの喉に触れた。「あなたを飲ませて、ミハイル。いまあなたに抱かれているあいだに。そのあとは、あなたが求めるものをなんでもあげる」彼女のささやきは魔女のささやきのようで、声自体が興奮をさらに掻きたてる麻薬に似ていた。レイヴンが彼の血をみずから求めるのはこれが初めてだ。そう考えただけで、ミハイルは唇で触れられたときに負けないくらいセクシーな気持ちになった。体が途方もなく硬くなったが、彼女が脈打つ血管の上に舌を這わせると、期待感を味わうためにペースを落とした。火傷しそうに熱い鞘の奥に突きいった瞬間、レイヴンが歯を深く沈めてきた。白熱した情熱と青い稲妻がミハイルの体を駆け抜ける。このうえなく甘美な痛みに、彼は頭をそらせた。

ミハイルが受け継いできた古《いにしえ》の血の熱く甘い香りが、ふたりの芳香と混ざり合う。レイヴンが強く吸うのと同時に、彼を包んでいる体がきゅっと締まる。ミハイルは意識的に彼女と動きを合わせ、レイヴンが彼の血、精、生命のエキスを体に吸収するのを感じた。レイヴンの体はミハイルをつかんで放さず、シルクのような唇と同じく暗い炎を燃やしながら彼を甘く執拗に攻め、精力を奪った。

レイヴンが舌を滑らせると、ふたりとも体に震えが走った。ミハイルはレイヴンを組み敷いていて、全身の筋肉が岩のように硬くなり、まだレイヴンに指一本触れていないかのように耐えられないほど激しい欲望を感じていた。血の渇きは熱望の域をはるかに超え、過去のあらゆる経験をはるかにしのいでいる。

レイヴンはミハイルの髪を撫でつけ、手のひらで顎をさすった。誘惑的としか言いようのないほほえみを浮かべ、わざと腰を持ちあげてミハイルをきつく締めつける。彼の頭を引き寄せ、唇をとらえて甘い血の味わいを分かち合い、渇望を掻きたて、じらし、彼に心のたがを完全にはずさせた。

ミハイルは主導権を取り返してレイヴンのシルクのような唇を思いきり貪り、首に舌を這わせて脈打つ血管の上で止まると、歯をこすらせてじらした。そのあいだも体は貪欲に攻め立て、彼女のなかに深く激しく突きいった。

レイヴンはミハイルの名をつぶやき、頭を胸に引き寄せると、懇願し、誘うように上半身を持ちあげた。ミハイルの顎先が柔らかいふくらみを撫で、谷間に分けいり、敏感な肌を刺激する。彼が乳房を下から包みながら、熱く濡れた口に含んで強く引っ張った。レイヴンはミハイルを抱き締めながらはじける快感に身をまかせ、彼のリズムと速度に従った。

ミハイルが顔をあげた。その瞳は甘くセクシーで、相手を思うがままに操る力を持ち、レイヴンを心の奥底へ、魂の深淵へと引きずりこむ。彼は乳房に鼻先をこすりつけ、舌でなぶり、愛撫した。口をひらき、感じやすい肌に熱く濡れたキスをする。腰を勢いよく突きだし、いま一度レイヴンと目を合わせて、要求をはっきりと伝えた。

「ええ、お願い、そうして」レイヴンは差し迫った声でささやき、ミハイルの顔をふたたび引き寄せた。「そうしてほしいの、ミハイル」

ミハイルが乳房の上あたりに歯をこすらせ、突き立てると、彼女は白熱する痛みに襲われ、焼けつくようなエクスタシーを感じて、体が小刻みに震え、ばらばらになりそうになった。ミハイルは彼を包む熱くなめらかなレイヴンの極上の感触を味わいたくて、彼女のなかにさらに深く突きいった。レイヴンを貪り、彼女の生命そのものを体に取りこみ、心をひとつに溶け合わせて、純粋に男性的な支配欲から彼女をわがものにしようとする。

なんという甘美なスリルだろう。魂と魂が完全に溶け合い、愛情に包まれた熱く純粋なセックス。ひとつになった肉体、肌、心を分かち合うこの瞬間が、永遠に続けばいいとミハイルは思った。速く激しく、ゆるやかに深く、ひとつひとつの動きが甘美な拷問のようで、レイヴンの血が細胞という細胞を満たし、彼の力を高めて、彼がレイヴンを吸いつくすと同時に彼女がミハイルを吸いつくす。ミハイルの体がありえないほど硬く、大きくなり、容赦なく極限までレイヴンを侵略する。ふたりは自制を失って花火のように舞いあがり、はじけ、炎のかけらとなって地上に降った。

レイヴンはミハイルの下に横たわり、彼のエスプレッソ色の髪に指を絡ませて、ふたりのぴったりと重なった鼓動に耳を傾けていた。彼女の体はミハイルのもの、彼女はミハイルのものだった。ミハイルの舌が肌を這い、胸のふくらみを流れるひと筋の血をぬぐった。彼は乳房にキスの雨を降らしてから喉をたどって上にあがると、そっとやさしく唇を重ねた。彼女の喉もとに手を広げて親指の腹で撫で、柔らかいサテンの肌ざわりに酔いしれる。

レイヴンがこのタイミングでカルパチアンとして生きる決意を示したことに、ミハイルは驚いていた。レイヴンが彼を愛し、身を捧げるつもりでいるのはわかっていたが、これから自分に求められる生きかたに抵抗を覚えていることも知っていた。ところが、トラウマとなるようなおぞましい体験をしたあとで、彼女は新たな人生に決然と足を踏みだした。どれだけ長い時間をともに過ごそうとも、レイヴンの行動を予想できるようにはなりそうにない。

「わたしがどれほどきみを愛しているかわかるか」彼はそっと尋ねた。

レイヴンの長いまつげが震えながら持ちあがり、紫色を帯びた青い瞳がミハイルの目をとらえた。口もとに魅惑的な笑みがゆっくりと広がる。「もしかしたら、ほんの少しだけ」彼女はミハイルの額に浮かんだしわを撫でた。「今夜は大丈夫よ。あなたはするべきことをして、わたしの心配はしないで」

「きみには少し眠ってもらいたい」ミハイルはレイヴンから体を離し、自分がまだ服を半分身に着けたままであることに気づいて驚いた。

「それはあなたがロマノフにすごく腹を立てていて、自分がこれからすることをわたしに知られたくないからでしょ」レイヴンが片肘をつくと、豊かな髪が薄いベールのように乳房にかかった。

その光景を見ると、ミハイルは腹部に力がはいり、瞳が急に欲望に燃えあがって黒みを増した。レイヴンがそっとからかうように笑った。誘惑を感じたミハイルは顔を寄せ、舌でレイヴンの乳首を硬くとがらせた。

レイヴンはミハイルの豊かな髪をやさしい手つきで梳かした。「あなたはジャックをボディーガードとしてここに残すことで、彼も危険から守るつもりでいる」レイヴンのまなざしが柔らかく温かくなった。「それに自分がこれからすることを、わたしが許さないと思ってる。でもミハイル、わたしはあなたを信じてるわ。あなたはフェアですばらしい人だと思うから。ロマノフを嫌うのは当然だけど、あなたならその気持ちを脇に押しやって正しいことをしてくれるはず。彼はまだ若くて、混乱し、怒りに駆られている。両親の残酷な死にかたに衝撃を受け、心に傷を負ったのよ。彼らの死とあなたを結びつけるものを見つけて、神経がおかしくなってしまった。恐ろしい悲劇だわ」

ミハイルは目を閉じてゆっくり息を吐いた。レイヴンにうまく手を縛られた格好だ。レイヴン自身がこんなにも憐《あわ》れみ深くロマノフを赦しているというのに、彼女を苦しめたことを理由にあの男を殺せるわけがない。

「彼に会う前に糧を得てちょうだい。わたしもあなたのせいでくたくたなの。下手なカルパチアン・ジョークを言わせてもらえば、あなたが夕食を持って帰ってきてくれるのを待ってるから」

ミハイルはびっくりしてレイヴンの顔をまじまじと見つめた。長い沈黙が流れた。そのあとふたりは噴きだした。「服を着ろ」ミハイルはしかつめらしい顔を作って命じた。「きみに悩まされてはジャックがかわいそうだ」

「わたしは思いきり悩ませるつもりよ。ジャックはもっと肩の力を抜くことを学ばなくちゃ」

「あいつはカルパチアンの男のなかでいちばん肩の力が抜けているよ。誰よりも長く感情を失わずにいた。感情を失ってまだ二、三世紀しかたっていない」

「女性にあれこれ指図するときは力がはいりまくってるわ。女はこうあるべきだという固定観念にとらわれてるのよ。その点について、わたしはジャックと話し合おうと思ってるの」

ミハイルの眉が跳ねあがった。「わたしたちが出かけているあいだ、あいつは退屈することがなさそうだな。頼むから、弟をあまりいじめないでくれよ」

ふたりは笑いながら服を着た。

13

ルーディ・ロマノフは大量の薬を投与されていた。薬の悪臭がミハイルの鼻をつく。汚れた血を体に取りこむことを考えただけで胸がむかついたが、ほかに手はなかった。そうすれば、ロマノフの思考を意のままに読みとれる。レイヴンはミハイルの愛情を百パーセント信頼して送りだしてくれた。体の全細胞がルーディの死を望んでいようとも、レイヴンの信頼を裏切るわけにはいかない。

「私にまかせてくれ」ミハイルの気持ちをいとも簡単に読みとり、グレゴリが低い声で言った。

「おまえの魂には危険すぎる」ミハイルは指摘した。

「われわれ一族の存続のために冒す価値のある危険だ。ロマノフを放置しておくわけにはいかない。一族の血を絶やさないために、われわれはヴァンパイアハンターと戦うことよりも、ライフメイトとなる女を見つけることに全力を注ぐべきだ。きっとほんのひと握りだとは思うが、人間の女のなかにはすぐれた超能力を持ち、われわれのライフメイトになりうる者がいるはずだ」

「その説の根拠はなんだ？」ミハイルは静かに尋ねたが、その声には自然と威嚇の響きがこもった。女に実験を施すのは赦されざる罪だ。

グレゴリの銀色の目が険しく細められ、きらりと光った。彼のなかではうつろな暗黒がしだいに広がり、魂の暗いしみがどんどん大きくなりつつある。それをグレゴリは少しも隠そうとしなかった。まるで状況がどれほど絶望的になりつつあるか、ミハイルに見せたがっているかのように。「わたしは醜く邪悪な、赦されざる行為に手を染めてきたが、実験目的で女を利用したことは一度もない。ロマノフを生き長らえさせたければ、わたしがこの男の血を飲むしかないぞ」

ふたりのカルパチアンは精神科病棟の狭い廊下をするすると進んでいった。実体を消したふたりがそばを通りすぎても、人間たちはぞくりとする冷気を感じただけだった。ふたりは色のついた濃い霧のように蒸気となって鍵穴から流れこみ、病室内をぐるりとまわってロマノフの体を屍衣さながらに包みこんだ。ロマノフは恐怖に襲われて悲鳴をあげた。霧が蛇のように体に絡みつき、胴と手首を這ったかと思うと、首に巻きついてどんどんきつく絞めつけはじめた。ロマノフは体が万力にねじられるのを感じたものの、蒸気をつかもうとしても両手がすり抜けるだけだった。頭のなかでいくつものおぞましい声がささやいたり、威嚇したりしたが、あまりに小さいのでかすかなこだまのようにしか聞こえない。ロマノフは両手で耳をふさぎ、たちの悪いささやきを止めようとした。だらしなく開いた口から涎《よだれ》が垂れ、喉がぴくぴくと痙攣《けいれん》する。

霧がふた手に分かれたかと思うと、いっぽうは隅へ流れていって床の少し上に漂い、もういっぽうは少しずつ濃さを増し、揺らめき、形を取りはじめて、やがて筋肉質で広い肩と、殺意を宿した淡い色の瞳を持つ男の姿になった。ルーディはどうしようもなく震えだし、部屋の隅にできるだけ小さく縮こまろうとした。目の前の亡霊はとても鮮明で恐ろしく、現実の存在にしか見えなかった。

「ルーディ・ロマノフ」暗い室内でグレゴリの牙が白くきらめいた。

「おまえは誰だ」ルーディはしわがれ声になった。

淡い色の目が光り、まばたきひとつしない険しい線に細められた。「わかっているはずだ」グレゴリは黒いベルベットのようになめらかで低い声に非難をにじませた。「こちらへ来て、わが糧となるがいい。おまえには暗黒の呪いがふさわしいとわたしが判断するまで、わがしもべとなるのだ」

ルーディの目に気づきと怯えの色が浮かび、それが恐怖へと変わった。しかし、彼はシャツの胸元をはだけながら、じりじりとグレゴリに近づいてきた。グレゴリがふたたびささやくと、その声はとても誘惑的で有無を言わせぬ力を持っていた。「さあ、わたしに従い、必要な情報を差しだせ」グレゴリはルーディにゆっくりと顔を近づけた。

ルーディは魂を奪われたのがわかった。この見知らぬ男は、はかりしれない強い力を、人間の想像も及ばないことをなしうる能力を持っている。ルーディはみずから進みでると、頭をのけぞらせて喉をさらした。熱い息がかかり、牙が深く沈むと同時に鋭い痛みが走った。自分の血が川のように流れだすのを、ルーディはひしひしと感じた。煉獄《れんごく》に落ちたような痛みに襲われたが止めるすべはない。それに止めたいとも思わなかった。不思議な気だるさが押し寄せてくる。まぶたがとても重く、開けていられないほどだ。

室内の霧が濃くなってグレゴリを取り囲み、彼と獲物のあいだに流れこんだ。抗議のうなり声をあげて、グレゴリはしぶしぶ獲物から顔をあげ、力の抜けた体を蔑《さげす》むように床へほうった。

おまえはもう少しでこの男を殺すところだった。ミハイルがぴしゃりと言った。

死んで当然の男だ。この男の中身はすでに朽ちている。望むのは終わりのない夜、意のままにできる女たち、人間の生死を操る力だ。父親と祖父によく似ている。わずかに残されていた善良な部分を虫に食われ、もう殻しか残っていない。この男の心のなかは常軌を逸した欲望の迷宮だ。

こんなふうにこの男を死なせるわけにはいかないぞ、グレゴリ。ミハイルはグレゴリの頭にいらだたしげな声を響かせた。いまでさえ、われわれ一族は注目を浴びすぎている。もしロマノフが大量失血で死んだりしたら……。

わたしはそんなへまはしない。グレゴリは足でルーディの体を脇に押しのけた。この男は死にはしない。もとはと言えば、こいつの祖父のせいだが……。ラウルという名だったな。覚えているか？　年を取って頭がいかれたが、若いときからたちが悪かった。妻を殴り、若い女を追いまわした。一度わたしがやめさせたことがある。ミハイルは唐突に追憶にふけった。

そして恨まれただけでなく、疑いを招いた。あれ以降、あいつはあなたを監視するようになった。機会があればこそこそつけまわし、糾弾する材料を探しはじめた。あなたはヴァンパイアだと主張できるような材料――しぐさやらしゃべりかたやら、あいつの疑念はハンスに受け継がれた。グレゴリはルーディの体を蹴った。この男はファックスで、何人かに証拠のコピーを送った。原本は自宅にある。両親の寝室の床下に。ルーディ・ロマノフが這って逃げようとするのを見つめた。遅かれ早かれ、連中がやってくる。

グレゴリの体が揺らめいたかと思うと分解し、いままで彼が立っていた場所に蛇に似た長い霧の帯がたなびいた。霧は床に縮こまっているルーディに近づき、頭や首をかすめるように漂った。そしてただすすり泣くことしかできないルーディをあとに残し、部屋から流れでた。

ミハイルとグレゴリはすばやく音もなく廊下を抜け、急ぎ夜の新鮮な空気のなかへと出た。ルーディの腐った心に触れたあとだけに、ふたたび大地と親しむ必要があった。いったん外へ出ると、グレゴリは体内の毒を取りのぞくために毛穴から薬品を排出した。それをいとも簡単にやってのけたので、ミハイルは驚嘆した。ロマノフの小屋へ向かう途中、グレゴリはほとんど口をきかなかった。彼は夜のにおいを深く吸いこみ、足の下の土を感じ、狼が歌うのを、夜の生きものが心落ち着くリズムで呼び交わすのを聞きたいと強く欲していて、その欲求をミハイルは尊重した。

ルーディの家に着くと、グレゴリは単純に床下に隠されていた書類のところへと迷わず向かった。ミハイルは古い写真と書類の束をちらりとも見ずに受けとった。「ルーディの頭にあったことをすべて教えてくれ」

グレゴリの銀色の瞳がきらりと危険な光を放った。「スロヴェンスキー――ユージーン・スロヴェンスキーという男がヴァンパイア絶滅に力を注ぐ秘密結社のメンバーだ。それからフォン・ハーレン、アントン・ファブレゾ、ディーター・ホドキンスは自称ヴァンパイアの専門家で、調査と殺すべき犠牲者の選定を担当している。スロヴェンスキーが人員を集め、殺害を承認し、記録している」

ミハイルはいらだちのにじむ低い声で罵りの言葉を吐いた。「またヴァンパイア狩りが行なわれれば、われわれ一族は滅びてしまう」

グレゴリがたくましい肩をすくめた。「わたしがやつらを狩り、倒す。あなたはレイヴンを連れてここから遠くへ行くといい。不満はあるだろうが、ミハイル、それしか方法はないし、そのことはあなたもわかっているはずだ」

「わたしの幸せのためにおまえの魂を犠牲にはできない」

銀色の瞳がミハイルを見つめ、それから夜の闇へと視線を移した。「選択肢はほかにない。わたしが救われる希望はただひとつ、ライフメイトを得ることだ。わたしはもうなにも感じないんだ、ミハイル。あなたがいま感じているような喜怒哀楽がどんなものだったか思いだせない。生活に喜びはかけらもない。わたしはただ存在し、同胞への義務を果たしているだけだ。早くライフメイトを得なくてはならない。持ちこたえられるのはあと数年といったところだ。そのあとは、永遠の眠りを求めることになるだろう」

「陽光のなかに出ていくことは許さないぞ、グレゴリ、まずわたしに相談せずには」グレゴリが反論しようとするのをミハイルは手をあげて制した。「わたしもおまえと同じ経験をした。孤独に苛まれ、内なる怪物に支配されそうになり、魂は黒く染まっていた。われわれ一族にはおまえが必要だ。おまえは力を保ち、怪物と闘わなくてはならない」

暗い部屋でグレゴリの銀色の瞳が、危うい光を放った。「わたしの愛情や忠誠を買いかぶらないでくれ。わたしにはライフメイトが必要だ。なにか、なんでもいい――情欲でも、所有欲でも、なんでもいいから――感じたら、わたしは奪うべきものを奪い、わたしからライフメイトを奪おうとする者はけっして許さない」ふいにグレゴリの大きな体が揺らめいたかと思うと分解して水の結晶になり、彼を歓迎してくれる夜の腕のなかへと流れでた。この狂気と死の家を離れよう。もしかしたら、体内に取りこんだ汚れた血が、わたしにこんなことを言わせているのかもしれない。

ため息をつき、ミハイルはグレゴリに続いて夜の闇へと流れでた。二本の蒸気の帯が月光を受けてきらめき、地面から数十センチ上を漂う霧に合流する。レイヴンのもとに戻りたいと切望しながら、ミハイルは木々の合間を抜け、深い森と家々を隔てる開豁地へ向かった。ハマー神父の家の前を通りすぎて草地にはいったとき、心にさざ波のような不安が広がった。いやな予感がして、神父の家まで引き返し、木々のあいだに隠れて人間の姿に戻った。レイヴンの心に触れてみる。いま彼女に脅威は迫っていない。

「どうした？」グレゴリもミハイルのとなりで実体化した。

危険がないかどうか、ふたりは付近を見まわした。暴力が行なわれたことを土が物語っている――ブーツに踏み荒らされた跡、血痕。ミハイルが緊張した目でグレゴリの淡い瞳を見ると、ふたりは同時に、ミハイルの古くからの友人の家を振り返った。

「わたしが先に行く」グレゴリはできるかぎりの同情を込めて言い、神父の家の玄関とミハイルのあいだにさりげなく体を入れた。

きちんと整頓され、居心地がよく、温かい雰囲気のあった小屋はめちゃくちゃに荒らされていた。簡素な家具は壊され、カーテンは斜めになり、陶製の古い器はこなごなになっている。神父の貴重な書物は破られているし、絵画はずたずたに引き裂かれている。缶に入れて大切に保管されていたハーブは、台所の床に捨てられていた。薄いマットレスも毛布も細かく切りきざまれている。

「なにを探していたんだ？」ミハイルは声に出して考えこみながら、部屋を歩きまわった。床と、彫刻を施したかがんでルークを拾うと、その慣れ親しんだチェスの駒を握り締めた。

古い揺り椅子に血痕がついている。

「死体はないな」グレゴリが言うまでもないことを指摘した。手を伸ばして、非常に古い革綴じの聖書を拾いあげる。使いこまれていて、神父の指が何度も触れた場所が擦れて光っている。「だが、においがあれば、あとをたどれる」グレゴリは聖書をミハイルに渡し、それを彼が無言でシャツの下に滑りこませるのを見つめた。

筋肉の発達したグレゴリの大きな体が折れ曲がったかと思うと皮膚がはじけた。両腕につややかな毛皮が波打つように生え、指先から鉤爪が突きだし、前に長く伸びた顔が牙を剝いた。巨大な黒い狼はシェイプシフトの途中から早くも窓目がけて走りだした。ミハイルもあとを追い、木立を駆け抜けては鼻先を地面につけ、あたりを嗅ぎまわった。においは人里から離れて森の奥へと向かい、山をどんどん上へとのぼっていく。レイヴンとジャックがいるのとは反対の方向だ。ハマー神父を連れ去ったのが誰であれ、他人《ひと》がいないところで汚い仕事をしたいらしい。

ミハイルとグレゴリは肩を並べ、危険で断固とした決意を胸に抱き、地を削る勢いで疾走した。鼻で風を切って走り、ときおり頭をさげては、神父のにおいが消えていないことを確かめる。背中には筋肉が波打ち、心臓と肺は油をよく差した機械のように律動的に動いている。

ふたりの行く手から動物たちが慌てて逃げだし、通りすぎる彼らに怯えて身をひそめた。ふたりが走りすぎた木に鼻につんとくるなじみのないにおいが残されていた。ミハイルは速度を落とした。彼らは仲間の狼の群れの縄張りを出て、別の群れの縄張りにはいっていた。狼が侵入者を襲うことはよくある。ミハイルは遠吠えを風に乗せてメッセージを送り、群れのボス夫婦を捜した。

ハマー神父の血のにおいのおかげで、あとをたどるのはとても簡単だった。だが、言いようのない不安がミハイルの胸に広がりはじめた。なにかを見落としている。何キロも全速力で走ってきたにもかかわらず、臭跡にはまったく変化がなく、においは強くなりも薄れもしない。頭上から石と石がこすれるような妙な音が聞こえ、それが警報になった。そこは狭い谷間で、両側は切り立った崖になっている。二匹の狼はとっさに小さな霧の粒子に分解した。上から雨あられと降ってきた大小さまざまな岩が、実体のない霧を空しく打った。

ミハイルとグレゴリは同時に空に向かって舞いあがると、本来の姿に戻りながら猫のような身のこなしで崖の上に着地した。神父の姿も襲撃者の姿もない。ミハイルは落ち着かなげにグレゴリを見た。「人間にできることではない」

「神父がこれほどの距離を歩いてきたわけはないし、人間が運んできたとも思えない」グレゴリが思案げに言った。「ということは神父の血は罠だ、わたしたちをここへおびき寄せるための」ふたりは天与の力をすべて駆使してあたりを見まわした。「これはヴァンパイアのしわざだ」

「このヴァンパイアは自分のにおいを残さないだけの知恵がある」ミハイルが言った。

狼の群れが林から飛びだしてきて、真っ赤な目でミハイルを見た。歯を剝き、うなりながら、狼たちは崖の縁ぎりぎりに立っている長身の優美な人影に跳びかかった。グレゴリが宙を舞う鬼神と化したかと思うと、狼を谷底へと振り落とし、獣《けもの》たちの骨はマッチ棒のように簡単に折れた。グレゴリは声ひとつ漏らさず、そのすばやさはこの世のものとは思えなかった――速すぎて目にも留まらない。

ミハイルは胸に悲しみが溢れて、立っていた場所から微動だにできなかった。なんという命の浪費だろう。悲劇だ。グレゴリはなにも感じず、後悔のかけらもなく、いとも簡単に命を奪うことができる。その事実が、彼ら一族がどれほど絶望的な窮状に陥っているかを、なによりもよく物語っていた。

「あなたは危険を冒しすぎる」グレゴリがうなるような声で責めながら、ミハイルのとなりに立った。「この狼たちはあなたを倒すように条件づけされていた。あなたは攻撃から逃れるべきだった」

ミハイルは周囲の殺生の跡を眺めた。彼から三メートル以内に屍はひとつもころがっていない。「おまえがいるかぎり、攻撃など許さないのはわかっていた。こうなったからには、敵はおまえを倒すまであきらめないだろうな」

残忍な笑みがグレゴリの口もとにうっすらと浮かんだ。「それが狙いだ。これはわたしからの挑戦状だ。ヴァンパイアは正々堂々と挑むこともできたのに、あなたを人間に売り渡した。このような裏切りはけっして赦されない」

「ハマー神父を見つけなければ」ミハイルは低い声で言った。「神父はかなりの高齢だ。これほどの暴行を受けて耐え抜くことはむずかしい。日が昇りはじめたら、ヴァンパイアは神父を生かしておかないだろう」

「しかし、なぜこんな手のこんだ計画を？」グレゴリは声に出して考えこんだ。「あなたが谷や狼にとらわれるわけがないのはわかっていただろうに」

「これは足留めを食わせるためだ」ミハイルの黒い瞳に不安の色が差した。もう一度レイヴンの心的状態を確認する。レイヴンはいま、ジャックをからかっているところだ。

突然、ミハイルは鋭く息を呑んだ。「バイロンだ。バイロンがエレノアの兄であることは村でよく知られている。エレノアと子供とヴラッドが標的になったなら、バイロンが狙われても不思議ではない」彼の体が折れ曲がったかと思うと、歪み、羽が生え、空を染めだしたかすかな光のなかで虹色にゆらめきながらシェイプシフトをしたが、そのあいだもミハイルはバイロンに急ぎ警告を送った。大きな翼を力強く羽ばたかせ、太陽と競争しながら、弟の親友を助けに向かう。

グレゴリは山々を見渡し、森の上の影の差した崖に淡い色の目を走らせた。いまいる崖からジャンプすると、谷底へと急降下しながら、シェイプシフトした。翼が力強く羽ばたいたかと思うと、彼の体を空へ舞いあがらせ、木々の梢《こずえ》の上に突きだした岩へとまっすぐに運んだ。岩壁に開いた洞窟の入口は、ほんのわずかな亀裂にすぎない。セイフガードを破るのは造作もなかった。狭い入口を通り抜けるため、グレゴリは霧に形を変えて亀裂からなかに流れこんだ。

内部の通路はすぐに幅が広くなり、岩のなかを曲がりくねって進んでいた。両脇の壁から水が滴り落ちている。やがてグレゴリは大きな石室に出た——ヴァンパイアのねぐらだ。においが嗅ぎとれる。グレゴリの銀色の瞳に満足の光がきらめいた。ここはもはや安息の場ではないと、ヴァンパイアは知ることになるだろう。われらがプリンスを脅かした者は誰ひとり、このグレゴリの容赦ない報復を免れることはできないと思い知らせてやる。

レイヴンはそわそわと小屋を歩きまわり、自嘲気味の笑顔をジャックに向けた。「わたし、待つのが得意なの」

「そのようだな」ジャックはそっけなく答えた。

「いい加減にしてよ、ジャック」レイヴンはふたたび部屋の端まで歩いたところで、ジャックを振り返った。「あなたはほんのちょっともいらいらしないの？」

ジャックは気だるげに椅子に背中をあずけ、うぬぼれた顔でにやりと笑った。「頭のいかれた美人とふたりきりで部屋に閉じこめられてか？」

「笑える。カルパチアンの男はみんな自分をコメディアンだと思ってるわけ？」

「義理の姉が壁と壁のあいだを行ったり来たりしている男だけだよ。まるでピンポン球を見ている気分だ。落ち着け」

「でも、こんなことがいつまで続くの？ミハイルはすごく取り乱していたわ」

わざとくつろいだ態度でジャックはそり返り、椅子を不安定な角度に傾けて眉をつりあげた。「女は想像力が豊かだな」

「知力よ、ジャック、想像力じゃなく」レイヴンはにっこり笑って訂正した。

ジャックがにやりと笑った。「女は神経が細いことを、カルパチアンの男は理解している。ぼくたち男が耐えられる逆境に、女は耐えられない」

レイヴンは足を引っかけて、ジャックを椅子ごと勢いよく床に倒してやった。腰に手を置き、優越感をちらりとのぞかせ、彼を見おろした。「カルパチアンの男はうぬぼれが強いわね、愛しの義弟《おとうと》くん」レイヴンはこれ見よがしに言った。「頭はあまりよくないけど」

ジャックはふざけて凶暴な表情を作り、レイヴンをにらみつけた。「きみには意地の悪いところがあるな」そう言ったかと思うとふいに立ちあがった。黒い瞳がたちまち真剣になり、落ち着きなく動きだした。「これを着るんだ」なにもないところから厚手のカーディガンを取りだした。

「いまの、どうやったの？」レイヴンには魔法のように見えた。

「カルパチアンは自然素材のものならなんでも作り出せるんだ」やや上の空の口調でジャックが答えた。「それを着ろ。なんだかこの小屋に閉じこめられているような気がしてきた。外へ出る必要がある。外なら、問題が近づいてくればにおいでわかる」

レイヴンは暖かいカーディガンの前をかき合わせ、ジャックに続いてポーチへ出た。「もうすぐ夜が明けるわ」あたりを眺めて言った。

ジャックが鋭く息を呑んだ。「血のにおいがする。人間がふたり。ひとりはぼくがよく知っている人物だ」

「ハマー神父」レイヴンが心配そうに言った。「これは神父の血だわ」彼女は階段を駆けおりようとしたが、より慎重なジャックに腕をつかまれた。

「いやな予感がする」

「神父は怪我をしてるのよ、ジャック。わたしには彼の痛みが伝わってくる。あの人はもう若くないのに」

「かもしれない。でも、神父はどうやってここまで来た？　この小屋はおそろしく山奥にある。この小屋のことを知る者はほとんどいない。ぼくたちの力がもっとも弱まる時間帯に、どうして神父がやってくるんだ?」

「神父は死にかかっているかもしれない。彼はミハイルの信頼する人なのよ」神父を見捨てるわけにはいかない。レイヴンの心はすでにハマー神父のもとへ向かっていた。「彼を助けなくちゃ」

「ぼくの後ろに隠れて、言うとおりにするんだ」ジャックはそう命じ、抵抗する彼女を無理やり自分の背後にまわらせた。「命に換えてもきみを守るとミハイルに約束したんだ。その約束を破るつもりはない」

「でも……」ジャックの決意が固いのは間違いなかったので、レイヴンはその先の言葉を呑みこんだ。

「風のにおいを嗅ぐんだ、レイヴン。きみはカルパチアンだ。目に見えるものだけを信じるな。目や心以外の感覚も働かせろ。もうミハイルとは心的コンタクトをとった。ここから離れたところにいるが、全速力で帰ってくる。それに夜明けも近い」ジャックは小さなポーチをおりて林へと歩いていき、ゆっくりと一八〇度方向転換をしたかと思うと戻ってきた。

「ほかにも問題がある」

レイヴンは夜気を吸いこみ、あらゆる方向に目をやって、見えない危険を突きとめようとした。不安は感じたものの、嗅ぎとれたのは、ハマー神父と彼についている人間がこちらへ近づいてくるということだけだった。「わたしが気づいていないことはなに、ジャック?」

とそのとき、レイヴンもそれを感じた。自然の調和が乱される感覚。大地との均衡が崩れた力の存在。

ジャックがはっと息を呑んだ。ミハイルによく似た黒い瞳が、急に威嚇の光を放った。

「ここを離れろ、レイヴン。逃げるんだ。急げ。後ろを振り返るな。太陽から隠れられる場所を見つけて、ミハイルを待て」

「わたしにもできることがあるはずよ」恐怖がこみあげてくる。なにか、ジャックすら怯える恐ろしいものが迫っている。自分だけ逃げだして義理の弟をひとりで危険に立ち向かわせるようなまねはできない。「あなたを置き去りになんてできないわ、ジャック」

きみはわかっていない。きみはぼくよりも、神父よりも、同胞の誰よりも重要な存在だ。きみはぼくたち一族の将来がかかった頼みの綱なんだ。ここを離れろ。ぼくに兄の期待を裏切らせないでくれ。

レイヴンは分別との葛藤を感じた。そのときハマー神父が足を引きずりながら現われたが、その姿は彼女の記憶よりもずっと弱々しかった。顔はひどく殴られて腫れあがり、神父とわからないほどだ。出会ってから初めて、彼はいかにも八十三歳らしく見えた。

「行くんだ、レイヴン！」ジャックがいらだたしげに言い、彼女に背中を向けたが、こちらに歩いてくる神父のことはちらとも見なかった。目を絶え間なく動かし、あたりを捜索する。

いますぐここを離れろ。

男がもうひとり姿を現わした。ユージーン・スロヴェンスキーに驚くほどよく似ているが、髪の色がもう少し薄く、年も明らかに若い。男は後ろから歩み寄ると、手を神父の背中に置き、乱暴に押した。

神父は前によろめいて片膝をつき、立ちあがろうとしたがばったりと倒れて泥と草のなかに顔が沈んだ。ブロンドの男は力を込めて神父を蹴った。「起きろ、この老いぼれ。起きないとそのまま殺すぞ」

「やめて!」レイヴンは目に涙をためて叫んだ。「ハマー神父!」とっさに階段を駆けおりる。

ジャックが前に飛びだし、目にも留まらぬ速さでレイヴンをつかまえた。そして力づくでポーチに戻らせた。これは罠だ、レイヴン。ここから逃げろ。

でもハマー神父が! レイヴンはジャックに反論して叫んだ。

「こっちへ来い、女」ユージーンに似た男がうなるように言った。身をかがめて襟をつかみ、神父が膝立ちになるようにした。ナイフが神父の喉に当てられ、ぎらりと光る。「言うとおりにしなければ、いますぐこいつを殺す」

その言葉を聞いてジャックの黒い瞳の奥に赤い光が宿った。彼が低く警告のうなり声を発すると、レイヴンは背筋に震えが走り、神父を襲った男の顔から血の気が引いた。

風が強まり、木の葉や小枝がジャックの脚に叩きつけられた。どこからともなく現われた生きものがジャックの胸に激しくぶつかると、彼の体をつかんで木の幹に投げつけた。

レイヴンは悲鳴をあげた。ミハイル！　いまどこ？

もうすぐ着く。そこから逃げろ。

ジャックと彼を襲ったヴァンパイアは木につぎつぎ激突しながら戦っている。鉤爪が肌を引き裂き、牙が肉を食いちぎる。ふたりの体の重みで枝が音を立てて折れた。死闘を繰り広げるふたりはつぎつぎと形態を変化させていた。獲物を殺してきたばかりのヴァンパイアは力に満ち、興奮していて、ジャックを殴り倒すと、体のあちこちを切り裂きにかかった。

逃げろ、レイヴン。こいつの狙いはきみだ。ジャックが警告した。**いまのうちに逃げるんだ。**

ジャックの呼吸が荒くなったのが聞こえ、力が弱まったのは目にも明らかだった。これまでレイヴンは実際に人を攻撃したことは一度もなかったが、ジャックが窮地に陥っているのは間違いなかった。**急いで、ミハイル。**彼女のメッセージには絶望がにじんだ。空に夜明けの光がかすかに差しはじめている。レイヴンはヴァンパイアの背中に飛びつき、ジャックから引きはがそうとした。

だめだ、さがれ！ジャックの鋭く切迫した叫び声に恐怖の響きが混ざる。

やめろ、レイヴン！遠くからミハイルの命令がこだました。

よせ、離れろ！グレゴリの語気荒いささやき声がレイヴンの脳裏に響いた。

なにがどうなっているのかはわからないままだったが、自分が恐ろしく危険な状況にいることは確かだったので、レイヴンは後ろに跳びのこうとした。ヴァンパイアが万力のようにがっちりと彼女の手首をつかむと、目に勝利の輝きを浮かべて振り返った。彼は鋭い歯をレイヴンの手首に突き立て、暗赤色の濃厚な血を吸った。真っ赤な焼きごてを押しつけられたような熱さと痛みがレイヴンを襲う。

ミハイルとグレゴリが心的エネルギーを合わせてヴァンパイアの喉を打った。カルパチアンの血を受け継ぐ者にそんなことをしてもあまり効果はないし、ふたりはまだかなり離れた場所にいたが、彼らの力を合わせた攻撃は瞬間的にヴァンパイアの息を止めた。ジャックが獰猛さを新たにしてヴァンパイアに襲いかかり、後ろに突き飛ばしてレイヴンを解放した。深紅の血が地面に降りそそぎ、一瞬、相対するふたりの手が凍りついた。彼らはほぼ同時にレイヴンを振り返った。

「傷口をふさげ！」ヴァンパイアが荒々しい声で怒鳴った。

レイヴン、そのままでは出血多量で死んでしまう。ジャックは必死に落ち着きを保とうとしながら、事態の深刻さをレイヴンにわからせようとした。

ヴァンパイアがジャックに飛びかかり、腹に鉤爪を立てたので、ジャックは防御のために両手をさげた。ヴァンパイアの頭の形が変わり、鼻づらが長く伸びたかと思うと、ジャックの無防備になった喉に狼のように嚙みついた。

レイヴンは金切り声をあげてヴァンパイアに体当たりし、その頭と肩をしゃにむに叩いた。ヴァンパイアが蔑みもあらわにジャックを下に落とすと、ジャックの体は朽ちかけた茂みにぬいぐるみのようにころがった。ヴァンパイアはレイヴンの手首を口に引き寄せ、笑みを浮かべて目をのぞきこみながら、これ見よがしに舌を走らせて傷口をふさいだ。そのおぞましい行為にレイヴンの心と体は嫌悪を覚え、不浄なものに触れられた拒絶反応で胃がむかついた。

「覚えておけ、人間よ、この女はわたしのものだ」ヴァンパイアはスロヴェンスキーに言った。「今夜迎えに来る。この女を日に当てるな」ヴァンパイアはレイヴンを放すと、空へ舞いあがった。

レイヴンはみずからの手に唾を吐き、じっと動かないジャックの体によろめきながら近づいた。「あのヴァンパイアがジャックを殺してしまった」彼女はヒステリックに叫んだ。地面に手をつき、土をすくいあげる。「ああ、神さま、ジャックが死んでしまった。あんなものがジャックを殺すことをお許しになるなんて！」なにをしているか見られないように華奢な体で隠しながら、レイヴンはジャックの喉の傷口に、癒しの力を持つ唾液と土とを混ぜて詰めた。飲んで、ジャック、さあ。ミハイルとグレゴリが来るまでもちこたえて。レイヴンは自分の手首をジャックの口に当てながら号泣しつづけた。このときばかりは、女は危機に直面するとヒステリックになると思われがちなことに感謝した。

ミハイル！　ジャックが瀕死の重傷を負ったの。しかも日を浴びてる。人間の男が近づいてくる気配がした。レイヴンは手首をそっとひねり、ジャックに警告の合図をした。ジャックはひどく弱っている。がむしゃらに渇きを満たそうとしていて、レイヴンの合図にもほとんど気がつかない。彼が失った血の量は尋常ではない。

レイヴンはおごそかに、ジャックに施した手当てと彼の頭をカーディガンでおおい、別れのキスをするかのように身をかがめた。わたしを失望させないで、ジャック。生きるのよ。わたしのために、ミハイルのために、みんなのために。あの男たちに勝たせちゃだめ。そうメッセージを送ったものの、ジャックからは脈ひとつ、鼓動ひとつ感じられなかった。

スロヴェンスキーがレイヴンの肩をつかんで立ちあがらせた。彼女は顔が死人のように蒼くなり、めまいがして、体に力がはいらなかった。「もう充分泣いただろう。おれに少しでも面倒をかけたら、神父を殺すぞ。危害を加えたら、あのヴァンパイアが神父を殺すからな」スロヴェンスキーはレイヴンをぐいと押して小径を歩きださせた。

レイヴンは顎を突きだし、縁を赤く腫らした目で冷ややかに男を見た。「ということは、あなたの身のためにも、ハマー神父には元気でいてもらったほうがいいんじゃない？」スロヴェンスキーと接触してみてわかったが、この男は、神父が悪魔の擁護者やミハイルのしもべであるとはほんの少しも信じていない。ヴァンパイアの力を目にして自分も同じ力を得たいと思い、まもなく見返りが与えられると信じているのだ。

ジェイムズ・スロヴェンスキーは、レイヴンの大きな青い瞳を見て、自分が軽蔑されていることを察知した。彼女の瞳に映しだされた表情が気に入らず、速く歩くようレイヴンをまたぐいと押した。

でこぼこした道を進むには、自制心と意志の力を総動員しなければならなかった。レイヴンはこれほど体が弱ったのは生まれて初めてだった。神父に手を貸すことさえできない。足を一歩前へ踏みだすだけで、集中力のすべてを要した。一度激しく尻もちをついたが、なにかにつまずいたわけでもなかったのでショックを受けた。ただ単に脚がもつれたのだ。彼女はヴァンパイアの仲間のことは見ずにふたたび立ちあがった。この男には触れられたくなかった。体は内も外も冷え切っていて、もう二度と温かくならないのではないかと不安になった。

神父の血を吸え。怒りのにじむ声でヴァンパイアが命じた。

声は頭のなかで聞こえたにもかかわらず、レイヴンは目をしばたたき、思わずあたりを見まわした。ヴァンパイアはレイヴンの血を吸ったことで彼女とのあいだに絆ができ、思考を監視できるようになっていたのだ。**あなたなんか地獄に落ちればいいのよ。**

ヴァンパイアはレイヴンをあざわらった。**ジャックに血を与えたな。おまえがそうすることぐらい見越しておくべきだった。だが、あいつは生き延びられないぞ。わたしが致命傷を負わせたからな。**

レイヴンはヴァンパイアに対する軽蔑をわざと募らせ、頭がそれでいっぱいになるようにした。筋道の通った考えをするのがむずかしくなり、数え切れないほど何度もころんだ。スロヴェンスキーは車の後部座席にレイヴンをハマー神父と並んで押しこめ、猛烈なスピードで山をくだりはじめた。レイヴンは大きく揺さぶられながら、窓に黒いフィルムが張られていて、社内が暗いことをありがたく思った。疲労に圧倒され、体が鉛になったかのように感じる。

血を吸え！ ヴァンパイアが荒々しく命じた。

レイヴンはヴァンパイアに反抗できることがうれしかった。ジャックの無事がわかるまでは眠れないし、眠るつもりもない。ミハイルとグレゴリは太陽と競争しながら、大きな翼を力強く羽ばたかせ、古い小屋へと向かっている。ふたりはできるだけ早くジャックもともなって地中深くにもぐるだろう。

レイヴン。ミハイルの呼びかけは先ほどよりも近くから聞こえ、レイヴンの心を愛で満たした。きみはひどく弱っている。

ジャックを助けて。わたしのことは今夜迎えに来て、ミハイル。ヴァンパイアはわたしの考えが読めるの。あの男は自分は安全だと、わたしを利用してあなたを罠にはめられると思ってる。それは間違いだと思い知らせてやって。レイヴンは明瞭なメッセージを送ろうと必死に努力したが、頭が朦朧としはじめていた。

「レイヴン?」エドガー・ハマーが手を当ててみると、レイヴンの額は氷のように冷たくなっていた。肌はほとんど透きとおりそうなほど蒼白い。青い目は落ちくぼみ、まるで傷んだ花が二輪、顔に張りついているようだ。「話ができるかね? ミハイルは無事か?」

レイヴンはうなずき、悲しみに胸をふさがれながら、神父の腫れあがった顔を見つめた。

「どんな暴行を受けたんです? どうしてそんなにひどく殴られたんですか?」

「ミハイルの予備の棺がどこに隠されているか、わたしなら知っているはずだとやつらが言い張ってな。アンドレの話では……」

「アンドレというのは?」

「この人殺しどもと結託している裏切り者のヴァンパイアだ。本物の亡者で、子供を襲い、あらゆる聖なるものを破壊する。あの男は完全に魂を失っている。わたしが見るかぎり、わざとヴァンパイア伝説を広めているようだ。ミハイルがヴァンパイアの長で、彼を殺せばその配下の者たちを人間に戻すことができると話している。アンドレは本人たちが気づかぬうちに仲間の人間と血の絆を結び、それを利用して彼らを操っているにちがいない」

レイヴンは力なく目を閉じた。心臓がわずかに残った血を必死にめぐらせようとし、肺が酸素を求めて悲鳴をあげている。「全部で何人いるんですか」

「わたしが見たのは三人だ。いま車を運転しているのがジェイムズ・スロヴェンスキー。兄のユージーンがおそらくリーダーだろう。そして用心棒役がアントン・ファブレゾだ」

「彼らのうちふたりがアメリカ人夫婦と一緒に宿に泊まっていました。彼らはこの国を出たと思っていたのに。そのアンドレというヴァンパイアはきっと、誰の思いも及ばないほど強い力を持っているにちがいありません」

レイヴンの声はだんだんと小さくなり、話しかたがはっきりしなくなった。彼女が顔から髪を払おうとするのを、ハマー神父は見守った。腕がとても重そうで、顔まで持ちあげるのはむずかしそうだ。神父は彼女の代わりに髪をやさしく払ってやった。

レイヴン！　ミハイルの声には苦悩が表れていた。

彼女にはミハイルに答える力はもう残っていなかった。神父が体を動かして腕にレイヴンの頭をもたれさせた。彼女は寒さに震えていた。「この娘《こ》に毛布をかけてやりたいのだが」

「黙れ、老いぼれ」ジェイムズ・スロヴェンスキーが噛みつくように言った。目はフロントガラス越しに絶えず空をうかがっている。日は昇ったが、雲が垂れこめているせいで空は薄暗く、日射しはない。

「もしもこの娘が死んだら、おまえはアンドレに自分も死んでいればよかったと思うような目にあわされるぞ」ハマー神父は食いさがった。

「わたしは眠りが必要なの」目を閉じたまま、レイヴンがかすかな声で言った。ジェイムズが顔に上着を投げつけてきても、彼女は顔をしかめることすらできなかった。

ミハイルは日光を避けなければならなかった。色の濃いサングラスなど日差しをしっかりさえぎってくれるものがないため、肌と目が焼けそうだった。木の低い枝におり立つと、人の姿に戻り、二メートルほど下の地面に飛びおりた。ジャックの体は日向に横たわっていて、首と顔がカーディガンにおおわれていた。怪我の程度を確かめることもせず、ミハイルは弟を抱きあげ、一・五キロほど先の洞窟群を目指した。

とてつもなく大きな黒い狼が開豁地から飛びだしてきてミハイルと合流し、淡い銀色の目から剣呑《けんのん》な光を放ちつつ、となりを楽々とついてきた。彼らは細い通路を抜け、蒸気をあげている大きな石室にたどり着いた。黒い狼の体が歪んだかと思うと、たくましい腕に毛皮を波立たせながら、グレゴリが本来の姿にシェイプシフトした。

ミハイルはジャックの体を地面にそっと横たえ、カーディガンを取った。小声で毒づくと、こらえた涙が喉と目を焼けつくように熱くする。「助けられるか」

グレゴリがいくつものおぞましい傷の上に手を行ったり来たりさせた。「ジャックはこれ以上血を失わないように心臓と肺を止めている。ジャックに血を与えたせいで、レイヴンはいま弱っているはずだ。彼女は唾液と土を混ぜて傷口にしっかり詰めこんだ。傷はすでに治りはじめている。あとはあなたの薬草が必要だ、ミハイル」

「弟を頼む、グレゴリ」体が艶やかで厚みのある毛皮におおわれ、折れ曲がったり、伸びたりしてシェイプシフトするあいだにも、ミハイルは迷路のような通路を走りはじめ、地上を目指した。レイヴンがどれほど弱っているかは、あえて考えなかった。彼は体がすでに重くなりはじめていて、地中での眠りを欲していた。

並はずれた体力と、数百年にわたり鍛えあげてきた鉄のような意志の力を呼び起こし、ミハイルは勢いよく外へ飛びだした。疾駆するのに適した狼の体を活かして、全速力で走り、目を限界まで細くした。前肢が地を蹴り、後ろ肢が土に沈みこんで腐りかけた丸太を跳びこえる。一度もスピードを落とさずに、ミハイルは谷間を抜け、岩場を越えていった。

曇り空のおかげで陽光によるダメージは軽かったが、それでも小屋に近づくころには目から涙が流れだした。風向きが変わり、汗と恐怖のいやなにおいが漂ってきた。悪党め。ミハイルは狼の姿のまま声には出さずに罵った。積もりに積もった怒りが爆発し、白熱した憤怒と化す。狼は横滑りして止まると、体を低くして、獲物を狙う姿勢をとった。

風下を選び、葉の生い茂る下生えのなかをするすると進んで、待ち伏せをしているふたりの男に忍び寄った。これは罠だ。裏切り者は当然、わたしが弟を助けに駆けつけると承知していたはずだ。このヴァンパイアはずる賢く、一か八《ばち》かの賭けをしてもかまわないと思っている。以前からハンス・ロマノフの狂信を煽りつつ、機会をうかがっていたのだろう。おそらくこのヴァンパイアがハンスに妻を殺させたのだ。狼は腹這いのままそろそろと前進し、ふたりのうち大柄なほうの男のすぐそばまで近づいた。

「遅すぎたな」アントン・ファブレゾがささやき、中腰になって小屋の前のけもの道を見やった。「ここでなにかあったのは間違いない」

「使えねえトラックだ、すぐオーバーヒートしやがる」ディーター・ホドキンスがぼやいた。

「そこらじゅうに血が飛び散って枝が折れてる。戦いがあったのは間違いない」

「アンドレはダブリンスキーを殺したと思うか?」アントンが尋ねた。

「それはおれたちの仕事だろ。だがもう日が昇ってる。ダブリンスキーが生きてるとしたら、どこかで棺にはいって眠ってるはずだ。小屋を調べてもいいが、なにも見つからないだろう」ディーターがいらだたしげに言った。

「アンドレの機嫌が悪くなりそうだな」アントンが不安を声に出して言った。「ダブリンスキーが派手に殺《や》られることをお望みなんだから」

「そもそも、あいつがまともなトラックを用意してくれりゃあよかったんだ。おれのトラックは調子が悪いって言っておいたのに」ディーターがいらいらと嚙みつくように言った。彼はヴァンパイアの存在を信じ、それを絶滅させることは自分に与えられた聖なる責務だと思いこんでいる。

ディーターは用心深く立ちあがり、周囲を警戒して見まわした。「行くぞ、ファブレゾ。運がよければ、ダブリンスキーが小屋で棺にはいってるかもしれん」

アントンが神経質な笑い声をあげた。「おれが杭を打つから、おまえが頭を切り落とせ。ヴァンパイア殺しは汚れ仕事だ」

「おれが偵察するあいだ見張ってろ」ディーターは命じ、ライフルを抱えて生い茂る草むらに一歩足を踏みだした。すると目の前の茂みが分かれ、筋肉の発達した巨大な狼と顔を突き合わせる格好になった。心臓が止まりかけ、ディーターは一瞬動けなくなった。

狼の黒い目は敵意にぎらつき、縁が赤く染まって涙を流している。鋭く白い牙が涎に濡れてぎらりと光った。狼はその黒い瞳でたっぷり三十秒間はねめつけて、ディーターの心に恐怖を掻きたてた。口を大きくひらき、頭を低くしてやにわに跳びかかったかと思うと、ブーツの足首に嚙みつき、吐き気をもよおすような大きな音とともに革を突き破って骨を砕いた。ディーターは悲鳴をあげて倒れた。狼はすぐに後ろに跳びのき、冷ややかな目でディーターを見た。

アントンのいる位置からはディーター・ホドキンスが悲鳴をあげて倒れるのは見えたが、なぜそんなことになったのかはわからなかった。ディーターの恐怖に満ちた声を聞いて、恐怖が渦を巻きながらアントンの体を駆け抜けた。声が出せるようになるまでしばらくかかった。「どうした？ ここからはなにも見えないぞ」アントンは見に行こうともせずに下生えのなかを後退し、銃をかまえて引き金に指をかけ、動くものがあれば銃弾を浴びせる用意をした。ディーターに叫ぶのをやめろと怒鳴りたかったが、緊張してどきどきしながら黙ったままでいた。

ディーターはライフルをかまえようとしたが、痛みと、敵意に満ちた目ににらまれた恐怖とで、銃身をすばやく動かすことができなかった。狼の目は異常に知的で憤怒に燃えている。その死のまなざしにはきわめて個人的な思いがこもっていた。ディーターが催眠術にかかったようになったのは、その視線のせいだった。狼が喉に跳びかかってきたときでさえ、目をそらすことができなかった。結局、彼はなにも感じることなく、唐突にみずからの最期を受けいれた。彼の命を奪った瞬間、ディーターを見つめていた狼の瞳が、ふいに表情を変え、悲しげになった。

艶やかな毛におおわれた頭を振ると、狼はアントン・ファブレゾの背後の茂みにまわった。生命力みなぎる心臓が恐怖に早鐘を打つ音が、血が体を熱く駆けめぐる音が聞こえ、恐怖と汗のにおいが嗅ぎとれた。喜びが、血と獲物を求める思いがこみあげてくる。ミハイルはレイヴンの憐れみ深さと勇気を思いだしてそれを抑えこんだ。分厚い雲に開いた小さな隙間から日が差し、千本の針に貫かれたかのような痛みが目に走った。

例の薬草が必要だ、ミハイル。日が昇り、ジャックに残された時間は短くなってきている。いますぐ始末するんだ。

雲間がふさがるのを待ってから、狼は開豁地に大胆に足を踏みだすと、わざとアントンのほうに背中を向けた。アントンは敵意を込めて目を細め、邪悪な笑みに口もとを歪めた。銃をかまえ、引き金に指をかける。彼が引き金を引くより先に、狼が宙に跳びあがって向きを変えたかと思うと、まっすぐアントンの胸に嚙みつき、心臓を引き裂いた。

狼は蔑みもあらわに遺体を跳び越え、小屋に向かった。涙は止まることなく、どれほど目を細めてみても流れつづけた。全身に広がるだるさはいまや無視できないほどになっていた。時間がどんどん過ぎていくのを意識しながら、狼は階段を駆けあがった。鉤爪の一本が変形しはじめたかと思うと手の形になり、把《と》っ手をつかんで重いドアを押し開けた。激しい眠気に襲われたが、ジャックが薬草を待っている。

鉤爪の生えた変形した手で、貴重な薬草がはいった袋を太くたくましい首にかけると、狼は全速力で駆けだし、厚い雲を焼き払おうとしている太陽と競争した。

ふいに雷鳴がとどろいた。黒く分厚い雨雲が空に垂れこめ、太陽をさえぎる密度の高いおおいとなってくれた。森はすぐさま嵐に襲われ、強風が木の葉を舞いあげ、枝を揺らした。稲妻が走り、躍る炎のように天を焼く。いっそう暗くなった空は雲の煮えたぎる大釜さながらだった。ミハイルは洞窟に跳びこみ、迷路のような狭い通路を抜けていちばん大きな石室へ向かい、その途中にシェイプシフトした。

彼が薬草を手渡すと、グレゴリは冷たい銀色の瞳でミハイルを眺めた。「これまで何世紀ものあいだ、あなたがわたしなしでもやってこられたことが不思議だ」

ミハイルは弟のかたわらに座りこみ、焼けつく目を手でおおった。「おまえみたいにこれ見よがしの行動をする者が、これまで生き延びてこられたことのほうがよっぽど不思議だ」

太初からの古《いにしえ》の言葉が石室に満ちた。グレゴリの声は美しく、それでいて威厳があった。

彼のような声を持つ者はほかにひとりもいない。美しく、魅惑的で、人の心を奪う。グレゴリが唱える治癒の詠歌が錨となり、不安定な海を漂うジャックをつなぎ止めた。グレゴリの唾液と混ぜ合わされた肥沃な土が、ジャックの負傷した首に襟のように巻かれている。長い時を経てはかりしれない力を秘めているグレゴリの血が、ジャックの飢えた血管に流れこむ。グレゴリは薬草を細かくつぶして混ぜ合わせ、ジャックの首のまわりの土に加えた。

「傷は徹底的に治した。ジャックは体は弱っているが、意思が強い。地中にもぐらせてしばらく待てば、きっと快復する」グレゴリはミハイルの手に湿布を押しつけた。「これを目に当てるんだ。地中にもぐるまでのあいだ、楽になるだろう」

グレゴリの言うとおりだった。湿布は冷たい氷を当てたかのようにほてりを心地よく鎮めてくれた。だが、ミハイルの心の奥底で新たな悪夢が生まれつつあった。ぽっかりと開いた黒いうつろな穴が、彼の心にじわじわと広がり、暗く異常な考えを吹きこもうとする。幾度レイヴンと心的コンタクトを取ろうとしても、なにも返ってこない。彼女は深い眠りに就いているだけだと頭ではわかっていても、カルパチアンの血が彼女の心と触れ合うことを切に求めていた。

「あなたはもう地中にもぐったほうがいい」グレゴリが指摘した。「わたしがセイフガードをかけて、われわれの眠りが絶対に妨げられないようにする」

「〝グレゴリ就寝中、起こさないでください〟とでも大きな札を出しておくつもりか？」ミハイルは警告を含んだ低い声で尋ねた。

皮肉にはまったく動じず、グレゴリはジャックの体を癒しの土のなか深くにおろした。

「さっきの派手なやりかたは空におまえの名前を書いたも同然だったぞ、グレゴリ」

「あのヴァンパイアに、わたしは何者か、自分が敵として選んだ相手は誰かということを間違いなくわからせておきたかったんだ」グレゴリはものうげに肩をすくめた。

あたかも千匹の蟻《あり》が嚙みついてくるかのように、差し迫った欲求がミハイルの肌を這い、内臓を刺激し、彼から力を奪おうとした。彼は赤く腫れた目でグレゴリの険しいが不思議と官能的な顔を見あげた。「レイヴンがいればわたしは完全無欠になり、もはやおまえを必要としなくなる、そうおまえは考えている。おまえはわざと危険を自分に引き寄せ、わたしやわたしに属するものから遠ざかろうとしている。なぜなら、内心では自分はこれ以上持ちこたえられないと思っているからだ。狩りにともなう危険をむしろ歓迎し、この生を終わらせる道を探し求めている。しかしいま、同胞はこれまでになくおまえを必要としているんだ、グレゴリ。われわれには希望がある。あと何年か生き延びられれば、未来がわれわれを待っている」

グレゴリは深くため息をつき、ミハイルの断固とした、非難に燃える目から視線をそらした。「あなたの命を救うことには意味がある、だがわたしの場合はさしたる意味はない」

ミハイルは豊かな髪をかきあげた。「グレゴリ、おまえがいなければ一族はやっていけない。それに、はっきり言って、わたしもやっていけない」

「わたしがヴァンパイアに変異しないと、そこまで確信しているのか？」グレゴリはおかしみの感じられない自嘲気味の笑みを浮かべた。「あなたはわたし以上に、わたしを信頼している。今度のヴァンパイアは容赦がなく、自分自身の力に酔っている。殺したい、破壊したいという欲求が非常に強い。わたしも毎日、そういった狂気との境界線の上を歩いている。あいつの力など、わたしに比べれば吹けば飛ぶようなものだ。わたしには心がなく、魂は暗黒に包まれている。自分で選択ができなくなるまで待つのはごめんだ。あなたがわたしを狩り、倒さなければならなくなるようなことだけは避けたい」

ミハイルは疲れた手を振って、弟が横たわっている上に穴を開けた。「おまえは誰よりも偉大な癒し手、同胞にとって誰よりも貴重な存在だ」

「だからこそ、わたしの名は恐れと畏怖とともにささやかれる」

ふたりの足もとの大地が突如、震動したかと思うと上下に揺れ、激しくうねった。震源は明らかにはるかかなただったが、強力なヴァンパイアがねぐらを破壊されて怒り狂い、わめいているのは間違いなかった。

ヴァンパイアは意気揚々とねぐらへ帰ったが、その気分が続いたのもボス狼の死骸を見つけるまでのことだった。通路の曲がり角という曲がり角、あるいは入口に彼のしもべの死体がころがっていて、ついには群れ全頭の屍が見つかった。怯えが恐怖に変わった。これは正義感と公正な態度が命取りとなるはずのミハイルのしわざではない。暗黒の男、グレゴリだ。あの暗黒の男がこの闘いに首を突っこんでくるとは思いもしなかった。山がうねり、石室の壁が崩れてきた瞬間、アンドレは愛着のある安全なねぐらから飛びだした。狭い通路に亀裂が広がり、岩壁が両側からどんどん迫ってくる。花崗岩と花崗岩がこすれ合う轟音は鼓膜が破れそうなほどだった。殺人を重ねてきた本物のヴァンパイアは、太陽のダメージを受けやすく、昼間に襲われる倦怠感《けんたい》もいっそう強くなる。隠れる場所を急いで見つけなければならない。崩壊する山から飛びだすやいなや、日光に直撃され、アンドレは苦悶の悲鳴をあげた。彼のねぐらが岩と粉塵《ふんじん》と化し、地震の残骸が舞い落ちるなか、グレゴリのあざわらう声がこだました。

「違うな、グレゴリ」ミハイルはおもしろがっているような低い声で言った。両手を広げて待つ癒しの土のなかにふわりとおりた。「おまえの名が恐れと畏怖とともにささやかれるのは、いまのようなことをするからだ。おまえの暗いユーモアのセンスを理解できるのはわたしだけだからな」

「ミハイル？」

土の毛布をかけようとしていたミハイルは手を止めた。

「わたしが戦いを挑んだせいで、あなたやジャックが危険な目にあう心配はない。わたしのかけるセイフガードがヴァンパイアに破られることはない」

「わたしは一度たりとアンドレを恐れたことはない。それにおまえのかけるまじないが強いのもわかっている。われらが友は自分が太陽から隠れるので忙しいはずだ。きょうは手だしをしてこないだろう」

14

ハマー神父は周囲の石壁に沿ってぐるりと一周した。窓はひとつもない。この監獄は造りが堅固で壁がとても厚い。音をまったく通さないのは間違いなさそうだ。壁は光を完全に遮断し、真っ暗闇は圧迫感があった。神父はありったけの毛布をレイヴンの冷たくなった体にかけたが、彼女はすでに失血死したものと思われた。ここに閉じこめられてからというもの、レイヴンからは脈も息も感じられなかった。まず彼女に洗礼を授け、臨終の祈りを唱えてから、ハマー神父は逃げ道を探して慎重に手探りで監房を歩きまわりはじめたのだった。

ヴァンパイアのアンドレは、レイヴンを利用してミハイルをここへおびき寄せようとしている。ミハイルをよく知る神父から見て、その狙いがはずれる可能性はない。ミハイルはかならずやってくる。スロヴェンスキーの魂に神の慈悲がもたらされんことを。

苦しげに息をするかすかな音が神父の注意を惹いた。彼は手探りでレイヴンのところへ戻った。何枚も重ねられた毛布の下で、レイヴンの体がどうしようもなく震えていた。依然として冷え切っている。神父はたがいに安らぎを得られればと思い、レイヴンの体に腕をまわした。「なにかわたしにできることはあるかな？」

レイヴンは目を開けた。暗闇のなかでもはっきり目が見える。堅固な造りの監獄を見まわしてからハマー神父の心配そうな顔に目を移した。「血がいるんです」

「わたしが喜んで差しだそう、わが子よ」神父はすぐさま答えた。

神父は弱っている。それに、なにがあろうと、レイヴンにはカルパチアンのやりかたで血を飲むことは絶対にできなかった。思わず、ミハイルに心的コンタクトを求めた。頭に激痛が走り、彼女は小さくうめいてこめかみを押さえた。

無理をするな、レイヴン。ミハイルの声は力強く、聞く者に安心感を与えた。**体力を温存するんだ。**

ジャックは無事なの？　わたしもまもなくそこへ行く。メッセージを送ると、頭骨にガラスの破片が突き刺さるように感じた。

きみのおかげでな。いまは休め。それは命令——専制的で明確な要求だった。

レイヴンの口もとにかすかな笑みが浮かんだ。「なにか話してください、ハマー神父、わたしの気を紛らすために」レイヴンはひどく弱っていたが、神父に気を遣わせたくなかった。

「念のために小声で話すよ」神父はレイヴンの耳もとでそう言った。「ミハイルはかならずやってくる。わたしたちを見捨てることは絶対にない」レイヴンの腕をさすり、苦痛にあえぐ体を温めてやろうとした。

レイヴンはうなずいたが、頭が鉛のように重かったので、それは至難の業だった。「ミハイルのことはよくわかっています。わたしたちのためなら、すぐにも命を投げだすでしょう」

「きみはミハイルのライフメイトだ。きみがいなければ、彼は伝説に登場するようなヴァンパイアに、人間にはとうてい匹敵する者のない怪物になってしまう」

レイヴンにとってはひと息ひと息が苦痛だった。「そんなことはありません、神父。人間のなかにも邪悪な怪物はいます。そういう怪物を、わたしは見たことも、追跡したこともあるんです。たちの悪さでは彼らもけっして負けていません」レイヴンは毛布をさらにきつく体に巻きつけた。「ミハイルの友人のグレゴリに会ったことはありますか」

「暗黒の男と呼ばれている者だな。会ったことはあるよ、もちろん。だが一度きりだ。ミハイルはよくその男のことを心配していた」

レイヴンが呼吸するたび、静まり返った監獄にぜいぜいという苦しそうな音が響きわたる。「グレゴリはすばらしい癒し手です」彼女は息を震わせながら吸いこんだ。「それにミハイルに忠誠を誓っています。彼ら一族に希望はあると思いますか」

ハマー神父はレイヴンの額と、両手首の内側に十字を切った。「きみこそ一族の希望だ、レイヴン。わからないのか？」

ミハイルがレイヴンに心的コンタクトをしてきた。彼は先ほどよりも近くに来ていて、ふたりのあいだの結びつきが強くなっていた。ミハイルはレイヴンの心を愛で満たし、たくましい腕で守るように彼女を抱いた。がんばるんだ、レイヴン。その声は黒いベルベットのようになめらかでやさしく、誘惑的に彼女の心に響いた。

この邪悪な場所に来ないで、ミハイル。グレゴリを待って。レイヴンは懇願した。

それは無理だ、リトル・ワン。

発電機の電源がはいったかのように監獄に明かりがともり、消えてはまたともった。レイヴンはハマー神父の手に触れた。「ミハイルを止めようとしたんです。でも彼は来ます」

「当然来るだろうとも」突然明るくなったために、神父は目をしばたたいた。レイヴンのことが心配だった。いまにも窒息しそうに苦しげだ。

重い扉が軋み、勢いよくひらいた。ジェイムズ・スロヴェンスキーがなかをのぞきこんだ。ジェイムズの目が吸い寄せられたかのようにレイヴンの顔にそそがれる。彼女の青い瞳が牢獄の奥からジェイムズの目を見返した。「どうした」ジェイムズが強い口調で訊いた。あざけるようなかすかな笑みがレイヴンの口もとを歪めた。「わたしは死にかけてるの。あなたでも、それくらい見ればわかるでしょ」レイヴンの声は低く、糸のように細かったが、とても音楽的で、聞く者をうっとりさせずにおかなかった。

ジェイムズが監房に足を踏みいれた。レイヴンは心のなかにミハイルがいるのを、彼が力を蓄えながら、攻撃の機を狙っているのを感じた。ふいに不安もこみあげてきた。待って。

ヴァンパイアが来るわ。必死に呼吸をしている肺に震える息を吸いこむと、つらそうな音が監房に響いた。

アンドレの手にしたたかに打たれて、ジェイムズが監房の奥へ軽々と飛ばされた。入口に立ったアンドレは獲物を殺してきたばかりで興奮していた。生気のない目には一種の軽蔑が、残虐な仕打ちを約束する色が宿っている。「おはようレイヴン、わたしはアンドレだ。おまえを新しい家に連れていくために来た」

彼女たちを支配できることが見るからにうれしいようすで、アンドレは監房を音もなく歩いてきた。レイヴンに近づくと、憤怒で目が暗くなった。「神父の血を吸うように言ったはずだ」

「あなたには地獄へ落ちろと言ったはずよ」レイヴンは柔らかく音楽的な声でそう言い、わざとアンドレを挑発した。

「わたしには従ったほうがいいと思い知ることになるぞ」レイヴンの反抗的な態度に怒ったアンドレは、シャツをつかんでハマー神父を石壁に投げつけた。冷たく無情で、結果を考えもしない行為だった。「おまえが糧として利用する気がないなら、そいつはもう用済みだ、そうだろう?」ヴァンパイアは邪悪としか言いようのない笑みを浮かべた。

壁にぶつかったときに頭蓋骨にひびがはいる音が聞こえ、ハマー神父の体はどさりと床に落ちた。肺が空気を求めてあえぐような音が聞こえたが、やがて小さなため息とともに神父が闘いをやめたのがわかった。

レイヴンは悲鳴を呑みこみ、必死に呼吸をしようとしたが、悲しみに打ちのめされて一瞬頭が働かなくなった。ミハイル、ごめんなさい、ヴァンパイアを怒らせてしまった。わたしの失敗だわ。

ミハイルの温かな愛が彼女を包みこみ、手がやさしく顔に触れた。そんなことはない、大丈夫だ。ミハイルの悲しみが彼女の悲しみと混ざり合うのがわかった。レイヴンの紫色を帯びた青色の瞳がアンドレの顔を見あげた。「さあ、今度はどうやってわたしを従わせるつもり？」

アンドレが顔を寄せたため、不快な息がかかった。「そのうち教えてやろう。いまは血を飲め」アンドレが指を鳴らすと、ジェイムズがころがるようにして監房を出て行き、濃い色の濁った液体がはいったグラスを持って戻ってきた。手を震わせながら、剃刀《かみそり》のように鋭く長い爪を注意深く避けつつ、グラスをアンドレに渡した。「おまえの朝食だ」アンドレはグラスをレイヴンに差しだして中身のにおいを嗅がせた。新鮮な血になにか、彼女にはわからない薬草が混ぜられている。

「薬がはいっているのかしら、アンドレ。ここまでやるなんて、いくらあなたでもプライドがなさすぎるんじゃない？」息をするだけで、ハマー神父の死を嘆いて泣き崩れたりしないようにするだけで、レイヴンは精いっぱいだった。ああ、アンドレを怒らせたりしなければよかった。

レイヴンが軽蔑を込めて彼の名を呼んだので、アンドレの表情が険悪になった。しかし、彼はただじっとレイヴンの目をのぞきこみ、彼女の心にヴァンパイアに従いたいという不合理な衝動を掻きたてようとした。

アンドレを心から憎み、ミハイルの身を案じ、神父とジャックのことを嘆き悲しみながら、レイヴンは持てる気力を振り絞って抵抗した。頭が割れそうに痛い。レイヴンの額に小さな血の雫《しずく》が浮かんだのを見て初めて、アンドレは態度を軟化させた。

彼は抵抗するレイヴンへの憤怒をこらえた。この女は瀕死《ひんし》の状態だし、この女に死なれたら、これまでの計画はすべて無駄になってしまう。「飲まなければ死ぬぞ。それはミハイルもわかっているはずだ。聞こえるか、プリンス？　彼女は死ぬぞ。わたしが飲めと言うものを彼女に飲ませろ」

言われたとおりにするんだ、レイヴン。ミハイルがやさしくなだめすかすように言った。このままではわたしがたどり着く前に、死んでしまう。なにをおいても、きみは生きなければならない。

この血には薬がはいってるわ。

カルパチアンに薬は効かない。

レイヴンはため息をつき、もう一度アンドレを見た。「これにはなにが混ぜてあるの？」

「薬草だけだ。頭が少しぼんやりするが、これを飲めば、わたしの友人がミハイルを調べる時間がたっぷりできる。生かしたまま、ここに閉じこめておくことができるようになる。それこそおまえが望むことじゃないか？　やつを生かしておくことが。もうひとつの選択肢はやつを即刻殺すことだ」アンドレはグラスをレイヴンの手に押しこんだ。

レイヴンの胃が反発してぎゅっと収縮した。ただ目を閉じ、息をする努力をやめるほうがずっと簡単なはずだ。頭痛に耐えるのも限界になりつつある。ジャックが重傷を負ったのも、ハマー神父が死んだのもわたしのせいだ。なにより耐えがたいのは、愛するミハイルがわたしのために敵の手のなかにまっすぐ飛びこもうとしていること。わたしがいなくなりさえすれば……

だめだ！　ミハイルの声は鋭く、せっぱ詰まっていた。

やめろ！　グレゴリの声がミハイルの抗議に力を添えた。

レイヴンが死を選んで彼を打ち負かすかもしれないことに怒り、アンドレは彼女の喉に手をかけた。ヴァンパイアに触れられて、レイヴンは鳥肌がたった。胃が抵抗してひっくり返る。だしぬけにアンドレが悲鳴をあげ、怒りと痛みに顔を歪めてレイヴンから跳びすさった。レイヴンの目にはいったのは、真っ黒に焦げたアンドレの手のひらで、まだくすぶっている手を、彼は胸に引き寄せた。ミハイル自身が彼に警告と挑戦状を叩きつけてきたのだ。

「おまえはやつが勝つと思っているんだろう」アンドレはレイヴンに語気荒く言った。「だが、そうはいかないぞ。さあ飲め！」両手でレイヴンの手首をつかみ、グラスをしっかりと持たせた。

レイヴンの心はあまりに邪悪なものを間近にしたせいでこなごなに砕け、悲鳴をあげた。視界にはエドガー・ハマーのぐったりした体が横たわっているが、ヴァンパイアにとって、それはひと塊の廃物にすぎない。アンドレと接触したせいで、レイヴンは彼の心をたやすく読むことができた。この男はこれまで出会った誰よりも堕落した心の持ち主だ。

アンドレは確信していた。薬を飲めばレイヴンは混乱し、自分を彼のものと信じこむだろうと。ミハイルは痛みと苦しみに苛まれながら、反撃する体力もなく生きつづける。ジェイムズは拷問が大好きだ。ユージーンは〝ヴァンパイア〟を解剖し、実験を試みたくてうずうずしている。その結果スロヴェンスキー兄弟は復讐に燃えるカルパチアンの手にかかって死ぬだろう。亡者の裏切りとおぞましさに満ちた計画を、レイヴンはすべて読みとった。

ミハイル！　来ないで！　ヴァンパイアの汚らわしい腕のなかで弱々しくもがきながら、レイヴンは薬入りの血を飲むまいと抵抗した。あなたが敵の手に落ちるようなことには耐えられない。わたしは死を選ぶわ。

「飲め！」アンドレは焦りだしていた。レイヴンの心臓はやっと打っているような状態で、額に浮きあがったあざやかな赤みは、彼女の苦悶の証しだった。

「絶対にいやよ」レイヴンは歯を食いしばって言った。

「このままではこの女は死ぬぞ、ミハイル。それがおまえの望みか？ わたしの腕のなかで、わたしに抱かれてこの女が死に、いずれにしてもわたしが勝つことが」アンドレは怒りにまかせてレイヴンを揺さぶった。「おまえが命を断ったら、その瞬間にやつは自殺するぞ。そんなこともわからないほど愚かなのか？ やつが死ぬんだぞ」

レイヴンの青色の瞳がやせこけた顔を探るように見た。「その前にミハイルはあなたを倒すわ」揺るぎない確信を込めて、彼女は答えた。

レイヴン。ミハイルのなめらかな声は、痛みに満ちた彼女の心を静めてくれた。この件については、わたしの判断に従ってくれ。きみに強制するよりほかにないんだ。これはふたりで決めるべき問題だが、きみはいまわたしに対する脅威しか目にはいらなくなっている。これはふたりの男にわたしは負けはしない。それをなにがあっても信じてくれ。この男にわたしたちを引き離すことはできない。きみとわたしはたがいのなかに生きている。アンドレにはこの絆が理解できない。ふたりが力を合わせれば、やつよりもはるかに強い。わたしは自分からやつにつかまる。自分から。それを肝に銘じてくれ。

ミハイルの意思が勝った瞬間が、アンドレにはわかった。グラスが口に運ばれるのをレイヴンは許した。だが、いくら強いられても、体がこの滋養ある飲みものを拒もうとする。胃が抵抗し、彼女は吐き気に襲われた。ようやくミハイルとのあいだの絆がなんとか彼女をなだめ、アンドレの飲ませようとする血を受けいれさせた。

血を飲むと、レイヴンの心臓と肺が即座に反応した。呼吸がそれまでほど苦しげではなくなり、体が温まってきた。意志がミハイルから解放されると、レイヴンは身をよじってアンドレから離れようとした。アンドレはレイヴンの体にまわした腕に力を込め、わざと顔と顔をこすらせた。残虐で、悦に入っていると言ってもいいような笑い声をあげる。「おまえはあいつを強いと思っていた、そうだろう？　だが見てみろ、大慌てでわたしの言うとおりにするじゃないか」

「どうしてこんなことをするの？　どうしてミハイルを敵に売り渡すようなまねをするの？」

「その男は一族全員を売り渡そうとしているんだ」長身でたくましく、無敵に見えるミハイルが入口から監房にはいってきた。

ジェイムズが壁にへばりつき、気づかれまいとする。アンドレは剃刀のように鋭い鉤爪をレイヴンの頸動脈に押しつけた。「気をつけろよ、ミハイル。おまえはわたしを殺すことができる、それは間違いない。だがその前にこの女が死ぬことになるからな」アンドレはレイヴンの足が床から浮くほどきつく抱き締め、彼女の体を盾にした。毛布が床に落ち、レイヴンはなすすべもなく、ただミハイルをじっと見つめた。

ミハイルはやさしく愛情のこもった笑みを浮かべ、レイヴンの顔だけを見つめた。愛している、レイヴン。勇気を持て。「おまえの望みは何だ、アンドレ？」彼の声は低く穏やかだった。

「おまえの血だ」

「レイヴンの糧としてなら与える」

レイヴンは心臓が肋骨に激しく打ちつけていた。アンドレの鉤爪にわざと体を押しつける。小さな血の雫が一滴、首を滴り落ちた。アンドレはレイヴンの肋骨にひびがはいりそうなほど腕に力を込めた。「二度といまみたいにばかげたまねをするな」そう彼女を叱りつけると、ミハイルに注意を戻した。「血を与えられるほどこの女に近づかせるわけにはいかない。容器に入れろ」

ミハイルはゆっくりと首を横に振った。アンドレは自分のためにわたしの血を欲しがっているんだ、レイヴン、力を増して、きみの心を混乱させる薬の効果をあげるために。薬はすでに効きはじめていた。レイヴンはミハイルとの心的コンタクトを保つのに苦労している。なんとしてもわたしの血をこの男に渡すわけにはいかない。彼の言葉は悲しげに響いた。

レイヴンはグレゴリに心的コンタクトを求めた。ここへ来て。

きみが飲まされたのは古《いにしえ》の薬だ。グレゴリがレイヴンの心にそっと触れ、説明した。われらが土地の北部にのみ咲く花から抽出されたものだ。頭がぼんやりするだろうが、それだけだ。アンドレはきみに現実と異なる記憶を植えつけ、痛みを利用して思考を操ろうとするだろう。すでに血の絆ができているから、やつはきみがなにを考えているか監視できる。きみがミハイルのことを考えると、やつはきみに苦しみを与えられる。それは薬ではなく、ヴァンパイアの力だ。できるだけ余計なことは考えないようにして、力を温存しろ。きみの心と体はどうしてもミハイルとのコンタクトを求めてしまうだろうが、アンドレに気づかれてはならない。きみはわたしが知るカルパチアンの誰よりも集中力がある。やつはきみとわたしの絆についてはまったく気づいていない。わたしはどこにいてもきみを見つけられる。ジャックの手当てが終わったら、すぐにミハイルのもとへ向かう。ミハイルは死なないと保証する。わたしたちはかならずきみを見つける。一族全員のためにも生き延びてくれ。

アンドレとミハイルは監房の端と端に立ってにらみ合っていた。ミハイルは全身からエネルギーを発散していて、アンドレが葛藤を感じているのを冷ややかにおもしろがっているようにも見える。

突然、悪意のさざ波が房内の張りつめた空気を乱し、レイヴンのこめかみを直撃した。ミハイル！

レイヴンが心のなかで警告の叫びをあげたそのとき、ジェイムズ・スロヴェンスキーが三度発砲した。狭い監房の石壁に、銃声が雷鳴のように大きく反響する。弾を受けて、ミハイルは後ろ向きにハマー神父の横まで飛ばされた。ミハイルの貴重な血が、白いシルクのシャツに鮮やかな深紅のしみを作る。

「やめて！」レイヴンは無我夢中でアンドレに抵抗した。失血のせいで弱っていた体力を恐怖心が補い、一瞬自由になりかけたが、ぐいと後ろに引き戻されたかと思うと、アンドレに首を絞められた。パニックを起こしそうになるのを必死にこらえた。ここで失神するわけにはいかない。

わかっている。グレゴリ、ミハイルが倒れたわ。撃たれたの。

グレゴリが先ほどよりも近くに来ているのは間違いなかった。心配するな。敵は浅い傷を負わせるように細心の注意を払った。出血はひどいが、ジャックのような命にかかわる傷ではない。ミハイルがわたしに怪我の程度を伝えてきている。

アンドレはレイヴンを引きずって出口へ向かった。「仲間がやってくるようだが、手遅れだぞ。ミハイルがここから逃げられると思うな」レイヴンの耳もとでいらだたしげにささやいた。「スロヴェンスキーたちはミハイルを撃ったせいで殺されることになるだろう。そしてあいつらとともに、ここで起きたことはすべて葬り去られる。仲間におまえは見つけられない。遠く離れた場所で、おまえはわたしのものになるのだ」

レイヴンは視線と心をミハイルに集中させ、目に映る光景をグレゴリに送信した。ジェイムズがミハイルの手首と足首に枷をかけて壁に鎖でつなぎ、あざわらいながら蹴りつけている。ミハイルは沈黙したままで、瞳は黒曜石のように輝いている。

アンドレはレイヴンの華奢な体を抱え、目にも留まらぬ速さで死と暴力の舞台をあとにした。鳥に姿を変え、鉤爪でレイヴンをつかんで夜空へ舞いあがる。

グレゴリは造作なくミハイルと心をひとつにした。何世紀にもわたって戦闘、戦争、ヴァンパイア狩りをくぐり抜けてきたふたりは、たがいの命を救うために何度も血を交換してきた。いまミハイルは苦痛に苛まれ、大量に出血している。彼の並はずれた体力を弱めることが銃撃の狙いだった。ジェイムズはこれから行なう拷問の内容を詳しく語って聞かせ、ミハイルをあざけることに勤《いそ》しんでいる。

近づいてくるジェイムズ・スロヴェンスキーを見ると、ミハイルの黒い瞳に不気味な赤い光が差した。そのぞっとするような目の力に、ジェイムズは一瞬立ち止まった。「おまえはおれを憎むようになるぞ、ヴァンパイア」敵意に満ちた声で言った。「そしておれを恐れるようになる。本当に力があるのは誰か思い知らせてやる」

嘲《あざけ》るようなかすかな笑みがミハイルの口もとに浮かんだ。「わたしはおまえを憎みはしない。それに恐れることなどありえない。おまえはパワーゲームのポーンにすぎない。それも捨て駒だ」彼の低い声にはどこか音楽的な響きがあり、気がつくと、ジェイムズはもう一度聞きたいと思っていた。

ジェイムズはミハイルのかたわらに膝をつき、獲物が苦しんでいるのを喜んでにやりと笑った。「アンドレはおまえのヴァンパイア仲間を残らずおれたちに引き渡してくれる」

「なぜやつがそんなことをする？」ミハイルは目を閉じた。顔はしわが刻まれて疲れきって見えたが、うっすらと笑みも残っている。

「おまえはアンドレをヴァンパイアに変異させ、ひどく邪悪な生きかたを強いた。あの女を変異させたのと同じように。アンドレは女を救おうとしている」ジェイムズは身を乗りだしてナイフを抜いた。「銃弾を掘りだしておいたほうがいいだろう。感染症でも起こされたらたまらないからな」期待に声をうわずらせてくつくつと笑う。

刃を見ても、ミハイルはひるまなかった。黒い瞳がかっと見ひらかれたかと思うと、力強く燃えるように輝いた。ジェイムズは尻もちをつき、両手両足を使ってあたふたと反対側の壁までさがった。コートに手を突っこみ、銃を引っぱりだしてミハイルに狙いを定めた。

大地が穏やかといってもいいようなうねりかたをしてコンクリートの床が盛りあがり、そして亀裂が走った。ジェイムズは背後の壁に手を伸ばして体を支えようとし、そうする途中で銃を落とした。壁の石がひとつはずれ、恐ろしく近い場所に落ちてはずみ、彼のすぐそばまでころがってきた。さらにふたつ三つと石が落ちてきたかと思うと、轟音とともに壁石のシャワーが降りはじめ、彼は両手で頭を守らなければならなくなった。

ジェイムズは細く甲高い恐怖の悲鳴をあげた。さらに身を縮め、指の隙間からカルパチアンのようすをうかがった。ミハイルは身を守ろうとはしなかった。つながれた場所に横たわったまま、例の黒い目でじっとこちらを見つめている。悪態をつきながら、ジェイムズは銃に飛びつこうとした。

足もとの床がうねって盛りあがり、銃が手の届かない場所へところがった。壁がもう一面ぐらりと揺れたかと思うと、石が滝のように落ちてきて頭や肩に当たり、ジェイムズは床に倒された。石の落ちかたには奇妙で背筋が寒くなるパターンがあった。神父の遺体にはひとつも当たらず、ミハイルのそばにもひとつも落ちない。壁石はジェイムズの脚をうずめたかと思うと、彼の背中を打った。不吉な鋭い音が聞こえ、ジェイムズは背骨に加わった重みに耐えかねて絶叫した。

「地獄に落ちろ」うなるように言った。「ユージーンがおまえらを追いつめてやるからな」

ミハイルはなにも言わず、グレゴリによって繰り広げられている大破壊の光景をただ眺めていた。グレゴリがここまで怒りに燃えて芝居がかったことをしなければ、ミハイルはジェイムズ・スロヴェンスキーを即座に殺していたはずだった。しかし彼は疲労していて、これ以上体力を消耗したくなかった。グレゴリが彼を癒すあいだ、当面レイヴンはアンドレというることになる。あのヴァンパイアがレイヴンをどうするつもりかはけっして考えないようにした。わずかに身動きしただけで、ミハイルの体は痛みに貫かれた。報復として石がさらに降り注ぎ、ジェイムズを毛布のようにおおって、不気味な形の墓を作りはじめた。

グレゴリがいつものように静かに滑るような歩きかたで監房にはいってきた。優雅さと力強さを漂わせ、壁の残骸のあいだを足早に進んでくる。「またしてもわたしの助けが必要なようだな」

「うるさいぞ」ミハイルの言葉は本気ではなかった。

グレゴリはこのうえなくやさしい手つきで傷をあらためた。「敵はよく心得ている。命にかかわる器官を正確に避けながらも、できるだけ多く出血する場所を狙って撃っている」またたく間に枷をはずし、ミハイルを鎖から解放した。傷口に土を押し当て、それ以上血が漏れるのを防ぐ。

「ハマー神父の状態を確認してくれ」ミハイルの声には力がなかった。

「確かめるんだ」それは命令だった。グレゴリは動かない体を一瞥しただけだった。

「神父は死んでいる」グレゴリは動かない体を一瞥しただけだった。ふだんミハイルがグレゴリになにか命令をすることはけっしてない。ふたりの関係はそういうものではないからだ。

一瞬、グレゴリの銀色の瞳がきらりと光り、ふたりはにらみ合った。

「頼む、グレゴリ、少しでも可能性があれば……」ミハイルは目を閉じた。

出発が遅れることに不満を覚えながらも、グレゴリは言われたとおりにハマー神父のぐったりした体に歩み寄り、脈を探った。そんなことはしても無駄だし、ミハイルもそれは知っている。グレゴリは遺体を丁寧に扱うよう注意した。「残念だが、ミハイル。もう息絶えている」

「神父をここに置き去りにはしたくない」

「話をするのはやめて、わたしに役目を果たさせてくれないか」グレゴリはうなるように言うと、ミハイルをもう一度床に横たわらせた。「これから傷をふさぐから、そのあいだにわたしの血を飲むんだ」

「レイヴンを探してくれ」

「わたしの血を飲め、ミハイル。アンドレはレイヴンに危害を加えはしない。今夜は我慢するだろう。あなたはあいつを狩るためにも力をつけなければならない。わたしが惜しみなく差しだす血を飲め。あなたに無理やり飲ませるようなことはしたくない」

「だんだん口うるさくなってきたぞ、グレゴリ」ミハイルはそう文句を言ったが、癒し手が差しだした手首を素直につかんだ。グレゴリの体にはミハイルの体と同様に古《いにしえ》の血が流れている。彼の血はなによりもすばやく体を快復させてくれる。ミハイルが糧を得、失った血を補充するあいだ、沈黙が流れた。ややあって、グレゴリはわずかに手首をひねってミハイルを遠ざけた。プリンスを癒し、安全な場所へ運ぶには彼も体力が必要になる。

「神父も一緒に連れていくぞ」ミハイルは念を押した。氷のように冷たくなっていた体に熱いものが波のように押し寄せ、彼の欲求と渇望を激しくした。ミハイルの心はライフメイトとのコンタクトを求め、彼女とひとつになりたいという欲求は抑えがたいほどになった。

レイヴンの頭を激痛が襲い、同じ痛みを経験したミハイルは息を呑んでコンタクトを切った。苦悶しながら、グレゴリの淡い色の瞳を探るように見る。

手遅れになることはない。その傷を治すことが先決だ。いまは眠るんだ、ミハイル。グレゴリは聞く者をうっとりさせる声で古《いにしえ》の詠歌を唱えるように続けた。**あなたはわたしの助言に従い、母なる大地に身をま**

かせる。土が傷を癒し、心をなだめてくれる。眠れ、ミハイル。力を秘めたわたしの血があなたの血と混ざる。体が癒されていくのを感じよ。グレゴリは目を閉じてミハイルと完全に一体となった。流れるように彼の体のなかにはいり、弾痕を見つけては異物を押しだし、熟練した外科医さながらの正確さで傷をひとつひとつ治療していく。

大きなミミズクが崩壊した監獄のまわりを飛んでから、壁の残骸の上に留まった。ゆっくりと翼をたたむと、つぶらな瞳で眼下の光景を観察し、鉤爪を曲げたり伸ばしたりした。グレゴリが自分の体に戻り、顔をあげた。そのカルパチアンに気づいたしるしに名前を静かに呼んだ。「エイダン」

ミミズクの体が大きくなったかと思うと揺らめき、黄褐色の髪と輝く金色の瞳をした長身の男が現われた。彼のような髪と目の色をしているカルパチアンはめずらしい。エイダンの身のこなしは兵士のようで、堂々として自信に満ちている。「いったい誰がこんなことを?」強い口調で訊いた。「ミハイルの女とジャックはどうなった?」

グレゴリは低い声でうなり、淡い色の目を険しくしてエイダンを見すえた。「新鮮な土をここに運んできて、それから神父の遺体を運ぶ準備を整えてくれ」続いてバイロンが到着すると、グレゴリはあらためて自分の仕事に取りかかった。美しい古《いにしえ》の詠歌がゆっくりと唱えられ、あたりに希望と期待が満ちた。その落ち着きぶりからは、彼が時間と闘い、今夜のうちにミハイルを快復させようとしているとは、誰も思わなかっただろう。

見つけられるかぎり肥沃な土を持って戻ったエイダンは、一歩後ろにさがって、グレゴリの仕事ぶりを感心しながら眺めた。湿布薬が入念に調合されて、外傷に当てられた。そのとき、風が瓦礫《がれき》の山から土埃を舞いあがらせ、カルパチアンたちに警告を発した。人間がふたり、トラックに乗って近づいてくる。

バイロンがエドガー・ハマーのかたわらにひざまずき、顔の上で両手をうやうやしく動かしてから小柄な遺体を抱きあげた。「グレゴリ、ぼくは神父を聖なる地へ連れていく。それから小屋の横にころがっている死体を始末してくる」

「誰がこんなことを？」エイダンがふたたび尋ねた。

グレゴリは話す手間を省き、エイダンの頭に情報をそのまま送りこんだ。

「アンドレなら何世紀も前から知っている」エイダンは言った。「わたしより半世紀ほど年下だ。ともに戦ったことも一度ならずある。状況は絶望的になりつつあるな」エイダンは闇のなか、金色の瞳を輝かせながら、崩れた壁の上を滑るように進んだ。木の葉の一枚一枚が月光を浴びて目の覚めるような銀色に輝いているが、彼はとうの昔に色覚を失っている。世界は暗い灰色に包まれ、この状態は彼がライフメイトを見つけるまで、あるいはついに朝日に安らぎを求めるまで続く。息を吸いこむと獲物のにおい、死の悪臭、侵入者の不快なにおいが鼻を衝いた。近づいてくる乗り物が排出するガスが、澄んだ空気をよごしている。

オークの木立を抜けながら、氷のように冷たい捕食者の本能が復讐を果たそうとして血を欲するのを抑えようとした。彼らの種族は絶滅寸前で、いま一度ヴァンパイア狩りが行なわれたら生き残れないだろう。いま残っている男たちはみな、ミハイルの女が生き抜いてくれることに希望をかけている。彼女がカルパチアンの生活に適応し、真のライフメイトとなれば、そして生後一年目を生き延びる体力のある女児を産んでくれれば、すべてのカルパチアンの男に可能性が生まれる。あとは努力の問題で、レイヴンのような女性を求めて世界じゅうを探しまわればいい。アンドレが一族全員を人間に売り渡そうとしたのは、最悪の裏切り行為だ。

霧が濃くなり、ほとんどなにも見通せない重苦しいベールさながら木々のあいだにたれこめた。ブレーキの軋む音が響き、濃い霧でなにも見えなくなったドライバーが車を止めた。霧に隠れ、車に忍び寄るエイダンは、まさに獲物を狙う危険な猛獣そのものだった。「あとどのくらいで着く、ジーンおじさん?」興奮し、熱を帯びたティーンエイジャーの声が風に乗って聞こえてきた。

「霧が晴れるまで待たないとだめだな、ダニー」第二の声は不安げだった。「このあたりじゃ、霧がよくこの手の変わった出かたをするんだ。こういうときに外に出るのはよくない」

「おれへのびっくりプレゼントってなに? 教えてくれてもいいだろ。おじさん、おふくろに話してたよな。おれの誕生日に、絶対に忘れられないびっくりプレゼントを用意するって。おれ、おじさんとおふくろが話してるのを聞いたんだ」

エイダンの目にふたりの姿が見えた。ハンドルを握っているのは三十がらみの男で、ティーンエイジャーのほうは十五歳にもなっていないだろう。ふたりを見守っていると、殺意が血管を駆けめぐって全身に満ちた。神経のすみずみまで力がみなぎり、自分が本当に生きていることを実感する。

成人の男のほうはずいぶん神経質になっていて、トラックの前後左右に目を凝らしたが、白い霧の分厚いベールを見通すことはできなかった。一瞬、金色に近い光を放つ飢えた目が見えた気がした。獣《けもの》の目——狼の目——が、夜の闇のなかからこちらを見つめている気が。鼓動が速まり、口のなかがからからになった。少年を守るように引き寄せる。「プレゼントはジェイムズおじさんが持っているんだ」二度咳払いをしてからでなくては声が出なかった。自分たちがきわめて危険な状況にあること、捕食動物がふたりの喉を切り裂こうと待ちかまえていることを、彼は悟っていた。

「狩猟小屋まで歩いていこうよ、ジーンおじさん。おれ、新しいライフルを試してみたくてしかたないんだ。行こう、そんなに遠くないし」少年が叔父をうまく説得しようとした。

「こんなに霧が出ていてはだめだ、ダニー。この森には狼やほかの獣《けもの》もいる。あたりがよく見えるようになるまで待つのがいちばんだ」男は断固とした口調で言った。

「こっちには銃があるじゃないか」少年はすねた口調になった。「こういうときのために持ってきたんだろ」

「だめだ。銃があるからといってつねに安全とは限らない」

エイダンは野性の衝動を押し殺した。少年はまだ一人前の男になっていない。このふたりが何者であれ、自分や仲間の命が脅かされないかぎり殺すわけにいかない。ヴァンパイアに、同胞の裏切り者になってたまるか。近ごろは殺すことが容易になりすぎている。これは一種の力の誘惑だ。周囲で風が起こり、落ち葉や小枝を舞いあがらせ、渦を巻いた。グレゴリがとなりに現われた。蒼ざめてぐったりとしたミハイルを抱いている。「行くぞ、エイダン」

「あのふたりを殺せなかった」エイダンは静かに言った。弁解の響きはまったくない。

「年上のほうがユージーン・スロヴェンスキーだとしても、今夜はやることがいろいろあってわれわれの邪魔はしないだろう。あいつの弟は瓦礫の下で死んでいる。神父を殺した代償として」

「わたしはあのふたりを殺そうともしなかった」エイダンは正直に言った。

「スロヴェンスキーなら死んで当然の男だが、おまえが自分の身に迫る危険を自覚し、衝動にあらがったのは喜ぶべきことだ。同胞のため、おまえは長いこと亡者を狩ってきた。おまえの魂の暗闇を見ればわかる」

「わたしはもう限界に近づいている」エイダンは謝るでもなく静かに言った。「ミハイルの女が重傷を負ったとき、あらゆる土地にいるあらゆるカルパチアンがミハイルの激しい怒りを感じた。あのときの動揺は過去に例がないもので、これは調べる必要があると思った。わたしはミハイルの英知がまだ同胞を照らしていることを確かめに戻ってきた。ミハイルの女こそわれらが未来の希望だと、わたしは思う」

「その意見には賛成だ。新しい国に行けば、おまえも安らぎを得られるかもしれない。われわれはいまアメリカで経験を積んだハンターを必要としている」

霧は依然として濃いままで、人間たちの視界を遮っている。エイダンが監獄へ目を戻し、片手をあげると、大地に震えが走った。監獄は完全に崩れ去り、新たな墓場のしるしとして瓦礫だけが残った。

グレゴリはミハイルを抱えたまま、エイダンをとなりに従えて、霧のなかに舞いあがった。彼らは真っ暗な空を翔た。カルパチアンの男たちが、力を合わせてプリンスを癒すために、つぎつぎ到着している洞窟を目指して。

15

夜気が体に吹きつける。どこか知らない目的地へと、レイヴンは空を運ばれているところだった。頭が朦朧として体に力がはいらず、ひとつのことに気持ちを集中できない。最初は地上に目印になりそうなものがあれば注目し、それをグレゴリに伝えようとした。しばらくすると、自分がなぜそんなことをしているのか、あるいはなにをしているかさえ思いだせなくなった。頭が混乱し、気分が悪いのは薬のせいだとなんとなくわかっていた。ヴァンパイアが彼女をどこへ連れていこうとしていて、目的地に到着したらどうするつもりなのかについては、とても考える気力がなかった。

月が明るく輝き、銀色の光が木々の梢に降り注いで、ありとあらゆるものが超現実的な、夢のような雰囲気に包まれている。さまざまなことがレイヴンの心にそっとはいってきては出ていく。柔らかなささやき声、休みなくつぶやく声が聞こえるが、なんと言っているかはわからない。大切なことのような気がするものの、疲れていてその意味を明らかにすることはできない。最近、追跡した連続殺人犯のせいで、心がこなごなになってしまったのだろうか？　自分の身に何が起きたのか思いだせない。体に吹きつける風は心地よく、彼女を清めてくれる。体は冷えていたが、それはどうでもいいことに思えた。光が躍り、色彩が渦巻き、頭上の空は明るくきらめいている。眼下では大きな池が水晶のように輝いている。なにもかもがとても美しい。しかし、レイヴンは耐えられないほどの頭痛に苛まれていた。

「疲れた」話せるかどうか確認したくて、声を出してみた。もし夢のなかにいるなら、目を覚ますことができるかもしれない。

彼女を抱いている腕にわずかに力が込められた。「わかっている。まもなく家に着く」聞き覚えのない声だ。レイヴンのなかのなにかが、その男がそばにいることに反発した。体がその男の感触をいやがっている。わたしはこの男《ひと》を知っている？　そうは思えなかったものの、男はまるでそうするのが当然であるかのように彼女を抱いていた。意識の表面にのぼったり沈んだりする記憶があるが、しっかりつかまえることができない。パズルのピースがはまりそうだと思うたび、猛烈な痛みが頭を突き刺すので、思考を中断せざるをえなかった。

いつのまにかふたりは地上を歩いていた。星空の下、木々が風に揺れたり、そっと頭を垂れたりしている。男の腕がレイヴンの腰にまわされている。彼女は困惑して目をしばたたいた。いままでずっと歩いていたのだろうか？　なにしろ空を飛べる人間などいるわけがない。そんなことは考えるだけでばかげている。ふいに恐ろしくなった。わたしは頭がどうかしてしまったのだろうか。となりを歩く男をちらりと見あげた。外見について言えば、男は単なるハンサムという域を超えていて、蒼白い顔は官能的なまでに美しかった。だがレイヴンを見おろしてほほえんだとき、男の目は表情を欠いて冷たかったし、歯は真っ赤な口のなかで危険な光を放ってレイヴンの胸に恐怖を掻きたてた。この男は何者？ なぜわたしはこの男といっしょにいるのだろう？

レイヴンは身震いし、さりげなく男から離れようとした。しかし、体が弱っていたので、男が支えてくれなかったら、倒れていたかもしれない。「体が冷えきっているな。家はもうすぐだ」

男の声を聞くと、レイヴンの体に恐怖のさざ波が広がった。嫌悪感から胃がむかむかする。男の声には自己満悦と嘲りの響きがあった。レイヴンを案じるような態度をとっているが、冷たい体が爬虫類《はちゅう》を思わせ、催眠作用のある目は見る者の心を操り、まるで巨大な蛇が体に巻きついているようだった。レイヴンは懸命に心的コンタクトを取ろうとした。**彼は、ミハイルはきっと来てくれるわ。**そう思ったとたん、苦痛に襲われ、悲鳴をあげて膝をつくと、両手で頭を抱えた。動くことも考えることも恐ろしい。

ひんやりとした手がレイヴンの腕をつかみ、立ちあがらせた。「どうした、レイヴン？ さあ、言ってみろ、わたしが力になれるように」

レイヴンは男の声を嫌悪した。耳ざわりで、肌に震えが走る。彼の声からはひそかにおもしろがっているような邪悪な響きが聞きとれた。レイヴンの身になにが起きているかを知っていながら、彼女の苦しみ、無知を楽しんでいるような。レイヴンは男に触れられるのがいやでたまらなかったが、自分の脚だけでは立っていられず、彼にもたれざるをえなかった。「糧を得る必要があるな」男は軽いと言ってもいい口調で言ったが、その言葉には興奮が隠されていた。

レイヴンはおなかを押さえた。「吐き気がするの」

「それは飢えているからだ。特別なお楽しみを用意してある。おまえのための晩餐《ばんさん》会だ。招待客が首を長くして、わたしたちの帰りを待っているぞ」

レイヴンは足を止め、男の冷たくからかうような目を見あげた。「あなたとはいっしょに行きたくない」

男の目が無表情に、険しくなった。ほほえんだのはうわべだけで、牙が卑劣な光を放った。やせた歯茎、長く伸びた門歯がのぞいた。男は最初に思ったほどハンサムではなく、卑しく残酷な顔をしている。「レイヴン、おまえにはほかに行き場所などない」男はもう一度どこかからかうような、うんざりするほど親切そうな声で言った。

レイヴンは彼の腕を振りほどくと、脚から力が脱けてその場にへたりこんだ。「あなたは……」頭が割れそうに痛くなり、名前が出てこなくなった。額に血の珠が浮かび、顔を伝い落ちる。

ヴァンパイアはゆっくり身をかがめると、血の跡をたどってレイヴンの頬に舌をざらりと這わせた。「おまえは具合が悪い。わたしはおまえにとってなにが最善か知っている。わたしを信じろ」

レイヴンはどうにか気を静め、頭の働きを鈍らせている蜘蛛《くも》の巣を払った。わたしには特別な能力がある。知力もある。このふたつは疑問の余地のない事実だ。いまわたしが重大な危機に直面しているのは確かで、どうしてこの男とここに来たのかはわからないけれど、考えなくてはならない。月に顔を向けると、長い漆黒の髪が青みを帯びて輝いた。「ひどく混乱していて、あなたの名前も思いだせない」歓心を買うために申し訳なさそうな表情を作り、男が心を読めた場合に備えて、心でもそう感じるように努めた。この男はわたしの心を読める気がする。「わたし、どうしたのかしら。すごく頭が痛い」

男は急に礼儀正しい態度になって片手を差しだした。レイヴンが自分を頼っていると感じて、それまでよりもずっと寛大になった。「おまえは頭に怪我をしたのだ」男はレイヴンを立たせ、細い腰に腕をまわした。今度は、男に触れられても、彼女は身をすくめずに我慢した。

「ごめんなさい。わたし、とても混乱しているの。自分が間抜けに感じられるし、不安で」大きな青い目を見張り、心を無邪気に空っぽにするように努めながら打ち明けた。

「わたしはアンドレ、おまえの真のライフメイトだ。ある男にきみを奪われていた。助けだしたとき、きみは倒れて頭を打ったんだ」男の声の単調な響きには催眠術のような力があった。

真のライフメイト。ミハイル。そう考えると、レイヴンはまた頭痛に襲われたが、今度は押し寄せてくるがままに痛みを受けいれた。一瞬、息が止まり、頭に突き刺されるような激痛が走った。苦悶がわずかでも顔に出ないように、心に漏れないように気をつけた。ありったけの自制心をかき集め、精神を集中する。**ミハイル？　どこにいるの？　あなたは実在するの？　わたし、怖い。**憶えのある心的道筋が見つかり、彼女はいつもそうしてきたかのようにやすやすとその道をたどった。

リトル・ワン。返事はかすかで、遠く離れた場所から聞こえたが、現実であるのは、狂気の世界で彼女のよすがとなってくれるものであるのは間違いなかった。

わたしと一緒にいるのは誰？　なにがどうなっているの。彼女を支えている長身の男にもたれながら、心は混乱させたままでいた。自分の心を同時に異なるレベルで働かせるのはおもしろかった。

アンドレはヴァンパイアだ。わたしからきみを奪った。わたしはこれからきみを迎えに行く。

なにかがひどくおかしい。ただ手を伸ばしさえすれば、すべてがそこにあるのに。レイヴンははるか遠くから聞こえてくる声を信じ、力強く守るように包んでくれる愛と温もりを感じた。この感覚を、この声を、わたしは知っている。ただ、どこかおかしいところがある。

あなた、傷を負っているのね。どうして？

ミハイルは直前の出来事を、レイヴンのために頭のなかで再現した。レイヴンはおなかを思いきり殴られたような衝撃を感じて息を呑んだ。ミハイル。

グレゴリが一種の専制君主になりつつあるんだ。わたしはとても死ねないよ。

記憶がどっとよみがえってきて、レイヴンは恐怖に襲われた。自分の思考を細かく区切った。アンドレには心の表面だけに触れさせ、彼女が許す内容だけを読みとらせた。彼が期待しているとおり、身を震わせて混乱しているふりをした。

ミハイルは重傷を負っているように見えた。洞窟のなかで、仲間に囲まれている。グレゴリが傷の手当てをしており、このあとミハイルが地中へ埋められ、彼女の命綱が断たれてしまうのは間違いなかった。レイヴンは顎を突きだした。薬のせいで一時的に混乱したとはいえ、わたしはやるべきことはなんでもできる。アンドレならうまくあしらえるわ。わたしのことは心配しないで。虚勢を張って言った。

突然、安堵の気持ちがこみあげてきて、それを抑えこまなくてはならなくなった。ばらばらになっていた記憶が、ミハイルのやさしいマインドタッチによってはっきりとよみがえってきたのだ。なにが起ころうと、ミハイルかグレゴリ、あるいはふたりがそろって助けに駆けつけてくれる。傷がふさがったら、必要とあれば、ミハイルは這ってでも来てくれる。

「ずいぶん静かだな」アンドレの声にレイヴンははっとした。

「いろいろ思いだそうとしているんだけど、頭が痛くて」

ふたりは高台に出た。レイヴンは少しのあいだ、山腹に建てられた石造りの家に気がつかなかった。それは銀色の月光を受けて揺らめいて見え、幻影かと思えば、つぎの瞬間はっきりと見え、またつぎの瞬間姿を消す。レイヴンはすばやくまばたきをくり返し、家の特徴をすみずみまで観察してミハイルに送信した。大事なのはミハイルのことを考えているとヴァンパイアに知られないようにすることだ。知られたら、アンドレが痛みという罰を課してくる。薬で混乱しているあいだは、一時的にアンドレの言いなりになってしまったが、いまは吐き気とめまいを感じるだけだ。心の底から怯えているけれど。

「ここがわたしたちの家？」無邪気を装って尋ね、アンドレに大きく寄りかかった。

「ここには食事をしに寄るだけだ」彼の話しかたには例の妙に満足げな響きがあり、レイヴンはそれを激しく嫌悪しはじめていた。「それ以上長居するのは危ない。ほかの者たちがわれわれを追ってくる可能性がある。おまえは糧を得て、逃げるための力をつけなければならない」

信頼しているように見せるため、レイヴンは意識的にアンドレの腕に手をかけた。「がんばってみるわ、アンドレ、でも本当に吐き気がするの」

入口に向かって一歩踏みだすと、ミハイルが即座に抗議するのを感じた。レイヴンは足がふらつき、戸口のすぐ手前に惨めな格好でへたりこんだ。悪態をつきながら、アンドレが彼女を立ちあがらせてなかに押しこもうとしたが、レイヴンは脚に力がはいらず、自力で動くことができなかった。アンドレは彼女を抱きあげてなかへはいった。

その石造りの家は広い玄関の間がひとつあるだけで、奥の隅に開けられた穴から梯子で階下《した》におりられるようになっていた。部屋は寒くじめじめし、壁のひび割れに黴《かび》が生えている。テーブルと、教会にあるような長いベンチが置かれている。アンドレが片手を振って蠟燭を何本かともした。どきっとしてレイヴンの心臓が止まったかと思うと、すぐさま早鐘を打ちはじめた。テーブルにいちばん近い壁にひと組の男女が鎖でつながれ、恐怖に目を見ひらいている。ふたりともぼろぼろの格好をしていて、女性のワンピースと男性のシャツの破れ目には血のしみがついている。男性も女性もあざだらけで、さらに男性の右頬には火傷の痕がいくつかあった。

アンドレは嘲るような残虐な笑みを浮かべ、無力な獲物をじっくりと眺めた。「ディナーだ、愛しいレイヴン。おまえひとりのために用意した」壊れやすい磁器を扱うように慎重に、レイヴンをベンチに座らせた。それからゆっくりと滑るように石の床を歩いていくと、赤く非情な目を女性に据えた。女性が怯えるのを時間をかけて楽しみ、怒り狂いながらもどうにもできずにいる夫をあざわらった。アンドレがぐいと引っぱって女性を鎖からはずすと、男性は身をよじってレイヴンを脅し、罵った。アンドレは女性をレイヴンのかたわらまで引きずっていき、ひざまずかせると片手で髪をつかんで喉をあらわにした。

脈打つ血管に親指を滑らせる。「さあ渇きを満たせ、レイヴン。熱い血がおまえの血管に流れこみ、ふたたび力がみなぎるのを感じるんだ。この女の命を奪えば、これまで経験したこともなかった力が手にはいるぞ。これはわたしからおまえへの贈りもの、無限の力だ」

女性は恐怖にすすり泣き、うめいている。彼女の夫は懇願したり罵ったりしながら、鎖を振りほどこうともがいていた。レイヴンはゆっくりと上半身を伸ばし、震える手で髪をかきあげた。アンドレは獲物を恍惚とさせ、喜んで死を受けいれさせることもできるのに、あえて恐怖を味わわせて楽しんでいる。アドレナリンの加味された血には、酔ったようにうっとりさせる力があるからだ。誰もがレイヴンの反応を待っているように見えた。彼女の心のなかではミハイルが、こんなひどい決断を迫られている彼女をそばで守ってやれない自分に激しい怒りを覚えている。

アンドレを見あげた青色の目はいまにも泣きだしそうにきらきらと輝いていた。レイヴンは女性をなだめようとするように彼女の腕に手を滑らせた。「あなたはわたしを疑っているのね、アンドレ。どうして？　わたしがなにかした？　本当になにも思いだせないのよ。わたしはこんなふうに人の命を奪うつもりは絶対にないし、それはあなたも同じでしょう。どうしてこんな形でわたしを試すの？　わたしはなにか罪を犯したのに思いだせないのかしら。どうしてわたしにこんな残酷なことをするの？」

アンドレの表情が暗くなり、赤く輝いていた目がふだんの褐色に戻った。「そんなに苦しむな」

「教えて、アンドレ。わたし、知らずにいるのは耐えられない。わたしをさらったという人が、あなたにとって許せないことを私にさせたの？」恥じ入るようにレイヴンはうなだれた。声がますます小さくなる。「わたしの命を奪って、アンドレ。怒りをわたしにぶつけて。このかわいそうな、罪のない女性にではなく。わたしとともに生きるのがいやだと言うなら、わたしはあなたの前からいなくなるわ。ほかに行くところはないけれど」アンドレと目を合わせ、本気であることを伝える。「さあ、わたしの命を奪って、アンドレ」

「だめだ、レイヴン」

「それなら答えて。どうしてこんなふうに試すの？　わたしが完全にはあなたと同じじゃないから？　地中にもぐったり、シェイプシフトしたりできないから？　あなたはわたしのことを恥に思って、罰を与えたいのね」

「そんなことがあるわけはない」

レイヴンは女性の体に腕をまわした。「記憶は確かじゃないけれど、あなたは頼りになる召使いを雇うつもりだと言った気がするわ。この人があなたの話していた人？」唐突に顔を曇らせた。「それともあなたの愛人？」レイヴンはヒステリックと言ってもいい声を出したが、女性の腕をさする手つきはとてもやさしいままだった。

「いいえ！　違います！」女性は否定したが、その目には混乱と同時に希望の色が差しはじめていた。「わたしは愛人じゃありません。そこにいるのがわたしの夫です。わたしたち、悪いことはなにもしてません」

アンドレは途方に暮れていた。レイヴンをさらってきたのは、彼自身が救われるための必死の試みだった。殺しを強要すれば、彼女も自分と同じく邪悪な存在になり、闇に迷ってしまうだろう。彼の心のなかでなにかが変化し、アンドレはレイヴンの無垢な瞳をのぞきこんだ。「その女の言うとおりだ、レイヴン。女とわたしはなんの関係もない。おまえが望むなら、召使いにしてもいい」アンドレの声は困惑して寂しげに、不安そうにさえ聞こえた。レイヴンはアンドレの手を取った。この男の心は邪悪のきわみと言ってもよく、腐りきり、歪んでいる。それでも、彼女はこの男を哀れに思った。かつては善良で、ミハイルやジャックとなんら変わらなかったにもかかわらず、孤独の闇に生きるうちに道を誤ってしまったのだ。アンドレは感情を取り戻して、朝日を顔に浴び、日が落ちるところを見られるようになりたいと切に願っている。鏡をのぞいたときに、そこに痩せた歯茎や邪悪な生きかたの爪痕以外のものを見られるようになりたいと思っている。それは叶わぬ望みだ。本物のヴァンパイアが鏡をのぞいたら、すさまじい苦痛に襲われずにはいられない。アンドレが求めているのは奇跡だ。

「赦して、アンドレ、もしわたしがなにか疑われるようなことをしたのなら」レイヴンはやさしく言った。同情がこみあげてきて泣きたくなった。たとえわたしがミハイルのものでなかったとしても、アンドレを救うことはできない。誰にもできない。この男《ひと》はあまりに堕落し、間違った力に溺れている。人を恐怖に陥れ、殺すことによって得られる興奮のとりこになっている。彼を騙すのはいやだが、自分とこの夫婦の命がそこにかかっているのは間違いない。

アンドレの手がレイヴンのシルクのような髪を撫でた。「おまえのことを怒ってはいない。だがおまえは体が弱っているから、栄養をとる必要がある」

女性が身をこわばらせ、恐怖の仮面のような顔になった。彼女は微動だにせず、レイヴンの返事を待った。レイヴンは困惑の表情を浮かべた。「でも、体が受けつけないのよ」わざとミハイルの名前をちらりと思い浮かべ、苦痛に頭を抱えた。「なぜかはわからないけど、頭が働かないの。わたしをさらったという男のしわざだと思うわ」

アンドレが女性の髪をつかんで立ちあがらせた。「わたしは少し出かけてくる。レイヴンが無事でいるようにしっかり見張っていろ」彼の目は無表情で冷たかった。「ここから逃げようなどと思うな。わたしにはすぐにわかる」

「アンドレ、行かないで」レイヴンは心とは裏腹に、ささやき声で彼を引き留めようとした。

アンドレはレイヴンにくるりと背を向け、慣れ親しんだ死と狂気の世界へと飛ぶように戻っていった。

女性がレイヴンにすがりついた。「お願い、逃がしてください。あの男は悪魔です。わたしたちを奴隷にして、怖がらせるのに飽きたら殺す気なんです」

レイヴンは背筋を伸ばし、必死にめまいと闘った。「逃げてもばれてしまうわ。アンドレは暗闇でも目が見えるし、においであなたの居場所を知ることも、あなたの鼓動を聞くこともできるのよ」室内は実に寒く、黴臭くて陰気だった。空気そのものがよどんで死を感じさせる。感受性の強いレイヴンには、ここへ連れてこられ、鎖でつながれ、壁を血に染めた無数の犠牲者の悲鳴が聞こえる気がした。目の前の女性に負けず劣らず、レイヴンも怯えていた。「あなたの名前は?」

「モニク。そこにいるのは夫のアレクサンダーです。どうしてわたしを助けてくれたんですか?」

「思考にガードをかけて、モニク。アンドレは心が読めるの」

「あの男はノスフェラトゥ、不浄な生きもの――ヴァンパイアです」モニクは断定した。

「なんとかしてこの死の家から逃げなければ」

レイヴンはよろよろと立ちあがり、椅子の背やテーブルで体を支えながら戸口へ向かった。星空を見あげ、四方の風景をゆっくりと見渡し、岩壁のひとつひとつ、家の背後にそそり立つ崖を目に焼きつける。石造りの家――窓、扉、壁の造り――を詳しく観察し、家の前の広くひらけた場所はとりわけ注意深く脳裏に刻んだ。

「どうか、お願いです」モニクがレイヴンにしがみついた。「わたしたちを助けてください」

レイヴンはまばたきをして目の焦点を合わせた。「いま助けようとしてるところよ。落ち着いて、あの男の邪魔をしないようにして。とにかく注意を引かないように」目的を果たしたので扉を閉めた。できるだけ詳しい情報をミハイルとグレゴリに送信することができた。

「あんたは何者だ？」アレクサンダーが疑わしそうに強い口調で訊いた。鎖を何度も引っ張ったせいで手首の皮が剝けている。

レイヴンはずきずきと痛むこめかみを揉んだ。吐き気が増し、胃が締めつけられた。「アンドレの近くで生傷をさらしているのはよくないわ」あたりに血のにおいが漂っていて、レイヴンはひどく弱った自分の体が滋養を求めているのを感じた。部屋の隅ですすり泣いているモニクはそのままにして、夫のほうになにかしてやれることはないかと近づいた。手首の状態をあらためようとしてかがんだとき、アレクサンダーがもういっぽうの手でレイヴンの髪をつかみ、涙が出るほど強く引っぱった。そして胸にレイヴンを引き寄せ、両手で喉をつかむと、柔らかい肌に指を食いこませた。

「アレクサンダー、やめて。なにをするつもり？」モニクが叫んだ。

「モニク、この枷の鍵を捜せ」アレクサンダーが命じた。彼の指に気管を圧迫され、レイヴンは部屋が回転して見えはじめた。

アレクサンダーの恐怖、妻と自身を救いたいという必死の思いが伝わってきた。彼はレイヴァンもヴァンパイアで、なにか屈折した楽しみのためにふたりを残酷にもてあそんでいるものと考えているのだ。それを責めることはできないが、レイヴァンは彼に絞め殺されそうだった。

レイヴァン！　近くで叫ぶ声が聞こえ、レイヴァンの心に激しい怒りが広がった。

アレクサンダーの手がレイヴァンの喉から引き離され、骨の折れる大きな音が響いた。彼は背後の壁に叩きつけられ、床から一メートル以上も上に釘づけになった。モニクが金切り声をあげた。アレクサンダーはいまにも窒息しそうで、目が恐ろしいほど飛びだしている。

彼を放して、ミハイル！　ああ、お願い。これ以上わたしのせいで人が死ぬなんて耐えられない。絶対に。レイヴァンは床に座りこみ、膝を抱えて小さくなると体を揺らしはじめた。

「お願い」声に出してささやいた。「放してあげて」

ミハイルは殺意を覚えるほどの怒りをどうにか抑えこむと、その人間の男を心的攻撃から解放した。彼はレイヴァンの居場所を苦もなく突きとめ、空を翔ているところだった。左どなりをグレゴリが同じ速度で飛んでおり、エイダンとバイロンがすぐ後ろからついてくる。エリックやティエンら数人も遅れまいと必死になりながら少し離れた場所を飛んでいる。しかし、ミハイルは彼らのことを気にも留めていなかった。これまで何世紀にもわたってヴァンパイアを狩ってきたが、いつも気が進まなかったり、憐れみを覚えたりした。今回はそういうことはいっさいない。

ミハイルが抑えこんだ憤怒は火山のマグマのように煮えたぎり、激しい爆発と解放を求めていた。しかし、怒りが外に漏れれば、大地や風、山の生きものが反応し、アンドレを警戒させてしまう。ミハイルはもうまったく痛みを感じておらず、糧も充分に得ていた。グレゴリが直接、治療に当たってくれた成果だ。ふたりの古《いにしえ》の血が混ざり合うと、その強さははかりしれない。それでも、フクロウの白い翼には血が一カ所ににじんできた。とっさに、ミハイルは旋回して風下に移動し、においが風に乗ってアンドレのところまで運ばれないようにした。

夜の闇に心の底からの恐怖の悲鳴と、満足げで邪悪な勝ち誇った笑い声が響いた。大地と調和しているカルパチアンは誰もが、暴力の波動と力の擾乱《じょうらん》、生と死の循環を感じとった。精神的に敏感になっていたレイヴンも、たちまちその暴力の現場へと意識が引っぱられた。

見るな、レイヴン。ミハイルが命じた。

レイヴンは両手でこめかみを押さえた。アンドレが笑いながら木の枝から飛びおり、這って逃げようとしている女性に襲いかかった。木の根元、アンドレがほうり捨てた場所に、蒼白く生気のない小さな体が折れ曲がってころがっている。女性がうめき声で命乞いをした。アンドレはふたたび恐ろしい笑い声をあげると、女性を蹴飛ばしたが、すぐまた彼女を自分のもとへ這い戻らせ、彼に身を捧げさせようとした。

「アンドレ！　だめ、やめて！」レイヴンは声に出して叫び、よろめきながら戸口へ向かった。外に飛びだすと、あたりを見まわしてアンドレがいる方向を探ろうとした。しかし、体から力が抜けたかと思うと、草の上にどさりと倒れこんで動けなくなった。

モニクが追ってきて、かたわらに膝をついた。「どうしたんですか？　あなたが夫の思っているような人じゃないのはわかってます。あなたはわたしたちを助けようとしてくれている」

レイヴンの顔を涙が伝い落ちた。「アンドレは子供を殺して、母親をいたぶっている。母親も殺すつもりよ。わたしには彼女を助けることができない」モニクが頭を膝にのせてくれたので、彼女はできるかぎり体を楽にした。

モニクはレイヴンの喉の黒ずんだあざに触れた。「アレクサンダーがこんなことをしてごめんなさい。あの人は怒りと不安でおかしくなっているんです。あなたはとんでもない危険を冒した。あのばけものはあなたを殺したかもしれないのに」

レイヴンは疲れきって目を閉じた。「まだ殺される可能性はあるわ。わたしたちはあの男から逃れられない」

ふたりの周囲には不穏な空気が漂っていた。森の奥で、獲物を逃した獣《けもの》が怒りの叫び声をあげた。フクロウがいらだたしげに鳴き、狼がうなる。

レイヴンはモニクの手をつかみ、自分の脚が動くことがわかるとほっとした。「来て。なかにはいらないと。静かにして、できれば身を隠すのよ。戻ってきたら、アンドレは気が昂っているはずだから、なにをするかわからないわ」

モニクはレイヴンの腰に腕をまわし、彼女が立ちあがるのに手を貸した。「アレクサンダーが手荒なまねをしたとき、あなたは夫になにをしたんですか？」

レイヴンはのろのろと石造りの家に向かって歩きだした。「なにも」喉のあざに触れた。アレクサンダーが事態をややこしくしてくれた。アンドレがこのあざを見逃すはずはない。

「あなたはわたしたちが気づきもしないことを感じとれるんですね」モニクが落ち着かなげに言った。

「愉快な能力ではないのよ。アンドレは今夜人を殺した。ひとりの女性とその子供を。わたしがあの男を送りだして、自分たちの命と引き換えにあの母子を殺させたようなものよ」

「それは違うわ！」モニクが否定した。「あいつの行動に、あなたはなんの責任もない。あのばけものがわたしにしたことに、うちの夫がなんの責任もないのと同じです。アレクサンダーは、なんとかしてわたしを守らなければならなかったと思いこんでます。夫は自分を赦そうとしないでしょう。あの人のようにならないで、レイヴン」

レイヴンは石の階段に立ち、月光に照らされた大地を振り返った。風が起こり、銀色の月明かりが不気味に暗くなった。モニクが息を呑んでレイヴンの体をぎゅっとつかみ、比較的安全な家のなかに引きいれようとした。空に赤いしみが広がったかと思うと、月をすっかりおおいつくした。風に乗って聞こえてきた低いうなり声がしだいに音量を増し、ついには遠吠えに変わった。狼が一匹、血まみれの月に鼻づらを向け、警告の咆哮をあげた。二匹目がそれに加わり、山全体が不吉な轟音とともに震動した。

モニクは身を翻して夫に駆け寄った。「一緒に祈って、一緒に祈ってちょうだい」

レイヴンは扉を閉めて寄りかかった。「落ち着いて、モニク。時間を稼ぐことができれば、わたしたちにもチャンスはあるわ」

アレクサンダーがレイヴンをにらみつけ、守るように妻の体に腕をまわしたが、その手は早くも痛々しく腫れあがっていた。「この女の言うことを聞くな、モニク。こいつはもう少しでおれを絞め殺すところだったんだぞ。信じられない力でおれを壁に投げつけた。こいつは不浄の生きものだ」

レイヴンは頭にきて、目をぐるりとまわした。「あなたが思っているような力が本当にあればよかった。そうしたら、あなたを黙らせておけたのに」

「夫はわたしたちがどうなるか心配なんです」モニクがとりなすような口調で言った。「この人の鎖をはずせないかしら」

「あなたのご主人は、アンドレが戻ってきたらすぐさま攻撃しようとするでしょう」すっかり頭にきたレイヴンは、アレクサンダーを見て顔をしかめた。「そんなことをしたら、ご主人はあっというまに殺されてしまうわ」身震いをすると、苦悩の目でモニクを見た。「あの男が戻ってくるわ。なにがあっても静かにしているのよ。絶対に注意を惹いちゃだめ」

外で風が寂寥《せきりょう》感の漂う不気味なうなりをあげ、それがしだいに小さくなると、あとには怪しい静けさが残った。しんと静まり返ったなか、レイヴンの耳に自分の心臓の音が響いた。あとずさりしたちょうどそのとき、扉が砕け散った。蠟燭の炎が大きく揺れて壁にグロテスクでぞっとするような影を投げかけ、つぎの瞬間、ふっと消えた。

「来い、レイヴン、いますぐここを発たねばならない」アンドレが指を鳴らし、片手を差しだした。その顔は新たに血を得てきたせいで上気していた。目には邪悪な光が宿り、口もとは残忍に歪んでいる。

レイヴンは大きな目で責めるようにアンドレを見た。「どうして？　なにがどうなっているのか教えて」

アンドレが目にも留まらぬ速さで向かってきたが、ぎりぎりになってレイヴンは自分にも同じような芸当が可能なことを思いだした。彼の熱く不快な息がかかり、死のにおいが鼻をつく。身をかわした瞬間、剃刀のように鋭い爪が彼女の腕を引っ掻いた。レイヴンは小柄な体を部屋の隅に押しつけた。「ひと言説明すればすむことなんだから、無理強いするのはやめて」

「そんな反抗的な態度をとると後悔するはめになるぞ」アンドレは嚙みつくように言い、彼の行く手を阻んでいるベンチを思いきり乱暴に投げ飛ばした。ベンチは震えている人間の夫婦からほんの数センチしか離れていない壁に激突し、こなごなになった。

モニクが恐怖のうめき声を漏らしたため、アンドレが勢いよく振り向いた。その目は力がみなぎり、赤いうわぐすりをかけたようにどんよりとしている。「おまえは犬になり、わたしのもとへ這ってくる」彼の低い声は聞く者の心を操り、目は見る者を陶然とさせた。

アレクサンダーが鎖をいっぱいに伸ばして飛びだし、止めようとしたが、モニクは命令されたとおりに床に手をつき、みだらに甘えるようなしぐさをした。レイヴンは静かに歩いていくと、彼女の前に膝をついた。「聞いて、モニク。そんなことはやめて」紫色を帯びた青い瞳が、まっすぐモニクの目を見つめる。レイヴンの声は美しくこのうえなく清らかで、柔らかく魅惑的だった。彼女の声を聞くと、アンドレの声が汚らわしく不快に響いた。モニクのうつろな顔を混乱と戸惑い、そして恥ずかしさが入り混じった表情がよぎった。

アンドレがひと跳びでレイヴンのすぐ横まで来ると、足が床から浮くほど激しく髪をつかんで後ろへ引っぱった。

そのとき彼らの周囲の世界が震撼《しんかん》した。夜そのものが憤怒に駆られたかのように風がうなり、広い開豁地を渡って窓を打った。荒れ狂う空から黒い漏斗雲《ろうとうん》がたれさがり、竜巻となったかと思うと、家の屋根を引きはがした。旋風に家具が床から浮きあがり、何十年もかけて集められた貴重品があたりに散乱した。

モニクが大きな声で泣きながら体を引きずってアレクサンダーのもとへ行き、夫とひしと抱き合った。憤怒と非難、糾弾の低いささやきが湧きおこった。山が不吉な轟音とともに揺れ、家のいちばん奥の壁がダイナマイトで爆破されたかのように外に向かってはじけると、石やモルタルが飛び散った。

その猛烈な嵐のただなかに、死に神さながら冷たい目をしたミハイルが現われた。シルクのシャツいっぱいに深紅のしみがついているが、長身の立ち姿からは気品が漂っている。混沌のさなかにあって、体はリラックスして身じろぎもしない。彼が片手をあげると、吹きさんでいた風がおさまった。ミハイルはしばしアンドレを見つめた。「レイヴンを放せ」その声はとても柔らかかったが、それを聞いた者はみな、まぎれもない恐怖に襲われた。

レイヴンの髪をつかんでいるアンドレの手にとっさに力がこもった。

それを見て、ミハイルの顔に残忍な笑みが浮かんだ。「無理やり服従させられたいのか？おまえが犠牲者たちに強いてきたように、這いつくばって死出《しで》の旅に出たいのか」

アンドレの手が痙攣し、腕が操り人形のようにぐいと引っぱられた。想像をはるかに超えた力を目の当たりにして、彼は恐怖の目でミハイルを見つめた。カルパチアンの血が流れる者に、このようなマインドコントロールは簡単に効くものではない。

わたしのところへ来るんだ、レイヴン。ミハイルはアンドレから目をそらさず、精神力だけでヴァンパイアを無力にした。怒りが昂じるあまり、グレゴリに力を借りる必要はほとんどなかった。

断罪の仮面さながら険しい顔をしたカルパチアンの男たちがひとり、またひとりと実体化した。人間の夫婦の胸に恐怖がこみあげ、狂気の一歩手前まできているのがレイヴンにはわかった。彼女はよろよろとふたりに歩み寄り、守るようにモニクを抱いた。「彼がわたしたちを助けてくれるわ」ふたりにささやいた。

「あいつもほかのやつと一緒《ひと》だ」アレクサンダーがかすれ声で言った。

「違うわ、彼は善良な男よ。わたしたちを助けてくれるわ」レイヴンは大きな確信を持って短く真実を述べた。

ミハイルが唐突にアンドレを解放した。ヴァンパイアはあたりを見まわし、嘲《あざわら》うように唇を歪めた。「おまえは集団を引き連れないと狩りに出られないのか？」

「おまえの刑は確定している。万が一わたしが失敗しても、ほかの者が刑の執行を引き継ぐ」ミハイルはふたりのカルパチアンを指し、レイヴンに向かってうなずいた。彼の大きな体には力と自信がみなぎっている。「おまえはほんの子供にすぎない」その澄んだ声は低く、ベルベットのように柔らかかった。「歴戦の相手に敵《かな》うわけがない。だが、おまえがこれまで手に入れようと必死になってきたチャンスを与えてやろう」黒い瞳が凍りつくような怒りできらめいた。

「復讐か、ミハイル？」アンドレはいやみな口調で訊いた。「いかにもおまえらしい」鋭い鉤爪を伸ばし、牙を剝きだして跳びかかった。

ミハイルの姿がさっと消え、アンドレは気がつくと家からころがり出ていた。凶暴さに満ちた夜気が迫ってきて、彼は大きく緩やかな円を描いて立つカルパチアンの男たちに取り囲まれた。男たちの視線の先を振り返ると、数メートル先に、まばたきひとつせず、黒い瞳に怒りの炎を燃やしているミハイルが立っていた。

エイダンがレイヴンに近づき、彼女の後ろにうずくまっているふたりの人間を金色に輝く射るような瞳でちらりと見た。「一緒に来るんだ」だしぬけにエイダンは命じた。「きみの安全を確保するようにミハイルから言われている」

レイヴンには彼が誰かわからなかったが、自信に満ち、落ち着き払っているのはわかった。彼の声は柔らかく魅惑的で、催眠術に近い力がある。「アンドレが鎖の鍵をどこにしまったかわかる？　アレクサンダーを解放してあげないと」レイヴンはモニクに尋ねながら、彼女の行く手を阻んでいるカルパチアンの横を通り抜けようとした。

突然、レイヴンは目を大きく見ひらき、脇腹をつかむと、首を絞められたような声にならない悲鳴を漏らした。どさりと床に倒れこみ、苦しみに体を折り曲げた。額に深紅の血がにじみ、目へと伝い落ちた。モニクが慌てて駆け寄ったが、レイヴンはそれにまったく気がつかなかった。もはや家のなかにおらず、エイダンやバイロンのことも、モニクとアレクサンダーのことさえわからなくなっていた。血のように赤い月光を浴びながら、彼女はとてつもない力としたたかさを持つ悪魔と対峙《たいじ》している。目に真っ赤な炎が躍り、残虐そのものの笑みを浮かべた悪魔。慈悲はみじんもない。背が高く、優雅で自信に溢れるこの悪魔は、彼女を殺すつもりでいる。その流れるような身のこなしには動物的な美しさがあった。魂のない目には死と破滅の色が宿っている。彼は完全に無敵だった。レイヴンに致命傷を負わせ、目にも留まらぬ速さで遠ざかっていった。慈悲も容赦もなく、残忍で、後悔とは無縁。

やつのありのままの姿を見ろ。人間だろうとカルパチアンだろうと、つけねらい、殺す男だぞ。アンドレがレイヴンの心のなかでいらだたしげに言った。やつの正体はけだものであることを知れ。おまえはあいつを教養のある男だと思って、心を操られている。いま目の前にいるのが本物のミハイル・ダブリンスキーだ。これまで何百人、あるいは何千人もの同族を狩り、虐殺してきた。わたしたちを殺しても、究極の力を振るう喜びのほかにはなにも感じないだろう。

アンドレはレイヴンと心を完全にひとつにし、彼の目を通してものごとを見せ、彼の憎しみと恐怖を、ミハイルに襲いかかったときに受けた反撃の痛みを感じさせた。レイヴンはアンドレの束縛から逃れようと必死になったが、アンドレは自分が死ぬことを悟っており、なにがなんでもレイヴンを放そうとしなかった。彼にとっては、レイヴンが最後の復讐になる。ミハイルに打たれるたび、体を焼かれるたび、その痛みはレイヴンもそっくりそのまま感じるからだ。少なくともこの痛みについては、アンドレは喜ぶことができた。

レイヴンはアンドレの思惑をはっきりと理解し、最初の苦痛の波に襲われたとき、ミハイルもそれを感じとったことを察知した。呼吸もほとんどできなかったが、ミハイルを苦しませたくなくて、彼から心を閉ざそうとした。しかし、ミハイルの力はとても強く、そんなふうに身を引くことをレイヴンに許さなかった。彼は冷たい怒りのきわみにあり、慈悲の心はまるでなく、戦うことを欲し、裏切り者を殺したいという衝動に駆られていた。その彼がアンドレの狙いを悟ると、突然迷ったのが、レイヴンにはわかった。

レイヴン。聞け。台風の目の静けさ。グレゴリだ。彼の声は美しく、催眠術のような力を持ち、心を落ち着かせてくれる。**わたしに身をゆだねるんだ。きみはこれから眠りに落ちる。**

グレゴリは選択の余地を与えなかったが、それでもレイヴンは、その催眠効果のある声に喜んで身をゆだね、すぐさま意識を失い、アンドレからミハイルに対する最後の復讐の手段を奪った。

ミハイルが長くゆっくりと、いらだたしげに息を吐いた。彼の動きは目にも留まらぬほど速かった。一撃で、アンドレの体が後ろへ飛ばされた。尋常ならざる静寂のなか、なにかが折れるような音が響いた。どんよりした目で、必死に敵の姿を探し求めながら、アンドレはよろよろと立ちあがろうとした。

「わたしの勝ちだ」口いっぱいの血を吐きだし、震える手で胸を押さえた。「あの女はおまえの本性を目にした。ここでおまえがなにをしてもその事実は変わらない」アンドレはミハイルの体から目をそらさず、まばたきもしなかった。そんな危険なことはしない。ミハイルの動きは、カルパチアンにしても不可能に思えるほどのすばやさだった。あの黒く無慈悲な瞳には、なにか恐ろしいものが宿っている。レイヴンが眠りに落ちたいま、同情や憐みの色はみじんもない。

アンドレは慎重に後ろへ一歩さがり、精神を集中して狙いを定めた。炎のような光がそれまでミハイルが立っていた場所に落ちた。その音はすさまじく、衝撃が大地を揺るがした。しかし、じゅっという音とともに電気がアンドレに向かって地を走り、焼け焦げた痕を残した。アンドレが悲鳴をあげ、なにかが彼の頭をのけぞらせたかと思うと、喉が大きく裂け、鮮やかな深紅の血が噴水のように噴きだした。

四度目の攻撃を受けたとき、アンドレの胸がぱっくりと開き、心臓を守っていた骨が砕け、筋肉が裂けた。無慈悲な黒い瞳でアンドレの目を見つめながら、ミハイルは心臓をつかみだした。そしてまだ動いている心臓を、ぐったりした体の脇に投げ捨ててヴァンパイアが二度と立ちあがれないようにした。倒れた敵を見おろしながら、自分の内なる獣性とどっとこみあげてくる征服感を、体を震わす、うっとりするような力のほとばしりを抑えようとする。もはや自分が負った傷の痛みはまったく感じず、ただ今夜のこの勝利に対する喜びだけがあった。

強風がほのかな香りを運んできた。レイヴン。血が全身を熱く駆けめぐる。牙が疼き、渇望が激しくなる。彼のライフメイトに危害を加えようとした人間のにおいも運ばれてきた。ミハイルの体からエネルギーが発散されているのが目に見えるようで、彼が殺したいという欲求にもう少しで呑まれそうなのがわかり、仲間のカルパチアンたちがあとずさった。風はやむことなく渦巻き、レイヴンのにおいはとらえどころがなくかすかなままだ。レイヴン。風が彼女の名をささやくと、彼のなかで荒れ狂っていた嵐がおさまりはじめた。

ミハイルの心は光を求め、暴力の世界から帰る道を選んだ。「これを処分しろ」誰にともなく荒々しい口調で命じた。空からエネルギーを集めてそのなかに両手をひたし、穢れた血を体から落とす。彼は崩壊したアンドレの隠れ家に目もくらむような速さで戻り、忽然と実体化すると、ぐったりしたレイヴンの体を抱いて揺らしているモニクを見おろした。

16

周囲のようすがゆっくりとレイヴンの意識にのぼってきた。そこはベッドの上で、彼女はなにも身に着けていない。ミハイルが後ろにいて、彼女の濡れた髪に指をくぐらせている。彼は確かな手つきで髪を編み、その穏やかでゆっくりとした実際的な動きが、記憶がぼんやりしているにもかかわらず、彼女を安らがせてくれた。どうやら古くて小さな城にいるようだ。寝室は暖かく、ミハイルは気持ちが静まるハーブの香りと、ロマンチックに揺れる蠟燭の明かりで室内を満たしていた。彼がふたりの体を洗ってくれたので、どちらもおたがいとハーブの石鹸《せっけん》の香りしかしない。ミハイルが時間をかけてレイヴンの長い髪を編むあいだ、彼女は新しい環境に慣れようとしていた。

部屋をすみずみまで観察したが、そのあいだ心臓は早鐘を打ち、鼓動が耳にこだました。そこは美しい部屋だった。暖炉では火が赤々と燃え、ベッド横の小さなエンドテーブルの上には使いこんだ聖書が置かれている。はっきりとした記憶があるわけではないが、その聖書には不思議と見憶えがあった。

ベッドの上掛けは厚手で暖かく、肌触りが柔らかい。裸であることが無防備に、そして恥ずかしく感じられる。それでも、自分はミハイルとこうしているのが正しいという気がした。彼の手が髪からうなじへと滑り、凝った筋肉をマッサージしてくれた。それはなじみのある触れかたで、彼女の体を怖いほど疼かせた。

「モニクとご主人はどうなったの?」彼女は上掛けをぎゅっとつかみ、ミハイルの熱い体を意識しないように努めた。彼が体を近づけてきたので、胸毛がレイヴンの背中にこすれ、硬く大きな彼自身がヒップに押しつけられた。ミハイルは彼女の体の一部のようにしっくりと感じられた。

彼はレイヴンの喉のあざにキスをし、ベルベットのような感触の舌を脈打つ血管の上に這わせた。期待感から、レイヴンの体に力がはいった。「あのふたりは無事に家に戻り、本来の愛に満ちた生活を送っている。アンドレとあの男の残虐な行為についてはなにひとつ憶えていない。わたしたちのことは親しいよき友人として記憶している」彼が別のあざにキスをすると、その羽根のように軽い感触がレイヴンの血管に炎を走らせた。ミハイルは細いウエストから華奢な上半身へと手を滑らせ、ふっくらとした胸を包みこんだ。心に触れてみると、とたんに彼女が距離を置こうとするのが感じとれた。

「どうしてわたしを怖がるんだ、レイヴン? わたしの最悪の姿を、一族のために殺人者となる、正義の執行者となるわたしを見たからか」彼は親指でレイヴンの両の乳首を撫でた。

そのゆっくりとしてエロティックな触れかたは、レイヴンの体のすみずみまでとろけるように熱いものを広がらせた。「わたしを邪悪だと思うのか？ わたしの心に触れてくれ、リトル・ワン。きみにはなにひとつ隠せない。わたしは一度たりと本来の姿をきみに隠したことはない。きみは以前、わたしを思いやりと愛情の目で見てくれた。わたしを受けいれてくれた。そうしたことはすべて忘れてしまったのか？」

レイヴンは長いまつげをそっと伏せ、目を閉じた。「もうなにを信じたらいいかわからないの」

「キスしてくれ、レイヴン。わたしと心をひとつにし、体を分かち合い、完全にわたしと一体になってくれ。以前、きみはわたしを信頼してくれた。その信頼を思いだしてほしい。わたしを愛情の目で見て、わたしがしなければならなかったこと、わたしの生来の獣性を赦してくれ。わが一族の破滅を望む者の目を通してわたしを見るな。きみをわたしに差しだしてくれ」ミハイルの声は黒魔術の呪文を唱えているように魅惑的で、彼の手はレイヴンのサテンを思わせる肌をすみずみまで愛撫し、彼女の体のあらゆるくぼみ、あらゆる曲線を記憶にとどめようとした。彼の体は熱く燃え、渇望が募りつつあった。レイヴンの体もだ。怖がらせないようにとてもやさしく、ミハイルは彼女をベッドに押しつけ、そのたくましい体でレイヴンの小さな体を毛布のようにおおった。

「どうしてわたしの人生はあなたに占領されてしまったのかしら。わたしは昔からひとりで、強く、自分に自信を持って生きてきたのに。人生を乗っとられてしまったみたい」

レイヴンの曲線豊かな体をまさぐっていた手を上へと滑らせ、ミハイルは彼女の顔を挟んだ。「わたしが生きるのはきみあればこそだ、レイヴン。きみを慣れ親しんだものすべてから引き離してしまったことは認めよう。しかし、孤独な人生など生きるものじゃない。わたしはその弊害を、人生がどれほど陰鬱になるかをよく知っている。きみは消耗しつつあった。あのままいったら、壊れてしまっていただろう。きみはわたしの半身だということが、わたしはきみのものだというのがわからないのか？」彼の唇がレイヴンの目の上、頰、口の両端をさまよう。「キスしてくれ、レイヴン。わたしを思いだしてくれ」

レイヴンは長いまつげをあげ、濃い紫色に近くなった青い瞳でミハイルの飢えた黒い瞳を探るように見た。彼の視線、彼の体からは炎のような激しさが感じられる。「あなたにキスをしたら、ミハイル、わたしは自制を失ってしまうわ」

ミハイルがレイヴンの喉から胸の谷間へと唇を這わせ、心臓の上でいったん止まると、敏感な肌にそっと歯を立ててから、唇へと戻った。「わたしは長いあいだ闇の世界にいたカルパチアンの男だ。感情がきわめて乏しいし、狩りに、殺すことに喜びを覚える。この荒々しい獣性を抑えこむために、われわれカルパチアンの男はおのおののライフメイト、すなわち半身を、闇を照らしてくれる光を見つけなければならない。きみはわたしの光、わたしの命だ、レイヴン。それでも、同胞に対するわたしの義務がなくなるわけではない。人間とわが同胞を餌食にする者を狩らねばならない。狩っているあいだ、わたしはなにも感じなくなる。さもなければ、精神に異常を来してしまうからだ。キスしてくれ。きみの心をわたしとひとつにし、ありのままのわたしを愛してくれ」

レイヴンの体は疼き、ほてっていた。求め、渇望している。ミハイルの鼓動はとても力強い。肌は熱く、彼女の柔らかな肌に筋肉が硬く感じられた。彼の唇が触れるたび、電気のような興奮が駆け抜け、レイヴンの体を焦がす。

「きみに嘘はつけない」ミハイルはささやいた。「きみはわたしがなにを考えているか知っている。内にけだものが棲んでいることを知っている。わたしはきみにやさしくするよう、きみの話に耳を傾けるよう努める。内なる野性がどうしても解き放たれてしまうことがあるが、そんなときはきみがわたしを静めてくれ。レイヴン、頼む。わたしにはきみが必要なんだ。きみもわたしを必要としている。きみはいま体が弱っている。心がこなごなになっている。わたしに癒させてくれ。わたしの体がきみを欲しているように、きみの体もわたしを欲しいと叫んでいる。キスしてくれ、レイヴン。わたしとの関係を終わらせないでくれ」

ミハイルの顔を探るように見つめていたレイヴンの青い瞳が、彼の官能的な唇の上で止まった。小さなため息が漏れた。ミハイルの唇は彼女の唇の上で返事を待っている。

完全な理解はまず、彼女の瞳のなかに現われた。胸に愛情が溢れ、レイヴンは両手をミハイルの頭に添えた。「わたし、あなたのイメージを勝手に作りあげていた気がするわ、ミハイル。あなたは完璧すぎて現実であるわけがないって。でも、あなたには夢の存在なんかであってほしくない」ほんの二、三センチしか離れていなかったミハイルの顔を引き寄せると、唇をしっかりと重ね合わせた。雷鳴のようなとどろきが彼女の耳に、ミハイルの耳にこだました。白熱した情熱が駆け抜け、躍り、レイヴンを、彼を呑みこむ。ミハイルは彼女の心にそっとためらいがちに触れてみたが、抵抗はいっさい感じなかったので、心と心をひとつに溶け合わせた。彼の燃える切望が彼女の切望となるように、野性的な情熱が彼女の情熱の糧となるように。彼は現実の存在であり、けっしてレイヴンをひとりにはしない、そんなことはできないということが彼女にわかるように。

彼はレイヴンの甘さを味わい、柔らかな口のなかをすみずみまで探索して、情熱の炎が燃えさかるまで掻きたてた。彼の両手の指が届くほど細い腰をつかみ、膝で脚をひらかせる。熱く切迫した彼女の唇が筋肉質の硬い胸をさまよい、舌が脈打つ血管の上を撫でると、ミハイルの体がぎゅっと収縮し、燃えあがり、今度はふくらんではじけそうになった。

ミハイルはレイヴンの編んだ髪をうなじのところでつかみ、もういっぽうの手でシルクのようなカールの三角地帯を探った。レイヴンは彼を求めて熱く潤んでいる。彼女の名前をそっとつぶやき、ミハイルは熱くクリームのように柔らかい彼女に自分をこすりつけた。ふたたびレイヴンが、今度はゆっくりと愛撫するように舌を走らせた。小さな歯が軽く立てられると、ミハイルは心臓が跳びはね、体が爆発しそうになった。激しく脈打つ血管の上に彼女が触れた瞬間、甘美な痛みに貫かれ、荒々しい喜びを感じつつ、熱くなめらかなきつく締まった鞘のなかに突きいった。歓喜の声をあげ、レイヴンの頭をしっかりと抱えて、さらに深く、もっと深く身を沈めながら、熱く滋養豊かな、エネルギーに満ちた血でレイヴンの飢えた体を満たす。

彼はかろうじて自制を保っている状態で、レイヴンの腰を持ちあげるとひりひりするほど激しく体をこすらせ、彼女を一気に絶頂へと導いた。レイヴンにきつく締めつけられながら、口を離すようそっと促し、今度は自分が彼女の柔らかな胸のふくらみに歯を立てた。レイヴンがはっと息を呑んで彼の頭を抱き、ミハイルは貪欲に渇きを満たした。彼女を失うのではないかという恐怖、今夜の暴力的行為の名残りがレイヴンの体に流れこむ。ふたりの交わりはますます激しくなった。おたがいの体が汗に濡れ、レイヴンが彼にしがみつくまで。彼女の体がシルクのように柔らかくなってミハイルのなすがままになるまで。ふたりが身も心も血も、完全にひとつになるまで。喉を絞められたようなかすれた叫び声が、レイヴンの柔らかなとぎれとぎれのあえぎ声と混ざり合う。ふたりはともに高みを越え、こなごなになりながら天に昇り、荒れ狂う海に飛びこんだ。

きみを失うことには耐えられないんだ、リトル・ワン。きみはわたしにとってかけがえのない半身だ。言葉では言い表せないほど愛している。ミハイルはレイヴンと顔を重ね合わせ、湿った髪にキスをした。

彼女は疲れた顔でほほえみながら、汗の滴に舌で触れた。「これから、あなたのことはかならずわかると思うわ、ミハイル。どんなに心がぼろぼろになっても」

ミハイルは小さなレイヴンを押しつぶしてしまわないように、彼女の上からおりた。「ぜひともそうあってほしいよ、レイヴン。この数日、きみはとても苦しんだ。それをわたしは永遠に忘れないだろう。あすの夜、わたしたちはこの地を去らなければならない。ヴァンパイアは死んだが、われわれ一族を破滅に追いこみかねない痕跡を残した。われわれはもっと人里離れた場所、きたる迫害を乗り越えられる場所に移らなければならない」レイヴンの腕を持ちあげ、アンドレによってつけられた長く深い掻き傷をあらためた。

「迫害を受けるのは確かなの？」

苦々しげな微笑を口もとに浮かべ、ミハイルは手を振って蠟燭を消した。「これまでの人生で、その徴候はいやというほど何度も目にしてきた。暗殺者がやってくる。そして人間もカルパチアンもともに苦しむことになるだろう。われわれは四半世紀、ひょっとしたら半世紀のあいだ身をひそめて、態勢を立てなおす時間を稼ぐ」彼の舌が痛々しいあざを見つけ、癒すようにやさしく触れた。

レイヴンはまつげを伏せた。ふたりの香りがひとつになり、気持ちが安らぐ香水のように寝室に漂っている。「愛しているわ、ミハイル。内なる獣《けもの》も含めて、あなたのすべてを。自分がどうしてあんなに混乱してしまったのかわからない。あなたは邪悪な男《ひと》なんかじゃないわ。あなたの内面がわたしにはとてもはっきりと見えるもの」

眠るんだ、リトル・ワン。この腕のなかこそ、きみの居場所だ。ミハイルは上掛けを引きあげ、守るようにレイヴンを抱き、彼女をともに眠りへといざなった。

夜の暗闇のなか、教会の聖別された土地に少人数のグループが集まっている。ジャックは傷がまだ癒えきっておらず、蒼白くやつれた顔をしている。やや頼りなくぐらりと揺れて、レイヴンの華奢な肩に腕をまわした。レイヴンは彼を見あげ、安心させるようにちらりとほほえんだ。ジャックのすぐ後ろにはバイロンが立ち、友人が倒れたりしないように気をつけている。横の少し離れたところに、長身のエイダンが背筋をまっすぐに伸ばしてひとり立ち、こうべをかすかに垂れている。

教会墓地は城の敷地内にあり、古色蒼然《そうぜん》として優美な建築物が配されていた。礼拝堂は小さいが美しく、ステンドグラスの窓と高い尖塔《せんとう》が狭い墓地に濃い影を落としている。点々と立つ墓石、天使の彫像、そして十字架が静かに見守るなか、ミハイルが手をひと振りすると、地面が歓迎するようにひらいた。

神父に敬意を示して、グレゴリが昔の聖人の姿を刻んだ手の込んだ木の棺を用意していた。彼がその棺を土のなかにゆっくりとおろし、一歩後ろにさがった。

ミハイルが十字を切って埋葬の言葉を述べ、エドガー・ハマーの棺に聖水をかけた。「彼はわたしの友人であり、わたしが迷ったときにはよき導き手になってくれた。そしてわれわれ一族はこれからも存続していかなければならないと信じてくれていた。人間であろうとカルパチアンであろうと、彼ほど憐れみと光に満ちた人物をわたしは知らない。ハマー神父の心と目には神の輝きがあった」

ミハイルが手を振ると、土が墓穴を跡形もなく埋めた。彼は頭を垂れ、思いがけずこみあげてきた深い悲しみと闘ったが、血のように赤い涙を止めることはできなかった。墓石を安置したのはグレゴリで、先に立って最期の祈りを捧げたのも、ミハイルのような信仰は持たないグレゴリだった。亡き神父のためにラテン語で詠唱する彼らの声は美しく、魅惑的だった。

夜気を深く吸いこむと、ミハイルは狼たちに惜別の咆哮を送った。それに応えて、暗い森に悲しげな遠吠えの合唱がこだました。

最初に体を折り曲げたのはグレゴリで、彼の体には月明かりを浴びて虹色に揺らめきながら羽が生えてきた。二メートル近い翼を広げると、彼は近くの木の高い枝まで舞いあがり、鋭い鉤爪で枝をつかんだ。フクロウは身じろぎもせずに闇に溶けこみ、仲間を待った。エイダンが彼に続き、たくましく脅威を感じさせる一風変わった金色のフクロウとなり、グレゴリに劣らず静かに枝に留まった。バイロンはもう少し小柄なフクロウにシェイプシフトし、白いマントのような羽を生やした。ミハイルのがっしりした体が暗がりで揺らめいたかと思うと、木に留まっていた者たちをあとに従えて夜空に舞いあがった。

あたかもたがいの考えを完全に理解し合っているかのように、四羽は空高く舞いあがり、輝く翼を力強く羽ばたかせ、森の上高くに漂う雲を静かに目指した。風が体に吹きつけ、翼の下を抜け、羽毛をそよがせて、ヴァンパイアが残していった悲しみと暴力の名残りをきれいに流し去っていく。

空中で旋回したかと思えば急降下し、四羽の美しい鳥はぴたりと息が合っていた。喜びが恐怖や心に重くのしかかる責任感を消し去り、後ろめたさの代わりに幸福感を運んできた。大きな翼を力いっぱい羽ばたかせ、仲間と空を翔ながら、ミハイルは喜びをレイヴンと分かち合った。なぜなら、フクロウの大きな体にもおさまりきらないほどの喜びだったからだ。溢れでた喜びは、カルパチアンとして生きる楽しみのひとつにレイヴンをいざなった。

思い浮かべるんだ、レイヴン。わたしがきみの脳裏に送る光景を目にありありと浮かべてくれ。これまで以上にわたしを信じるんだ。この特別な力をきみにも授けさせてほしい。

レイヴンに迷いはなかった。ミハイルに身をゆだね、彼から送られてきた光景を一心に映像化した。かすかな不快感、見当識を失うような不思議な感覚に襲われ、肉体が分解しはじめても、たじろがなかった。体に羽が揺らめきながら生えだした。

彼女の横ではジャックが一歩さがり、小さな雌フクロウが背の高い天使の石像に飛びのるのを見届けてから、自身の体を圧縮し、形を変えた。二羽のフクロウはともに飛びたつと、夜空高くに舞いあがり、上空を旋回している四羽のたくましい仲間たちに加わった。

雄の一羽が隊列から離れて雌フクロウのまわりを旋回し、ひょいと高度をさげて近づくと大きな翼で彼女を守ろうとした。雌フクロウはふざけて高度をさげ、滑るように彼から離れた。ほかの雄たちが彼女を囲み、雌フクロウが自由に空を翔る喜びに親しむあいだ、羽目をはずしすぎるのを防いだ。しばらくのあいだ、見るからに遊んでいるようすで、彼らは急に高度をさげたかと思うと螺旋《らせん》状に旋回したり、高く舞いあがってから地面に向かって急降下したり、木々のあいだを抜け、厚い毛布のような霧の上を飛んだりした。

ややあって、ゆったりとした飛びかたに落ち着くと、ミハイルはわずかに残っていた緊張感も夜の闇が完全にぬぐい去り、地の果てへと追い払ってくれるのを感じた。これからレイヴンを人里離れた場所に連れていき、カルパチアンとしての生きかたに時間をかけて慣れさせるつもりだった。彼女は一族の、彼の将来を象徴している。レイヴンはわたしの命、わたしの喜び、わたしが生きる理由だ。わたしをこの世におけるすべてのよきものにつなぎとめてくれる。わたしは彼女の人生が幸福だけで満ちあふれるようにしてみせる。

ミハイルは高度をさげてレイヴンの羽でおおわれた体を守るように飛び、彼女の心に触れ、彼女の喜びを感じた。レイヴンはそれに応えて彼の心を愛情と温もりで満たし、いま初めて目にし、耳にし、そしてにおいを嗅いでいるものに、子供のように驚きながら笑い声をあげた。ミハイルと競争しながら空を翔るレイヴンの笑い声が、みなの心にこだまする。彼女は一族の希望の象徴だった。

訳者あとがき

〝パラノーマル・ロマンスの女王〟、クリスティン・フィーハンの〝闇の一族カルパチアン〟シリーズ『愛をささやく夜明け』をお届けします。

物語の舞台は現代のヨーロッパ、カルパチア山脈です。そこには〝カルパチアン〟という、人間とは異なる種族がひっそりと暮らしています。彼らは血を糧とし、不死身の肉体とテレパシー能力などの特殊な力に恵まれているのですが、一族の君主《プリンス》、ミハイルは指導者なればこその孤独感に苛まれ、うつろな日々を送っていました。そんな彼の前に人間ながらテレパスである若く美しいアメリカ人、レイヴンが現われます。出会うなり、ふたりは激しく惹かれ合い、心を通わせますが、種族の異なる彼らの前にはさまざまな困難が立ちはだかり、さらにはカルパチアンの絶滅を図る人間たちにより命を狙われることになります。

「〝カルパチアン〟なんて言ってるけど、要するにヴァンパイアのことね」と思われた方はちょっとお待ちください。フィーハンが創りだしたこのカルパチアンという種族は、たしかにヴァンパイアと共通点がありますが、それはヴァンパイアがカルパチアンの亜種という設定になっているからです。

カルパチアンは人間の血を飲みますが、命を奪ったりはしません。霧や動物に姿を変えられるいわゆるシェイプシフターで、年齢は千歳前後という者もいます。しかし年を重ねるにつれ、男性カルパチアンの身にはある障害が生じてきます。色覚を失い、さらには喜怒哀楽をいっさい感じなくなってしまうのです。世界は黒と灰色の濃淡としてしか目に映らず、感情を失った心には闇が広がり、その闇に耐えられなくなったカルパチアンのなかには、糧となる血を飲む際に人間をいたぶり、殺すことに喜びを覚えるヴァンパイアへと変異してしまう者が現われます。

彼らがヴァンパイアに変異するのを阻んでくれるのは、〝ライフメイト〟と呼ばれる運命の伴侶だけ。ライフメイト同士の絆は非常に深く、ほんの短い時間、引き離されただけでも死にたくなるほどの悲しみに襲われます。そして万が一ライフメイトのいっぽうが死ぬようなことがあると、遺された者も生きていけなくなってしまうのです。また、カルパチアンの世界では女性が何よりも大事にされ、男性カルパチアンは女性カルパチアンを幸せにするために全力を尽くします。ただし、カルパチアンはもともと子供の数が非常に少なく、ここ数世紀は女児がひとりも生まれていないという深刻な問題を抱えています。そのため、一族のプリンスであるミハイルも、レイヴンと出会うまではライフメイトを得ることができず、ヴァンパイアに変異してしまうくらいなら、みずから死を選ぼうかと考えるほど追いつめられていました。

本書の舞台となるカルパチア山脈はスロバキア、ポーランド、ウクライナ、ルーマニアにまたがり、その一部はドラキュラ伝説で知られるトランシルヴァニア地方に達しています。ミハイルらカルパチアンが暮らしているのは、その山中。本書は全体に幻想的な雰囲気が漂う作品です。特にミハイルたちが霧に、鳥に、狼にと姿を変えるシーンはとても美しく描かれています。著者のフィーハンはカリフォルニアの風光明媚《めいび》な山間部在住で、キャンプやラフティングが趣味とのこと。彼女自身のふだんの生活が、本書のすばらしい自然描写を生みだしたのかもしれません。

本書が発表されたのは一九九九年。いまでこそパラノーマルは非常に人気のあるジャンルとして確立していますが、フィーハンが処女作である本書の出版契約を結んだ当時は、アメリカでもまだパラノーマル作品はそれほど多く刊行されていなかったそうです。先駆者のひとりであるからこそ、彼女は〝パラノーマル・ロマンスの女王〟と呼ばれているのでしょう。

その後、本シリーズは順調に書き継がれ、現在までに二十作が刊行されています。フィーハンはこのほかにも三つのシリーズを並行して書き進めているので、驚異の執筆ペースとしか言いようがありません。プライベートでは十一人の子供の母親だということで、すばらしくエネルギッシュな女性のようです。

本作は一族のプリンスであるミハイルが主役ですが、彼のほかにも陰のある魅力的なカルパチアンが何人も登場します。ミハイルとは約二百歳、年が離れた弟のジャック。ミハイルにまさるとも劣らない強力なパワーを持ち、一族の癒し手であるグレゴリ。黒髪が多いカルパチアンのなかで、黄褐色の髪と金色の瞳が異彩を放つエイダン。続篇では彼らがかわる主人公を務めます。

シリーズ第二作でフィーチャーされるのはジャックです。彼はカルパチアンの絶滅を図る邪悪な一味の手に落ち、自分が何者かもわからなくなるような過酷な拷問を受けます。ジャックは果たして自身のライフメイトと出会い、闇の世界から解放されることができるのか？　彼が人間にとらえられるよう仕組んだのは誰なのか？　本書から二十五年後に舞台が設定された第二作は、本シリーズのなかでも読者に特に高い評価を受けている作品です。物語の後半では〝ああ、こんな形で第一作とつながってくるとは！〟という驚きの展開も待っていて、本書を読んでいただいた方にはきっとお楽しみいただけると思います。こちらも遠からずご紹介できる予定ですので、どうぞ楽しみにお待ちください。

二〇一〇年三月

ザ・ミステリ・コレクション

愛《あい》をささやく夜明《よあ》け

著者 クリスティン・フィーハン
訳者 島村浩子《しまむらひろこ》

発行所 株式会社 二見書房
東京都千代田区三崎町2-18-11
電話 03(3515)2311 [営業]
03(3515)2313 [編集]
振替 00170-4-2639

印刷 株式会社 堀内印刷所
製本 株式会社 関川製本所

落丁・乱丁本はお取り替えいたします。
定価は、カバーに表示してあります。

ISBN978-4-576-10033-3
http://www.futami.co.jp/

黒き戦士の恋人
J・R・ウォード
安原和見［訳］
NY郊外の地方新聞社に勤める女性記者ベスは、謎の男ラスに出生の秘密を告げられ、運命が一変する！ 読みだしたら止まらない全米ナンバーワンのパラノーマル・ロマンス

永遠の時の恋人
J・R・ウォード
安原和見［訳］
レイジは人間の女性メアリをひと目見て恋の虜に。戦士としての忠誠か愛しき者への献身か、心は引き裂かれる。壁を乗りこえてふたりは結ばれるのか？ シリーズ第二弾！

運命を告げる恋人
J・R・ウォード
安原和見［訳］
貴族の娘ベラが宿敵〝レッサー〟に誘拐されて六週間。だれもが彼女の生存を絶望視するなか、ザディストだけは彼女を捜しつづけていた…。怒濤の展開の第三弾！

許される嘘
ジェイン・アン・クレンツ
中西和美［訳］
人の嘘を見抜く力があるクレアの前に現われた謎めいた男ジェイク。運命の恋人たちを陥れる、謎の連続殺人。全米ベストセラー作家が新たに綴るパラノーマル・ロマンス！

消せない想い
ジェイン・アン・クレンツ
中西和美［訳］
不思議な能力を持つレインのもとに現われたアーケイン・ソサエティの調査員ザック。同じ能力を持ち、やがて惹かれあうふたりは、謎の陰謀団と殺人犯に立ち向かっていく…

高慢と偏見とゾンビ
ジェイン・オースティン／セス・グレアム＝スミス
安原和見［訳］
あの名作が新しく生まれ変わった——血しぶきたっぷりに。全米で予想だにしない百万部を売り上げた超話題作、日本上陸！ ナタリー・ポートマン主演・映画化決定

湿地帯
シャーロッテ・ローシュ
シドラ房子［訳］

ヘレン十八歳。ただいま〝裂肛〟で入院中。女性の性器をめぐる物語。ドイツでは物議をかもしながらも二〇〇八年のナンバーワンベストセラーになった話題の作品！

青の炎に焦がされて
ローラ・リー
桐谷知未［訳］

惹かれあいながらも距離を置いてきたふたりが再会した場所は、あやしいクラブのダンスフロア。それは甘くて危険なゲームの始まりだった。麻薬捜査官とシール隊員の燃えるような恋

これが愛というのなら
カーリン・タブキ
米山裕子［訳］

新米捜査官フィルは、連続女性行方不明事件を解決すべく、ストリップクラブに潜入する。事件を追うごとに自らも、倒錯のめくるめく世界に引きこまれていき…

危険すぎる恋人
リサ・マリー・ライス
林啓恵［訳］

雪嵐が吹きすさぶクリスマス・イブの日、書店を訪れたジャックをひと目見て恋におちるキャロライン。だがふたりは巨額なダイヤの行方を探る謎の男に追われはじめる……。

眠れずにいる夜は
リサ・マリー・ライス
林啓恵［訳］

パリ留学の夢を捨てて故郷で図書館司書をつとめるチャリティ。ある日、投資先の資料を求めてひとりの魅力的な男性が現われた。一気読み必至の怒濤のラブロマンス！

かなわない愛に…
エリザベス・ローウェル
中西和美［訳］

愛してはいけない男性を好きになったとき……陰謀と暴力が渦巻く世界でヒロインが救いを求めるのは？ RITA賞作家が贈る全米の読者が感動した究極の愛の選択！

きらめく星のように
スーザン・エリザベス・フィリップス
宮崎 槇［訳］
人気女優のジョージーは、ある日、犬猿の仲であった元共演者の俳優ブラムと再会、とある事情から一年間の結婚契約を結ぶことに…!? ユーモア溢れるロマンスの傑作

あなただけ見つめて
スーザン・エリザベス・フィリップス
宮崎 槇［訳］
［シカゴスターズ シリーズ］
父の遺言でアメフトチームのオーナーになったフィービーは、ヘッドコーチのダンと熱く激しい恋に落ちてゆく。しかし、勝ち続けるチームと彼女の前には悪辣な罠が…

あの夢の果てに
スーザン・エリザベス・フィリップス
宮崎 槇［訳］
［シカゴスターズ シリーズ］
元伝道師の未亡人レイチェルは幼い息子との旅路の果てに、妻子を交通事故で亡くしたゲイブに出会う。過酷な人生を歩んできたふたりにやがて愛が芽生え…

湖に映る影
スーザン・エリザベス・フィリップス
宮崎 槇［訳］
［シカゴスターズ シリーズ］
湖畔を舞台に、新進童話作家モリーとアメリカン・フットボールのスター選手ケヴィンとのユーモアあふれる恋の駆け引き。迷いこんだふたりの恋の行方は？

まだ見ぬ恋人
スーザン・エリザベス・フィリップス
宮崎 槇［訳］
［シカゴスターズ シリーズ］
VIP専用の結婚相談所を始めたアナベルの最初の依頼人はアメフトの大物代理人ヒース。彼に相手を紹介していくうちに、ふたりはたがいに惹かれあうようになるが…

いつか見た夢を
スーザン・エリザベス・フィリップス
宮崎 槇［訳］
［シカゴスターズ シリーズ］
休暇中のアメフトスター選手ディーンは、ひょんなことから画家のブルーとひと夏を過ごすことになる。東テネシーを舞台に描かれる、切なく爽やかな傑作ラブロマンス！

天使は涙を流さない
リンダ・ハワード
加藤洋子［訳］

美貌とセックスを武器に、したたかに生きてきたドレア。彼女を生まれ変わらせたのはこのうえなく危険な暗殺者！　驚愕のラストまで目が離せない傑作ラブサスペンス

氷に閉ざされて
リンダ・ハワード
加藤洋子［訳］

一機の飛行機がアイダホの雪山に不時着した。乗客の若き未亡人とパイロットのジャスティスは、何者かの陰謀ではないかと感じはじめるが…傑作アドベンチャーロマンス！

夜を抱きしめて
リンダ・ハワード
加藤洋子［訳］

山奥の平和な寒村に住む若き未亡人に突如襲いかかる恐怖。彼女を救ったのは心やさしくも謎めいた村人の男だった。夜のとばりのなかで男と女は愛に目覚める！

未来からの恋人
リンダ・ハワード
加藤洋子［訳］

二十年前に埋められたタイムカプセルが盗まれた夜、弁護士が何者かに殺され、運命の男と女がめぐり逢う。時を超えたふたりの愛のゆくえは？　女王リンダ・ハワードの新境地

黄金の翼
アイリス・ジョハンセン
酒井裕美［訳］

バルカン半島小国の国王の姪として生まれた少女テスは、ある日砂漠の国セディカーンの族長ガレンに命を救われる。運命の出会いを果たしたふたりを待ち受ける結末とは…？

ふるえる砂漠の夜に
アイリス・ジョハンセン
坂本あおい［訳］

砂漠の国セディカーン。アメリカからの帰途ハイジャックの人質となったジラ。救出に現われた元警護官ダニエルとまたたくまに恋に落ちるが…好評のセディカーン・シリーズ

夜の扉を
シャノン・マッケナ
松井里弥［訳］

美術館に特別展示された〈海賊の財宝〉をめぐる陰謀に巻きこまれた男と女。危険のなかで熱く燃えあがるふたりを描くホットなロマンティック・サスペンス！

夜明けを待ちながら
シャノン・マッケナ
石原未奈子［訳］

叔父の謎の死の真相を探るために、十七年ぶりに帰郷したサイモンは、初恋の相手エルと再会を果たすが…。忌わしい過去と現在が交錯するエロティック・ミステリ！

そのドアの向こうで
シャノン・マッケナ
中西和美［訳］
〔マクラウド兄弟シリーズ〕

亡き父のため十一年前の謎の真相究明を誓う女と、最愛の弟を殺されすべてを捨て去った男。復讐という名の赤い糸が激しくも狂おしい愛を呼ぶ…衝撃の話題作！

影のなかの恋人
シャノン・マッケナ
中西和美［訳］
〔マクラウド兄弟シリーズ〕

サディスティックな殺人者が演じる、狂った恋のキューピッド。愛する者を守るため、燃え尽きた元FBI捜査官コナーは危険な賭に出る！　絶賛ラブサスペンス

運命に導かれて
シャノン・マッケナ
中西和美［訳］
〔マクラウド兄弟シリーズ〕

殺人の濡れ衣を着せられ、過去を捨てたマーゴットは、彼女に惚れ、力になろうとする私立探偵デイビーと激しい愛に溺れる。しかしそれをじっと見つめる狂気の眼が…

真夜中を過ぎても
シャノン・マッケナ
松井里弥［訳］
〔マクラウド兄弟シリーズ〕

十五年ぶりに帰郷したリヴの書店が何者かに放火され、そのうえ車に時限爆弾が。執拗に命を狙う犯人の目的は？　彼女の身を守るためショーンは謎の男との戦いを誓う…！

二見文庫　ザ・ミステリ・コレクション